MOEWIG
ROMAN

W0393733

Evelyn Sanders

Pellkartoffeln und Popcorn

MOEWIG

MOEWIG Band Nr. 2264
Moewig Taschenbuchverlag Rastatt

Copyright © 1981 by Hestia Verlag GmbH, Bayreuth
Umschlagillustration: Heinz Bogner
Umschlagentwurf und -gestaltung: Franz Wöllzenmüller, München
Verkaufspreis inkl. gesetzl. Mehrwertsteuer
Auslieferung in Österreich:
Pressegroßvertrieb Salzburg, Niederalm 300, A-5081 Anif
Printed in Germany 1984
Druck und Bindung: Elsnerdruck GmbH, Berlin
ISBN 3-8118-2264-0

Für H. Q. Sie weiß schon, warum

ERSTER TEIL

„Das Kind kommt zu Tante Lotte!“

1

Ein Lebenslauf — überwiegend bei Bewerbungen erforderlich — beginnt meist folgendermaßen: Ich wurde am soundsovielten als Tochter des... sowie seiner Ehefrau (folgt Name) in... (folgt Ort) geboren. Prominente Mitbürger, die es aus eigener Kraft zu etwas gebracht haben, sind oft das vierte oder fünfte Kind eines ehrbaren Handwerkers, Schauspieler meist das schwarze Schaf der Familie, weil einen unbürgerlichen Beruf ausübend, und Popstars kommen, wenn man ihren Biographien glauben darf, samt und sonders aus den Slums.

Bei mir trifft von alledem nichts zu. Als ich im Mai 1934 geboren wurde, war die Wirtschaftskrise schon längst vorbei und der nächste Krieg noch nicht in Sicht. Es herrschten also sogenannte geordnete Verhältnisse.

Mein Vater stand im letzten Jahr seiner kaufmännischen Ausbildung (er hatte das Abitur erst im zweiten Anlauf geschafft und war deshalb ein bißchen spät dran), meine Mutter besuchte eine Dolmetscherschule; und es ist mir noch heute völlig rätselhaft, weshalb die beiden so früh geheiratet haben. Später habe ich sie einmal danach gefragt.

„Ach, weißt du", sagte meine Mutter, „ich habe damals für Clark Gable geschwärmt, und dein Vater hatte eine gewisse Ähnlichkeit mit ihm. Bis auf den Bart natürlich, aber dazu habe ich ihn einfach nicht überreden können."

„Aber deshalb heiratet man doch nicht gleich."

„Vati konnte aber auch hervorragend tanzen. Außerdem trug er meistens Knickerbockers, und das fand ich todschick."

Mein Vater wiederum hatte ein Faible für langhaarige Brünette, obwohl man damals Blond trug und Bubikopf die neueste Mode war; aber meine Mutter hatte sich von ihrer Lockenpracht nicht trennen wollen. Außerdem spielten beide gerne und sehr gut Tennis.

Es soll bei künftigen Ehepartnern schon weniger Gemeinsamkeiten gegeben haben. Jedenfalls wurde im März 1932 geheiratet. Die etwas überraschten Schwiegereltern stifteten zur Hochzeit die Küchenmöbel sowie ein Schlafzimmer in japanischer Kirsche. Von mütterlicher Seite kam das Wohnzimmer dazu und ein Klavier. Kochtöpfe, Bügeleisen, Kaffeewärmer und weitere unerläßliche Gebrauchsartikel schenkten die Hochzeitsgäste; und das jungvermählte Paar begann den Ehealltag.

Der wurde ein Reinfall. „Ich hab' doch vom Kochen keine Ahnung gehabt! Und wenn wir auch mittags beide in der Kantine gegessen haben, so mußte ich doch wenigstens ein genießbares Frühstück auf den Tisch bringen." Meine Mutter schüttelte sich noch nachträglich bei dem Gedanken an ihre vergeblichen Kämpfe mit Kochtopf und Bratpfanne. „Ich weiß noch, wie ich Vati einmal wütend angebrüllt habe, weil er über den verbrannten Toast gemeckert hat: Warum kannst du nicht auch wie andere Männer die Zeitung lesen, anstatt darauf zu achten, was du ißt?"

Bevor die junge Ehe an hartgekochten Frühstückseiern und Oberhemden mit bizarr geformten Brandlöchern zerbrach, starb mein Großvater und hinterließ eine sehr vitale pensionsberechtigte Witwe von 43 Jahren, die sich des führerlosen Haushalts annahm und das Eheschiff wieder flottmachte. Zehn Monate später wurde ich geboren.

Meine Aufzucht wurde Omi anvertraut, die ja ohnehin die Schlüsselgewalt und darüber hinaus entschieden mehr Erfahrung im Umgang mit Kleinkindern hatte als meine Mutter. Meine Eltern sah ich nur abends. Manchmal auch gar nicht, weil ich bei ihrer Heimkehr schon schlief, und darum habe ich wohl damals die Familienverhältnisse ein bißchen durcheinandergebracht.

„Eine Zeitlang hast du zu deiner Großmutter ‚Mutti' gesagt und zu mir ‚Tante Reni'", erzählte meine Mutter, „während Vater abwechselnd ‚Onkel Heinz' oder ‚der Mann da' hieß."

Die etwas befremdeten Nachbarn fingen an zu tuscheln. Außerdem war ich ein bißchen bleichsüchtig geraten. Der Arzt empfahl Licht, Luft und Sonne. Und so beschloß man einen generellen Wohnungswechsel. Als künftige Heimstatt wurde der Berliner Vorort Zehlendorf gewählt, und dort wiederum der äußerste Zipfel — also quasi ein weiterer Vorort — nämlich ‚Onkel-Toms-Hütte'.

Eine gemeinnützige Wohnungsbaugesellschaft hatte sich in Zusammenarbeit mit einigen wagemutigen Architekten entschlossen, eine neue Art von Mietshäusern zu konzipieren. In diesen Häusern sollte es nicht mehr als höchstens sechs Wohnungen geben, aber viel Grün drumherum, sie sollten freundlich aussehen und auch finanziell erschwinglich sein.

So entstand also in Zehlendorf eine völlig neue Siedlung, in der bunt durcheinander Reihenhäuser, Ein- und Zweifamilienhäuser, kleinere und größere Wohnblocks mit flachen und spitzgiebeligen Dächern aus dem Boden schossen, getrennt durch Gärten oder großzügige Grünanlagen. Darüber hinaus wichen die Architekten von den allgemein üblichen grauweißen oder ockerfarbenen Fassaden ab und strichen die neuen Häuser bunt an. Halb Berlin pilgerte damals nach Zehlendorf und bestaunte den „Tuschkasten".

„Kiek ma, Orje, det jelbe Haus mit det rote Dach druff sieht ja nu wirklich aus wie Vanilljepudding mit Himbeersoße."

„Det jeht ja noch, aba haste da vorne den rosanen Wohnblock jesehn mit die helljrüne Türen? Hat ausjesehn wie 'ne Schtrampelhose für kleene Meechen. Möchste in so 'ne Bonbontüte wohnen?"

„Nee, aber det ville Jrün hier überall und die Blumen und so, det könnt ma jefallen."

Trotzdem gab es anfangs nur wenige Mutige, die nach „Onkel-Toms-Hütte" zogen. Meine Eltern gehörten dazu. Sie mieteten die Parterrewohnung im vorletzten Haus — es war resedagrün — eines Wohnblocks in der Riemeisterstraße. Die Wohnung umfaßte dreieinhalb Zimmer, Küche, Bad und Balkon. Vor dem Haus gab es einen Vorgarten, dann kam ein gepflasterter Bürgersteig, danach ein breiter Sandstreifen, der in regelmäßigen Abständen mit Bäumen bepflanzt war, daran grenzte ein Radfahrweg, und dann kam erst der Fahrdamm. Und gegenüber kam überhaupt nichts mehr. Da begann nämlich schon der Grunewald. Die andere Straßenseite fing erst fünfzig Meter weiter unten an und war mit Einfamilien-Reihenhäusern bebaut. Im ersten wohnte übrigens Klaus, von dem ich später ebensoviel Dresche bezog wie Johannisbeeren aus seinem Garten.

„Hier wird das Kind bestimmt aufblühen", prophezeite Omi, „der Balkon liegt ja auf der Südseite, hat also immer Sonne, und wenn ich an den herrlichen Fichtenduft denke..."

„Das sind Kiefern", sagte meine Mutter.

Als wir in unser neues Heim übersiedelten, waren von den sechs Wohnungen erst drei belegt. Ganz oben wohnte Familie Leutze mit einem halbwüchsigen Sohn, der mir immer die Zunge herausstreckte, sonst aber harmlos war. Ihnen gegenüber residierte eine Regierungsratswitwe mit Gesellschafterin. Beide waren meist auf Reisen und aus diesem Grund für uns ziemlich bedeutungslos.

Im ersten Stock rechts, also genau über uns, lebte Herr Jäger nebst Gattin, einer geborenen von, kränklich und ihrem cholerischen Ehemann völlig untertan. Als mich Herr Jäger zum erstenmal zu Gesicht bekam, musterte er mich gründlich, um dann Omi leutselig zuzunicken.

„Nun ja, die Kleine macht ja einen sehr ruhigen Eindruck. Sie müssen nämlich wissen, daß meine Frau ziemlich geräuschempfindlich ist, ganz besonders dann, wenn sie ihren Migräneanfall hat."

Kurz nach unserem Einzug wurde auch die andere Wohnung im ersten Stock vermietet. Familie Molden zog ein. Sie bestand aus Herrn Molden, der Künstler war und immer Samtschleifen trug, Frau Molden, die im renommierten Pestalozzi-Fröbel-Haus das Fach „Hauswirtschaftslehre" unterrichtete, Tochter Hella-Maria, aus unerforschlichen Gründen „Mümmchen" genannt, und Grete, einem aus dem Spreewald stammenden Dienstmädchen. Grete schlief zwar nicht bei Moldens, sondern bei einer Fleischerwitwe in einem der Nachbarhäuser, aber sie hielt sich den ganzen Tag bei ihnen auf, kaufte ein, kochte, führte Mümmchen spazieren und ließ sich von Frau Molden nachmittags in Haushaltsführung unterweisen. Die verfügte ja schließlich über staatlich geprüfte Kenntnisse. Nur für die Praxis hatte sie nicht allzuviel übrig.

Nun war nur noch die andere Parterrewohnung frei.

„Hoffentlich ziehen da auch noch Kinder rein", wünschte ich mir.

„Aber du kannst doch mit Hella-Maria spielen", sagte Omi, „sie ist doch beinahe genauso alt wie du."

„Die ist doof."

„So etwas sagt man nicht, das ist ein sehr häßliches Wort", erklärte meine Großmutter.

Herr und Frau Zillig, die unsere Hausgemeinschaft schließlich komplettierten, hatten aber noch keine Kinder. Sie waren erst seit drei Monaten verheiratet.

Die ersten zwei Jahre in Zehlendorf kann ich nur noch bruchstückweise rekonstruieren. Einmal im Jahr erschien ein Fotograf, der mich auf die Sofalehne setzte, dann unter einem schwarzen Tuch verschwand und regelmäßig wieder hervorkam, um den über dem Sofa hängenden, irritierenden Farbdruck von der Wand abzunehmen. Und jedesmal sagte er kopfschüttelnd: „Wie kann man sich sowat bloß uffhängen?"

„Das ist ein Gauguin, also ein sehr bekannter französischer Maler", belehrte meine Mutter den offensichtlichen Kunstbanausen.

„Mir ejal, wer det is, uff jeden Fall passen die nackichten Negerweiber nich zu det unschuldije Kindajesicht." Damit stellte er das Bild zur Seite und widmete sich wieder seiner künstlerischen Tätigkeit.

Das so entstandene Porträt kam in einen Ebenholzrahmen, aus dem zuvor das letztjährige Bild entfernt worden war, und wurde dann wieder aufs Klavier gestellt. Das nunmehr ausrangierte Foto verschwand in einem braunen Lederalbum, wo es sorgfältig eingeklebt und mit den erforderlichen Daten versehen wurde.

Wenn ich mir diese Aufnahmen jetzt in chronologischer Reihenfolge betrachte, finde ich eigentlich keine großen Unterschiede heraus. Immer sieht mich ein etwas blasses Mädchen mit einem maskenhaften Lächeln an, die dunklen Augen krampfhaft aufgerissen, die braunen kurzgeschnittenen Haare links gescheitelt, erst ohne Spange, dann mit, und vom Schulalter an mit riesigen Taftschleifen verziert. Aus dem Rüschenkleid der Zweijährigen wurde ein Bleylekleid, das meistgehaßte Stück meiner Garderobe, weil es nie kaputtging, dann ein kariertes Taftkleid in gedeckten Farben, das war nicht so schmutzempfindlich. Und schließlich wurde ich in einer weißen Bluse mit schwarzem Fahrtentuch und Lederknoten abkonterfeit. Das war 1944 und das letzte Künstlerfoto.

An meinen vierten Geburtstag kann ich mich noch genau erinnern, weil ich zum erstenmal eine Kindergesellschaft geben und alle meine Spielkameraden einladen durfte. Allerdings war dieser Einladung ein erbitterter Kampf vorausgegangen.

„Mümmchen will ich nicht, die spuckt immer!"

„Mümmchen *mußt* du einladen, denn wir wohnen im selben Haus", sagte Omi.

Weshalb das ausschlaggebend sein sollte, begriff ich zwar nicht, aber wenn Omi sagte, ich muß, dann mußte ich eben!

„Klaus kann doch auch kommen, nicht wahr?"

Klaus wurde akzeptiert, genau wie Lothchen, der eigentlich Lothar hieß und im Nebenhaus wohnte. Er war ein etwas verschlossener Junge, sehr sensibel und gutmütig bis zur Dummheit. Ich mochte ihn aber leiden und verteidigte ihn sogar heroisch, wenn er von älteren Nachbarskindern gehänselt wurde.

Diese Neckereien verdankte er der Strickleidenschaft seiner Mutter, die ihren jüngsten von Kopf bis Fuß in Handgestricktes wickelte. Angefangen von hellblauen Gamaschen über dunkelblaue Pullover bis zur ebenfalls hellblauen Mütze in Schiffchenform trug Lothar nur Stricksachen — vorzugsweise in Perlmuster. Einmal bekam ich von seiner Mutter auch eine Strickjacke geschenkt, die war rosa, hatte Glasknöpfe und kratzte.

,,Helga möchte ich auch noch einladen", ergänzte ich meine Gästeliste.

,,Hm", sagte Omi und dachte scharf nach. ,,Das wird sich wohl kaum umgehen lassen."

Helga Ingersen war drei Wochen jünger als ich und wohnte auch im Nebenhaus. Den fehlenden Herrn Ingersen vermißte ich anfangs nie, später wurde mir erklärt, er lebe aus beruflichen Gründen woanders. Noch später kam ich dahinter, daß Frau Ingersen eigentlich Fräulein Ingersen hieß, was die ganze Sache nun auch nicht klarer machte.

Die Geburtstagsfeier wurde ein voller Erfolg; auch wenn Mümmchen ihre Papierserviette an die brennenden Kerzen hielt, die lodernde Fackel auf den Kuchenteller warf und dann schreiend unter den Tisch kroch. Omi löschte die Flammen mit Himbeersaft, und Frau Molden bestand darauf, daß ihr die Tischdecke zum Waschen überlassen wurde. Grete aus dem Spreewald schrubbte sie dann auch wieder sauber.

Regelmäßiger Gast in unserem Haus war auch Tante Else. Das war Omis Kusine, die als Hausschneiderin arbeitete und alle paar Monate erschien, um ausgewachsene Kleider zu verlängern und neue anzufertigen. Gegen die neuen hatte ich ja nichts einzuwenden; ich haßte nur die Anproben. Zu diesem Zweck wurde ich auf den Wohnzimmertisch gestellt, während Omi und Tante Else ständig an mir herumzupften, mich mit Stecknadeln piekten und sich über die Rocklänge nicht einigen konnten.

,,Zwei Handbreit überm Knie", befahl Omi.

,,Aber nicht doch", sagte Tante Else, ,,dann sieht man ja beim Bücken gleich das Höschen."

Omi ließ sich nicht erschüttern. ,,In Zukunft werde ich eben einen halben Meter Stoff zusätzlich kaufen, der reicht dann noch für einen Schlüpfer."

So kam es, daß ich schon damals sehr farbenfreudige Unterhosen besaß, angefangen von geblümten Musselinhöschen bis zu knisternden Taftungetümen in Karomustern.

Wenn ich heute an die Großstadtkinder denke, die vergebens nach einer Spielmöglichkeit suchen, dann kann ich mich sogar heute noch nur beneiden. Wir konnten und durften überall spielen. Rundherum war Wald, ein paar hundert Meter entfernt gab es eine große Spielwiese; auf dem Fahrdamm rollerten wir — wann kam da schon mal ein Auto? —, und den Bürgersteig verzierten wir mit Hopse-Feldern. Überall heißt dieses Spiel „Himmel und Hölle". In Berlin heißt es Hopse.

Im Sommer gingen wir zum Baden an die Krumme Lanke, jenen so oft besungenen See, um den sich ähnliche Gerüchte rankten wie um den legendären schottischen Loch Ness. Omis ständige Ermahnungen lauteten dann auch immer:

„Und daß du mir nicht zu tief hineingehst, Kind! Nur bis zum Bauchnabel. So ein Wels kann sehr gefährlich werden. Und gib acht auf die Strudel!"

Später bin ich oft quer über den See geschwommen, habe aber weder den Wels noch die angeblichen Wasserstrudel entdeckt.

Im Winter zogen wir zur Rodelbahn, wie die schon erwähnte Spielwiese offiziell hieß. Da gab es die große und die kleine, letztere blieb hauptsächlich Kindern vorbehalten. Leider kreuzten sich beide Bahnen im Auslauf, und die manchmal unvermeidlichen Karambolagen galten als harmlos, wenn lediglich die Schlitten splitterten. Im übrigen erwarb ich dort weitere Kenntnisse der bei uns zu Hause verpönten Heimatsprache.

„Dämliche Zimtzicke! Haste Tomaten uff de Oogen? Laß dir 'ne Brille verpassen, damit de siehst, wenn eener kommt. Wenn de mir noch eenmal mang de Beene fährst, denn mach ick Appelmus aus dir!"

An den Wochenenden durften wir Kinder ohnehin nicht auf die Rodelbahn. Dann wurde sie von Erwachsenen bevölkert, vor allem von jenen, die im Stadtzentrum wohnten; und sie glich dem Petersplatz in Rom am Ostersonntag.

Frau Zillig ließ sich von der drangvollen Enge nicht abhalten und marschierte an einem Samstagnachmittag zum Rodeln. Nach einer halben Stunde war sie wieder da, mit aufgeplatzter Augenbraue, geschwollenem Arm und dem Schlittenseil in der klammen Hand. Nun war meine Großmutter im Ersten Weltkrieg in Erster Hilfe ausgebildet worden, fühlte sich seitdem kompetent und nahm sich der Verletzten an.

,,Zeigen Sie den Arm mal her!" befahl sie Frau Zillig. Dann drehte sie ihn nach allen Seiten, befühlte ihn gründlich, ignorierte die Schmerzensschreie der Patientin und meinte beruhigend:

,,Das ist nur eine leichte Verstauchung. Machen Sie mal ordentlich Umschläge mit essigsaurer Tonerde."

Als der solchermaßen behandelte Arm am nächsten Morgen auf den doppelten Umfang angeschwollen war, rief Omi sicherheitshalber ein Taxi. ,,Bringen sie die Dame zum Oskar-Helene-Heim", trug sie dem Fahrer auf.

Der musterte seinen Fahrgast mißtrauisch und fragte besorgt: ,,Sieht ja ziemlich blaß um de Neese aus, wird se mir ooch nich aus de Latschen kippen?" Dann fuhr er aber doch los.

Omi heizte inzwischen die Kachelöfen in Zilligs Wohnung, machte die Betten, kochte Kaffee und wartete. Nach drei Stunden kam die Patientin zurück, den Arm bis zur Schulter eingegipst und besessen von durchaus berechtigten Zweifeln an Omis medizinischen Kenntnissen.

Zum Einkaufen gingen wir in die Ladenstraße. Sie hieß und heißt auch heute noch so, obwohl sie mit einer Straße herzlich wenig zu tun hat. Rechts und links vom U-Bahnhof ,,Onkel-Toms-Hütte" zieht sich ein überdachter Weg entlang, von den tieferliegenden Gleisen durch ein massives Gitter getrennt. An diesen beiden Wegen liegt ein Geschäft neben dem anderen; mitten darin sogar ein Kino.

Wir kauften bei Otto, obwohl es noch andere Lebensmittelgeschäfte gab, aber bei Otto kauften alle Leute, die wir kannten. Er war natürlich teurer als der Konsum, aber nicht so teuer wie Sieberts Delikatessengeschäft. Ich wäre ja lieber zur Butter-Berta gegangen; aber um diesen Laden machte Omi immer einen großen Bogen.

,,Da gehen nur die gewöhnlichen Leute hin", begründete sie ihren Boykott.

,,Was sind denn gewöhnliche Leute?" wollte ich wissen.

Omi äußerte sich nicht näher. Was man selber nicht weiß, kann man Kindern nur sehr schwer erklären.

Am liebsten ging ich in Sakautzkys Kurzwarenladen. Der wurde von den ältlichen Schwestern Ida und Alma geführt, von denen die eine lang und hager, die andere zwei Köpfe kleiner und bucklig war. Das Geschäft war winzig klein und der überwiegende Teil des trotzdem reichhaltigen Sortiments in riesigen Pappschachteln auf Regalen übereinandergetürmt. Nähseide, Gummiband und ähnliche alltägliche Gebrauchsartikel befanden sich in Reichweite; aber schon der Wunsch nach dunkelgrünen Knöpfen löste rege Tätigkeit aus. Die Trittleiter wurde aus der Ecke geholt, Ida bestieg dieselbe, beäugte durch das um den Hals hängende Lorgnon die Aufschriften der Kartons, entfernte die zwei oberen, um den dritten dann ihrer Schwester Alma zu reichen, die ihn auf den Ladentisch stellte und zusammen mit der Kundin anhand mitgebrachter Stoffproben die gewünschten Knöpfe aussuchte.

„Die hier sind doch sehr schön", sagte Alma, „und sogar aus echtem Horn."

„Aber ich brauche sie für ein Seidenkleid."

„Wie wäre es denn mit diesen Kugelknöpfen? Das ganze Dutzend nur fünfundachtzig Pfennig."

Die Kundin zögerte. „Ob ich nicht doch lieber weiße nehme? Die würden dann auch gleich zu den Schuhen passen."

Weiße Knöpfe waren in einer anderen Schachtel. „Das würde ich aber nicht tun", sagte Alma, „was wollen Sie machen, wenn Sie schwarze Schuhe tragen?"

Die Kundin entschied sich also für die Kugelknöpfe, und anschließend wiederholte sich die schon erwähnte Prozedur in umgekehrter Reihenfolge. Die inzwischen weggeräumte Leiter wurde zurückgeholt, Alma reichte Ida den Kasten, und Ida stellte ihn ins Regal. Sie muß — in entsprechende Relation gesetzt — jeden Monat mindestens einmal den Montblanc bestiegen haben.

Nun führten die Schwestern Sakautzky aber nicht nur Kurzwaren, sondern auch Unterwäsche. Überwiegend weiße, lila und lachsfarbene. Und natürlich Büstenhalter. Heute findet man sie in jedem Warenhaus auf dem Wühltisch, damals versteckte man sie in verschnürten Schachteln unter drei Lagen Seidenpapier. Wenn Omi wieder einmal solch ein delikates Wäschestück kaufen wollte, mußte ich draußen vor der Ladentür warten!

Obwohl es in der Ladenstraße auch ein Milchgeschäft gab, betraten wir es nur ganz selten. Milch brachte Bolle. Das ist eine ausschließlich Berliner Institution. Milchautos gibt es überall, Bolle gibt es nur in Berlin.

Wenn so gegen halb elf der Bolle-Wagen bimmelte, strömten aus fast allen Haustüren die Frauen mit Kannen, Porzellankrügen oder auch mal mit einem Kochtopf, und heimsten neben der Milch auch noch die letzten Tagesneuigkeiten ein.

„Haben Sie schon den neuen Kavalier von Kubalkes Tochter gesehen? Ist so'n ganz fescher, und jeden Freitag bringt er Blumen mit."

„Heute nacht soll der Pleisewitz ja wieder einmal seine Frau verprügelt haben!"

„Na, denn hab ick ja doch richtich jehört! Der Olle war wieda voll wie 'ne Strandhaubitze."

„Ich weiß gar nicht, wie *solche* Leute überhaupt in diese Gegend ziehen konnten."

„Wieso denn nich? Als Schuster vadient er doch janz jut."

Bolle hatte lose Milch und solche in Flaschen. Omi nahm immer lose, die war billiger. Ganz Begüterte verschmähten Bolle und warteten noch zwei Stunden, bis der Wagen von der Domäne Dahlem seine Runden drehte. Der wurde von einem Pferd gezogen, sein Kutscher trug einen Zylinder und stellte Dauerbeziehern die Milchflaschen sogar vor die Wohnungstür. Wenn die verwitwete Frau Regierungsrat mal nicht auf Reisen war, hielt er auch vor unserer Tür. —

Meine Erziehung lag ausschließlich in Omis Händen und war entsprechend ihren preußischen Grundsätzen absolut autoritär. Sie drillte mich so lange, bis ich ihren Vorstellungen von einem guterzogenen Kind entsprach.

„Du sollst gerade sitzen!"

„Du sollst bei Tisch nur reden, wenn du gefragt wirst!"

„Du sollst nicht mit vollem Mund sprechen!"

„Du sollst das Milchglas nicht immer so voll gießen!"

„Du sollst... du mußt... du darfst nicht..."

Es war mir verboten, mit fremden Leuten zu reden (auch wenn sie mich nur nach dem Weg fragten), ich durfte nicht mit fremden Kindern spielen, ich durfte sonntags nicht Roller fahren, ich durfte mich nicht außer Rufweite des Hauses aufhalten, ich durfte nicht „blöder Affe" sagen, ich durfte nicht die Finger in den Mund stecken, und ich durfte keine Bommelstrümpfe tragen, jene von mir so heißersehnten Kniestrümpfe mit kleinen Quasten an der Seite.

Dafür durfte — beziehungsweise mußte — ich: immer die Wahrheit sagen, bei Dämmerungsbeginn zu Hause sein, Geschirr abtrocknen, täglich einen Löffel Lebertran einnehmen und im Winter zwei Unterhosen tragen, davon eine aus reiner Wolle, die trotzdem kratzte.

Spaziergänge mit Omi, die meistens in der Ladenstraße endeten, wurden für mich zur Qual.

„Da hinten kommt Frau Gerlitz, vergiß nicht zu grüßen!" Waren wir schließlich auf gleicher Höhe, dann blieb ich stehen, machte einen Knicks und durfte weitergehen. Oder wir trafen eine Bekannte, die von Omi etwas wissen wollte. Dann hieß es: „Du kannst schon vorausgehen und an der Litfaßsäule warten, ich komme gleich nach."

Also spazierte ich zur Litfaßsäule, die mich herzlich wenig interessierte, weil ich noch nicht lesen konnte, und wenn ich sie zwanzigmal im Schneckentempo umrundet hatte, war Omi immer noch nicht da.

Da meine Spielkameraden einem ähnlichen Drill unterworfen waren, benahmen wir uns sogar außerhalb mütterlicher Sichtweite einigermaßen gesittet und trugen gelegentliche Streitigkeiten überwiegend mit Worten, hin und wieder aber auch mit Sandschaufeln aus. Kam ich nach Hause, um die kleine Schramme verpflastern zu lassen, examinierte Omi mich sofort:

„Wer war das?"

„Weiß ich nicht genau, ich glaube, der Uli."

„Weshalb hat er dich geschlagen?"

„Der Klaus hat angefangen, mit Steinen zu schmeißen, und wie ich dann zurückschmeißen wollte, hab' ich den Uli..."

„Wenn dieser ungezogene Junge dich mit Steinen bewirft, warum bist du nicht zu mir gekommen und hast mir das gesagt, anstatt zurückzuwerfen?"

„Was nützt denn das", maulte ich. „Du triffst doch nicht mal ein Scheunentor."

Prompt handelte ich mir eine Ohrfeige ein, und die war schmerzhafter als Ulis Sandschaufel.

Anstatt nun solche belanglosen Vorfälle auf sich beruhen zu lassen, pflegte Omi den vermeintlichen Übeltäter zur Rede zu stellen, und zwar vom Küchenfenster aus. Einmal soll sie sogar zornbebend aus der Haustür gelaufen sein und meinen Peiniger mit einer hocherhobenen Toilettenbürste in die Flucht geschlagen haben. Für letzteres kann ich mich nicht verbürgen, aber ich halte es für durchaus denkbar.

Omi liebte mich, aber sie ließ es sich nicht anmerken. ‚Eine deutsche Frau zeigt keine Gefühle!‘ hieß es damals schon, vermutlich als Training für kommende Zeiten. Meine Urgroßmutter hielt sich nicht an dieses Gebot, deshalb freute ich mich auch immer, wenn wir sie besuchten.

Urgroßmutter Meinicke wohnte am Halleschen Tor, also in einer ganz und gar nicht feinen Gegend. Und dann auch noch in einem Hinterhaus! Omi hielt diese blamable Tatsache auch vor allen Nachbarn geheim und siedelte Uroma im noblen Tiergartenviertel an, ohne zu ahnen, daß ich die Wahrheit schon überall herausposaunt hatte.

„Da gibt es einen richtigen Hof mit Mülltonnen drauf und einer Teppichstange, auf der man rumklettern kann“, erzählte ich Mümmchen begeistert, „und die Kinder dürfen alle berlinern, und keiner verbietet ihnen das.“

„Mensch“, sagte Mümmchen (was eigentlich auch schon verboten war), „da möchte ich mal hin. Könnt ihr mich das nächstemal nicht mitnehmen?“

Leider fuhren wir viel zu selten zur Uroma. Und wenn Omi dabei war, durfte ich sowieso nicht zum Spielen in den Hof. Manchmal kam es aber auch vor, daß ich über Nacht bei ihr abgestellt wurde — hauptsächlich dann, wenn Omi zu ihrem Kränzchennachmittag trabte und immer erst spätabends zurückkam. Im allgemeinen schleppte sie mich beharrlich überallhin mit: zum Friseur, zum Einkauf eines Korsetts in ein Spezialgeschäft nach Steglitz und zu Tante Friedel, deren Schäferhund mich genausowenig leiden konnte wie ich ihn.

Wurde ich aber doch mal mit Handköfferchen und Teddybär bei Uroma abgeliefert, dann fiel für mich Ostern und Weihnachten auf einen Tag.

„Und laß mir das Kind nicht mit diesen Gören da unten spielen!“ ermahnte Omi ihre Mutter regelmäßig, eine Anweisung, die Uroma geflissentlich überhörte.

Bei ihr durfte ich morgens auch die frischen Hörnchen in die Kakaotasse tunken, was den mir eingetrichterten Tischmanieren Hohn sprach. Ich durfte ‚nee‘ statt ‚nein‘ sagen und brauchte keine Haarschleife zu tragen. Die wurde erst kurz vor Omis vermutlicher Ankunft eingebunden, von ihr jedoch sofort wieder entfernt und gegen eine brettsteif gestärkte ausgewechselt, die sie vorsichtshalber mitbrachte.

Zwei Dinge gab es bei Uroma, die mich immer wieder begeisterten und von denen ich Mümmchen nie genug erzählen konnte. ,,Da gibt es überhaupt keine Toilette in der Wohnung, man muß immer eine halbe Treppe rauf und runter, und wehe, wenn du den Schlüssel vergessen hast. Dann kommste nämlich nicht rein. Bei meiner Oma hängt der gleich neben der Korridortür, mit so 'nem alten Markknochen dran. Und daneben hängt Klopapier. Das muß man auch mitnehmen, auf der Toilette liegen nämlich bloß alte Zeitungen."

Mümmchen staunte. ,,Wo badet denn deine Oma, wenn sie keine eigene Badewanne hat?"

Darüber hatte ich mir noch nie den Kopf zerbrochen. ,,Weiß ich nicht. Ich glaube, alte Leute baden überhaupt nicht mehr. Die werden ja auch nicht so schnell dreckig wie Kinder."

Zweiter Punkt meines nie erlahmenden Interesses war Uromas Morgentoilette. Über das Hemd kam ein Korsett, dann ein Unterrock, dann eine Art Halbrock, dann noch irgend etwas, das ich nicht kannte, und schließlich das Kleid. Aber nicht die vielen Wäschestücke waren es, die mich faszinierten — Omi besaß auch einige, über deren Zweck ich mir nie klar wurde —, sondern Uromas Frisur. Die schütteren grauen Haare waren nämlich zu einem unverhältnismäßig dicken Zopf geflochten und am Hinterkopf in Form einer großen Schnecke aufgesteckt. Zog Oma vor dem Schlafengehen die Nadeln aus dem Zopf und paßte dabei nicht auf, dann fiel ein großer Teil der Haarpracht zu Boden. Heute würde man wohl vornehm ,,Haarteil" dazu sagen, damals hieß das Ding aber ,,falscher Wilhelm".

Dieses Erzeugnis der Friseurkunst klemmte Oma morgens in einer Tischschublade fest, bearbeitete es mit Kamm und Bürste und fabrizierte wieder eine Schnecke daraus.

,,Ziept das nicht ganz ekelhaft?" wollte ich einmal wissen.

,,Ich bin nicht so empfindlich", antwortete meine Urgroßmutter, zu längeren Erklärungen offenbar nicht aufgelegt.

,,Komisch, bei mir ziept das immer."

Omis jahrelangen Bemühungen, ihre Mutter aus der beklagenswert unattraktiven Gegend herauszuholen und sie in das viel feinere

Zehlendorf zu verpflanzen, scheiterten. Uroma lebte schon seit Jahrzehnten in derselben Straße, erst im Vorderhaus, nach dem Tode ihres Mannes im Hinterhaus, weil da die Wohnungen kleiner und billiger waren; und sie dachte gar nicht daran, die gewohnte Umgebung aufzugeben.

,,Wenn Malchen die Gegend nicht paßt, braucht sie ja nicht herzukommen.‘‘

(Malchen war Omi, die eigentlich Amalie hieß und zeit ihres Lebens diesen Namen verwünscht hat).

In den letzten Kriegstagen wurde Omas Hinterhaus von einer Bombe getroffen. Sie selbst kam zwar mit dem Leben davon, hatte aber außer dem 24teiligen Fischbesteck nichts retten können. Kurz danach ist sie gestorben, ohne daß man eine genaue Todesursache hatte feststellen können.

Das Fischbesteck erbte Omi, hat es aber meines Wissens nie benutzt, weil wir den gekochten Schellfisch seit jeher mit zwei Gabeln zu essen pflegten.

Wann ich zum erstenmal von meiner Mutter das Wort Krieg hörte, weiß ich nicht mehr, aber ich hätte mir ohnehin nichts darunter vorstellen können. Krieg war etwas, das sich irgendwo in Amerika zwischen Weißen und Indianern abspielte und den die Indianer immer verloren. Meine Kenntnisse stammten von Lothars Bruder Hartmut und dessen Freund Maugi, der richtig Maximilian hieß und schon in die vierte Klasse ging.

,,Also du, Mümmchen, Helga und Klaus spielen die Komantschen, die Old Surehand gefangen haben. Das ist Lothchen. Und wenn ihr ihn gerade am Marterpfahl rösten wollt — ihr bindet ihn einfach an den Pfahl vom Briefkasten, hier ist Strippe! —, dann werden Hartmut und ich euch umzingeln und unseren Blutsbruder trotz der gewaltigen Übermacht befreien. Und wehe dir, Mümmchen, wenn du wieder spuckst!‘‘

,,Ich spiele nicht mit‘‘, erklärte die vorsichtshalber. ,,Krieg ist doof.‘‘

Das fand ich auch, und deshalb begriff ich nicht, weshalb Erwachsene das ebenfalls spielen wollten.

Inzwischen wurde dieser Krieg zu Hause immer häufiger erwähnt und besonders ausgiebig diskutiert, wenn wir bei Helmbergs waren. Bei Helmbergs handelte es sich um meine Großeltern väterlicherseits, die eine Sechs-Zimmer-Wohnung in der Nähe des Breitenbachplatzes bewohnten und bei denen wir alle zwei Wochen sonntags zum Essen zu erscheinen hatten. Mein Großvater war Beamter und bekleidete als solcher einen leitenden Posten in der Stadtverwaltung. Gewissermaßen gehörte er also zur Regierung, und wenn seine politischen Ansichten auch nicht unbedingt kompetent waren, so galten sie innerhalb der Familie zumindest als gut fundiert.

„Natürlich gibt es keinen Krieg", erklärte er dann auch mit voller Überzeugung, „aber vielleicht wäre es doch angebracht, mein lieber Heinz, wenn du die Stellung bei deinem Exporteuer aufgibst und in den Staatsdienst wechselst. Das ist etwas Sicheres."

Vati wollte aber auf keinen Fall Beamter werden. „Alle zehn Jahre Beförderung, und mit fünfundsechzig Bauch und Pension — nein danke!"

Mithin war Vati das schwarze Schaf der Familie, denn ich entstamme einer wahren Beamtenhierarchie. Bekanntlich gab es eine Zeitspanne, während der man seine arische Abstammung nachzuweisen hatte, und im Zuge dieser Ahnenforschung entdeckten wir, daß meine Vorfahren alle irgendeinen Beamtenstatus innegehabt hatten.

Da hatte es in Aschersleben einen Nachtwächter gegeben und in Stendal einen Stadtschreiber, ein Zollbeamter war daruntergewesen und ein Stadtverweser, was immer das auch gewesen sein mag. Väterlicherseits ließ sich der Stammbaum noch weiter zurückverfolgen. Der erste nachweisliche „Beamte" dürfte der Hofarzt eines mecklenburgischen Fürsten gewesen sein, der seinem Medicus später eine Leibrente ausgesetzt hatte — in die heutige Sprache transponiert, also: eine Pension.

Als ich später vor der Berufswahl stand und mich für den Journalismus entschied, war mein Großvater sichtlich enttäuscht. „Wenn du schon unbedingt zur schreibenden Zunft willst, dann geh wenigstens nach Bonn. Die Regierung braucht ja auch Schreiberlinge. Vielleicht wird doch noch eine Beamtin aus dir."

Ich wurde keine. Und was noch viel schlimmer war: Ich habe nicht mal einen Beamten geheiratet! Meinen Großvater nannte ich Opa, denn ich hatte ja nur einen. Dafür besaß ich neben Omi bekanntlich noch eine Urgroßmutter, zu der ich Oma sagte; und so wurde die väterliche Großmutter Omimi gerufen, was etwas albern klang, mir aber die Unterscheidungen der diversen Omas wesentlich erleichterte.

Omimi mochte ich nicht besonders. Sie war etwas verschlossen, fand zu Kindern keinen rechten Kontakt und setze Omis Erziehungsmaßnahmen in erweitertem Umfang fort.

„Ein gut erzogenes Kind erhebt sich von seinem Platz, wenn ein Erwachsener das Zimmer betritt!" Also hüpfte ich künftig wie ein Stehaufmännchen auf meinem Stuhl herum.

„Es sieht sehr unschön aus, wenn kleine Mädchen mit zerzausten Haaren herumlaufen." (Omi hat vor meinem ständigen Wuschelkopf bereits seit langem kapituliert).

„Man umklammert eine Kuchengabel nicht wie einen Zaunpfahl!"

„Man streckt anderen Kindern nicht die Zunge heraus!"

„Man sagt nicht..."

Nein, also für Omimi hatte ich nicht allzuviel übrig. Außerdem setzte sie uns bei den sonntäglichen Mahlzeiten häufig Grünkohl vor, den ich verabscheute, aber trotzdem hinunterwürgen mußte, weil ich ja gut erzogen war. Meinen Großvater dagegen liebte ich und schaute bewundernd zu ihm auf. Man kann das ruhig wörtlich nehmen, denn er war mit seinen 1.82 Metern die überragendste Person der gesamten Familie. Haare hatte er nicht mehr, dafür aber einen kleinen grauen Schnurrbart und eine Taschenuhr mit zwei Deckeln, auf die ich schon damals Erbansprüche erhob. Opa regierte seinen Haushalt mit der gleichen Konsequenz, für die er auch in seinem Büro bekannt war. Fehler duldete er nicht. Regelmäßig kontrollierte er Omimis Haushaltsbuch, und wenn er auf den Posten „Sonstiges" stieß, forschte er nach. „Sonstiges gibt es nicht!" behauptete er steif und fest.

„Ich weiß aber wirklich nicht mehr, wofür ich die eine Mark fünfundzwanzig ausgegeben habe", sagte Omi, „ich kann mir doch nicht alles merken."

Irgendwann gestand sie dann aber doch, daß „Sonstiges" ein Haarnetz gewesen war, worauf Opa keineswegs das neue Haarnetz bemängelte, sondern lediglich die Fehlbuchung seiner Frau. „Derartige Dinge gehören zur Kategorie Kleidung und sollten extra verbucht werden."

Alle Vierteljahre verglich er die verbrauchte Menge bestimmter Artikel mit den Einkäufen des vergangenen Quartals. Erschien ihm der Unterschied zu groß, so forschte er nach der Ursache des gestiegenen Verbrauchs. Das geschah übrigens nicht aus Sparsamkeit —

denn er war alles andere als geizig —, sondern nur aus Prinzip. Im Rahmen dieser Buchführung entdeckte er einmal, daß sich die Ausgaben für Toilettenpapier fast um das Doppelte erhöht hatten, und er ordnete Zurückhaltung an.

„Jetzt wische ich ihm aber doch mal eins aus!“ sagte meine Mutter, und weil Opa wenige Tage später Geburtstag hatte, kaufte sie eine 400-Blatt-Rolle Klopapier, numerierte die einzelnen Blätter, rollte die Papierschlange wieder zusammen, umhüllte das Ganze mit grünem Blumenkrepp, stopfte ein Alpenveilchen hinein und überreichte dieses Arrangement ihrem Schwiegervater. Dazu bekam er noch eine sorgfältig geschriebene und in einzelne Punkte gegliederte Gebrauchsanweisung, wer wann wie viele Blätter Klopapier benutzen darf und daß bei Durchfall ein ärztliches Attest beizubringen sei.

Opa führte über alles Buch. Er konnte noch nach Jahrzehnten belegen, wann mein Vater seinen ersten Zahn bekommen und wann er ihn wieder verloren hatte, wie oft und weshalb er krank gewesen war und wie seine Lehrer hießen. Sogar seine Zeugnisnoten sind der Nachwelt — also mir! — erhalten geblieben und haben sich später als sehr nützlich erwiesen.

Übrigens gehörte zur Familie Helmberg auch noch Onkel Egon, der jüngere Bruder meines Vaters. Er war sehr stolz auf seine Nichte und legte größten Wert darauf, daß ich ihn, den damals Siebzehnjährigen, mit Onkel anredete. Leider ist er gleich zu Beginn des Rußlandfeldzugs gefallen.

2

Und eines Tages war er dann wirklich da, der Krieg.

Die ersten Auswirkungen bekam ich zu spüren, als mein Vater in Uniform vor der Tür stand und sehr heroisch aussah. Er hatte sich freiwillig gemeldet.

„Mein Jahrgang ist doch als erster dran“, hatte er seine übereifrige Pflichterfüllung begründet, „und als Freiwilliger kann ich mir wenigstens die Waffengattung aussuchen. Ich habe mich zur Flak gemeldet. Diese Dinger kann man nicht schultern wie Maschinengewehre, also werden mir Fußmärsche hoffentlich erspart bleiben.“

„Warum hast du denn nicht die Offizierslaufbahn eingeschlagen?" wollte Omi wissen. „Als Abiturient stehen dir doch jetzt alle Wege offen."

Vati winkte ab. „Ich bin doch nicht verrückt. Offiziere sind immer die letzten, die aus Gefangenenlagern entlassen werden. Im übrigen dürfte dir bekannt sein, Schwiegermama, daß man auch als ganz einfacher Gefreiter Karriere machen kann, wenn man nur genügend Größenwahn mitbringt."

Das war eine defätistische Äußerung, und mir wurde eingebleut, daß ich darüber zu schweigen hätte.

Viel wichtiger als der Krieg war für mich ohnehin die bevorstehende Einschulung. Dieses Ereignis fand im April 1940 statt, kurz vor meinem sechsten Geburtstag. Deshalb bekam ich mein Geschenk auch etwas früher.

„Ich habe noch einen richtigen Lederranzen aufgetrieben", freute sich Mami, als sie mir den unerläßlichen Tribut meiner neuen Würde zum erstenmal umschnallte. „Die meisten sind schon aus präparierter Pappe."

Natürlich war auch die Schultüte besonders schön und besonders groß, und nachdem ich mit diesem Unding längelang auf das Straßenpflaster geknallt war, schleppte Omi es bis zur Schule und auch wieder zurück.

Den Schulweg kannte ich bereits. Die Schule auch. Sie war ausschließlich Mädchen vorbehalten, denn von Koedukation hielt man damals noch nicht sehr viel. Wenn wir zum Friedhof gingen, um meinen toten Großvater zu begießen, dann kamen wir immer an der Zinnowwaldschule vorbei, einem modernen Fachbau, direkt am Waldrand gelegen und von hohen Kiefern umstanden. Selbige gewährten Schutz vor Feindeinsicht; zumindest fanden das die Herren vom Roten Kreuz und verwandelten die Schule ziemlich bald in ein Lazarett. Die ausquartierten Kinder wurden auf andere und wesentlich entferntere Schulen verteilt.

Meine erste Lehrerin hieß Fräulein Korody, trug die Haare zu Zöpfen geflochten und als Affenschaukeln aufgesteckt, erschien mit Vorliebe in BDM-Uniform und brachte uns zunächst einmal das Deutschlandlied bei, und davon alle drei Strophen.

„Das ist unsere Nationalhymne", verkündete sie mit verklärtem Blick. „Damit sie euch in Fleisch und Blut übergeht, werden wir sie jeden Morgen vor Unterrichtsbeginn singen."

Also standen wir pflichtgemäß morgens neben unseren Bänken

und sangen „Deutschland, Deutschland über alles...“ Selbstverständlich mußte auch der ausgestreckte Arm in die Höhe gehalten werden, und weil der regelmäßig nach der zweiten Strophe erlahmte, nahm ich manchmal den linken. Natürlich wurde das entdeckt, Fräulein Korody holte mich zur Strafe nach vorne, hielt der gesamten Klasse und besonders mir einen Vortrag über Selbstbeherrschung und Zähigkeit; und während der folgenden Tage hatte ich das morgendliche Ritual neben der Tafel zu überstehen. Nach ein paar Monaten meldete sich Fräulein Korody zum Kriegseinsatz, und wir bekamen Fräulein Luhde.

Die war etliche Jahrzehnte älter als ihre Vorgängerin, trug ihre spärlichen grauen Haare in treppchenartigen Wellen und bevorzugte Kleider, für die sie zwanzig Jahre zu alt war. Außerdem bewertete sie weniger die Leistungen ihrer Schülerinnen, sondern eher deren sozialen Status.

Ihr erklärter Liebling war Ingrid. Sie war nicht nur adelig, ihr Vater gehörte als Luftwaffenoberst sogar zum Generalstab, und deshalb zählte sie in Fräulein Luhdes Augen zu den Privilegierten der Klasse. Sie wurde automatisch Vertrauensschülerin (heute sagt man Klassensprecher), hatte das Klassenbuch zu verwalten, Schwatzliesen zu melden und die Diktathefte ins Lehrerzimmer zu bringen. Mangelnde Intelligenz glich sie durch Hochnäsigkeit aus; aber sie galt offiziell als Klassenbeste und glaubte es bald selber.

Besonderer Gunst erfreute sich auch Ilse, obwohl sie hinten bloß Schulz hieß. Aber ihr Vater besaß eine Fabrik für irgendwelche kriegswichtigen Erzeugnisse; er ließ seine Tochter immer mit dem Auto von der Schule abholen, und manchmal durfte Fräulein Luhde mitfahren.

„Wir haben ja fast den gleichen Weg“, entschuldigte sie diesen offensichtlichen Gunstbeweis.

Ilse war auch die einzige, die unserer Lehrerin jeden Sonnabend ein Päckchen aufs Katheder legte, wobei sie immer sehr beziehungsreich lächelte.

„Was is'n da drin?“ wollten wir natürlich wissen.

„Seid doch nicht so neugierig“, wehrte Ilse ab und preßte das geheimnisvolle Päckchen vorsichtshalber gegen die Brust. „Mein Vater hat gesagt, das geht euch überhaupt nichts an!“

Einmal fiel es aber doch herunter, platzte auf, und heraus rollten Kaffeebohnen. Jetzt wußten wir endlich, weshalb Ilse immer Zweien schrieb.

Omi war bestrebt, aus mir eine Musterschülerin zu machen. Hatte ich die Hausaufgaben nicht sorgfältig genug erledigt, was nach ihrer Ansicht meistens der Fall war, dann wischte sie mein Geschreibsel kurzerhand wieder aus, und ich mußte von vorne anfangen. Als ich über das Schiefertafel-Stadium hinaus war und Hefte benutzte, riß sie die beanstandeten Seiten kurzerhand heraus. Meine Hefte litten an chronischer Schwindsucht. Beschwerte ich mich abends bei meiner Mutter, die nach ihrer Heimkehr meist als seelischer Mülleimer herhalten mußte, dann erntete ich immer ein verständnisvolles Zwinkern.

„Nimm's nicht so tragisch. Die gleichen Methoden hat Omi schon bei mir angewandt. Außerdem muß sie die jetzt sowieso ändern. Schulhefte werden auch rationiert."

Obwohl Omi sich wirklich redliche Mühe gab, mir die Schule madig zu machen, wurde ich eine ganz passable Schülerin. Das zeigte sich immer bei der halbjährlichen Zeugnisverteilung. Zuerst mußten wir in der Aula eine Ansprache des Rektors über uns ergehen lassen, gefolgt vom Absingen vaterländischer Lieder, dann brüllten wir dreimal „Führer, Sieg Heil", und danach durften wir endlich in unsere Klassenzimmer marschieren.

Am Nachmittag fuhr ich nach Schmargendorf zum Kassieren. Von Omimi bekam ich einen Kuß und einen Bogen Abziehbilder. Opa dagegen zückte Portemonnaie und Brille, bevor er sich ans Rechnen machte.

„Nun zeig mal her. Na, das sieht ja wieder ganz erfreulich aus. Sechs Einser sogar und vier Zweien. Für die Drei in Musik gibt es natürlich nichts, aber es bleibt immer noch genug übrig."

„Genau acht Mark", sagte ich eifrig, denn ich hatte das zu erwartende Honorar natürlich längst ausgerechnet. Schwierigkeiten bei der Bewertung gab es zum erstenmal, als in der Zeile für „besondere Bemerkungen" der befremdende Satz stand: „Evelyn tat sich besonders hervor im Sammeln von Altpapier". Opa honorierte diesen Beweis offensichtlicher Vaterlandsliebe vorsichtshalber mit drei deutschen Reichsmark.

Heute nennt man es Recycling, wenn man leere Flaschen in die dafür vorgesehenen Behälter wirft, auf daß sie einer Wiederverarbeitung zugeführt werden. Damals nannte man so etwas „Rohstoffverwertung", und wir Schulkinder wurden angehalten, diese Rohstoffe zu sammeln. Fräulein Luhde hatte uns die Sache gründlich erklärt.

,,Die Bevölkerung wird durch Rundfunk und Presse von dieser Sammelaktion verständigt und aufgerufen, Stanniolpapier, Zeitungen und hauptsächlich Spinnstoffe bereitzustellen. Ihr Kinder werdet die Sachen abholen und könnt auf diese Weise auch schon unseren tapferen Soldaten helfen.“

Das wollten wir ja recht gern tun, nur begriffen wir nicht, was unsere Soldaten mit alten Zeitungen anfangen sollten.

Am begehrtesten waren ohnehin ,,Spinnstoffe“, aber die bekamen wir bestenfalls in Form von Lumpen. Alte Kleider gab es nicht mehr. Die hatte man entweder in einem verfrühten Anflug von Spendenfreude schon längst beim Roten Kreuz abgeliefert oder selbst wieder verwertet, indem man aus zwei alten Kleidern ein neues schneiderte. Tante Else hatte es in dieser Kunst schon zu beachtlichen Fähigkeiten gebracht.

Das anfangs noch ganz interessante, später verhaßte Altpapiersammeln spielte sich nach festen Regeln ab. Jeweils zwei Schulkinder pilgerten von Tür zu Tür und leierten ihr Sprüchlein herunter, in dem so gewichtige Worte wie ,,vaterländische Pflicht“ und ,,Volksbewußtsein“ vorkamen. Je nach Temperament der Angeprochenen bekamen wir entweder drei oder vier alte Zeitungen ausgehändigt, oder uns wurde die Tür vor der Nase zugeschlagen, wobei nicht immer sehr freundliche Bemerkungen fielen. ,,Verdammte Bettelei“ oder ,,ick brauch det Käseblatt selba, det kommt jeden Abend uff'n Lokus!“ waren noch die harmlosesten und keineswegs von Vaterlandsbegeisterung geprägt.

Unsere erbeuteten Schätze trugen wir zu dem alten Kinderwagen, mit dem wir immer herumzogen und der ständig vom dritten Mitglied unserer Gruppe bewacht werden mußte. Schließlich hausierten ja nicht nur wir allein, und Raubzüge von anderen Sammlern kamen gelegentlich vor.

Einmal wöchentlich karrten wir unsere Ausbeute zur Schule, wo sie gewogen, die ermittelten Kilogramm in Punkte umgerechnet und in ein Buch eingetragen wurden. Am Jahresende erhielten die besten Sammler eine öffentliche Belobigung und ein Exemplar von Hitlers ,,Mein Kampf“.

Ich habe übrigens nie eines bekommen, aber wir hatten sowieso schon zwei. ,,Das eine hat Vati mal bei einem Tennisturnier gewonnen“, sagte meine Mutter und stellte das bedeutende Werk wieder in den Bücherschrank, ,,im Jahr davor hatte es noch Pokale gegeben. Na ja, und das hier" — damit präsentierte sie mir ein Prachtexemplar in Ledereinband — „habe ich von meinem Patenonkel zum Geburtstag bekommen. Dabei hatte ich ausdrücklich gesagt, welche Handschuhgröße ich habe und daß Braun meine Lieblingsfarbe ist."

Die lobende Erwähnung im Zeugnis hatte ich der Tatsache zu verdanken, daß ich kurzerhand sämtliche Sportzeitschriften, die Vati im Keller gestapelt hatte, requirierte und heimlich ablieferte. Dasselbe machte ich mit Omis Kundenzeitungen. Die sammelte sie nämlich, weil sie alle darin enthaltenen Romane erst dann las, wenn auch die letzte Fortsetzung vorlag.

Dann begann die Aktion Knüllpapier, und jetzt platzte endlich auch Omi der Kragen. „Es kommt überhaupt nicht in Frage, daß du für andere Leute den Müll zusammenklaust! Wenn die da oben den Krieg nicht ohne leere Mehltüten gewinnen können, dann sollen sie ihn beenden."

Unter Knüllpapier verstand man nämlich jede Art von Papierabfällen, angefangen von Briefumschlägen bis zu Einwickelpapier von Fleisch und Butter. Dieses nicht gerade appetitliche Altmaterial sollten wir nun auch noch sammeln.

„Reni, du schreibst dem Kind eine Entschuldigung!" befahl Omi, und meine Mutter schrieb eine. Sie hat noch sehr viele geschrieben, und die immer variierenden Begründungen, weshalb ich mal wieder nicht meiner Sammelpflicht nachgekommen war, stellten nicht unerhebliche Anforderungen an Mamis Phantasie.

Eine weitere, speziell von uns Kindern sehr beklagte Auswirkung des Krieges war die Tatsache, daß es jetzt so viele Leute mit amtlichen Funktionen gab, und alle wollten uns irgend etwas verbieten.

Bisher hatten wir uns lediglich mit dem Hauswart — in Berlin „Portjeh" genannt — auseinanderzusetzen gehabt, aber dessen Spielregeln kannten wir. Das Betreten der Vorgärten war natürlich verboten, im übrigen auch nicht empfehlenswert, denn Hagebuttensträucher pieken. Trotzdem drangen wir manchmal in das Gestrüpp, und prompt erschien Herr Lehmann auf der Bildfläche.

„Ick hab' euch schon hundertmal jesacht, det ihr nich in die Anlagen sollt. Die sind bloß für die Oogen und nich für euch Rotznasen!"

„Mir ist aber der Ball reingefallen", entschuldigte ich mich.

„Denn mußte'n ebent liejenlassen. Nächste Woche kommt wieder der Järtner, der holt'n denn schon."

Verboten war auch das Abstellen von Rollern und Puppenwagen im Hausflur. Selbige Gefährte gehörten in den Keller; nur hielt sich niemand an diese Anordnung. Stolperte Herr Lehman mal wieder über ein Dreirad — er stolperte immer und als einziger —, dann griff er sich das Hindernis und schleppte es eigenhändig in den Keller. Fünf Minuten später stand es wieder im Flur. Mümmchens Gebrüll wegen des vermeintlich geklauten Dreirads hatte den kriminalistischen Spürsinn der Spreewälderin Grete geweckt.

Auch unsere Hopse-Felder waren Herrn Lehmann ein ständiger Dorn im Auge. „Müßt ihr denn immer die janze Straße vollmalen?"

„Ist das denn auch verboten?"

„Nee, det nu nich jrade, aber schön sieht det nu wirklich nich aus. Könnt ihr nich lieber mit eure Murmeln spielen?"

Auch für die Einhaltung der Mittagsruhe fühlte er sich verantwortlich. Traktierte ich zwischen 13 und 15 Uhr das Klavier, dann klingelte er unweigerlich an der Wohnungstür. „Et is ja nich so, det ick keen Kunstverständis nich habe, aber et jibt ooch Leute, die wo um diese Zeit schlafen tun, und det ist man ihr jutes Recht." Mit Frau Lehmann kamen wir besser aus. Sie drückte schon mal ein Auge zu. Außerdem waren wir Kinder angehalten, sie höflich zu behandeln, denn sie half immer bei der großen Wäsche mit. Natürlich gegen angemessene Bezahlung, Mittagessen inklusive.

Jetzt gab es neben Herrn Lehmann, dem Portjeh, auch noch einen Blockwart. Das war Herr Bentin, der im Nebenhaus wohnte, deutlich sichtbar das Parteiabzeichen trug und sich bemühte, seinem Ideal auch äußerlich zu ähneln. Er ließ sich einen kleinen Schnurrbart Marke Rotzbremse wachsen, verlagerte den bisherigen Mittelscheitel etwas nach rechts und versuchte vergeblich, auch noch die erforderliche Haarsträhne in die Stirn zu kämmen. Das scheiterte allerdings an den stark ausgeprägten Geheimratsecken. Dafür grüßte Herr Bentin sehr zackig mit „Heil Hitler", während wir weiterhin „Guten Tag" sagten. Er kassierte die Mitgliedsbeiträge bei den Parteigenossen und achtete darauf, daß an den vorgeschriebenen Tagen auch ordnungsgemäß geflaggt war. Spätestens um acht Uhr hatten die Fahnen draußenzuhängen, sonst klingelte es an der Tür.

„Wissen Sie nicht, welches Datum wir heute schreiben?"

,,Doch", sagte Omi, ,,den neunten November. Ich weiß das deshalb so genau, weil meine Kusine Geburtstag hat und ich nachher zum Kaffeetrinken fahre. Aber was geht Sie das überhaupt an?"

,,Ihre Kusine interessiert mich nicht", bellte Herr Bentin. ,,Das deutsche Volk gedenkt heute des historischen Marsches zur Feldherrnhalle und..."

,,Ach ja, die Fahne. Gut, daß Sie mich erinnern, ich wollte sie schon gestern vom Boden holen."

Worauf Herr Bentin einiges nicht sehr Schmeichelhaftes in sein Bärtchen murmelte und wieder abzog. Allerdings behielt er so lange unser Küchenfenster im Auge, bis die Fahne endlich draußenhing.

Herr Bentin verteilte auch die Lebensmittelkarten, wenigstens in den ersten Monaten, später mußte man diese lebenswichtigen Papiere bei den amtlichen Kartenstellen selber holen. Anfangs waren sie noch sehr zahlreich und verhältnismäßig groß, später schrumpften sie immer mehr zusammen und bestanden schließlich nur noch aus einem Blatt in Briefbogengröße. Da gab es eine rote Karte für Brot, eine blaue für Fleisch, gelb stand für Fett und Käse und grün für entrahmte Frischmilch. Nährmittel konnte man unter Abgabe von rosa Marken kaufen, und Tabakwaren bekam man für die braunen Abschnitte. Soweit ich mich erinnere, gab es für Männer und Frauen gesonderte Raucherkarten, denn ,,eine deutsche Frau raucht nicht!" Meine Mutter war demnach keine, denn sie tauschte die übriggebliebenen Brotmarken immer gegen Zigaretten ein.

Dann gab es noch Spinnstoffkarten. Die waren besonders wichtig, weil man ohne sie nicht einmal mehr ein Paar Strümpfe kaufen konnte.

Es dauerte eine ganze Weile, bis wir uns an den Umgang mit diesen Karten gewöhnt hatten. In der ersten Zeit vergaß Omi sie regelmäßig und kam jedesmal wütend zurückgetrabt, um zunächst einmal die halbe Wohnung auf den Kopf zu stellen. ,,Wo hab' ich nun bloß wieder die Kartentasche hingelegt? Ich weiß ganz genau, daß ich sie gestern noch auf dem Dielentisch gesehen habe. Da hat doch sicher Reni..."

Reni hatte nicht, denn die Kunststofftasche mit den ziehharmonikaartig auseinanderzufaltenden Fächern fand sich im Küchenschrank, direkt neben der angeschlagenen Zuckerdose, in der das Kleingeld für die Sammelbüchsen aufbewahrt wurde. Irgend jemand kam immer und sammelte für irgendwas.

Auch an die neuartigen Schaufensterschilder mußten wir uns erst gewöhnen. Da stand zum Beispiel neben einem schlichten Stück Bienenhonig der Preis, und daneben war zu lesen: 20 g Z, 10 g Nm. Weil Omi neben der Kartentasche meistens auch ihre Brille mitzunehmen vergaß, mußte ich übersetzen.

„Der Kuchen kostet vierzig Pfennig, zwanzig Gramm Zucker und zehn Gramm Nährmittel."

„Aha. Und was steht neben der Torte?"

„Dreißig Gramm Zucker, zwanzig Gramm Nährmittel und zwanzig Gramm Fett", dolmetschte ich.

„Dann essen wir lieber Knäckebrot mit Marmelade", entschied Omi, „und überhaupt macht das Einkaufen keinen Spaß mehr."

Eine weitere amtlich bestellte Person war der Luftschutzwart. Bei uns bekleidete diesen Posten Frieda Seifert. Sie war etwa Mitte Dreißig, trug immer graue Trainingshosen und Kommißstiefel, hatte ein Pferdegebiß und einen ewig kläffenden Foxterrier namens Struppi. Unter ihrer Anleitung übten wir alle vierzehn Tage „das Verhalten bei Luftangriffen sowie die Bekämpfung derselben". So nämlich lautete die Überschrift des hektographierten Rundschreibens, mit dem sämtliche Bewohner der Häuser 168 — 176 „zur ersten Unterweisung in der Handhabung von Feuerlöschgeräten" befohlen wurden. Mitzubringen seien gefüllte Wassereimer und Spaten. So nicht vorhanden, habe man sich mit anderen geeigneten Werkzeugen zu behelfen. Omi nahm meine Sandschaufel mit, die hatte einen dreißig Zentimeter langen Stiel.

Schauplatz des Unternehmens war die hinter den Häusern gelegene große Rasenfläche, die unbegreiflicherweise „Gärtchen" genannt und von einem kleinen Weg begrenzt wurde, der zum Müllhaus führte. Dort standen die großen Abfalltonnen, in die wir unsere Mülleimer leerten.

An dem vorgesehenen Abend fanden sich also weisungsgemäß die Hausbewohner auf der Wiese ein, bildeten Grüppchen und diskutierten über die Sinnlosigkeit der angesetzten Übung.

„Was soll das Ganze überhaupt?" Frau Hülsner stellte ihren Wassereimer ab und trocknete sich den linken Fuß mit einem Grasbüschel. „Ich bin gerade beim Einwecken und habe eigentlich gar keine Zeit. Lothchen, nimm sofort die Hände aus dem Wasser!"

Herr Molden rammte einen nagelneuen Spaten in den Rasen.

,,Gestern extra gekauft. Aber so was kann man ja immer gebrauchen."

,,Heute früh gab's bei Otto nicht ein Gramm Zucker. Ob der jetzt auch knapp wird?"

Herr Zillig kam angetrabt. ,,Hat die Vorstellung denn noch nicht angefangen? Wenn wir noch lange warten, sind die Tommies da, bevor wir überhaupt wissen, wie ein Feuerlöscher aussieht."

,,Ach, Unsinn", sagte Herr Molden. ,,Hermann Göring hat erst kürzlich gesagt, daß er Meier heißen will, wenn auch nur ein feindliches Flugzeug den deutschen Luftraum erreicht."

,,So? Na, dann sollte er sich aber schleunigst um seine neuen Papiere kümmern."

Endlich kam Frieda. Ihr Auftritt entbehrte nicht der erhofften Wirkung, denn Mümmchen fing sofort an zu schreien. ,,Muttiii! Da kommt der Teufel!"

Zu den Trainingshosen und den Stiefeln trug Frieda jetzt eine dunkelblaue Gummijacke und eine Art Feuerwehrhelm mit Nackenschutz. Ihr Gesicht war verdeckt durch eine schwarze Maske, die an einen Totenkopf erinnerte und in Höhe des Mundes noch von einer silbrigen, durchlöcherten Scheibe verunziert war.

Mümmchen brüllte immer noch und beruhigte sich erst, nachdem Frieda die Gummimaske vom Kopf gezerrt hatte. ,,Das ist eine Gasmaske", belehrte sie uns. ,,Nachher werde ich jedem eine aushändigen. Dieselbe hat künftig griffbereit zu sein!"

Dann verteilte sie hellbraune Papiertüten und forderte uns auf, diese mit Sand zu füllen. Wir hatten aber keinen, denn rundherum war Rasen.

,,Da jeht mir aber keener ran", protestierte Herr Lehmann, ,,hier is doch keen Buddelplatz."

,,Luftschutz ist kriegswichtig!" sagte Frieda. ,,Alles andere hat zurückzustehen."

,,Aba nich mein Rasen!"

Bevor die beiden Kontrahenten handgreiflich werden konnten, hatten ein paar entschlossene Männer die Tüten mit Grunewalderde gefüllt. Oben piekten Tannennadeln heraus.

,,Alle Mann hergucken!" befahl Frieda. Dann zog sie eine Handvoll Kiefernzapfen — hierorts Kienäppel genannt — aus der Hosentasche, häufte sie übereinander und entzündete ein kleines Feuerchen. Anschließend ergriff sie eine Sandtüte und hielt sie nach unten über die Flammen. Nach einiger Zeit war dann auch tatsächlich der Rasen durchgebrannt, der Sand fiel erwartungsgemäß heraus und löschte das Feuerchen.

Das sollten wir nun üben. Bald loderten überall kleine Feuer auf, und wir bemühten uns folgsam, die Tüten vorschriftsmäßig über das Zentrum der Flammen zu halten und sie auf diese Weise wirksam zu bekämpfen. Allerdings glimmte bei manchen die Tüte an der Seite, so daß der Sand neben das Feuer rieselte. Omi verbrannte sich die Finger und ließ vorsichtshalber die ganze Tüte fallen, die dann fröhlich weiterqualmte, Frau Molden goß sich den Sand über die Füße... sehr zufriedenstellend waren unsere Brandbekämpfungsversuche jedenfalls nicht. Das stellte auch Frieda fest.

„Wie werden das jede Woche wiederholen, und zwar so lange, bis es klappt. Sie können ja auch schon privat mal ein bißchen üben."

Später mußten wir den Umgang mit Feurpatschen lernen, die genauso aussahen wie Omis Fliegenklatsche. Frieda unterwies uns gründlich in die Handhabung dieses Instruments, und wir sahen interessiert zu, wie sie damit auf die Gänseblümchen einschlug. „Und immer gut aufpassen, daß Sie nicht mit den Füßen im Feuer stehen."

„Das merken wir dann schon", versicherte Herr Zillig beruhigend mit todernster Miene.

Den Abschluß dieser denkwürdigen Übung bildete die Verteilung und Anprobe der Gasmasken. Als ich mir das ekelhaft stinkende Ding endlich über den Kopf gestülpt hatte, bekam ich keine Luft mehr, kriegte es aber auch nicht mehr ab. Und nur dem beherzten Eingreifen von Herrn Molden ist es zu verdanken, daß ich nicht als erstes Luftschutzopfer Berlins in die Annalen der Stadt eingegangen bin. Später stellte sich heraus, daß bei meiner Maske der Filter defekt gewesen war.

Etwa sechs Wochen nach unserer ersten Luftschutzübung erschien Herr Lehmann mit mehreren Soldaten im Schlepptau und verlangte die Aushändigung der Kellerschlüssel.

„Nu wird die Heimatfront uffjebaut. Wir kriejen Luftschutzkeller."

Omi stiefelte mit. Schließlich konnte man nicht wissen, ob sich nicht jemand an ihrem Eingemachten vergreifen würde.

Einer der Soldaten — im Zivilberuf Bauingenieur und den nie zu ergründenden militärischen Gepflogenheiten entsprechend der Marine zugeteilt, jetzt aber zum Sondereinsatz abgestellt — prüfte die einzelnen Keller, klopfte die Wände ab, hantierte mit Zollstock und Rechenschieber und erklärte schließlich: „Der zweite hier ist als Luftschutzraum am besten geeignet." Das war der Keller von Herrn Jäger, vollgestopft mit alten Möbeln, Matratzen, zwei Regalen voller Weckgläser und 30 Zentner Briketts.

„Das Zeug muß alles raus. Kohlen und Vorräte können auf andere Räume verteilt werden, und der ganze Krempel da hinten muß sowieso weg, der bedeutet erhöhte Brandgefahr."

Frau Jäger hatte sich inzwischen auch in den Keller bemüht und zuckte unter den diktatorischen Anweisungen betreten zusammen. „Was wird bloß mein Mann dazu sagen?" flüsterte sie entsetzt.

Herr Jäger sagte nichts; aber er bekam einen Tobsuchtsanfall. Wir hörten ihn abends herumbrüllen, dann knallte die Wohnungstür ins Schloß, er stürmte aus dem Haus, war kurz darauf wieder zurück, zerrte Herrn Lehmann in den Keller, der aber gleich wieder die Flucht ergriff; Herr Bentin wurde geholt — inzwischen standen sämtliche Wohnungstüren offen! —, der brüllte mit, und dann schickte man mich leider ins Bett.

Am nächsten Morgen hing an Herrn Jägers Kellertür ein massives Vorhängeschloß. Zwei Tage später wurde es wieder entfernt. Schwergewichtige Männer schleppten Möbel auf die Straße und Kohlen in Ingersens Keller — denn dort war noch am meisten Platz —, und schließlich erschien ein Baubataillon, das die Kellerräume „bombensicher" machte. Zu diesem Zweck wurden Holzbalken auf dem Zementboden verankert und an der Decke verkeilt.

„Hält denn das nun wirklich, wenn hier mal eine Bombe fällt?" erkundigte sich Omi zweifelnd, während sie die uniformierten Pioniere großzügig mit Bohnensuppe und selbsteingelegten Delikateßgurken versorgte.

„Natürlich hält det nich", versicherte ihr einer dieser Gemütsmenschen, um dann fachmännisch zu erklären: „Sehn Se mal, Muttchen, diese Häuser hier klappen doch zusammen wie Streichholzschachteln. Wir könn' bloß hoffen, det wenigstens die Kellerdecke hält, bis man Sie rausjebuddelt hat."

Sehr beruhigend klang das nun gerade nicht, und Omi überlegte ernsthaft, ob sie bei eventuellen Luftangriffen nicht lieber in der Wohnung bleiben sollte. Immerhin gab es dort eine Decke weniger, die ihr auf den Kopf fallen konnte.

Unseren eigenen Keller deklarierte man als Ausweichquartier. Er kriegte auch ein paar Balken ab und dazu noch vier Luftschutzbetten, doppelstöckig, damit Kinder und Kranke der Ruhe pflegen könnten. Da in unserem Wohnblock jeweils zwei Häuser durch einen breiten Kellergang miteinander verbunden waren, brauchten nicht einmal Notausgänge geschaffen zu werden. Außerdem gab es sowieso noch einen Ausgang nach hinten, der zum Gärtchen und damit zum Müllhaus führte.

Neben die Haustür wurde lediglich ein weißer Pfeil auf die Wand gemalt, der in schwarzen Buchstaben die geheimnisvolle Inschrift „LK 3,67" trug.

„Det vaschandelt ja den Jesamteindruck von det jepflegte Haus", sagte Herr Lehmann und machte sich daran, die Farbe wieder abzuschrubben. Das wurde ihm sofort verboten, denn dieser Pfeil sollte späteren Suchtrupps die Ausgrabungsstätte anzeigen. Blieb also nur zu hoffen, daß wenigstens das entscheidende Stück Hausmauer stehen bleiben würde.

Tatsächlich haben diese überall angebrachten Pfeile unzähligen Verschütteten das Leben gerettet: Aber wir nahmen sie damals nicht so recht ernst. Wer dachte schon an Luftangriffe? Die deutschen Soldaten siegten sich unaufhaltsam voran; und so ziemlich jeder glaubte zumindest offiziell, daß der ganze Spuk bald vorüber sein würde. Und wer es nicht glaubte, der hielt vorsichtshalber den Mund. Bekanntlich sind wir ja auch vorübergehend ein sehr schweigsames Volk geworden.

Im allgemeinen sagt man den Berlinern nach, daß sie sich von allen Deutschen am schnellsten mit widrigen Verhältnissen abfinden können und immer versuchen, das Beste daraus zu machen. Nun ließ sich an den damaligen Verhältnissen wirklich nichts ändern; und so bemühte man sich wenigstens, das tägliche Leben so normal wie möglich fortzusetzen.

Zum „normalen Leben" gehörten für mich die Balettstunden. Als ich irgendwann wieder einmal gegen den Teewagen gerast und in voller Länge auf dem Fußboden gelandet war, hatte meine Mutter kopfschüttelnd festgestellt:

„Ich kann mir nicht helfen, aber du bewegst dich wie ein Nilpferd. Überhaupt kein bißchen Grazie!"

Zwei Wochen später war ich Mitglied einer privaten Ballettschule, die am Nollendorfplatz ihre Räumlichkeiten hatte. Zähneknirschend opferte Omi drei kostbare Spinnstoffmarken für den Ankauf eines Gymnastikanzugs, und versehen mit dem guten Stück fuhr ich dienstags und freitags mit der U-Bahn in die Stadt, um zwei Stunden lang an der Balettstange zu trainieren, um graziös zu werden. Da es meiner Mutter offenbar nicht schnell genug ging, wurden abends die Wohnzimmermöbel an die Wand gerückt, und ich mußte unter Omis Anleitung Spagat, Brücke rückwärts und Radschlagen trainieren. Den Abschluß dieser Übungen bildete der regelmäßige Versuch, einen vorschriftsmäßigen Handstand hinzulegen. Zu diesem Zweck hatte ich mich vor der Zimmertür aufzubauen, die wenigstens einen gewissen Halt bot. Wenn ich zum viertenmal gegen die Türfüllung gebolzt war, kopfte Herr Jäger nachdrücklich auf den Fußboden, worauf die Trainingsstunde abgebrochen wurde.

Genützt haben diese Torturen gar nichts. Heute bewege ich mich nicht mehr wie ein Nilpferd, sondern wie ein Elefant. Aber nur wie ein ganz kleiner!

Fortgesetzt wurden auch die Klavierstunden. Schließlich besaßen wir eines, und das mußte malträtiert werden. Außerdem hatte meine Großmutter in ihrer Jugendzeit auch schon auf dem Pianoforte Etüden von Czerny geübt. Meine Mutter spielte ausgezeichnet, allerdings lieber Peter Kreuder und Franz Grothe statt Bach und Beethoven, und nun war ich an der Reihe, die musikalische Tradition des Hauses fortzusetzen.

Klavierstunden erteilte Fräulein Mücke. Sie muß damals etwa sechzig gewesen sein und hatte bereits Generationen von Schülern in die Anfangsgründe dieser hehren Kunst eingeweiht. An ihr lag es ganz bestimmt nicht, wenn meine Fortschritte kaum zu bemerken waren. Zwar konnte ich schon nach einem halben Jahr recht geläufig die Tonleiter rauf- und runterspielen, gelegentlich auch eine einfache Kindermelodie fehlerfrei intonieren, aber schon das Lied der Meermädchen aus „Oberon“ bereitete mir unüberwindliche Schwierigkeiten. Darin kam nämlich ein Cis vor, und das vergaß ich immer. Fräulein Mücke zuckte schon vor dem Anschlag des betreffenden Tons zusammen, und wenn ich die falsche Taste dann auch prompt angeschlagen hatte, jammerte sie gequält: „Cis statt C!“

Hatte ich ihre Nerven genug strapaziert und war die Stunde noch nicht zu Ende, dann ließ sie mich Noten lesen. Das war geräuschloser und für beide Teile befriedigender.

Meine Klavierstunden nahmen erst ein Ende, als ich nach Ostpreußen verschickt wurde, wo es kein Klavier gab. Ich glaube aber kaum, daß meine so jäh abgebrochene künstlerische Laufbahn einen großen Verlust für die Musikwelt bedeutet hat.

Omi fand sich eigentlich am besten mit den zunehmend schwerer werdenden Verhältnissen ab, obwohl sie es ja war, die die rationierten Lebensmittel einzuteilen und so in die Länge zu ziehen hatte, daß sie bis zum Monatsende reichten. Allerdings wurde ihr diese Aufgabe durch die Existenz einer Kusine erleichtert, die in Wolfenbüttel eine Gärtnerei besaß und uns häufig umfangreiche Lebensmittelpakete schickte. Zudem war einer von Tante Lottes Schwiegersöhnen Metzger von Beruf, und so fielen manchmal auch ein paar Würste oder Fleischdosen für uns ab. Omi war lediglich angehalten, die leeren Büchsen zwecks Wiederverwendung zurückzuschicken, weil es keine mehr zu kaufen gab.

Im übrigen war Omi das Musterbeispiel der deutschen Volksgenossin, wie man die Einwohner des Großdeutschen Reiches damals nannte. Sie hatte gehorsam zwei Messingleuchter abgeliefert und den kupfernen Blumenkübel, in den wir immer die Regenschirme stellten; sie hatte Vatis nagelneue Hickory-Skier zur Sammelstelle getragen und den bereits erahnten Wutausbruch ihrer Tochter schweigend in Kauf genommen; sie kochte einmal im Monat weisungsgemäß Wirsingkohl oder Linsensuppe zum Wochenende, denn inzwischen war ja der Eintopfsonntag proklamiert worden; sie strickte Socken für die Soldaten und hörte gewissenhaft den allwöchentlichen Radiokommentar von Hans Fritzsche. Währenddessen herrschte Sprechverbot, und ich wurde in mein Zimmer geschickt, damit ich die wenig linientreuen Randbemerkungen meiner Mutter nicht aufschnappen und eventuell weiterplappern konnte.

Omi war nur dann auf Hitler nicht gut zu sprechen, wenn der Kränzchennachmittag bevorstand und sie ihre kostbaren Zuckermarken opfern mußte, um die Kaffeeschwestern angemessen bewirten zu können. Im übrigen handelte es sich bei diesen Zusammenkünften nicht etwa um einen gewöhnlichen Kaffeeklatsch, nein, es war das monatliche Treffen des Königin-Luise-Bundes. Ich weiß nicht, wann und weshalb dieser Bund jemals gegründet wurde und welchem Zweck er diente; aber solange ich denken kann, gehörte Omi zu seinen Mitgliedern und bekleidete schon seit etlichen Jahren den Rang eines Kassenwartes. Dieses Geld wurde nun nicht etwa karitativen Zwecken zugeführt, wie es die ursprüngliche Satzung wohl einmal vorgesehen hatte; es wurde vielmehr zur Finanzierung gelegentlicher Ausflüge angelegt, die in der Regel drei Tage dauerten. Einer davon führte ins Riesengebirge, und ich besitze noch heute ein Foto, auf dem würdige Damen in Lodenröcken und mit hocherhobenen Spazierstöcken vor einem Wasserfall posieren.

Omis Unterabteilung des über ganz Deutschland verstreuten Königin-Luise-Bundes umfaßte etwa ein Dutzend Mitglieder, die einmal monatlich zuammenkamen. Das Treffen fand jedesmal bei einer anderen Dame statt, so daß jede nur einmal pro Jahr mit den Vorbereitungen belastet wurde. Inoffizielle Zusammenkünfte kleinerer Gruppen kamen häufiger vor, erforderten keinen nennenswerten Aufwand und rangierten unter dem Oberbegriff „Plauderstündchen".

War Omi aber mit dem großen Empfang an der Reihe, dann bekamen wir die Auswirkungen schon vierzehn Tage vorher zu spüren. „Lauf mal eben zu Frau Lehmann, Kind, und sag ihr, daß ich am Dienstag Gardinen waschen muß. Und steck auch gleich die Karte in den Briefkasten. Ich habe Tante Else geschrieben, damit sie am Mittwoch kommt und mir beim Bügeln hilft."

Bei uns hingen vor fast allen Fenstern Wolkenstores, und wenn diese riesigen Stoffmengen mit Frau Lehmanns Hilfe endlich gewaschen und getrocknet waren, begann der schwierigste Teil des Unternehmens. Wir standen rund um den ausgezogenen Wohnzimmertisch, Omi schwang mit dem Können langjähriger Erfahrung das Bügeleisen und kommandierte:

„Jetzt links ein bißchen ziehen! Nicht so toll! Else, du mußt rechts mehr hochhalten! — Ja, so ist es gut. Knautsch doch die Enden nicht so, Reni, sonst muß ich die noch mal plätten. Paß doch auf, Kind, du stehst ja schon drauf!"

Hingen die Gardinen endlich wieder vor den frischgeputzten Fenstern, dann wurde das gute Geschirr aus dem Schrank geholt und sorgfältig gespült, wobei Omi auf meine sonst obligatorische Hilfe beim Abtrocknen verzichtete.

Zwei Tage vor dem ereignisreichen Tag ging es dann erst richtig los: Da wurde zunächst einmal eine Torte beim Bäcker bestellt, weil man zeigen mußte, daß man sich das leisten konnte. Dann wurde „Hausgebackenes" vorbereitet. Diese Nachmittage fanden grundsätzlich ,,mit Schleppe" statt, was im Klartext hieß, daß sie erst in den späten Abendstunden endeten und auch eine abendliche Bewirtung forderten.

Omi rührte also riesige Mengen Kartoffelsalat an, stellte Griebenschmalz her, für dessen Qualität sie gerühmt wurde und das sie mit mehr Begeisterung als Kunstverständnis mit Lorbeerblättern und Pfefferkörnern verzierte. Sie schnitzelte Kohlköpfe für Rohkostsalate und wartete händeringend auf Tante Lottes Paket, in dem die versprochenen Würstchen sein sollten.

Das Backen war jedesmal Anlaß zu lauten Klagen:

,,Also, ich weiß wirklich nicht, wie ich das diesmal schaffen soll. Jetzt habe ich mir schon aus der Zeitung das Rezept für die künstliche Marzipantorte herausgeschnitten, aber Zucker braucht man dazu doch."

,,Nimm Süßstoff", sagte Mami.

,,Nein, Reni, das geht nun wirklich nicht. Dann schmeckt der Kuchen ja nur noch nach Aroma. Bei Frau Humbert haben wir das letztemal sogar richtige Buttercremetorte bekommen."

,,Wundert dich das? Die hat doch seit jeher ihre geheimen Quellen."

Endlich war der große Tag da! Gleich nach dem Mittagessen — es gab immer aufgewärmten Eintopf, weil der die laufenden Vorbereitungen am wenigsten störte — kam die Kaffeetafel dran. Dabei mußte ich helfen. ,,Du kannst schon mal den Tisch ausziehen und von Frau Molden die Stühle holen." Unsere eigenen reichten natürlich nicht, und so wurden Moldens grüne mit unseren hellbraun gepolsterten abwechselnd um die Tafel gruppiert. Dann mußte ich noch das große Damasttuch halten, während Omi schnell die Knickfalten rausbügelte. Übrigens war es das einzige Wäschestück, das regelmäßig in die Wäscherei kam.

,,So, und nun gib mal die Bänder her!"

Das Emblem des Königin-Luise-Bundes war eine Kornblume, und die Vereinsfarben waren Blau und Weiß. Bedauerlicherweise war Omi mit ihren Kränzchennachmittagen aber immer dann an der Reihe, wenn draußen Krokusse und Schneeglöckchen blühten statt Kornblumen, und so hatte sie eine andere Möglichkeit gefunden, die gewünschte Farbe ins Spiel zu bringen. Meterlange blaue Seidenbänder wurden längs und quer über den Tisch gelegt, so daß jedes Gedeck abgeteilt war, was über den dekorativen Effekt hinaus auch noch Omis Ordnungssinn befriedigte.

Nach einer letzten Inspektion der Kaffeetafel verschwand sie, um sich in Gala zu werfen, worunter meist ein dunkelblaues Seidenkleid mit Spitzenkragen zu verstehen war. Anschließend kam die Frisur dran. Auf der niedriggedrehten Gasflamme lag bereits die Brennschere, und dann trabte Omi ein dutzendmal zwischen Küche und Diele — da hing der große Spiegel — hin und her und ondulierte ihre Haarpracht. Nach kurzer Zeit roch es immer leicht versengt.

„Ich will auch Locken haben", begehrte ich, „genausowelche wie Mümmchen."

„Die hat von Natur aus wellige Haare", sagte Omi.

„Dann kannst du mir doch mal welche reinbrennen."

Omi ließ sich erweichen, aber das Ergebnis muß wohl nicht sehr befriedigend gewesen sein, jedenfalls bearbeitete sie das Gekräuselte sofort mit einem nassen Kamm und band mir eine neue Haarschleife ein.

Um halb vier wurde der Kaffee aufgebrüht. Dann kam die riesige bauchige Kanne zum Warmhalten in einen Topf mit heißem Wasser, und Omi bezog Posten am Küchenfenster. Die erwarteten Damen reisten überwiegend mit der U-Bahn an und konnten schon zweihundert Meter vor ihrem Eintreffen erspäht werden. Sobald Omi die Spitzengruppe sichtete, stellte sie die Sahne auf den Tisch, die mit der unter diesem Namen bekannten kalorienreichen Köstlichkeit bestenfalls noch die Farbe gemein hatte und aus Chemie bestand, zählte schnell noch einmal die Kleiderbügel in der Garderobe nach, ob sie auch reichen würden, und öffnete erwartungsvoll die Wohnungstür.

„Wie schön, Frau von Puttkamer, daß Sie nun doch kommen konnten", (sie kam immer!) oder „ach nein, Frau Malewski, wo haben Sie nur diese entzückende Hyazinthe her?" (dabei brachte sie niemals andere Blumen mit) und „ich muß schon sagen, Frau Kaiser, Sie werden von Mal zu Mal jünger!" (fand ich nicht.)

Ich schüttelte Hände, knickste, ließ mir übers Haar streichen, holte Blumenvasen, knickste wieder, weil mir irgend jemand eine Tafel Schokolade in die Hand gedrückt hatte, nahm Hüte in Empfang, hob heruntergefallene Handtaschen auf, sagte „danke, gut" und „keine Ursache" — und fand alles einfach gräßlich.

An die einzelnen Damen kann ich mich nicht mehr erinnern, weil sie sich alle irgendwie ähnelten. Alle waren so um die fünfzig herum, alle trugen hochgeschlossene Kleider und die meisten von ihnen dünne Haarnetze. Als herausragende Persönlichkeit konnte man allenfalls Frau Starke bezeichnen, mit ihren sechzig Jahren die Seniorin der Gruppe. Ihr Mann war Dozent für alte Sprachen, deshalb redeten die Mitschwestern sie auch immer mit „Frau Professor“ an.

Sie bekam stets den Ehrenplatz am Kopfende der Tafel, und ebenso regelmäßig saß zu ihrer Rechten Frau Humbert. Diesen Vorzug hatte sie nicht ihrem Alter zu verdanken, sondern ihrer gesellschaftlichen Stellung. Ihr gehörte in Berlin ein großes Beerdigungsinstitut mit etlichen Filialen; sie hatte Geld, und sie zeigte es auch. Am liebsten in Form von Schmuck, und diesen wiederum in Gestalt einer dreireihigen Perlenkette, die ihr bis zum Bauchnabel hing. Sie war auch die einzige der Damen, die mit dem Auto kam. Manchmal wurde sie sogar mit dem betriebseigenen Leichenwagen gebracht, was in der Nachbarschaft jedesmal zu nicht unerheblicher Aufregung führte.

Nur ein einziges Mal erschien eine wesentlich jüngere Dame, ich glaube, es war die Nichte von Frau Starke, jedenfalls war sie genauso füllig. Ich übte mich in Konversation.

„Wohnen Sie auch in Berlin?“

„Nein, ich bin nur ein paar Tage zu Besuch hier.“ Ich überlegte krampfhaft, was ich nun noch fragen könnte. „Wie alt sind Sie denn?“

„Ich bin ebenso alt wie deine Mami“, sagte die Dame. Taktvoll erwiderte ich: „Dann sind Sie aber sehr dick für Ihr Alter, nicht wahr?“

(Die Fortsetzung dieses Gesprächs fand in meinem Zimmer statt, und zwar zwischen Omi und mir!)

Meine Mutter zog es an solchen Tagen vor, bei ihren Schwiegereltern zu übernachten, was ich ihr nicht verdenken konnte. Ich wäre auch lieber bei meiner Urgroßmutter gewesen, aber das ging nicht, weil ich für einen Soloauftritt vorgesehen war.

Omi dichtete nämlich! Ihre Werke sind zwar niemals einer größeren Öffentlichkeit zugänglich gemacht worden, aber im Verwandten- und Bekanntenkreis glänzte sie oft und gerne damit. Es gab keinen Geburtstag und keine Taufe, bei der sie nicht ihre gereimten Glückwünsche vortrug und mit angemessenem Beifall belohnt wurde. Später mußte ich ihre Werke zu Gehör bringen, und weil ich verhältnismäßig schnell lernte und das Gelernte auch noch behielt, wurden die Gedichte immer länger und meine Auftritte immer häufiger.

Ich erinnere mich noch an die Silberhochzeit von Omis Schulfreundin Lore. Die Festlichkeit fand in großem Rahmen statt, die Damen trugen Abendkleider, und ich bekam auch etwas weißes Bodenlanges. Irgendwann zwischen Kaffee und Abendessen hängte Omi mir ein mit Blumen gefülltes Körbchen um den Hals, rückte mein Moosrosenkränzchen wieder gerade und postierte mich auf einer Fußbank. Dann klatschte sie in die Hände.

„Dürfte ich wohl um ein paar Minuten Aufmerksamkeit bitten? Meine Enkelin wird jetzt ein kleines Gedicht vortragen."

Das Stimmengemurmel verstummte, und ich begann mit einem endlos langen Poem, in dem viel von Liebe und grauen Haaren die Rede war. An einer bestimmten Stelle hatte ich von der Fußbank zu steigen und dem Jubelpaar zwei Silbersträußchen an die Kleider zu heften. Bei den häuslichen Proben hatte das auch immer einwandfrei geklappt, aber dabei trug ich keinen langen Rock. Jetzt verhedderte ich mich in dem Rüschenkleid, kippte von der Fußbank und knallte mit dem Kopf an den Rauchtisch. Omi kühlte die Beule mit einem Tafelmesser, und dann konnte ich den Vortrag fortsetzen.

Als ich mit den Worten „so wünsche ich dem Silberpaar viel Glück und Segen immerdar" das eine Sträußchen dem Bräutigam ans Revers gesteckt hatte und bei der Braut das andere befestigen wollte, gab es die zweite Panne. Tante Lo trug etwas Wallendes, nirgends Knopfloch oder Schleife, und so stopfte ich ihr mein Angebinde kurzentschlossen in den spitzen Ausschnitt, in dem es prompt verschwand.

Selbstverständlich wurden auch Omis Kränzchentage bedichtet, und besonders originell fand sie ihren Einfall, jede Dame einzeln zu erwähnen, indem sie ihre Vorzüge oder — wo nicht erkennbar — irgendwelche zurückliegenden Taten pries.

Ab elf Uhr abends begann der Aufbruch, mehrmals wieder hinausgezögert durch ein letztes Gläschen Wein oder die Suche nach verlegten Gegenständen.

„Ich weiß ganz genau, daß ich meine Brille noch gehabt habe, als wir uns die Fotos angesehen haben."

„Wenn ich mich nur erinnern könnte, ob ich meine Schlüssel überhaupt mitgenommen habe..."

„Sehr liebenswürdig, Frau Möbius, daß Sie mir aushelfen wollen, aber das Portemonnaie muß ja irgendwo sein..."

Punkt Mitternacht klingelte Frau Humberts Chauffeur, und dann gab es auch für die anderen Damen kein Halten mehr. Die vorletzte U-Bahn fuhr um halb eins — die letzte kam nicht in Frage, denn das war der ‚Lumpensammler' und seine Fahrgäste nicht immer präsentabel —, und spätestens um viertel marschierten die Damen ab.

3

Ab 1942 merkten auch wir Kinder immer häufiger, was Krieg eigentlich bedeutete. Krieg bedeutete einen zunehmenden Mangel an Dingen, die sonst immer selbstverständlich waren. Schokolade gab es nur noch selten, außerdem mußte man dafür Zuckermarken abliefern, und die reichten sowieso nie.

Krieg bedeutete die Demontage von Ottos Kaffeeröstanlage, weil nichts mehr zum Rösten da war. Statt dessen kamen große Pappdosen mit Vierfruchtmarmelade und Kunsthonig ins Schaufenster.

Krieg bedeutete, daß man heruntergelatschte Schuhe nicht mehr in den Mülleimer warf, sondern sie zusammen mit ein paar Zigaretten immer wieder zum Schuster brachte, damit er die Treter noch einmal zusammenflickte. Neue Schuhe gab es nur auf Bezugschein, und den wiederum häufig nur mit Beziehungen. Wir hatten keine.

Krieg bedeutete auch die zwecklose Suche nach Zahnpasta und Toilettenseife. Statt dessen bekamen wir sogenannte Zahnputzsteine, die Rosodont hießen, wie Schneiderkreide aussahen und auch so ähnlich schmeckten. Waschen mußten wir uns mit einer grünlichen Kriegsseife, die überhaupt nicht schäumte und spätestens nach drei Tagen in der Mitte durchbrach. Nach weiteren drei Tagen bestand sie nur noch aus briefmarkengroßen Stückchen, und wenn man nicht aufpaßte, rutschten sie in den Abfluß.

„Seife macht man doch aus Knochen, nicht wahr?" sagte Omi. „Ich habe aber noch nie gehört, daß man sich gegenseitig mit Knochen beschießt. Weshalb also gibt es nun auch keine Seife mehr?" Dann nähte sie die Seifenkrümel in einem Mullsäckchen ein und hängte es an die Wand.

Mir machte das allerdings nicht viel aus. Ich befand mich damals in dem Alter, wo man auf Körperpflege keinen allzu großen Wert legt und speziell mit Seife sehr sparsam umgeht.

Krieg bedeutete auch das zunehmende Verschwinden aller jungen, jüngeren und nicht mehr ganz jungen Männer aus dem Straßenbild. Herr Molden war eingezogen worden und Herr Zillig, Herr Hülsner und der Vater von Klaus. Harald Leutze streckte mir nicht mehr die Zunge heraus, sondern grüßte zackig, seitdem er eine Flakhelfer-Uniform trug, und sogar Herr Lehmann lief in einem pseudomilitärischen Aufzug herum, obwohl er hinkte und nicht zu den Fahnen geeilt worden war. Die männliche Komponente in unserem Haus vertraten nur noch Herr Leutze, der ein Herzleiden hatte, und Herr Jäger, der schon zu alt war.

Die Post brachte jetzt eine Briefträgerin, die sich nicht gerade durch Diskretion auszeichnete und schon von weitem verkündete, was sie mitbrachte. „Ick hab'n Feldpostbrief von Ihr'n Schwiejasohn aus Frankreich und denn noch 'ne Karte aus Heringsdorf. Mir wundert bloß, det die Leute immer noch ans Verreisen denken. Soll'n doch zu Hause bleiben, wer weeß, wie lange se überhaupt noch eens haben."

Auf den U-Bahnhöfen schwenkten neuerdings Stationsvorsteherinnen die Kelle, Frauen steuerten Omnibusse und Straßenbahnen, und der Rektor in unserer Schule wurde von einem Mitglied der NS-Frauenschaft abgelöst. Während der Turnstunden brachte sie uns militärischen Drill bei und begleitete unser mangelndes Interesse an dieser Sportart mit den aufmunternden Worten:

„Wartet erst einmal ab, bis ihr in den BDM kommt! Da wird man euch schon Zucht und Ordnung beibringen!"

BDM hieß „Bund Deutscher Mädchen" und war das Gegenstück zur sattsam bekannten Hitlerjugend. Angeblich bedeutete es eine große Ehre, wenn man in diesen Verein aufgenommen wurde. Wir wußten aber inzwischen, daß diese Ehre zwangsweise allen Zehnjährigen zuteil wurde, und was man müssen muß, verliert seinen Reiz. Außerdem waren wir erst acht.

Eine weitere und besonders von Omi verwünschte Begleiterscheinung des Krieges war die behördlicherseits angeordnete Verdunklungspflicht. Sobald die Dämmerung hereingebrochen war, mußte jeder sämtliche Fenster verdunkeln, damit beim Einschalten des Lichts kein Schimmer auf die Straßen dringen und dem Feind signalisieren konnte, wo er seine Bomben abzuwerfen hatte. Das wußte der aber auch so.

Eine vorschriftsmäßige Verdunkelung bestand aus einer Rolle schwarzem Papier, die irgendwie über dem Fenster befestigt und mit

Hilfe von Bindfäden herabgelassen werden konnte. Der untere Rand dieser Rolle lag auf dem Fensterbrett auf und mußte mit einem massiven Gegenstand beschwert werden. Bei uns erfüllten diesen Zweck einige Exemplare von Meyers Konversations-Lexikon. Nun handelte es sich bei diesem Verdunklungspapier keineswegs um eine erstklassige Qualität, und die dazugehörigen Bindfäden bestanden auch überwiegend aus Papier. Jedenfalls rissen erst die Strippen und wurden immer wieder zusammengeknotet, dann riß das Papier, und irgendwann fiel auch die ganze komplizierte Anlage herunter. Häufig genug erscholl Omis Schrei:„Reniii, komm schnell mal her!"

Stürzte Mami dann ins Zimmer, stand Omi meist auf der Sofalehne, hielt sich mit einer Hand am Fenstergriff fest und stemmte mit der anderen die schwarze Rolle hoch, die sich aus der Verankerung gelöst hatte und ihr wie ein Leichentuch über dem Kopf hing.

„Mach aber erst mal das Licht aus!"

„Dann kann ich doch nichts sehen."

„Das weiß ich selber. Mach trotzdem das Licht aus!"

Mami knipste den Schalter aus, schälte Omi aus dem Papier, holte eine Kerze und betrachtete die Überreste, die mal eine Verdunklung gewesen waren.

„Wie hast du das bloß wieder fertiggekriegt?"

Anfangs wurden kleinere Schäden noch sorgfältig mit Klebestreifen ausgebessert und von besonders ästhetisch veranlagten Naturen (wie meine Mutter) mit schwarzer Wasserfarbe überpinselt, damit die Reparaturen nicht so auffielen. Früher oder später verzichtete aber jeder auf diese Papierrollen und behalf sich mit alten Decken, die abends auf die vorbereiteten Nägel gespießt wurden.

Wie man die Fenster seitlich abdichtete, blieb der Phantasie jedes einzelnen überlassen. Hatten frühere Besucher vielleicht einmal die duftigen Gardinen oder die aparten Vorhänge bewundert, so erkundigten sie sich jetzt interessiert:

„Wie machen Sie denn Ihre Decke fest? So, so, mit Reißnägeln also. Wo haben Sie die überhaupt noch gekriegt? Wir versuchen es seit ein paar Tagen mit Leukoplast, weil meine Tochter jetzt im Lazarett arbeitet."

Die Kontrolle über genaue Einhaltung der Verdunklungsvorschriften hatte der Luftschutzwart, also Frieda. Sie inspizierte denn auch gewissenhaft nach Einbruch der Dunkelheit das ihr anvertraute Revier, und regelmäßig hörte man ihre durchdringende Stimme:

,,Erster Stock links, zweites Fenster!" oder ,,Parterre unten rechts, mal wieder die Toilette nicht verdunkelt!"

Worauf Omi entsetzt losrannte, um das alte Sofakissen wieder vor das winzige Fenster zu pressen, aus dem es offenbar herausgefallen war.

Gelegentlich kollidierte Frieda auch mit Herrn Bentin, nach dessen Ansicht die abendlichen Kontrollgänge zu den Aufgaben des Blockwarts gehörten, und er fühlte sich ohnehin nicht ausgelastet. Außerdem war er gründlicher.

,,Sehen Sie denn nicht, Fräulein Seifert, daß dort oben noch ein Lichtschimmer ist?"

,,Wo?"

,,Bei Hülsners im Schlafzimmer."

,,Da ist doch alles dunkel."

,,Also, wenn Sie den breiten Streifen da nicht sehen, sind Sie für diese Aufgabe gänzlich ungeeignet."

Frieda beäugte noch einmal die Fensterfront. ,,Was Sie meinen, ist erstens das Wohnzimmer und zweitens ein Thermometer. Das spiegelt sich in der Scheibe."

,,Bei mir ist das, wie im Bauplan vorgesehen, das Schlafzimmer", sagte Herr Bentin, ,,und es ist auch kein Thermometer, denn Hülsners haben gar keins."

Spätestens zu diesem Zeitpunkt platzte Frieda der Kragen. ,,Wenn Sie jetzt nicht endlich Ihren Sabbel halten, Sie miese kleine Beamtenkreatur, dann werden Sie mich aber mal richtig kennenlernen!"

Herr Bentin schnappte über. ,,Ich zeige Sie an, Sie... Sie... Sie parteiloses Frauenzimmer!"

Mit diesem Versprechen räumte Herr Bentin das Feld, wohl wissend, daß er letzten Endes den kürzeren ziehen würde. Frieda war ihm rhetorisch weit überlegen.

Ihre Luftschutzübungen hielt sie immer noch ab. Wir konnten jetzt alle schon vorschriftsmäßige Eimerketten bilden, und es war sogar noch Wasser drin, wenn die Eimer den letzten erreicht hatten. Wir konnten Schwefelbrände bekämpfen und die Gasmasken auf- und manchmal auch ohne Hilfe wieder absetzen. Wir hatten die Keller mit Sand-, Wasser- und Lebensmittelvorräten ausgerüstet, den Umgang mit nassen Decken gegen Rauchentwicklung gelernt und die Angst vor Mäusen verloren. Die sahen sich in ihrem bisher friedlichen Dasein gestört und liefen einem alle naselang vor die Füße. Wir waren also für das Kellerleben gerüstet.

Der erste richtige Fliegeralarm begann in den späten Abendstunden. Bisher hatten wir nur scheinbare Luftangriffe erlebt, denn dank deutscher Gründlichkeit wurde auch das zügige, aber dennoch disziplinierte Verlassen der Wohnungen und Aufsuchen der Schutzräume ein halbes dutzendmal durchexerziert.

Als aber gegen 21 Uhr völlig unerwartet die Sirenen heulten, war von Disziplin und Ordnung nichts mehr zu spüren. Omi ergriff nicht etwa ihren vorbereiteten Koffer mit Ausweispapieren, Lebensmittelkarten und Garderobe, sie klemmte sich vielmehr die große Kristallvase unter den Arm und suchte ihre Brille im Küchenherd. Plötzlich fiel ihr ein, daß ich ja schon im Bett lag.

„Steh schnell auf, Kind, wir haben Fliegeralarm."

„Schon wieder?"

„Diesmal habe ich doch nichts davon gewußt, sonst hätte ich dich ja gar nicht erst ins Bett geschickt. Nun beeil dich, wir können doch den ersten *richtigen* Alarm nicht versäumen."

Dann legte sie mir statt des immer wieder empfohlenen Trainingsanzugs das karierte Sonntagskleid zum Anziehen heraus, kontrollierte, ob auch alle Wasserhähne geschlossen waren, und sperrte statt des Hauptgashahnes die gesamte Stromzufuhr ab. Endlich drückte sie mir, die ich das alles sehr aufregend fand, meinen Teddy und ein Glas mit eingemachten Pflaumen in die Hand, und gemeinsam zogen wir in den Keller.

Jägers saßen schon unten. Frau Molden samt Mümmchen und Grete, die beim ersten Sirenenton zur Hilfe herbeigeeilt war, stapelten ihr umfangreiches Gepäck in einer Ecke übereinander. Frau Zillig erschien mit ihrer vierjährigen Tochter Jutta im Schlepptau, in einer Hand einen kleinen Radioapparat, in der anderen einen Teller mit Apfelkuchen. Vielleicht hätte jemand Appetit...?

Als letzter kam Herr Leutze. Seine runde Brille, mit der er immer wie eine Eule aussah, hatte er gegen jene Scheußlichkeit ausgewechselt, die man auch unter Gasmasken tragen konnte. Er war vorschriftsmäßig mit Trainingsanzug und festen Schuhen bekleidet, trug über dem Arm eine Wolldecke und in der Hand einen Kochtopf, weil man derartige Gefäße notfalls als Stahlhelm benutzen konnte.

Dann tauchte Frieda auf und fragte, ob wir auch die Fenster in den Wohnungen geöffnet hätten. Natürlich hatte niemand daran gedacht.

„Nun übt man das mit euch monatelang, und wenn es ernst wird, benehmt ihr euch wie aufgescheuchte Hühner."

Die Hühner gingen wieder nach oben und öffneten die Fenster. Anschließend musterte Frieda die Kellerrunde. „Sind denn überhaupt alle da?"

Omi entschuldigte ihre Tochter, die sei heute bei Freunden.

„Und wo ist Ihre Frau?" bellte Frieda Herrn Leutze an.

„Die ist vor zwei Tagen zu Verwandten nach Thüringen gefahren."

„Wieso haben Sie mir das nicht schon längst gemeldet?" Frieda wurde amtlich. „Sie wissen doch genau, daß über längerfristig abwesende Hausbewohner Meldung zu machen ist. Wie soll ich hier planmäßige Rettungsmaßnahmen ergreifen, wenn ich nicht einmal weiß, wie viele Personen anwesend sind?"

Die Rettungsmaßnahmen erübrigten sich zunächst einmal. Wir saßen im Keller und wußten nicht so recht, weshalb. Draußen war alles ruhig. Das Radio auch. Der Drahtfunk, dem wir später genaue Informationen über vermutliche Anzahl und erwartete Angriffsziele der feindlichen Flugzeuge entnehmen konnten, hatte offenbar noch mit Anfangsschwierigkeiten zu kämpfen. Wir hörten kein Flugzeug, wir hörten keine Flak, wir hörten nur Herrn Jägers Schnarchen.

„Wir können doch wenigstens die Kinder hinlegen", sagte Omi, „wozu haben wir denn die Betten?"

Die Kinder kamen also in die Betten, schliefen auch sofort ein und wurden gegen drei Uhr morgens schlafend in die Wohnungen getragen. Es hatte endlich Entwarnung gegeben.

Am nächsten Tag konnten wir in den Zeitungen lesen, daß mehrere feindliche Aufklärungsflugzeuge in den Luftraum von Groß-Berlin eingedrungen waren, weshalb man für die Bevölkerung Fliegeralarm gegeben hatte.

Diese Feindeinflüge wiederholten sich mit schöner Regelmäßigkeit jeden Abend, und so gewöhnten wir uns daran, zumindest den ersten Teil der Nacht im Keller zu verbringen. Vereinzelt waren in der Innenstadt auch schon Bomben gefallen, und halb Berlin pilgerte zu den Ruinen, denn schließlich mußte man so etwas ja mal gesehen haben.

Die Flak hatte sogar zwei feindliche Flugzeuge abgeschossen, und eins davon war in den Grunewald gefallen.

„Das gucken wir uns aber mal an“, sagte Omi, „wer weiß, ob wir so etwas noch mal zu sehen kriegen.“

Mami lehnte dankend ab. „Hast du denn vom Krieg noch immer nicht die Nase voll?“

„Natürlich, aber ich habe ihn ja nicht angefangen. Und der Führer wollte ja auch nicht, man hat ihn doch dazu gezwungen...“

„Ist mir bekannt, ich lese auch Zeitung! Aber der einzige Krieg, der seine Berechtigung hatte, war der Trojanische Krieg. Der wurde um eine Frau geführt, und die Männer wußten, worum sie kämpften.“

So besichtigte ich mit Omi allein die Absturzstelle in der Hoffnung, ein Souvenir zu ergattern, aber das Flugzeugwrack wurde von Polizei bewacht. Trotzdem fand ich einen Splitter, an dem sich sogar noch etwas drehen ließ, und jahrelang war er das Prunkstück meiner Sammlung.

Unter uns Kindern war nämlich ein neuer Sport entstanden, das Splittersammeln. Es handelte sich um Überbleibsel von Flakmunition, und nach einem Luftangriff fand man das Zeug überall in den Straßen. Wir bewahrten unsere Schätze in alten Zigarrenkisten auf und betrieben damit einen lebhaften Tauschhandel — wie weiland mit Zigarettenbildchen oder Bleisoldaten.

„Wenn du mir die Kupferrolle gibst, kriegste von mir die zwei langen Splitter und das silberne Ding hier.“

„Kannste behalten. Da sitzt ja schon Rost dran. Gib mir lieber den gelben Splitter da.“

„Du spinnst wohl. Den habe ich ja erst heute früh gefunden.“

Leider schnappten uns die größeren Kinder die besten Stücke immer sehr schnell weg, und so fing ich an, Frieda zu hofieren. Sie war nämlich die einzige, die regelmäßig auf die flachen Dächer stieg, um nach Blindgängern zu fahnden, und an die dort oben herumliegenden Splitter kam sonst niemand heran. Also führte ich ihren gräßlichen Hund Gassi, verteilte Rundschreiben und ging an ihrer Stelle sammeln, in einer Hand die Blechbüchse, in der anderen die Spendenliste, also jenes Verzeichnis von Leuten, die nicht den Mut haben, nein zu sagen.

Künftig bekam ich von Frieda Splitter und Altpapier.

Unser Kellerleben nahm allmählich geregelte Formen an. Wir Kinder wurden gar nicht mehr in den Wohnungen schlafengelegt, sondern bezogen gleich die Luftschutzbetten, und die Erwachsenen versuchten, die Katakomben-Atmosphäre ein bißchen aufzulockern. Angefangen hatte meine Mutter, als sie eines Nachts plötzlich erklärte:

,,Wenn wir schon wie die Ratten im Keller hausen müssen, dann müssen wir ja nicht unbedingt auch wie Ratten leben!" Sprach's, stellte den wackligen Holzstuhl in die Ecke, holte einen zusammenklappbaren Liegestuhl, polsterte ihn mit Kissen aus und kuschelte sich hinein.

Frau Zillig erinnerte sich an einen alten Sessel, der in ihrem eigenen Keller stand und der nun gemeinsam in den Luftschutzraum geschleppt wurde.

,,Da muß auch noch irgendwo eine Lampe sein. Ist ein Hochzeitsgeschenk meiner Großtante und ein Muster an Scheußlichkeit, aber immer noch besser als diese entsetzliche Funzel." Damit meinte sie die 25-Watt-Birne, die trübselig von der Decke baumelte.

Frau Jäger beschloß, das alte Kanapee zu opfern, das auf ihrem Balkon stand. ,,Mein Nickerchen kann ich auch machen, wenn ich die beiden Sessel zusammenschiebe", meinte sie, ,,wir müssen ja alle Opfer bringen."

Herr Leutze spendierte einen schon reichlich zerfledderten Teppich, und Frau Molden komplettierte das Sammelsurium mit zwei altersschwachen Korbstühlen, an denen wir dauernd hängenblieben, weil überall die Peddigrohrenden in die Gegend ragten. Die innenarchitektonische Verwandlung des Kellers erreichte ihren vorläufigen Abschluß, als Mami zwei goldgerahmte Ölschinken an die Wand hängte und grimmig sagte:

,,Schöner werden sie dadurch zwar auch nicht, aber diese nackten Wände erinnern mich immer irgendwie an Zuchthausmauern!"

Frieda beäugte das fertige Werk mißtrauisch, konnte aber nichts dagegen einwenden, denn in den behördlichen Vorschriften waren bedauerlicherweise keine Angaben über die Möblierung von Schutzräumen enthalten. Angeordnet wurde lediglich die Bereitstellung von genügend Sitzplätzen; Einzelheiten über die Beschaffenheit derselben hatte man nicht berücksichtigt.

Da unsere Keller mit denen des Nebenhauses verbunden waren, entwickelte sich ein reger nachbarschaftlicher Verkehr. Früher hatte man sich lediglich gegrüßt und vielleicht mal über das Wetter oder den kläffenden Mops von gegenüber gesprochen, aber man kannte sich nicht näher. Das gemeinsame Kellerleben förderte das Zusammengehörigkeitsgefühl. Wir teilten brüderlich Kräutertee und Marmeladenbrote, lasen uns gegenseitig die Feldpostbriefe der vaterlandverteidigenden Väter vor und sorgten uns gemeinsam um abwesende Hausbewohner, die vom Alarm überrascht worden waren und jetzt vermutlich in einem der öffentlichen Luftschutzräume hockten.

„Hoffentlich hat's Frau Molden noch bis zum Zoobunker geschafft, sie wollte doch ins KaDeWe."

„Da kommt man aber auch nicht immer rein. Wenn der voll ist, machen die einfach zu. Dann bleibt nur noch der U-Bahnhof Wittenbergplatz, aber da muß man doch die ganze Tauentzienstraße runterrennen, und das womöglich bei Vollalarm."

„Na, vielleicht war sie schon auf dem Heimweg und sitzt jetzt in einem anderen U-Bahnhof fest. Am besten ist ja die Station Heidelberger Platz, die liegt wesentlich tiefer als die anderen."

Einmal kam Omi völlig außer Atem beim letzten Sirenenton in den Keller gestürzt, beladen mit Schachteln und Tüten. „Kinder, bin ich froh, daß ich es noch rechtzeitig geschafft habe." Aufatmend sank sie in einen Korbstuhl. „Reni, nimm mir doch mal die Sachen ab, aber Vorsicht mit der grünen Tüte, da ist etwas Zerbrechliches drin. Habe ich bei Wertheim gekriegt, war gerade eine billige Gelegenheit."

„Deine billigen Gelegenheiten kenne ich", sagte Mami und wickelte ein tonnenförmiges Gefäß aus glasiertem Ton aus dem Papier. „Für deine Gelegenheitskäufe muß man immer erst eine Verwendung finden."

Omi betrachtete ihre Neuerwerbung. „Man kann zum Beispiel Schmalz hineintun."

„Hast du welches?"

Herr Jäger, der sonst meistens schweigsam in seiner Ecke saß, gab nun auch seine Erfahrungen mit Sonderangeboten zum besten. „Frauen wollen eine Sache nicht besitzen, weil sie einen Grund dafür haben, sondern sie finden einen Grund, weil sie sie besitzen wollen."

Nun kann man aber nicht jeden Abend stundenlang im Keller hocken und vor sich hinschweigen. Andererseits kann man auch nicht offen miteinander reden, denn „Feind hört mit!" Nicht umsonst hingen derartige Plakate an jeder Straßenecke. Und nach Ansicht der Schöpfer dieser Plakate saß der Feind ja mitten unter uns. Man suchte also nach einem unverfänglichen Zeitvertreib.

Frau Hülsner wies alle Unkundigen in die Kunst des Strickens ein.

Ihre diesbezüglichen Kenntnisse waren uns allen geläufig, denn Lothchen trug auch im Keller nur Gestricktes. Damals verfertigte ich übrigens meinen ersten Topflappen — ein trapezförmiges Gebilde mit asymmetrischem Lochmuster.

Frau Bennich erteilte Unterricht im Sticken. Sie muß in den langen Kellerjahren unzählige Tischdecken, Taschentücher und Küchenschürzen mit Knötchenblumen verziert haben.

Fräulein Ingersen legte Karten und prophezeite allen Anwesenden ausnahmslos ein langes Leben.

Nur Frau Brüning weigerte sich beharrlich, die Wartezeit bis zur Entwarnung mit einer nützlichen Tätigkeit zu verkürzen. „Wenn ich schon um meinen Schönheitsschlaf komme, dann will ich mich wenigstens ein bißchen unterhalten. Spielt hier jemand Skat?"

Meine Mutter hatte auch nichts für Handarbeiten übrig, und Herr Jäger vervollständigte das Trio.

Diese dem Ernst der Stunde doch sehr unangemessene Leichtfertigkeit erbitterte Herrn Bentin. Er erfreute sich ohnehin denkbar großer Unbeliebtheit und hatte es vorgezogen, der Kellergemeinschaft fernzubleiben und in seinem eigenen Gelaß Quartier zu beziehen. Frieda beanstandete zwar diese Eigenmächtigkeit, die in keiner ihrer Vorschriften eingeplant war, aber sie biß auf Granit. Außerdem war Herr Bentin immerhin Blockwart, somit schien es wohl angebracht, ihm gewisse Privilegien zuzugestehen.

Herr Bentin regte sich über alles und jeden auf. Er meckerte über die Kochplatte, auf der zu mitternächtlicher Stunde heiße Getränke gebraut wurden. Er beschwerte sich über uns Kinder, die wir gelegentlich in den Gängen Roller fuhren, und er bekam einen Tobsuchtsanfall, als Maugi eines Abends das väterliche Grammophon mit in den Keller brachte.

„Wir haben Krieg, und deshalb verbitte ich mir diese Tingeltangel-Musik. Außerdem werde ich Sie allesamt zur Anzeige bringen, wenn diese Orgien während der Luftangriffe nicht aufhören!"

Die Orgien fanden immer dann statt, wenn ein Hausbewohner Geburtstag hatte und um Mitternacht aus irgendwelchen geheimen Beständen jedem ein Glas Wein oder Kognak spendierte.

Der Verdacht war also nicht unbegründet, als Frau Brüning und meine Mutter jene amtlichen Briefe erhielten und in Herrn Bentin den eigentlichen Urheber dieser Vorladungen vermuteten. Eine Zweigstelle des Behördenapparats forderte die beiden Damen auf, sich zwecks „Feststellung des Arbeitseinsatzes im Rahmen der gültigen Arbeitsverpflichtung" im Rathaus Zehlendorf-Mitte zu melden.

Mami begriff das nicht ganz. „Was wollen die eigentlich von mir? Ich arbeite doch schon für Führer und Vaterland."

Sie hatte ein paar Monate vor Kriegsausbruch ihre Stellung bei der Commerzbank aufgegeben in der weisen Voraussicht, daß man die Belegschaft der Auslandsabteilung im Falle eines Krieges wohl dezimieren würde. Dafür hatte sie den Posten einer Direktionssekretärin bei der TOBIS-WIEN-FILM angenommen, wo man auch sprachkundige Mitarbeiter brauchte. Später stellte sich heraus, daß sie auf das richtige Pferd gesetzt hatte. Die Filmproduktion galt als kriegswichtig — schließlich konnte man auf diese Weise der Bevölkerung stundenweise eine heile Welt vorgaukeln —, und die Angestellten entgingen ziemlich lange den Zugriffen von Munitionsfabriken und halbmilitärischen Institutionen.

Die Nachbarn erwarteten nun beinahe täglich, daß meine Mutter „entdeckt" und als Konkurrenz von Marika Rökk und Zarah Leander von der Leinwand lächeln würde. Sie hatte allerdings keine derartigen Ambitionen, seitdem sie einmal für eine erkrankte Komparsin eingesprungen war.

„Erst haben sie mich auf dem Rücken mit Wäscheklammern gespickt, weil mir das Abendkleid nicht gepaßt hat, und dann sollte ich den Titelhelden in einer fünf Quadratmeter großen Hotelhalle um Feuer für die Zigarette bitten. Das ganze Theater hat drei Stunden gedauert. Mein Bedarf ist gedeckt. Übrigens ist der Rudolf Prack in Wirklichkeit viel älter! Und kleiner!"

Die beiden Vorgeladenen begaben sich also zur angegebenen Zeit zum Arbeitsamt und fanden sich nach längeren Irrläufen vor dem Schreibtisch eines kahlköpfigen Beamten wieder. Der musterte sie mißbilligend von den nachgezogenen Lippen bis zu den lackierten Fingernägeln — eine deutsche Frau schminkt sich nicht! — und kramte in seinen Aktendeckeln. Schließlich hatte er das Gewünschte gefunden, förderte anschließend eine Brille zutage, wickelte sich die Bügel um die Ohren und schritt zur Tat.

„Helmberg, Irene", las er vor. „Wer ist das?"

„Ich!" erklärte meine Mutter, knallte Kennkarte und Arbeitsbuch auf den Schreibtisch und begehrte Auskunft, weshalb man sie herbeordert und ihre doch offensichtlich so begehrte Arbeitskraft im Dienste der Gemeinschaft eben dieser durch überflüssige Rückfragen entzogen habe.

Der Bebrillte schien von der in klassischem Beamtendeutsch vorgetragenen Beschwerde sichtlich beeindruckt. Jedenfalls prüfte er nur flüchtig die ihm überreichten Dokumente und meinte entschuldigend:

„Da muß wohl ein Irrtum vorliegen. Uns wurde gemeldet, daß Sie nicht arbeiten, obwohl Ihre Familienverhältnisse eine Berufstätigkeit zulassen."

„Vielleicht kümmern Sie sich besser um Ihre eigenen", konterte Mami bissig, stopfte ihre Papiere in die Handtasche zurück und verkrümelte sich in den Hintergrund.

Jetzt kam Frau Brüning an die Reihe.

„Arbeiten Sie etwa auch schon?"

„Nein, aber ich habe zwei schulpflichtige Kinder, die betreut werden müssen, und niemanden, der das übernehmen könnte."

Der Beamte blätterte in seinen Akten und wurde merklich kühler. „Ihre Jungen sind elf und vierzehn Jahre alt, gehören mithin doch hoffentlich der HJ an und sollten sich in der Freizeit bei ihren Kameraden aufhalten. Dort finden sie genügend Betreuung. Außerdem sehe ich hier, daß Ihr Mann Schauspieler ist. Dann arbeitet er doch sowieso nur abends, sofern man das überhaupt Arbeit nennen kann. Er kann sich also tagsüber um die Kinder kümmern."

„Mein Mann ist zur Frontbetreuung eingesetzt und befindet sich zur Zeit in der Gegend von Smolensk. Das liegt in Rußland", fügte Frau Brüning freundlich-aufklärend hinzu.

„Hm. Na ja." Der Kahlköpfige räusperte sich und meinte dann jovial: „Das ändert natürlich die Sachlage, aber Sie werden doch wohl trotzdem Ihr Scherflein zum Allgemeinwohl beisteuern wollen, nicht wahr? Können Sie stricken?"

„Wie bitte? Nein. Ja, doch, ein bißchen..."

„Na, sehen Sie, dann bekommen Sie Heimarbeit. Da können Sie zu Hause bleiben und sich trotzdem nützlich machen. Und unseren tapferen Soldaten ist auch gedient."

Dann brüllte er durch die halbgeöffnete Tür ins Nebenzimmer: „Frau Schindler, drei Portionen Wolle!"

Fünf Minuten später waren die beiden Damen wieder entlassen. Frau Brüning beäugte mißtrauisch die dunkelgrüne Wolle, die man ihr zusammen mit der Anweisung ausgehändigt hatte, alle zwei Wochen drei Paar Fingerhandschuhe abzuliefern.

,,Was soll ich bloß damit? Haben Sie schon mal Handschuhe gestrickt?" fragte sie hoffnungsvoll.

,,Noch nie", mußte Mami gestehen, um dann hilfsbereit hinzuzufügen: ,,Aber in der Schule habe ich mal häkeln gelernt."

,,Na, ich weiß nicht, die Dinger sollen doch gestrickt werden."

Das Problem wurde ziemlich schnell gelöst. Frau Hülsner erklärte sich nur zu gern bereit, die Heimarbeit zu übernehmen, denn ihre eigenen Wollvorräte waren mittlerweile zur Neige gegangen und neue nicht zu beschaffen. Sie sah sich schon zu einem beschäftigungslosen Kellerdasein verurteilt. Darüber hinaus bekam sie als Entgelt übriggebliebene Lebensmittelmarken und gelegentlich ein Tütchen Bohnenkaffee, den Frau Brüning aus irgendwelchen dunklen Kanälen bezog.

Bliebe noch zu erwähnen, daß Herr Bentin heimlich mit den Zähnen knirschte. Und das nicht nur, weil ihn jetzt überhaupt niemand mehr grüßte.

Die Luftangriffe wurden häufiger, die Bombenabwürfe massiver, das Kellerleben verlor seine anfangs noch etwas heitere Note. Von morgens bis abends lief das Radio, denn jetzt hatten wir auch tagsüber häufig Alarm. Wenn die Musikberieselung aussetzte und eine amtliche Stimme verkündete: ,,Schwacher Verband feindlicher Kampfflugzeuge im Anflug auf Nordwestdeutschland", dann drehte Omi den Gasherd ab, stellte die Bowlenschüssel — Prunkstück ihrer Kristallsammlung — unter den Eßzimmertisch, deckte sie mit einem Sofakissen ab und forderte mich auf, das Fenster in meinem Zimmer zu öffnen.

,,Du kannst schon mal den Handkoffer und deine Schulmappe in den Keller bringen, gleich gibt's Alarm!"

Verlas jene amtliche Stimme kurze Zeit später die Mitteilung: ,,Der gemeldete schwache Verband feindlicher Kampfflugzeuge befindet sich im Anflug auf den Raum Hannover-Braunschweig", dann signalisierten die Sirenen Voralarm. Ein paar Minuten später jaulte unweigerlich der nervtötende auf- und abschwellende Dauerton los, und die kofferbeladene Prozession der Hausbewohner setzte sich treppabwärts in Bewegung.

Trotzdem ging das Alltagsleben weiter. Der Schulunterricht begann zwar nach wie vor morgens um acht Uhr, endete aber oft schon in den frühen Vormittagsstunden, weil wir wegen zu erwartender Luftangriffe nach Hause geschickt wurden. Manchmal schafften wir es aber nicht mehr rechtzeitig, wurden vom Alarm unterwegs überrascht und hockten dann bibbernd in einer fremden Katakombe, wo wir uns schrecklich verloren vorkamen. Uns tröstete dann nur die Vorstellung, wie wir uns an dem bösen Feind rächen wollten, wenn wir ihn erst einmal besiegt haben würden.

„Die müssen dann alle Deutsch lernen, weil die englische und russische Sprache abgeschafft wird", sagte Christa.

„Ja, und die ganzen dreckigen Arbeiten müssen dann die Ausländer tun, Kohlenschippen, Straßenfegen und Müllfahren", freute sich Irene, ohne zu ahnen, welche Weitsicht sie mit dieser Prognose bewies.

Der Erdkunde-Unterricht, im dritten Schuljahr normalerweise auf das Fach Heimatkunde beschränkt, war zu einem wichtigen Bestandteil des Lehrplans geworden, und wir konnten trotz unseres zarten Alters schon recht gut mit dem Atlas umgehen. Außerdem hing in unserem Klassenzimmer eine riesige Landkarte, auf der Fräulein Luhde jeden Morgen den Fähnchenwald umsteckte, der den Frontverlauf kennzeichnete, er reichte schon ziemlich tief nach Rußland hinein. Der weitaus größte Teil dieses riesigen Landes mußte allerdings noch erobert werden, und es wurde selbst uns Dreikäsehochs klar, daß bis zum ständig propagierten Endsieg wohl doch noch eine Weile vergehen würde.

Ähnliche Rückschlüsse ließen auch die erweiterten Luftschutzmaßnahmen zu. Eines Tages rückte erneut ein Baubataillon an und begann, im gegenüberliegenden Wald Gräben auszuheben.

„Was soll denn das nun wieder bedeuten?" fragte Omi kopfschüttelnd. „Eigentlich kann sich das nur um eine Art Übungsgelände handeln, obwohl mir nicht ganz klar ist, wer das Kriegsspiel jetzt noch üben muß." Dann zog sie Erkundigungen ein.

„Das sollen Splittergräben werden", erzählte sie wenig später, als wir alle mal wieder im Keller saßen, „und angeblich müssen wir in Zukunft bei Fliegeralarm da rein, weil diese Maulwurfsbauten sicherer sein sollen. Ich kann mir das aber nicht vorstellen. Außerdem kriegen wir dann mit Sicherheit alle Rheuma."

Bei diesen Splittergräben handelte es sich um etwa drei Meter tiefe, zickzackförmig angelegte Laufgräben, die nach Fertigstellung mit Teerpappe abgedeckt und mit aufgeworfenem Sand „getarnt" wurden.

Auf eine Probesitzung verzichtete Frieda zwar; aber sie ordnete an, daß wir uns bei Fliegeralarm nunmehr in diesen Fuchsbau zu begeben hätten. Einhellige Ablehnung.

„Vielleicht fällt mir keine Mauer auf den Kopf, aber dafür sterbe ich dann an einer Lungenentzündung, und das dauert länger. Mich kriegen Sie jedenfalls nicht in dieses Rattenloch!" erklärte Frau Brüning kategorisch, wickelte sich frierend in ihre Decke und trug ihrem hoffnungsvollen Sproß Maugi auf, „endlich die verdammte Spirale" in dem defekten Heizöfchen zu reparieren.

Frieda zog ihre Anordnung also wieder zurück, wohl hauptsächlich deshalb, weil sie ja mit gutem Beispiel hätte vorangehen müssen, wozu sie offensichtlich auch keine Lust hatte. So requirierten wir Kinder die Splittergräben, spielten Goldgräber oder Unterseeboot; und bald dachte niemand mehr an die ursprüngliche Bestimmung unserer Riesensandkästen.

Daran wurden wir erst wieder erinnert, als Frieda eines Nachts in den Keller stürzte und aufgeregt brüllte:

„Der zweite Splittergraben ist eingestürzt. Da waren Kubalkes von Nummer 166 drin. Alle Mann raus zum Schippen!"

Die bisher so sichtbar an den Tag gelegte Hilfsbereitschaft bekam die ersten Risse. Niemand zeigte große Begeisterung, noch während des Alarms ins Freie zu gehen und im Sand herumzustochern. Außerdem regnete es.

Herr Bentin tauchte auf, Stahlhelm auf dem Kopf, als Regenschutz eine karierte Wachstuchdecke umgehängt, und trabte mit geschultertem Spaten ostentativ an unserer Kellertür vorbei — Richtung Treppe. Die übrigen Hausbewohner schlossen sich notgedrungen an.

„Wie die sieben Zwerge", flüsterte Frau Brüning meiner Mutter zu.

„Allerdings hat Frau Kubalke herzlich wenig Ähnlichkeit mit Schneewittchen", flüsterte Mami zurück.

Kurz darauf signalisierten die Sirenen Entwarnung, und nun stürmten auch wir Kinder hinaus und beteiligten uns mit Feuereifer an der Schipperei. Leider brach sofort der Stiel meiner Kehrschaufel ab; ich war zur Untätigkeit verdammt und durfte nur zwei Taschenlampen halten.

Nun muß man berücksichtigen, daß auch sie ein Kriegserzeugnis waren, basierend auf der Tatsache, daß es keine Batterien mehr gab. Ein findiger Kopf hatte dynamo-betriebene Taschenlampen konstruiert, die man zum Glimmen brachte, indem man unentwegt eine große Taste auf- und niederdrückte und damit enervierende Wimmertöne erzeugte. Nach drei Minuten tat einem die Hand weh, nach fünf Minuten versiegte die Lichtquelle mangels Antriebskraft. Zwar hatte ich bei Dunkelheit ständig so einen Apparat in der Tasche, aber ich benutzte ihn nur, wenn ich auf der Straße Schritte hörte und einem Zusammenstoß mit Passanten entgehen wollte. Laternen und Bäume geben normalerweise keine akustische Vorwarnung, und so kam ich hin und wieder auch leicht angeschlagen nach Hause.

„Wo hast du denn die Beule schon wieder her?“ fragte Omi und drückte mir ein Messer auf die Stirn.

„Ich bin gegen das blöde Straßenschild gerannt!“

„Allmählich solltest du aber wirklich wissen, wo die einzelnen Hindernisse stehen.“

„Weiß ich ja auch, aber da war so'n dämlicher Hund...“

„Was ist das für eine Ausdrucksweise? Und von wem sprichst du überhaupt in diesem Ton?“ parierte Omi sofort, denn im Gegensatz zu allem anderen kam meine Erziehung trotz Kriegsfolgen noch immer nicht zu kurz.

„Also, da war wirklich ein Hund, und der...“ Ausführlich begründete ich die Herkunft meiner Beule, die trotz der Messerauflage bald in allen Farben schillerte. Und wenn sie endlich abgeschwollen war, hatte ich schon die nächste.

Heute ist es unvorstellbar, daß man sich in einer Großstadtstraße durch stockdunkle Finsternis vorwärtstastet; aber damals war das durchaus normal. Laternen brannten nicht, aus den verdunkelten Fenstern fiel kein Lichtschimmer, und ein paar Autos, die einem noch gelegentlich begegneten, hatten ihre Scheinwerfer mit schwarzen Wachstuchkappen abgedeckt. Lediglich in der Mitte befand sich ein winziger Schlitz, der gerade so viel Licht auf die Straße fallen ließ, daß die Fahrer nicht von der Bahn abkommen und gegen den nächsten Chausseebaum knallen konnten.

So stand ich also dort auf dem Sandhaufen und drückte mit zusammengebissenen Zähnen und in immer größeren Abständen auf meine Taschenlampe, als ich eine Stimme fragen hörte:

,,Wen soll'n wa denn hier eijentlich ausbuddeln?"

Eine andere Stimme, die ich nicht kannte und die vermutlich zu einem Bewohner der anderen Häuser gehörte, gab Auskunft. ,,Frau Kubalke und ihre Tochter liegen da unten."

,,Wieso? Ick bin doch hier!" klang es neben mir überrascht. Die vermeintlich Verschüttete rammte entschlossen ihren Spaten in den Sand. ,,Ehe wa hier alle Totenjräber spielen, woll'n wa doch mal feststellen, ob überhaupt eener in den Jraben da sitzt."

Es saß niemand drin. Außerdem wurde nie geklärt, weshalb der doch so sichere Splittergraben eigentlich eingestürzt war, denn in näherem und auch weiterem Umkreis war gar keine Bombe gefallen.

,,Det wird wohl an den ewijen Rejen jelejen haben", meinte Herr Lehmann, ,,so ne tagelange Dauerberieselung von oben hält ooch der scheenste Jraben nich aus. Muß wohl so 'ne Art Erdrutsch bewirkt haben."

Ab sofort wurde uns Kindern der Aufenthalt an unserem Lieblingsplatz verboten, und bald wuchsen auf den Splittergräben wieder Brennesseln, Löwenzahn und Gänseblümchen.

4

,,Goldap? Das gibt es ja gar nicht!"

Mami brütete über dem Atlas, und hier wiederum über der Karte von Ostpreußen. Dann griff sie noch einmal nach dem amtlichen Schreiben, das neben ihr auf dem Wohnzimmertisch lag.

,,Hier steht doch aber klar und deutlich: Harteck, Landkreis Goldap. Also kann das Nest eigentlich gar nicht so klein sein."

Opa besaß einen größeren Atlas. Er übermittelte Mami telefonisch die genaue Lage dieses unauffindbaren Ortes, und schließlich entdeckte sie auch wirklich das winzige Pünktchen auf der Karte. ,,Meine Güte, das liegt ja ganz dicht an der russischen Grenze!"

Omi verstärkte ihre Lesebrille durch eine Lupe und betrachtete mißbilligend Mamis Zeigefinger, der auf dem Atlas festgenagelt schien.

,,Da wohnen doch die Polen! Oder zumindest halbe!"

,,Aber wenigstens fallen dort keine Bomben. Für die Engländer ist es zu weit, und die Russen haben bekanntlich keine Flugzeuge.“ (Bei Kriegsende merkten wir aber, daß sie doch welche hatten.)

„Und außerdem ist das viel zu weit weg, da kann man ja nicht mal zu Besuch hinfahren. Kommt gar nicht in Frage. Das Kind geht zu Tante Lotte!“

Omi klappte energisch den Atlas zu, womit das Thema ihrer Meinung nach beendet war.

Dieser abschließenden Feststellung waren ereignisreiche Wochen vorausgegangen.

Seitdem die Luftangriffe immer häufiger und intensiver wurden, hatte man behörlicherseits angeordnet, daß alle schulpflichtigen Großstadtkinder evakuiert werden müßten. Als Abstellmöglichkeit kamen Verwandte in Betracht, die irgendwo auf dem Lande lebten und sich in den meisten Fällen nicht gerade begeistert von Jung-Deutschlands Invasion zeigten. Ältere Kinder, die schon der HJ oder dem BDM angehörten und sich dem Gemeinschaftsleben bereits angepaßt hatten, wurden in sogenannte KLV-Lager geschickt. Der vollständige Name lautete Kinderlandverschickung; und diese Lager befanden sich zum großen Teil im „Protektorat Böhmen und Mähren“, wie die Tschechoslowakei seit der Annexion offiziell hieß. Grundschüler, denen man noch eine gewisse individuelle Betreuung zugestand, kamen zu Familien, die in ungefährdeten Gebieten lebten und sich freiwillig zur Aufnahme eines Kindes gemeldet hatten.

Nun wurde bei uns zu Hause tagelang „diskutiert“, ob man mich zu Tante Lotte schicken sollte, jener nahrhaften Kusine in Wolfenbüttel. Ich wollte nicht.

„Die spricht immer so komisch, und dann gibt sie mir dauernd diese Sabberküsse.“

Tante Lotte redete niedersächsisches Platt, s-tolperte über den s-pitzen S-tein, und meine unangebrachte Heiterkeit wegen dieses Idioms hatte mir schon so manches Mal tadelnde Blicke und gelegentlich eine Ohrfeige eingebracht. Nein, also zu Tante Lotte wollte ich auf gar keinen Fall.

Unsere ohnehin nicht sehr zahlreiche Verwandtschaft lebte aber zum größten Teil in Berlin, wenn man von einem Großonkel väterlicherseits absah, der irgendwo in Schlesien einen Hof besaß. Den Onkel kannte ich aber gar nicht, und außerdem lag nach Omis Ansicht Schlesien ja auch schon in Polen.

„Irgendwo stammen die doch alle von den Hunnen ab", sagte Omi, deren Geschichtskenntnisse sich eher auf die Neuzeit beschränkten, „und sie sind doch bis heute noch nicht richtig zivilisiert."

Also blieb nur die andere Alternative, nämlich Unterbringung in einer Familie, denn für das KLV-Lager war ich mit meinen knapp neun Jahren zu jung. Außerdem wollte Christa ebenfalls mitkommen.

Christa Cord war meine beste Freundin. Wir gingen in dieselbe Klasse und waren vom ersten Schultag an unzertrennlich gewesen. Sie wohnte auch in der Riemeisterstraße, allerdings weiter unten, wo die Wohnungen größer waren. Ihr Vater war Zahnarzt, was mich damals wenig störte, denn meine Zähne waren noch in Ordnung. Sie hatte drei ältere Brüder, die uns immer ärgerten, und lange blonde Zöpfe, um die ich sie glühend beneidete. Ich durfte keine Zöpfe tragen, weil Omi das „bäurisch" fand.

Trotzdem hatte Christa Gnade vor ihren Augen gefunden, und so wanderte Omi gemeinsam mit Frau Cord zu der maßgeblichen Behörde, um Einzelheiten über Herkunft, sozialen Status und Einkommensverhältnisse unserer künftigen Pflegeeltern zu erfragen.

Die waren nicht bekannt. „Det sind allet jute Deutsche, wo in ordentliche Verhältnisse leben. Außerdem jeht die janze Schule in det Dorf, sogar mit die Lehrer, also det hat schon allet seine Richtigkeit."

„Aber man weiß doch gar nicht, wie und wo die Kinder untergebracht werden", wagte Omi einzuwenden.

„Denn fahr'n Se doch mit. Oder sind Se kriegsdienstverpflichtet?"

„Nein."

„Na, sehn Se. Wenn Se woll'n, könn' Se ooch dabeibleiben. Wenn Se nich woll'n, könn' Se wieda zurückfahrn. Unser Führer is da sehr jroßzügich. Denn fall'n Se nämlich unter die Katejorie Bejleitpersonal und kriejen 'ne Freifahrt."

Omi kämpfte tagelang mit sich selber. Sollte sie ihrer unselbständigen und sorgsam behüteten Enkelin in die Verbannung folgen und versuchen, den unausbleiblichen Verfall guter Sitten und eingebleuter Manieren wenigstens zu mildern? Wer weiß, ob man in Ostpreußen überhaupt mit Messer und Gabel aß und ob man dort auch zweimal wöchentlich die Wäsche wechselte?

Andererseits war noch Mami da, um die sich jemand kümmern mußte. Sie würde ja doch immer vergessen, vor Luftangriffen das Kristall in Sicherheit zu bringen. ,,Außerdem schließt sie nie die Wohnungstür richtig ab. Meine Blumen würde sie auch vertrocknen lassen. Ich glaube, ich bleibe doch besser in Berlin."

Allerdings — Ostpreußen kam für mich natürlich nicht in Frage, es mußte ja noch ein anderes Ausweichquartier geben.

Als Omi zu diesem Entschluß gekommen war, wagte ich den ersten Protest. Gewöhnt, mich widerspruchslos allen Anordnungen zu fügen, hatte ich die anhaltenden Debatten mehr oder weniger schweigsam verfolgt, aber jetzt öffneten sich die Tränenschleusen.

,,Ich will mit Christa zu-zu-zusammenbleiben, und die anderen aus meiner Klasse gehen auch nach Ha-Ha-Harteck, und ich will nicht ganz alleine wo-wo-woanders hin", schluchzte ich.

Omi sah mich ganz entgeistert an. ,,Aber wenn ich dich dort oben doch gar nicht besuchen kann?"

,,Ist mir egal, die anderen kriegen ja auch keinen Besuch." Diplomatie war nie meine starke Seite.

Nun war es also beschlossen: Das Kind kam nach Ostpreußen.

Nach ein paar Tagen hatte Omi die ihr angetane Kränkung so weit überwunden, daß sie sich zu einem Kompromiß entschloß. Sie würde mich auf der Fahrt begleiten, ein paar Tage in meinem künftigen Domizil bleiben, um die ihr notwendig erscheinenden Anordnungen zu treffen, und dann wieder zurückfahren.

Tante Else wurde herbeizitiert, um meine Garderobe in Ordnung zu bringen; und als Omi die Koffer packte, vergaß sie auch nicht sechs Leinenservietten — ,,wer weiß, ob die da in Rußland so etwas überhaupt kennen?" — und mein Silberbesteck, das ich zur Taufe bekommen hatte.

Allmählich packte mich sogar Reisefieber. Außerdem wollte ich jetzt auch endlich weg, denn meine sämtlichen Spielkameraden waren inzwischen evakuiert, und ich kam mir so zurückgelassen vor. Mümmchen lebte schon seit Weihnachten bei ihrer Großmutter in Sachsen. Jutta und ihre kleine Schwester Sabine waren ebenfalls bei Oma und Opa. Lothchen wohnte jetzt bei einer Tante am Wandlitzsee. Helga Ingersen war mit ihrer Mutter ganz aus Berlin weggezogen, und Klaus, mit dem ich bis zuletzt gespielt hatte, mußte vor zwei Wochen seine Koffer packen und saß jetzt irgendwo im Warthegau. Ich war als einzige übriggeblieben.

Drei Tage vor meiner Abreise kam Vati. Man hatte ihm die bevorstehende Auswanderung seiner Tochter feldpostbrieflich mitgeteilt; und irgendwie hatte er es geschafft, noch rechtzeitig Urlaub zu bekommen.

Da stand er nun plötzlich vor mir, ein bißchen fremd, braungebrannt, mit abgewetzter Uniform, aber nagelneuen Unteroffizierslitzen auf den Achselklappen. Ich war maßlos stolz auf seine Beförderung. ,,Was passiert denn jetzt, wenn du Herrn Molden triffst?"

Mümmchens Vater hatte auch gerade Urlaub, war aber immer noch Obergefreiter.

,,Was soll denn passieren?"

,,Na, er muß dich doch nun zuerst grüßen, schließlich bist du jetzt sein Vorgesetzter!" Vati lachte bloß, und Herrn Moldens mögliche Insubordination ließ sich auch nicht feststellen, weil beide Herren bei ihrer späteren Begegnung Zivil trugen. Immerhin hatte ich die Genugtuung, daß Vati — natürlich in Uniform — das Abschiedskomitee eindrucksvoll komplettierte, als wir am Spätnachmittag des 3. Mai 1943 zum Sammeltransport abmarschierten. Der Zug war endlos lang, Kinder, Erwachsene, Rote-Kreuz-Schwestern und amtliche Helfer mit weißen Armbinden quirlten durcheinander, stolperten über Koffer und jaulende Hunde, und es schien völlig unmöglich, in dieses Tohuwabohu Ordnung zu bringen. Dazwischen quäkten Lautsprecher, die verlorengegangene Kinder ausriefen und Fliegeralarm ankündigten.

Und dann ging alles ziemlich schnell. Wir fanden uns in einem Abteil wieder, das sogar zu dem richtigen Waggon mit dem Pappschild ,,Goldap" gehörte, Koffer wurden durch Türen und Fenster hereingereicht, ein Hund folgte, der uns gar nicht gehörte, Türen zu, Pfiffe, und dann setzte sich der stählerne Bandwurm auch schon in Bewegung. Ein letztes Winken, dann waren wir aus dem Bahnhof heraus.

Zehn Minuten später hielten wir wieder an. Alarm!

Ich weiß nicht mehr, womit man damals die Lokomotiven heizte, jedenfalls nicht mit Kohlen. Sobald eine Lok befeuert wurde, verwandelte sie sich in ein feuerspeiendes Ungetüm, das kaum Rauch, dafür aber einen meterlangen Funkenregen ausspie, der meilenweit zu sehen war. Besonders bei Dunkelheit. Deshalb blieben auch die meisten Züge beim ersten Sirenenton sofort stehen und fuhren erst weiter, wenn es Entwarnung gegeben hatte. Auf diese Weise kam natürlich jeder Fahrplan durcheinander.

Aber unser Zug hatte wenigstens schon die Außenbezirke Berlins erreicht, und wir fühlten uns inmitten einer Schrebergartenkolonie verhältnismäßig sicher. Nach einer Dreiviertelstunde ging es wieder weiter. Nordostwärts.

Omi sorgte sofort für Ordnung und versuchte, für die unbekannte Dauer der Reise so etwas wie Bequemlichkeit herzustellen. Erschwert wurden diese Bemühungen durch den Umstand, daß der ganze Zug aus Dritter-Klasse-Wagen bestand und Holzbänke hatte. Mit uns im Abteil saßen außer Christa, von Omi bereitwillig unter ihre Fittiche genommen, noch Uschi sowie Gerda, die ebenfalls mit mütterlichem Begleitschutz reiste. Im Nebenabteil hatten sich Irene und Anita plus ihren Mütter etabliert. Dann kam noch Ursel dazu, die von einer resoluten Rote-Kreuz-Schwester vor sich hergeschoben und mit den Worten „die Kleene fährt allein, kümmern Se sich mal 'n bißchen um ihr!" den etwas konsternierten Müttern überantwortet wurde. Aber wenigstens kannten wir uns alle. Schließlich drückten wir doch schon seit drei Jahren gemeinsam die Schulbank und waren erst vor wenigen Wochen in die vierte Klasse versetzt worden.

„Als erstes müssen die Koffer aus dem Weg", sagte Omi und wuchtete gemeinsam mit Frau Hartmann unsere verpackten Habseligkeiten in die Gepäcknetze.

„Na ja, so sieht's schon besser aus", meinte sie befriedigt. „Und jetzt werden wir die Bänke ein bißchen polstern, sonst sitzen wir uns ja alle Schwielen an den Hintern!"

Sie requirierte Wolljacken und Mäntel, ließ meinen eigenen aber hängen. Der war neu, und außerdem sollte ich meinen künftigen Pflegeeltern in einem ordentlichen Zustand präsentiert werden, auf daß sie aus meinem ersten Auftreten die entsprechenden Rückschlüsse zögen.

Später wurden die Koffer wieder auf die Gänge gestellt und wir Kinder in die Gepäcknetze gelegt, immer zwei, Füße zueinander. Das war auch nicht viel bequemer als auf den Bänken, aber zumindest etwas weicher. Und wir schliefen trotzdem.

Ich weiß heute wirklich nicht mehr, wie lange die Fahrt gedauert hat; uns kam sie endlos vor. Oft genug standen wir stundenlang auf irgendwelchen Abstellgleisen, weil man die beiden Lokomotiven beschlagnahmt hatte, um wichtige Truppentransporte von West nach

Ost zu verschieben. Dann kam endlich eine neue Lok, aber die schaffte es nicht allein; und hatte man schließlich eine zweite heranbeordert, war die erste manchmal schon wieder weg.

Aber wenigstens konnten wir uns während dieser unprogrammierten Aufenthalte die Füße vertreten. Wir hockten auf dem Bahndamm herum, pflückten Margeritensträuße, die nach ein paar Stunden verwelkt waren, schmissen Schottersteine in die Kornfelder und plünderten Gärten, wenn welche in der Nähe waren. Außer Mohrrüben war aber noch nichts reif.

Das Begleitpersonal, anfangs noch auf Ordnung und Disziplin bedacht, kapitulierte bald und beschränkte sich nur noch auf grundsätzliche Anweisungen. ,,Nich so weit vom Zuch weg, wir wissen nich, wenn's weiterjeht."

Verpflegt wurden wir auf allen größeren Bahnhöfen; aber auch dabei gab es mitunter Pannen. Manchmal kam der Zug erst Stunden später an als angekündigt. Gulaschkanone und Teekannen waren längst weggeräumt und mußten schleunigst wieder herangekarrt werden; und noch bevor alle Portionen ausgeteilt waren, fuhren wir weiter. Oder wir wurden entgegen der ursprünglichen Route umgeleitet und standen plötzlich auf einem Bahnhof, dessen Belegschaft auf diese Masseninvasion keineswegs vorbereitet war. ,,Zu essen haben wir gar nichts und zu trinken bloß Muckefuck oder Pfefferminztee. Den müssen wir aber erst kochen."

Einmal wurde sogar eine blitzartige Sammelaktion unter den Bewohnern eines kleinen Nestes in der Nähe von Allenstein organisiert. Der Bahnhof bestand aus ein paar Brettern, auf denen ein halbes Dutzend Milchkannen auf den Weitertransport wartete, und einem Bahnwärterhäuschen, das von einem Kriegsinvaliden bewohnt war. Der Bahnwärter, gebürtiger Breslauer mit zweieinhalbjähriger Fronterfahrung und daraus resultierendem Organisationstalent, gab telefonisch höchste Alarmstufe. Dem Bürgermeister empfahl er, beim Ortsgruppenleiter zu intervenieren und ihm in den fetten Hintern zu treten, auf daß derselbige einmal vom Stuhl lupfe, dem Ortsgruppenleiter empfahl er umgekehrt das gleiche, und so erschienen bald darauf alle abkömmlichen Dorfbewohner mit Pferdewagen oder Kutschen, auf denen sie alles Eßbare transportierten, was ihnen zur Weitergabe angemessen erschien. Sie reichten uns einen Topf mit Suppe ins Abteil, deren schwärzliche Farbe zu einigem Mißtrauen berechtigte.

„Vielleicht Blaubeer-Kaltschale“, mutmaßte Frau Hartmann.

„Mir sieht das eher wie Holunderbeersuppe aus“, sagte Omi und probierte vorsichtig.

„Nein, also Obst ist da bestimmt nicht drin. Ich tippe eher auf eine Art Ochsenschwanzsuppe, obwohl sie noch einen recht eigenartigen Beigeschmack hat. Kosten Sie doch mal!“ Frau Hartmann meinte, der Fremdgeschmack rühre möglicherweise von Pilzen her. „Es muß sich aber um eine bei uns nicht bekannte Sorte handeln.“

Wir Kinder beschlossen vorsichtshalber, keinen Hunger zu haben.

Als Omi den noch halbgefüllten Topf zurückgab, erkundigte sie sich interessiert nach den Ingredienzen der Suppe.

„Das ist Schwarzsauer“, bekam sie zur Antwort. „Es wird aus Blut gekocht.“

Während der restlichen Reise ernährte sich Omi nur noch von belegten Broten und Kaffee-Ersatz.

„Siehst du, Kind, das hast du nun davon! Wärst du zu Tante Lotte gegangen, dann hättest du etwas Anständiges zu essen bekommen. Wenn ich an ihre Bohnen mit Speck denke...“

Nach und nach wurde unser Zug kürzer. Wir waren jetzt schon in der Nähe von Insterburg, wo erneut zwei Waggons abgekoppelt wurden, weil deren Insassen ihr Ziel erreicht hatten. In Gumbinnen blieben weitere Wagen zurück; und schließlich zuckelte eine asthmatische Lokomotive mit zwei jämmerlich quietschenden Waggons durch die Ausläufer der Rominter Heide, um endlich gegen zwei Uhr morgens mit einem Seufzer stehenzubleiben. Wir waren da.

5

Der erste Eindruck von unserem künftigen Domizil war nicht gerade überwältigend.

„Das soll ein Bahnhof sein?“ fragte Christa erstaunt und besah sich zweifelnd den verwitterten Holzschuppen, der von den zwei tristen Laternen beleuchtet wurde.

„Und nicht mal einen Bahnsteig gibt es“, schimpfte Omi, während sie rückwärts aus dem Zug kletterte, „ich habe ja gleich gesagt, daß hier schon Rußland anfängt.“

Aber wenigstens sprach man hier noch Deutsch. Oder doch zumindest eine Abart davon. Wir verstanden zwar nicht alles, aber wir begriffen, daß wir uns erst einmal einigermaßen übersichtlich aufstellen sollten. Das kannten wir ja schon! Und dann entdeckten wir plötzlich die vielen Menschen, die sich bisher im Hintergrund gehalten hatten und jetzt langsam näher rückten. Mir wurde nun doch ein bißchen mulmig, denn irgendwelche von denen mußten ja wohl meine Pflegeeltern sein.

Ein beleibter Mann mit Bürstenhaarschnitt und ausgefransten Hosenträgern stellte sich als Bürgermeister vor, der sich freue, im Namen der ganzen Einwohner von Harteck die Berliner Kinder begrüßen zu dürfen, und nun werde man auch gleich zur Verteilung schreiten. Was dann kam, erinnerte an die Versteigerung von preisgekröntem Zuchtvieh!

„Hier haben wir zwei Geschwister, Junge zehn Jahre, Mädchen acht. Wer nimmt sie?"

„Die nehme ich." Damit löste sich aus der Menge eine junge Frau und zog die beiden Auserwählten zur Seite.

„Mutter mit Kind, Mädchen, neun Jahre."

„Können zu mir kommen."

„Mädchen, zehn Jahre, zwei Brüder von sechs und acht."

„Die Jungs nehme ich, das Mädel muß woanders hin." Die Bedauernswerte fing jämmerlich zu schluchzen an.

„Das geht nicht, die müssen wir schon zusammenlassen. Wilhelm, du wirst doch für die halbe Portion noch Platz haben."

„Na schön, man ist ja kein Unmensch. Dann muß sie eben bei Oma schlafen."

Der Herr Bürgermeister blätterte wieder in seiner Liste, die ihm offenbar als Gedächtnisstütze diente, und trompetete weiter:

„Zwei Mädchen, neun Jahre alt, Freundinnen, möchten gerne zusammenbleiben. Außerdem Begleitperson, fährt aber wieder zurück." Damit waren wir gemeint. Christa drückte ganz fest meine Hand, als zwei Damen auf uns zukamen. Eine von ihnen fragte mich sofort: „Magst du Kinder?"

Eingedenk der Tatsache, daß ich mir immer Geschwister gewünscht hatte, antwortete ich bereitwillig: „Doch, sogar sehr."

„Na, dann kommst du am besten zu uns. Deine Freundin geht zu meiner Schwägerin", fügte sie hinzu. „Aber keine Angst, wir wohnen im selben Haus."

Omi musterte unsere beiden Pflegemütter gründlich, dann flüsterte sie mir zu: „Scheinen ja ganz ordentliche Leute zu sein."

Endlich waren auch die anderen Ankömmlinge aufgeteilt worden, und wir marschierten quer über die Schienen zu einem staubigen Feldweg, auf dem mehrere Leiterwagen und eine Kutsche standen. „Das Gepäck wird morgen früh geholt. Die Kinder müssen jetzt erst mal in die Betten. Und daß mir morgen alle in die Schule kommen, damit wir den Papierkram erledigen können. Ich habe dem Fräulein schon gesagt, daß ich die Klassenräume dazu brauche. Meine Amtsstube ist zu klein."

Damit schwang sich der Bürgermeister in die Kutsche, hievte sein Pflegekind neben sich auf den Sitz und fuhr davon. Wir anderen kletterten auf die Leiterwagen und zockelten hinterher. Halb schlafend wurde ich von Omi in ein Bett gepackt, und um die Mittagsstunde des nächsten Tages wachte ich endlich wieder auf.

Mein Bett stand in einer Art Alkoven. Zunächst sah ich nur geblümte Vorhänge, und als ich die ein bißchen zur Seite schob, entdeckte ich einen Eßtisch mit sechs Stühlen, ein großes Büfett, eine Truhe mit etwas Gipsernem drauf, eine Standuhr und eine kleine Kommode, die überhaupt nicht zur Einrichtung paßte und offensichtlich erst vor kurzem in das Zimmer gestellt worden war. Darauf lag mein kleiner Handkoffer.

Neben der Standuhr befand sich eine Tür, dahinter hörte ich Stimmen. Ich wagte aber nicht, die Tür zu öffnen, also hustete ich laut.

Omi hatte mir schon des öfteren demonstriert, daß Räuspern oder Husten in gewissen Situationen angebracht ist, wenn man zum Beispiel ein Zimmer betritt und jemand ist schon drin, oder wenn ein Besucher seine volle Kaffeetasse über den Tisch gekippt hat. Ich habe zwar nie ganz begriffen, weshalb man husten soll, anstatt ein neues Tischtuch zu holen, aber Omi meinte, man könne durch dieses Ablenkungsmanöver die Aufmerksamkeit auf sich lenken und dem Gast ein paar peinliche Minuten ersparen. Das Husten wirkte jedenfalls. Die Tür ging auf, und Omi spazierte herein, Schürze vorm Bauch und Küchenmesser in der Hand.

„Na, endlich ausgeschlafen? Nun komm erst mal mit, damit du dich waschen kannst. Die sanitären Verhältnisse sind katastrophal, fließendes Wasser gibt es nur in der Küche, ein Bad existiert überhaupt nicht, und die Toilette ist im Hühnerstall. Aber etwas anderes war ja wohl auch nicht zu erwarten." Dann zog sie mich an der Hand hinter sich her.

Wir durchquerten ein größeres Zimmer, in dem zwei wuchtige Ehebetten Wache hielten. Davor standen mehrere Stühle und ein Kindertisch, irgendwo an der Wand ein Kleiderschrank, daneben eine Art Vertiko mit einem Telefon obendrauf. Dann ging's ins Dunkle, schließlich kam wieder eine Tür, und wir betraten eine große Küche. In der Mitte ein wachstuchbezogener Tisch, drumherum robuste Stühle, in einer Ecke ein Kohleherd, in der anderen ein Ausguß, darüber ein halbblinder Spiegel, daneben ein kleines Brett mit einem angeschlagenen Wasserglas und drei ausgefransten Zahnbürsten, ein rosalackierter Küchenschrank, eine Kohlenkiste und irgendwelche Kleinmöbel.

Bevölkert war die Küche von einer dicken Frau, die mich irgendwie an eine Indianersquaw erinnerte, und zwei Kindern, eines davon mit laufender Nase. Von meiner Pflegemutter war nichts zu sehen.

„Frau Wiemer füttert die Schweine", erklärte Omi, führte mich zum Ausguß, drückte mir einen Waschlappen und die Zahnbürste in die Hand und erwartete von mir, daß ich vor den interessierten Zuschauern die Morgentoilette beginnen würde. Zähneputzen ging ja gerade noch, aber waschen...? Omi scheuchte die beiden Knaben aus der Küche und schrubbte mich dann selber ab, allerdings weniger gründlich als sonst. „Heute abend wirst du baden", erklärte sie, ohne im geringsten zu ahnen, wie sich das bewerkstelligen lassen sollte.

Meine Koffer waren inzwischen auch schon gekommen. Omi wählte ein Blümchenkleid in gedeckten Farben, band mir die traditionelle Taftschleife ins Haar und präsentierte mich erwartungsvoll meiner Pflegemutter.

Frau Wiemer war etwa Mitte Dreißig, hatte freundliche blaue Augen, ein Grübchen am Kinn und schmutzige Hände. „Ich komme gerade aus dem Stall", entschuldigte sie sich, „aber das wirst du ja nachher alles noch sehen. Das Mittagessen ist noch nicht fertig, also iß erst mal ein Brot, und dann kannst du deiner Freundin guten Morgen sagen. Die ist nämlich schon lange wach." Ich bekam ein Butterbrot mit richtigem Bienenhonig in die Hand gedrückt, und dann schob mich Frau Wiemer zur Küchentür hinaus. Sie wies auf eine Treppe, die ins obere Stockwerk führte: „An der Tür mußt du tüchtig klopfen, meine Schwägerin hört ein bißchen schwer."

Natürlich klopfte ich sehr zaghaft, aber zum Glück war ja Christa nicht schwerhörig. Sie kaute auf einem Stück Streuselkuchen und erklärte mir sofort: ,,Ich finde es hier prima."

Das konnte ich ihr nicht verdenken, denn ich hatte soeben eine völlig andere Welt betreten. Helle, freundliche Möbel, eine kleine, blitzsaubere Küche, überall Blumen, und Christas Zimmer war ein reines Kinderparadies. Bunte Vorhänge vor dem Fenster, an den Wänden Märchenfiguren, auf dem Fußboden ein handgewebter kleiner Teppich, Bücherregale, ein Tisch mit Lampe... hier hätte es mir auch gefallen!

Christas Pflegemutter trug eine Brille, hatte einen schwarzen Wuschelkopf und nahm mich sofort in die Arme. ,,Du kannst jederzeit heraufkommen, wenn du magst." Christa sagte übrigens schon Tante Hanne zu ihr.

,,Sag mal, habt ihr hier oben ein Klo?" wollte ich von meiner Freundin wissen.

,,Nee, das ist übern Hof rüber. Warst du da noch gar nicht? Komm mal mit, du wirst Augen machen."

Offenbar kannte sie sich schon recht gut aus. Sie zog mich die Treppe hinunter, öffnete irgendwo im Hintergrund eine Tür, und dann standen wir auf einem Sandplatz. Ein paar Hühner scharrten herum, vier Gänse marschierten mit gereckten Hälsen auf uns zu, und wir türmten schleunigst in den gegenüberliegenden Stall. Links grunzte es, rechts mümmelten acht Kaninchen, und wenn man den schmalen Mittelgang durchquert hatte, stand man vor einer Holztür. Christa öffnete den Haken, mit dem sie verschlossen war. Hinter der Tür befand sich eine Art hölzerner Kasten, in der Mitte ein Loch mit Deckel obendrauf, daneben eine Kanne mit Wasser. Auf dem Boden lag eine Rolle Toilettenpapier.

,,Da haste dein Klo!"

Ich verzichtete erst einmal auf die Benutzung dieses Möbels und schlug mich lieber seitwärts in die Fliederbüsche. Später gewöhnte ich mich zwangsläufig an das Häuschen; aber der Gang dorthin hat mich bis zum letzten Tag Überwindung gekostet und wurde besonders im Winter so lange wie möglich hinausgeschoben.

Während des Mittagessens erfuhr ich dann alles Wissenswerte. Übrigens fand es im Eßzimmer statt, also eigentlich in meinem Schlafzimmer, und Omi registrierte befriedigt, daß es Porzellangeschirr gab, Servietten und sogar richtiges Besteck, wenn auch nur aus

Neusilber. Zum Glück ahnte sie nicht, daß dieser Aufwand nur ihr zu Ehren betrieben wurde. Später aßen wir ohne Servietten in der Küche und benutzten Steingut-Teller.

Zunächst wurde ich über die Familienverhältnisse aufgeklärt. Da gab es einen Herrn Wiemer, der aber Soldat und in Rußland war. Frau Wiemer versorgte Haushalt, Vieh und Garten, und wenn sie Zeit hatte, auch ihre beiden Söhne. Gerhard war fünf Jahre alt und lispelte, Siegfried war zweieinhalb und sprach noch kein Wort. Das war der mit der Rotznase. Den Haushalt komplettierte die Indianerfrau, die ,,Altchen" gerufen und mir als Frau Wiemers Mutter vorgestellt wurde. Sie litt an chronischer Gelbsucht, die angeblich ungefährlich und nicht ansteckend war, der sie aber den ockergelben Teint zu verdanken hatte.

Nach dem Essen wurde ich wieder gekämmt, weil wir nun zu Nawrotzkis gehen wollten, bei denen Omi bis zu ihrer Abreise untergekommen war. Ich hatte mir sowieso schon den Kopf zerbrochen, wo sie wohl geschlafen haben könnte, denn außer den mir schon bekannten Räumen gab es in unserem Haus nur noch ein kleines Zimmerchen, in dem Altchen hauste.

Wir zogen die Dorfstraße entlang, weidlich bestaunt von allen ansässigen Bewohnern, bogen in einen kleinen Seitenweg ein und standen vor einem weißgekalkten Häuschen mit grünen Fensterläden und vielen Blumentöpfen neben dem Eingang. Ein verhutzeltes Mütterchen öffnete die Tür und führte uns in eine helle saubere Küche und dann in ein urgemütliches altmodisches Wohnzimmer. Ein nicht weniger verhutzelter Opa erhob sich vom Sofa und erkundigte sich sofort: ,,Na, Frau Wernecke, wie gefällt Ihnen unser kleines Dorf?"

Omi erklärte höflich, daß es ihr recht gut gefalle; aber sie konnte sich doch nicht verkneifen, auf die offensichtliche Rückständigkeit hinzuweisen. ,,Wenn man aus der Großstadt kommt, ist hier alles eben doch ein bißchen — hm, naja, ein bißchen sehr einfach." (Das Wort primitiv hatte sie gerade noch herunterschlucken können.)

Herr Nawrotzki pflichtete ihr freundlich bei. ,,Für Städter ist das nichts, aber wir sind's ja nicht anders gewöhnt; und Ihre Enkelin wird sich auch daran gewöhnen. Kinder passen sich schnell an." Frau Nawrotzki rückte mit Bohnenkaffee an — meiner wurde bis zur Unkenntlichkeit mit Milch verdünnt —, und dann platzte Omi heraus: ,,Wissen Sie, ich würde ja viel beruhigter nach Hause fahren, wenn ich meine Evelyn bei Ihnen lassen könnte. Bei den Wiemers gefällt es mir ganz und gar nicht."

Die beiden alten Leutchen sahen sich an und nickten mit den Köpfen. „Wir hatten uns ja auch gemeldet, aber man wollte uns kein Kind mehr geben, weil wir zu alt sind. Mein Mann ist zweiundsechzig und ich werde im Frühjahr auch schon neunundfünfzig."

Du liebe Zeit, ich hatte die beiden für mindestens siebzig gehalten!

Ich erklärte Omi, daß ich schon zurechtkommen würde, und ich meinte sogar das, was ich sagte. Im Moment war ja alles noch völlig neu. Ich hatte noch nie einen Misthaufen gesehen und rannte vor jeder schnatternden Gans schreiend davon, ein halbes Dutzend johlender Dorfkinder hinter mir her. Da aber offensichtlich alle Berliner Kinder eine unbegreifliche Angst vor Gänsen hatten und ihnen tunlichst aus dem Weg gingen, verlor diese Art Volksbelustigung bald den Reiz der Neuheit. Die kleinen Eingeborenen brachten uns sogar bei, wie man diese zischenden Ungeheuer bändigt.

Omi hielt es genau vier Tage in Harteck aus, dann überwog die Sehnsucht nach asphaltierten Straßen und einer Wassertoilette die Sorge um ihre dem Untergang der Zivilisation ausgelieferte Enkelin. Immerhin hatte sich Omi redlich Mühe gegeben, mein künftiges Wohlbefinden einigermaßen sicherzustellen und sich dabei selbst denkbar unbeliebt gemacht. Sie hatte nicht nur genaue Anweisungen gegeben, wie meine Wäsche und insbesondere meine Rüschenkleider zu behandeln seien, sie hatte auch die Bereitstellung einer Wasserschüssel nebst dazugehöriger Kanne gefordert (und bekommen), damit ich mich nicht zwischen Haferflockensuppe und Kartoffelschalen zu waschen brauchte. Sie hatte ferner einen Nachttopf gekauft, um mir nächtliche Gänge in den Schweinestall zu ersparen. Sie hatte mir alle einschlägigen Telefonnummern aufgeschrieben und mir das Versprechen abgenommen, im Winter Wollhosen zu tragen und regelmäßig zu schreiben. Und sie hatte Tante Hanne gebeten, ein Auge auf mich zu haben, was ihr auch bereitwillig zugesichert wurde.

Am späten Vormittag brachten Christa und ich Omi zum Bahnhof. Gerdas Mutter fuhr auch zurück, und so würden die beiden Damen genügend Zeit haben, sich alle Schrecknisse auszumalen, die uns Zurückbleibenden erwarteten.

Zum Schluß flossen auf allen Seiten doch noch ein paar Abschiedstränen. Aber kaum war der Zug abgefahren, da tauchten schon wieder die Gänse auf, und wir waren fürs erste hinreichend beschäftigt.

Mit der Eingewöhnung klappte es dann aber doch nicht so ganz reibungslos, wie die Beteiligten sich das anfangs gedacht hatten. Besonders bei mir rächten sich Omis jahrelangen Bemühungen, mich zur totalen Unselbständigkeit zu erziehen. War mir früher irgendwo ein Knopf abgerissen, so hatte Omi ihn entweder sofort angenäht oder mir ein anderes Kleid übergezogen, selbst wenn der Knopf gar nichts zu halten hatte und nur dekorativen Zwecken diente. Kam ich jetzt mit einem ähnlichen Problem zu Frau Wiemer, dann empfahl sie mir, entweder den Knopf selbst anzunähen oder eine Sicherheitsnadel zu nehmen. Das eine konnte ich nicht, das andere widersprach großmütterlichen Anweisungen. Im Laufe der Zeit lernte ich zwar nicht Nähen, aber wenigstens den Umgang mit Sicherheitsnadeln. Weiterhin lernte ich, daß man Kartoffelbrei mit dem Löffel ißt, Kuchen mit der Hand und Kotelett mit den Fingern. Als Lehrmeister fungierten meine beiden Pflegebrüder. Omi hatte von deren mangelhaften Tischmanieren nichts mitbekommen, weil die Knaben während ihrer Anwesenheit wohlweislich gesondert abgefüttert worden waren. Ich lernte weiterhin, daß ein Bad pro Woche genügte. Berücksichtigt man die Tatsache, daß dieses Bad in einer mittelgroßen Zinkwanne stattfand, die mitten in die Küche gestellt und mit lauwarmem Wasser gefüllt wurde, dann erscheint es begreiflich, wenn diese Prozedur auf den Sonnabend beschränkt blieb. Immerhin genoß ich den Vorzug, als erste in die Wanne steigen zu dürfen. Gerhard und Siegfried kamen nach mir dran und ins selbe Wasser. Aber wie Herr Nawrotzki schon festgestellt hatte, passen sich Kinder schnell an. Und sie passen sich ganz besonders schnell an, wenn sie alles tun dürfen, was ihnen bisher verboten war. Ich brauchte keine Schleife mehr zu tragen und durfte meine Haare zu Zöpfen wachsen lassen, die allerdings nie über das Rasierpinsel-Stadium hinauskamen. Ich konnte barfuß laufen, wann ich wollte; niemand kontrollierte, ob ich mir die Zähne putzte, und wenn ich mir mal wieder das Knie aufgeschlagen hatte, wurde ein einfaches Pflaster draufgepappt und keine Jodsalbe, die so ekelhaft brannte. Aber dafür fing mein Bein zu eitern an; ich mußte zum Arzt, und von dem bekam ich nicht nur reines Jod aufgepinselt, sondern auch noch eine Tetanusspritze.

Es gab aber ein paar Dinge, an die ich mich nie gewöhnen konnte. Das war einmal Altchen. Sie hatte sich lediglich Omi zu Ehren aus ihrem Bett erhoben und richtig angezogen, aber sofort nach deren Abreise hüllte sie sich wieder in ein lila Nachthemd, zog ein kakaobraunes Bettjäckchen darüber und thronte fortan in einem der beiden Ehebetten. Diese Position gestattete ihr die uneingeschränkte Teilnahme am Familienleben, zumal sämtliche Türen offen bleiben mußten. Abends zog sie endlich in ihr eigenes Kämmerchen, weil das Bett von den beiden Jungs beansprucht wurde. Weshalb Altchen ständig im Bett saß, habe ich nie herausgefunden. Abgesehen von der Gelbsucht, die ihr angeblich schon vor einigen Jahren bescheinigt worden war, fehlte ihr überhaupt nichts. Sie hatte einen gesegneten Appetit, eine geregelte Verdauung (letztere fand hinter verschlossenen Türen auf einem Nachttopf statt), und wenn sich Altchen besonders wohl fühlte, sang sie lauthals „Das kann doch einen Seemann nicht erschüttern...“

Ich hatte auch für meinen „Pflegebruder“ Siegfried nicht viel übrig. Mit Gerhard kam ich recht gut aus. Nachdem er seine anfängliche Scheu überwunden hatte, brachte er mir eine ganze Menge nützlicher Dinge bei, die für das Landleben wichtig sind, unter anderem den Umgang mit Gänsen. Ich lernte den Unterschied von Dill und Petersilie kennen — beides wuchs im Garten, und ich hatte bisher immer das verkehrte angebracht — und die Behandlung von Hühnern, denen ich die Eier wegnehmen sollte. Ich begriff, daß die als „Allesfresser“ bekannten Schweine weder Butterblumen noch Kaffeesatz mögen; und ich wunderte mich bald auch nicht mehr, daß es an keiner Haustür eine Klingel gab. Man ging einfach so hinein, irgend jemand lief einem dann schon über den Weg.

Den fast dreijährigen Siegfried mochte ich überhaupt nicht. Seine ständig laufende Nase bekämpfte ich anfangs noch mit Taschentüchern, sogar mit meinem eigenen, denn er selber besaß keines. Aber das gab ich bald auf, denn der Bengel hatte wohl statt einer Nase eine undichte Wasserleitung im Gesicht!

Was mich wesentlich mehr störte, waren Siegfrieds Windeln. Daß er überhaupt noch welche tragen mußte, wunderte mich ohnehin; aber daß sie nicht nach Bedarf, sondern bestenfalls nach Gutdünken gewechselt wurden, konnte ich einfach nicht verstehen. So lief Jung-Siegfried oft stundenlang mit schmutzigen Hosen herum, weil seine Mutter gerade den Kaninchenstall ausmistete oder Kirschen einweckte — manchmal tat sie beides gleichzeitig — und somit keine Zeit für ihren Jüngsten hatte. Mitunter erbarmte sich Tante Hanne und säuberte ihren Neffen; aber nur dann, wenn der hoffnungsvolle Knabe Anstalten machte, auf ihre Sessel zu klettern.

Christa ließ sich bei uns unten so gut wie nie sehen; dafür zog ich um so öfter eine Treppe höher, wo alles sauber und ordentlich war und wo das Essen zwar auch nicht viel anders schmeckte als unten, aber appetitlicher serviert wurde. Trotzdem, die Klunkersuppe bekam ich nie herunter. Das war eine ganz normale Milchsuppe, in die Mehl hineingerührt wurde. Das Zeug klumpte natürlich zusammen und erinnerte ein bißchen an Tapetenkleister. Vermutlich war die ganze Sache sehr nahrhaft, zumal in das fertige Gericht noch eine ordentliche Portion Butter kam; aber gegessen habe ich es genausowenig wie Schwarzsauer, jene Blutsuppe, die man uns schon einmal während unserer Reise vorgesetzt hatte. Schwarzsauer gab es immer dann, wenn eine Gans geschlachtet wurde, also glücklicherweise ziemlich selten. Christa mochte das Zeug auch nicht, und so bekamen wir an solchen Tagen Plinsen. Das sind Kartoffelpuffer — woanders sagt man Reibekuchen — mit geschmortem Obst.

Wenn es auch manches gab, woran wir Stadtkinder uns nie gewöhnen konnten, so gewöhnten wir uns aber erstaunlich schnell an das gute Essen. Fast jeder im Ort betrieb ein bißchen Viehzucht, und obwohl man offiziell jedes Schlachtfest vorher anmelden mußte, wurde munter schwarzgeschlachtet. Es gab wohl kaum jemanden im Dorf, der nicht seine heimlichen Würste und ein paar Schinken hängen hatte, und wer zwanzig registrierte Hühner besaß, hatte in Wirklichkeit dreißig. Wer wollte das denn feststellen? Die Viecher pickten sich ohnehin unangefochten durch die Gegend, und kein Außenstehender hätte jemals kontrollieren können, welches Huhn in welchen Stall gehörte.

So war es nicht verwunderlich, wenn unsere schmalen Gesichter zunehmend runder und die Kleider bald zu eng wurden. Außerdem konnten wir wieder jede Nacht ungestört durchschlafen, denn Fliegeralarm gab es hier tatsächlich nicht. Die Verdunklungsvorschriften galten zwar auch für Harteck; aber kein Mensch nahm sie so richtig ernst. Wer Fensterläden hatte, klappte sie abends zu, wer keine hatte, ließ das Licht ruhig auf die Straße fallen. Welches Flugzeug sollte sich schon hierher verirren? In Harteck war die Welt noch so ziemlich in Ordnung.

6

Wir Berliner Kinder hatten eine Woche Schonzeit bekommen, um uns erst einmal in der neuen Umgebung zurechtzufinden, aber dann begann auch für uns wieder der Ernst des Lebens, also die Schule.

Ursprünglich hatte man erwogen, die Berliner gesondert zu unterrichten, denn ein paar Lehrerinnen waren uns ins Exil gefolgt, aber erstens wären wir dann zu wenige Schüler gewesen, und zweitens hätte diese Trennung die Kluft zwischen den Berliner und den einheimischen Kindern noch vergrößert. Wir fühlten uns ohnehin als etwas Besseres und behandelten unsere Altersgenossen reichlich hochnäsig. Die wußten ja nicht mal, was eine U-Bahn ist, und sie glaubten uns nicht, daß wir schon Elefanten und Kamele gesehen hatten (schließlich gibt es in Berlin einen Zoologischen Garten). Was machte es da, wenn wir vor Gänsen Angst hatten?

Also marschierten Christa und ich an unserem ersten Schultag sehr selbstbewußt in unsere neue Bildungsstätte, die man durch Beschlagnahme zweier Vorratsräume notdürftig vergrößert hatte. Es stellte sich heraus, daß die vierte Klasse von bisher 8 auf 17 Schüler angewachsen war. Zwei der neun Berliner Kinder kannte ich gar nicht. Die stammten aus einer Schöneberger Schule und sollten eigentlich ganz woanders sein. Dafür kannte ich aber die mitgekommenen Lehrerinnen. Das war einmal Fräulein Scholz, die als sehr streng galt und zu Hause dauernd Strafarbeiten aufgegeben hatte. Dann Fräulein Hegemeister und Frau Schütz, mit denen wir aber nichts zu tun hatten; und schließlich Fräulein Bachmann, die unsere Klasse übernehmen sollte.

Sie begann ihre Tätigkeit damit, daß sie uns teilte. Rechts die Einheimischen, links die Berliner. In der Mitte blieb ein breiter Gang, der uns nicht nur räumlich trennte. Es stellte sich nämlich schnell heraus, daß wir unseren ostpreußischen Klassenkameraden weit voraus waren, und im Laufe des Schuljahres ist es auch nur zwei Kindern gelungen, diesen Rückstand aufzuholen. Das waren der Sohn vom Pfarrer und die Tochter des Arztes. Die anderen blieben hoffnungslos auf der Strecke, zumal sich Fräulein Bachmann auch keine große Mühe gab, ihren einheimischen Schutzbefohlenen das fehlende Wissen einzutrichtern. Und die wiederum zeigten keinen nennenswerten Bildungseifer, ganz abgesehen davon, daß sie das Berliner Fräulein sowieso nicht leiden — und kaum verstehen — konnten. So beschränkte sich Fräulein Bachmanns Tätigkeit darauf, uns Berlinern zur Oberschulreife zu verhelfen, was ihr auch ausnahmslos gelungen ist. Keiner ihrer Schützlinge mußte später noch eine Prüfung ablegen. Aber sie war wenigstens bereit, sich den ländlichen Gepflogenheiten des Schulunterrichts anzupassen. Und der hatte mit einem Gebet zu beginnen. Nun ist das mit Gebeten so eine Sache, wenn es offiziell keinen Religionsunterricht mehr gibt. Aber wozu hatten wir Lesebücher, in denen kernige Sprüche und vaterländische Gedichte standen? Wir mußten einige davon auswendig lernen, und fortan leierten wir morgens das gewünschte Gebet herunter. An eines kann ich mich noch erinnern, weil es tatsächlich die Überschrift „Morgengebet“ trug:

Schütze, Gott, mit starker Hand unser Volk und Vaterland.
Gib auch unserm Führer Stärke, zu vollenden seine Werke...

Wie es weiterging, weiß ich nicht mehr, aber es war ziemlich lang und dem Geist der damaligen Zeit im höchsten Grade angemessen.

Nach dem Gebet wurde gesungen. Das kannten wir schon, aber zu unserer Überraschung sangen wir nicht das Deutschlandlied und schon gar nicht mit ausgestrecktem Arm, sondern Volkslieder. Die Auswahl blieb der Lehrkraft überlassen, deshalb freuten wir uns immer auf den Freitag. Da hatten wir in der ersten Stunde Heimatkunde. Wie der Name schon sagte, sollte die Heimat erkundet werden, hierorts also Ostpreußen. Fräulein Bachmann wußte darüber nichts Näheres, und so hatte man dieses Fach Fräulein Naujocks übertragen, die aus Gumbinnen stammte und nie weiter als bis Königsberg gekommen war. Ihr Lieblingslied hieß „Auf der Lüneburger Heide“. Also sangen wir jeden Freitag bereitwillig alle drei Strophen, jede hatte acht Zeilen, und dann war die Stunde schon halb herum.

Meine Hausaufgaben erledigte ich bei Tante Hanne. Sie tippte am Wohnzimmertisch endlose Schriftsätze für einen Goldaper Rechtsanwalt, während wir in Christas Zimmer Millionenbeträge addierten und zusammengesetzte Wörter mit „über“ suchten. Meistens machten wir mehr, als verlangt worden war, bekamen regelmäßig Einsen und wurden langsam größenwahnsinnig. Es war höchste Zeit, daß uns jemand von unserem hohen Roß herunterholte!

Das geschah dann auch prompt und sehr nachhaltig während der Heuernte! Aus diesem Anlaß gab es ein paar schulfreie Tage, und obwohl uns Berlinern der Ernteeinsatz freigestellt war, erklärten wir uns natürlich alle zur Mithilfe bereit. So'n bißchen Grasharken würden wir ja wohl noch schaffen! Wiemers besaßen keine eigenen Wiesen, dafür aber diverse Vettern mit umfangreichen Ländereien, so daß wir uns unseren Arbeitsplatz sogar aussuchen konnten.

,,Am besten gehen wir zu Onkel Wilhelm'', meinte Christa, ,,da gibt es immer die selbstgemachte Zitronenlimondade, und der Apfelkuchen schmeckt mir bei Tante Mathilde am besten.''

Onkel Wilhelms große Wiese lag ziemlich weit draußen, und wenn wir nicht einen halbstündigen Fußmarsch in Kauf nehmen wollten, mußten wir schon um sechs Uhr früh auf dem Hof sein, damit wir auf dem Leiterwagen mitfahren konnten.

,,Schöne Ferien'', maulte Christa, als wir noch reichlich verschlafen durch das Dorf trotteten.

Bei Onkel Wilhelm herrschte reges Treiben. Da liefen sogar ein paar Hitlerjungen herum, die wir gar nicht kannten. ,,Die sind zum Ernteeinsatz abkommandiert'', erklärte Tante Mathilde, ,,das sind genau solche Stadtfratzen wie ihr. Können eine Kuh nicht vom Pferd unterscheiden!''

Das grenzte nun aber fast an Beleidigung! Dabei wußte ich sogar schon, wie ein Stier aussieht. Allerdings erst, seitdem ich auf so ein Vieh gedeutet und Onkel Wilhelm gefragt hatte, wieviel Milch denn dieses Tier täglich gäbe.

Endlich hatten wir alle den großen Leiterwagen erklommen — freiwillige, kommandierte und berufsmäßige Helfer —, und ab ging es. Die Pferde reihten sich in den Treck ein, der die Dorfstraße entlangzog, und als wir den Ort hinter uns hatten, bogen wir auf einen Feldweg ein. Den rüttelten wir eine knappe halbe Stunde entlang, und dann waren wir da.

Die Wiese hatte keinen Anfang und kein Ende. Rechts war alles grün, und links war alles grün. Geradeaus sah man nichts als Gras, und wo das Grüne aufhörte, fing der blaue Himmel an. Dazwischen ein paar Farbtupfer in Gestalt von Menschen, die offenbar noch früher aufgestanden waren als wir.

,,Sollen wir das alles etwa harken?'' fragte Christa ungläubig.

,,Nicht alles. Hier gehören mir nur vier Morgen, aber auf Goldap zu habe ich noch ein recht schönes Stück Land'', erklärte Onkel Wilhelm voll Besitzerstolz. ,,Da wird heute mit dem Mähen angefangen.''

Tante Mathilde drückte uns zwei hölzerne Rechen in die Hand und zeigte uns, wie wir das vor Trockenheit knisternde Heu in langen Reihen zusammenrechen sollten. „Setzt eure Hüte auf, sonst bekommt ihr einen Sonnenstich!“ ermahnte sie uns noch, bevor sie sich den betont diensteifrig dreinblickenden Hitlerjungen zuwandte.

Gehorsam stülpte ich mir den Strohhut auf den Kopf, setzte ihn aber sofort wieder ab, weil er mir bis auf die Augen rutschte. „Von wegen Sonnenstich, die spinnt doch.“

Es war kurz nach sieben Uhr, als wir mit der Harkerei anfingen. Um halb acht hatte ich die erste Blase am Daumen, um dreiviertel acht hatte ich das Gefühl, eine Eisenstange hin- und herschieben zu müssen, um acht Uhr hatte ich bereits vier Blasen, um Viertel nach acht war ich kreuzlahm. Und um halb neun hatte ich die Nase restlos voll.

„Und ich dachte immer, Kinderarbeit ist verboten“, jammerte Christa und stützte sich auf ihren Rechen. „Ich kann einfach nicht mehr.“

Auf dem Feldweg trabten zwei Kinder entlang. Eins davon war Franz, der größte Raufbold in unserer Klasse und uneingeschränkter Champion, was die Fehlerzahl bei den allwöchentlichen Diktaten anbelangte. „Frühstück gibt es erst um halb zehn“, erklärte der muntere Knabe grinsend, „bis dahin wird gearbeitet. Nun zeigt mal, was ihr draufhabt. Ihr könnt doch sonst immer alles besser.“

„Ausgerechnet der!“ murmelte Christa und fuchtelte übereifrig mit ihrer Harke herum. „Vor dem blamiere ich mich bestimmt nicht!“ Kaum war er außer Sichtweite, da sanken wir ins Gras. Allerdings sprang ich sofort wieder schreiend auf. Rechenzinken pieken, auch wenn sie nur aus Holz sind.

„Na, ruht ihr euch schon aus?“ Das war Wanda. Die ging auch in unsere Klasse.

„Ach wo“, erklärte ich sofort, „mich hat bloß irgend etwas gestochen.“ Ich schmierte emsig Spucke auf einen nicht vorhandenen Mückenstich.

„Ihr seid aber noch ziemlich weit zurück“, bemerkte Wanda noch, bevor sie weitermarschierte.

Das stimmte! Onkel Wilhelm und seine Helfer werkelten schon mindestens zweihundert Meter voraus.

„Wenn ich mir vorstelle, daß das tagelang so weitergeht, dann möchte ich am liebsten alles hinschmeißen“, resignierte Christa und harkte mißmutig sechs Grasstengel auf einen Haufen.

,,Keine Müdigkeit vorschützen, da kommen schon wieder welche."

Die waren zwar nicht aus unserer Klasse, aber wir kannten sie natürlich auch und bemühten uns, ihre schadenfrohen Kommentare zu überhören.

Nach dem Mittagessen — übrigens ohne Zitronenlimonade, dafür mit einem Gebräu, das sich Most nannte und überhaupt nicht schmeckte — kapitulierten wir endgültig. Zwei von meinen Blasen waren aufgeplatzt und brannten ganz scheußlich, der Rücken tat mir weh, der Kopf auch, Christa hatte sich einen Stachel in den Fuß getreten und hinkte... die Landwirtschaft im allgemeinen und das Heu im besonderen konnten uns gestohlen bleiben!

Auf dem Rückweg trafen wir Anita und Irene, die in einer ähnlichen Verfassung den Feldweg entlangschlurften.

,,Habt ihr auch aufgegeben?"

,,Hört bloß auf. Mir tut alles weh. Ich weiß nicht, wie die Dorfkinder das schaffen."

,,Wir sind so etwas eben nicht gewöhnt. Zur Landarbeit muß man geboren sein!" erklärte Anita rundheraus.

,,Jedenfalls ist es wohl besser, wenn wir in Zukunft die Klappe halten", empfahl Irene, ,,mit Ruhm haben wir uns nicht gerade bekleckert. Geht ihr morgen wieder mit raus?"

Die Entscheidung wurde uns abgenommen. Am nächsten Morgen hatten wir beide Fieber, Kopfschmerzen und Schüttelfrost. Der eilends herbeigerufene Arzt konstatierte einen leichten Sonnenstich, empfahl Bettruhe, Kräutertee und Selbstbesinnung. ,,Verachtet mir die Bauern nicht", zitierte er zum Schluß.

,,Sonnenstich!" entrüstete sich Christa. ,,Und ich dachte immer, das ist bloß ein Schimpfwort."

Nach zwei Tagen hatten wir unsere Leiden überwunden, aber auch jede Lust, uns weiterhin im Dienste der Volksernährung zu betätigen.

Ein paar Monate später wiederholte sich das gleiche Spiel bei der Kartoffelernte. Anfangs viel Enthusiasmus, nach kurzer Zeit nachlassende Begeisterung, dann Rückenschmerzen, aufgeschürfte Knie und schließlich Kapitulation auf der ganzen Linie.

,,Schlappschwänze!" urteilten unsere eingeborenen Altersgenossen. ,,Großes Maul und nichts dahinter!"

Fortan vertrugen wir uns einigermaßen. Immerhin mußten wir ja zugeben, daß die bislang reichlich verachteten Bauerntölpel uns Städtern auf einigen Gebieten erheblich überlegen waren. Im stillen leistete ich sogar meinem sechsjährigen Pflegebruder Abbitte, der nicht nur den ganzen Tag über Kartoffeln geklaubt, sondern auch abends noch beim Kühefüttern geholfen hatte. Zur Belohnung las ich ihm vor dem Schlafengehen noch ein paar Seiten aus den „Deutschen Heldensagen" vor, worauf ich in seiner Hochachtung wieder etwas stieg.

7

Im November erhielt ich eine Ansichtskarte mit Palmen drauf und Meer und einer imponierenden Strandpromenade. Auf der Rückseite hatte Mami geschrieben, daß sie jetzt in Nizza sei, das läge in Frankreich, und zwar am Mittelmeer, und Brief folgt.

Der kam auch prompt ein paar Tage später. Darin schrieb sie, daß es sie nun doch erwischt habe und sie dienstverpflichtet worden sei. Dank entsprechender Beziehungen sei es ihr jedoch gelungen, nach Frankreich kommandiert zu werden, um den Einsatz der diversen Fronttheater zu koordinieren. Ich konnte mir zwar nichts darunter vorstellen, aber bestimmt handelte es sich um etwas sehr Kriegswichtiges. Nizza sei eine herrliche Stadt, die Franzosen liebenswerte Menschen, was ich aber bitte für mich behalten solle, und im übrigen sei es frühlingshaft warm.

Wir in Ostpreußen hatten bereits Minus-Temperaturen, schippten mehrmals täglich den Weg zum Stall und damit zum Klohäuschen vom Schnee frei, und ich zog mir morgens sogar freiwillig wollene Unterhosen an. Daran hätte mich Omi im Laufe ihrer regelmäßigen Telefonate gar nicht zu erinnern brauchen.

Sie rief jeden zweiten Sonntag an, und zwar immer zwischen sechzehn und siebzehn Uhr, wenn Frau Wiemer im Stall beschäftigt war. Ich sollte die Möglichkeit haben, etwaige Klagen unbelauscht vorbringen zu können. Aber erstens hatte ich keine, und zweitens stand das Telefon im Schlafzimmer, wo Altchen in ihrem Bett thronte und jedesmal äußerst interessiert zuhörte. Wenn Omi sich vergewissert hatte, daß es mir erstens gutging, ich zweitens genug zu essen bekam und drittens wieder zwei Einser geschrieben hatte, teilte sie mir die jeweiligen Zehlendorfer Neuigkeiten mit: Die verwitwete Frau Regierungsrat war zu ihrer Tochter nach Holland gezogen, und in die leere Wohnung war eine ausgebombte Familie eingewiesen worden. „Die haben vorher in Kreuzberg gewohnt, stell dir das bloß vor. Das ist doch eine richtige Arbeitergegend." Ein anderes Mal erzählte sie mir, daß Frau Jäger gestorben sei. „Naja, zuckerkrank war sie ja schon immer, aber nun hatte sie noch etwas mit der Galle bekommen. Vorgestern haben wir sie beerdigt. Sogar eine Abordnung vom Kriegerverein hat am Grab gesungen. Es war wirklich sehr feierlich."

Und schließlich erfuhr ich auch, daß wir Einquartierung bekommen hatten. „Seitdem Mami in Frankreich ist, mußte ich ja beinahe täglich damit rechnen, daß man mir jemanden in die Wohnung setzt. Du ahnst ja gar nicht, was hier los ist. Die beschlagnahmen doch einfach Zimmer und weisen einem wildfremde Leute zu, die ausgebombt sind. Man weiß ja gar nicht, wen man da ins Haus kriegt! Jetzt hat es Tante Else auch erwischt. Sie ist am Donnerstag ausgebrannt, und natürlich habe ich sofort gesagt, daß sie zu mir kommen soll. Ich habe das auch gleich beim Wohnungsamt gemeldet, da sind wir jetzt endlich gestrichen worden. Mit Tante Else werde ich schon auskommen. Sie ist ja auch ganz nützlich, und mit Onkel Paul habe ich mich schon immer gut verstanden."

Tante Else war die hausschneidernde Kusine und Onkel Paul der dazugehörige Ehemann, Beamter und als solcher bei der Reichsbahn tätig. Im übrigen gehörte zur Familie Wirth noch ein Papagei namens Saladin, aber ich hatte nicht gefragt, ob der auch mitgekommen war.

Er war! Sehr zu Omis Mißvergnügen, die sich in ihrem nächsten Brief lang und breit über die Unsitten ausließ, exotisches Getier in einer normalen Wohnung zu halten. „Der Vogel macht einen Höllenlärm, und jedesmal, wenn man ins Zimmer kommt, schreit er Heil Hitler. Das wäre ja noch zu ertragen, aber sein Vokabular umfaßt auch einige Schimpfwörter, von denen ich hoffe, daß du sie nicht kennst."

Da war ich mir keineswegs so sicher, denn mein Wortschatz hatte sich gerade in dieser Beziehung erheblich vergrößert, woran nicht zuletzt mein Pflegebruder Gerhard beteiligt war. Sein Repertoire an Kraftausdrücken schien unerschöpflich.

Das Weihnachtsfest verlief, zumindest vom kulinarischen Gesichtspunkt aus, durchaus friedensmäßig. Es gab Gänsebraten und Mohnpielen, eine mir bisher unbekannte Spezialität, bestehend aus in Milch gerührtem Mohn, vermischt mit eingeweichtem Weißbrot, Rosinen und weiteren Ingredienzen. Es gab Berge von Kuchen und Keksen, es gab Schlagsahne und Bratäpfel; es gab Geräuchertes und Gebratenes. Am ersten Feiertag verdarb ich mir dann auch gründlich den Magen und ernährte mich bis Silvester vorwiegend von Kamillentee und Zwieback. Das aufkommende Heimweh bekämpfte Tante Hanne sehr erfolgreich, indem sie mich nach oben holte, dort ins Bett packte und mich zusammen mit Christa nach allen Regeln der Kunst verwöhnte. Der Kamillentee schmeckte dadurch zwar auch nicht besser, aber ich kam mir irgendwie geborgener vor.

Mamis Weihnachtsgeschenk, einen dunkelbraunen Kaninchenmantel, konnte ich also erst im neuen Jahr ausführen. In Frankreich schien es tatsächlich noch alles zu geben, denn in der einen Manteltasche hatte ich noch eine kleine silberne Armbanduhr gefunden, meine erste! Ich war maßlos stolz und trug trotz arktischer Kälte ein paar Tage lang kurzärmelige Pullover, damit jeder meine neue Errungenschaft bewundern konnte.

Ein paar Wochen später war Mami selber da. Als ich mittags aus der Schule kam, saß sie bei Tante Hanne im Wohnzimmer, trank mitgebrachten Bohnenkaffee (der war inzwischen sogar in Ostpreußen eine Rarität geworden) und starrte mich fassungslos an. „Meine Güte, bist du gewachsen!"

Ich fiel ihr jubelnd um den Hals. Christa kämpfte mit den Tränen, die aber ziemlich schnell versiegten, als Mami sie in den Arm nahm und ihr ein verschnürtes Päckchen in die Hand drückte. „Ein kleines Mitbringsel." Zum Vorschein kam eine Armbanduhr, das Pendant zu meiner eigenen, nur mit einem blauen Lederband statt eines roten. Mami erzählte, daß sie zehn Tage Urlaub bekommen und in Berlin nur einen kurzen Zwischenaufenthalt eingelegt hätte. „Länger wäre ich da sowieso nicht geblieben. Omi und Tante Else liegen sich dauernd in den Haaren, und wenn Tante Else nicht so eine Engelsgeduld hätte und einen gehörigen Schuß Humor, dann wären vermutlich schon längst die Teller geflogen."

Mami packte ihren Koffer aus. Zum Vorschein kamen lauter Pakete; und da ich sie im Laufe der Zeit über die einzelnen Familienmitglieder brieflich aufgeklärt hatte, war es ihr sogar gelungen, für jeden das richtige Geschenk zu finden. Tante Hanne bekam französisches Parfüm, Frau Wiemer einen Pelzkragen, Altchen eine Bettjacke aus Angorawolle, die sie dann überhaupt nicht mehr auszog, und die beiden Jungs, denen es völlig die Sprache verschlagen hatte, Schuco-Autos, die von selbst fuhren. Für mich hatte sie ein hellblaues Wollkleid mitgebracht, sehr schick und ganz ohne Rüschen.

„Man kommt in Frankreich noch an alles mögliche heran, wenn man ein paar Beziehungen hat", wehrte Mami die erstaunten Fragen ab. Erst Jahre später erfuhr ich, daß sie bei den damals keineswegs unüblichen Schwarzmarktgeschäften kräftig mitgemischt hatte und nur um Haaresbreite einem Kriegsgerichtsverfahren entgangen war wegen „Fraternisierung mit dem Feind", „Wehrkraftzersetzung" und ähnlicher schwerwiegender Delikte.

Auch Mami bezog Quartier bei Nawrotzkis, die sie sofort in ihr Herz schlossen, und das keineswegs nur wegen des Kaffees und der Zigarren.

„Sie erinnern mich so sehr an meine Tochter, aber die lebt ja schon lange in Dresden", sagte Frau Nawrotzki und streichelte verstohlen Mamis Hand. „Ich habe sie schon seit vier Jahren nicht mehr gesehen. Wir beiden Alten sind nicht mehr jung genug zum Reisen, und die Tochter kann ja auch nich wech von die Kinder. Denn is da auch noch die Schwiejermutter, die sie versorjen muß."

Wenn Mami nicht gerade in Nawrotzkis gemütlichem Wohnzimmer saß, wo ein bullernder Kachelofen angenehme Wärme spendete, dann fror sie. „Zumindest in einem Punkt hat Omi recht gehabt. In Sibirien kann es auch nicht viel kälter sein als hier!" Dabei hatten wir bloß knapp 15 Grad unter Null. Um Weihnachten herum war es doppelt so kalt gewesen.

Sehenswürdigkeiten, die ich meiner Mutter hätte zeigen können, gab es in Harteck nicht. Die Gänse waren alle im Stall, die Misthaufen unter Schneebergen vergraben, und die Dorfstraße bot wahrhaftig nicht viel Abwechslung. Vermutlich war Mami gar nicht böse, als ihre Urlaubstage zu Ende gingen. Vorher sorgte sie allerdings noch für eine entscheidende Veränderung.

Sie hatte ziemlich schnell herausgebracht, daß ich mich bei Wiemers keineswegs so wohl fühlte, wie ich es in meinen Briefen pflichtgemäß bekundete. Und als Herr und Frau Nawrotzki sich nur zu gern bereit erklärten, mir ab sofort Asyl zu gewähren, rückte Mami dem Bürgermeister auf den Leib. Sie teilte dem etwas konsternierten Herrn kurz und bündig mit, daß ich erstens sehr sensibel und zweitens seit kurzem Bettnässer sei — beides stimmte mitnichten — und somit individuellere Betreuung brauche. Frau Wiemer sei dazu begreiflicherweise nicht in der Lage, da sie mit bewunderungswürdiger Tüchtigkeit nicht nur den Haushalt, sondern darüber hinaus Vieh, Landwirtschaft und Schwiegermutter versorge. Es gäbe aber ein Ehepaar, nämlich Nawrotzkis, die sich gerne des etwas schwierigen Kindes annehmen würden; und der Herr Bürgermeister hätte doch sicher nichts dagegen?! Er hatte nicht.

Bei Frau Wiemer legte Mami eine andere, aber nicht minder überzeugende Platte auf. Nachdem sie meiner derzeitigen Pflegemutter ihre uneingeschränkte Bewunderung ausgesprochen hatte, wie prächtig ich aussähe und wie dankbar sie sei, daß sie den dürren Sperling zu einem so kräftigenKind herausgefüttert habe, bekundete sie ihr Erstaunen darüber, wie Frau Wiemer denn die ganze Arbeit bewältige. Es sei doch eigentlich unzumutbar, ihr auch noch ein Pflegekind aufzuhalsen. Zumindest diese Belastung könne man ihr jetzt abnehmen, denn es habe sich eine andere Lösung gefunden. Frau Wiemer sträubte sich anstandshalber ein bißchen gegen meinen Auszug; aber ich glaube, sie war doch recht froh, als ich schließlich meine Koffer packte. Gerhard transportierte sie noch am selben Tag mit dem Schlitten zu Nawrotzkis, wo ich mit offenen Armen empfangen und fortan wie das eigene Enkelkind behandelt wurde. Deshalb fiel mir wohl auch die bevorstehende Trennung nicht allzu schwer, als ich Mami am Nachmittag zum Zug brachte.

„Ich glaube nicht, daß ihr noch lange hier oben bleiben werdet“, meinte sie beim Abschied. „Die Frontlage sieht ziemlich belämmert aus; und vermutlich holt man euch Kinder bald wieder zurück. Aber sag das nicht weiter, sonst gibt es womöglich Ärger.“

Diese Ermahnung war überflüssig. Während ich früher bedenkenlos alles ausgeplaudert hatte, was ich zu Hause oder woanders aufschnappte, so sagte ich jetzt nie mehr ein Wort zuviel. Manchmal vergaß ich sogar, daß es überhaupt einen Krieg gab. Die Nachrichten im Radio interessierten mich nicht, ich hörte mir allenfalls die Sondermeldungen an, die mit entsprechender musikalischer Untermalung schon eine Viertelstunde vorher angekündigt wurden. Allerdings kamen die immer seltener. Natürlich wußte ich, daß Deutschland die Schlacht um Stalingrad verloren hatte; aber schließlich muß man ja gelegentlich mal verlieren können. Die Indianer hatten doch auch manchmal über die Weißen gesiegt und waren zum Schluß doch geschlagen worden. Das nächstemal würden wir sicher wieder gewinnen!

In unserem Klassenzimmer gab es auch keine Karte, auf der der Frontverlauf mit Fähnchen abgesteckt wurde. Da hing nur ein Hitlerbild und eines von Hindenburg, weil der seit Tannenberg als heimatlicher Held galt, und sonst gab es als Wandschmuck nur noch einen alten Stich von Königsberg, wie es dort vor hundert Jahren ausgesehen hatte.

8

Wir Kinder hatten also vom derzeitigen Stand des Krieges herzlich wenig Ahnung, und die Erwachsenen waren vernüftig genug, uns über den Ernst der Lage im unklaren zu lassen. Außerdem gab es im Augenblick etwas viel Wichtigeres, nämlich den bevorstehenden Eintritt in den BDM.

Eine straffgeführte Organisation, wie wir sie von Berlin her kannten, gab es in Harteck offenbar nicht. Manchmal schlurfte zwar ein Grüppchen Uniformierter durch das Dorf, aber die waren schon 14 oder 15 Jahre alt, und marschieren konnten sie auch nicht. Das fand wohl auch jener braungewandete Herr, den wir jetzt des öfteren in Begleitung von Fräulein Scholz sahen. Daran war an sich nichts Besonderes, schließlich war die Lehrerin schon Anfang Dreißig und noch immer unverehelicht. Aber wenn wir sie zusammen mit diesem Herrn trafen, durften wir nicht mehr „guten Tag" sagen, sondern mußten „Heil Hitler" brüllen und den rechten Arm zum deutschen Gruß erheben. Ich fand das ziemlich albern, denn so grüßte hier kein Mensch. Eines Tages tauchte dieser Herr in unserer Klasse auf. Ich stand gerade neben der Tafel und leierte die vorletzte Strophe von „Nis Randers" herunter, als die Tür aufflog und die schon bekannte Erscheinung in voller Montur hereinmarschierte. „Heil Hitler!" — „Heil Hitler!" echote die Klasse bereitwillig, und „Heil Hitler!" grüßte betont forsch Fräulein Scholz, die seit ein paar Tagen das erkrankte Fräulein Bachmann vertrat.

„Wer von euch ist zehn Jahre alt oder älter?" wollte der Uniformierte wissen.

Alle Arme flogen in die Höhe. Bloß meiner blieb unten, ich war immer noch neun.

„Das gnädige Fräulein fühlt sich wohl nicht angesprochen?"

„Doch, aber ich werde erst im Mai zehn."

„So? Na, auf die vier Wochen kommt es auch nicht an. Ihr seid jedenfalls alt genug, um in die HJ beziehungsweise in den BDM aufgenommen zu werden. Wie ihr wißt, handelt es sich natürlich um einen freiwilligen Beitritt; aber es ist für jedes deutsche Kind eine Selbstverständlichkeit, sich dem Führer zur Verfügung zu stellen. Ich erwarte also, daß ihr euch morgen nachmittag geschlossen hier einfindet, damit die Aufnahmeformalitäten erledigt werden können. Heil Hitler!"

„Das war Bannführer Kurbjuweit", erklärte Fräulein Scholz ehrfürchtig, nachdem sie unseren Besucher hinausgeleitet hatte. „Der wird jetzt andere Saiten hier aufziehen, und ich rate euch, morgen alle herzukommen."

„Kriegen wir dann auch eine Uniform?" wollte Franz wissen.

„Die müßt ihr euch selber besorgen."

Das war jedoch leichter gesagt als getan. Eine vorschriftsmäßige BDM-Kluft bestand aus einem dunkelblauen Rock, einer weißen, kurzärmeligen Bluse, einer sogenannten Kletterweste, worunter man das Mittelding zwischen Anorak und Windjacke in einem besonders widerlichen Braun zu verstehen hat, sowie Fahrtentuch und Knoten.

„Wenn die euch schon in diesen Verein holen, sollten sie wenigstens für das Zubehör sorgen", schimpfte Frau Nawrotzki, als sie meine Kleiderkarte prüfte und nur noch vier Spinnstoffpunkte für das laufende Quartal fand. „Du brauchst ein neues Kleid viel nötiger als diese häßliche Uniform." Trotzdem fuhr sie mit mir nach Goldap, und weil der Inhaber des einen Textilgeschäftes der Neffe des Schwagers ihrer Schwester war (oder so ähnlich), bekam ich trotz fehlender Kleiderpunkte das Gewünschte.

Der Rock bestand aus einem lodenähnlichen Material und kratzte ganz entsetzlich. Im Rockbund befanden sich Knopflöcher, die dazugehörigen Knöpfe saßen am unteren Blusenrand. Zehnjährige haben im allgemeinen noch keine Taille, und damit der Rock nicht dauernd rutschte, wurde er an der Bluse festgeknöpft. Das hielt aber nie sehr lange; erst rissen die Knöpfe ab, und beim nächstenmal rissen sie aus. Frau Nawrotzki unterlegte sie mit Stoff, bevor sie die weißen Perlmuttknöpfe mit Zwirn festnähte, aber irgendwo fehlte doch immer einer. Normalerweise konnte man derartige Mängel mit dem senffarbenen Affenjäckchen verdecken; aber es gab keine Kletterwesten mehr zu kaufen. Offenbar wurden sie gar nicht mehr hergestellt. Soldatenuniformen waren wichtiger. So traten wir an kühlen Tagen mit Wolljacken an und waren zum Leidwesen unserer Mädelgruppenführerin kaum bis Kniehöhe einheitlich bekleidet, denn die vorgeschriebenen weißen Strümpfe trugen auch nicht alle.

Als erstes lernten wir die Hierarchie des BDM kennen, deren unterste Stufe die Mädelgruppenführerin war. Dann kamen die höheren Ränge, und irgendwann ziemlich weit oben kam die Ringführerin. Bei uns hieß sie Heiterlein, und wir bekamen sie nur einmal zu Gesicht. Außerdem lernten wir Marschieren, und rechts um und links um, und vorschriftsmäßiges Grüßen und die korrekte Wiedergabe von Meldungen. Und wir lernten so schöne Lieder wie „Vorwärts, vorwärts, schmettern die hellen Fanfaren" und „Unsere Fahne flattert uns voran". Dabei hatten wir gar keine Fanfaren, nicht mal eine Trommel, und eine Fahne — Wimpel genannt — auch noch nicht. Die sollten wir bekommen, wenn wir uns sechs Wochen lang bewährt hatten. In welcher Form das zu geschehen hätte, wurde uns aber nicht gesagt. Dann durften wir auch erst das schwarze Fahrtentuch tragen, das uns in einer feierlichen Weihestunde verliehen werden sollte.

Ein vorschriftsmäßiges Vierecktuch hatte Frau Nawrotzki besorgen können, den dazugehörigen Lederknoten nicht. Leder war Mangelware, die Kunststoffindustrie steckte noch in den Kinderschuhen und beschränkte sich, was den zivilen Bedarf anbelangte, auf die Herstellung von Igelit-Sandalen, die immer an nackten Füßen festklebten. Ich sah mich schon als einzige ohne korrekte Uniform dastehen. Die anderen hatten alle diesen vertrackten Knoten irgendwo aufgetrieben, meist bei älteren Geschwistern. Schließlich klagte ich im nächsten Brief Omi mein Leid, und postwendend kam ein Lederknoten, Spende von Frau Bennich, deren ältester Sohn inzwischen die HJ-Uniform mit einer feldgrauen hatte vertauschen müssen. Der feierliche Tag kam heran. Die Schule war mit Fahnen und Fähnchen dekoriert, der Bürgermeister trug was Braunes, Fräulein Scholz trug BDM-Kluft mit Kletterweste, alles nagelneu (man mußte eben Beziehungen haben), die Dorfhonoratioren waren herbeizitiert worden und hatten der sehr massiven Aufforderung erschreckt Folge geleistet. Und schließlich erschien auch Bannführer Kurbjuweit, eskortiert von niederen Chargen. Zum Schluß erschien Ringführerin Heiterlein, leicht verschnupft und mit rutschenden Kniestrümpfen, was die Würde ihres Auftritts etwas beeinträchtigte.

Erst wurde gesungen, dann wurden Reden gehalten, dann wurde wieder gesungen, und dann mußten wir einzeln vortreten, so eine Art Fahneneid schwören, bekamen das Fahrtentuch umgelegt, den Knoten darübergezogen, die rautenförmige Anstecknadel ausgehändigt, grüßten zackig „Heil Hitler" und trabten wieder an unseren Platz zurück. Alles klappte reibungslos, aber schließlich hatten wir das ja auch eine Woche lang geübt. Zum Schluß überreichte Herr Kurbjuweit den Wimpel. Der hing an einer zwei Meter langen Stange und wurde Uschi übergeben, weil sie von uns allen die größte war. Sie wurde zur Wimpelträgerin ernannt. Die Handhabung des Fahnenschaftes hatte sie schon vorher mittels einer Harke trainiert, und so gelang es ihr auch, ohne Zwischenfälle und in vorschriftsmäßiger Haltung das Schulgebäude zu verlassen. Draußen formierten wir uns zum Aufmarsch: Vorneweg die Uniformierten, in zwei Meter Abstand erst die Jungs, dann Uschi, dann die Mädchen, jeweils in Zweierreihen, weil wir so wenige waren, zum Schluß die Zivilisten. Einmal die Dorfstraße rauf, Kehrtwendung, Straße wieder zurück, anschließend weggetreten. Die Zeremonie war beendet und ich nunmehr vollwertiges Mitglied des Bundes Deutscher Mädchen.

Die anfängliche Begeisterung für die neue Art von Freizeitgestaltung legte sich sehr schnell wieder, und zwar auf allen Seiten. Bannführer Kurbjuweit kam an die Front. Sein Nachfolger hatte weder an Fräulein Scholz Interesse noch an den ohnehin nicht sehr engagierten Hartecker Jünglingen. Der für unser Dorf zuständige Fähnleinführer spazierte abends lieber mit seiner Freundin in die Rominter Heide und vertagte die Kameradschaftsabende vorsichtshalber erst einmal bis zum Winter.

Fräulein Scholz, der wir den plötzlich ausgebrochenen Nazismus letzten Endes zu verdanken hatten, legte ihre Uniform wieder ab und ergab sich dem Trunke. Kurz darauf wurde sie nach Berlin zurückberufen und ist nie wieder aufgetaucht. Unsere Mädelgruppenführerin wohnte in Goldap, und da sie bisher recht gut ohne den Hartecker BDM-Zuwachs ausgekommen war, sah sie wohl keinen Anlaß, unsere abflauende Begeisterung erneut zu aktivieren. Eine Zeitlang hieß es, wir würden eine neue Führerin kriegen, aber die kam nie.

Nur einmal entfaltete sich der ganze BDM-Rummel erneut zu voller Blüte, und das war im Juni, als das Gerücht auftauchte, der Führer würde uns einen Besuch abstatten. Ich begriff zwar nicht, was der ausgerechnet in Harteck wollte, aber möglich war schließlich alles. Außerdem befand sich sein Hauptquartier bekanntlich in Ostpreußen. Wo genau, wußte niemand, aber vielleicht lag die Wolfsschanze ganz in unserer Nähe. Plötzlich wimmelte es in Harteck von BDM und HJ, wir mußten uns jeden Nachmittag vor dem Dorf einfinden, wo wir auf einer Wiese Reigentänze übten, unterstützt von Kindern aus umliegenden Orten. Chöre wurden gebildet, die markige Sprüche von sich zu geben hatten, und Christa memorierte zwei Tage lang ihren Text, mit dem sie dem Führer einen Blumenstrauß überreichen sollte. Sie entsprach mit den langen blonden Zöpfen und den leuchtendblauen Augen ganz und gar dem damaligen Idealbild des deutschen Mädchens, und so war ihr die zweifelhafte Ehre zuteil geworden, im Namen aller Berliner Kinder dem Führer für seine Sorge um die Sicherheit der jüngsten Volksgenossen zu danken.

Zwei Tage vor dem bedeutungsvollen Tag wurde die ganze Sache abgeblasen. Der Führer kam nun doch nicht, was ich ihm persönlich sehr übelgenommen habe. Jetzt konnte mir der ganze BDM endgültig gestohlen bleiben — und diese blödsinnigen Reigentänze schon überhaupt!

Es muß ungefähr zur selben Zeit gewesen sein, als ich Omis inhaltsschweren Brief bekam. Seitdem ich bei Nawrotzkis wohnte, hatten die regelmäßigen Ferngespräche aufgehört, denn dort gab es kein Telefon. Dafür kam jede Woche ein ausführlicher Brief, und in einem fragte Omi ganz beiläufig an, was ich davon hielte, wenn sie noch einmal heiraten würde.

Ich war sprachlos! Mit einer Hochzeit verband ich die Vorstellung von weißem Kleid und Schleier. Außerdem waren die Brautpaare, die ich in Harteck bewundert hatte, alle ziemlich jung gewesen. Sie schritten unter Anteilnahme des ganzen Dorfes feierlich zur Kirche, und später wurde im Dorfkrug sehr ausgiebig und sehr lautstark gefeiert. Nein, also ich konnte mir Omi im Brautkleid nun wirklich nicht vorstellen.

„Alte Leute heiraten doch nicht mehr in Weiß“, belehrte mich Christa, „die ziehen nur Dunkles an und gehen auch nicht in die Kirche, da reicht das Standesamt. So war es bei unserer Nachbarin.“

Frau Nawrotzki verstand meine Entrüstung nicht. „Deine Oma ist doch noch jung und schon so lange Witwe, warum soll sie nicht noch einmal heiraten?"

„Jung? Sie ist doch schon einundfünfzig. Da heiratet man nicht mehr!"

Ich erklärte Omi also, daß ich ihre Idee gar nicht so gut fände. Dabei fiel mir nicht einmal ein, anzufragen, wen sie denn eigentlich zu ehelichen gedenke.

Darüber klärte mich Mami auf. Von ihr kam ein umfangreicher Brief, und als ich ihn erwartungsvoll öffnete, fielen ein paar Fotos heraus. Auf jedem Bild war Omi zu sehen, sehr feierlich in einem dunklen Kostüm mit passendem Hut und Blumenstrauß im Arm, und daneben ein stattlicher Herr mit grauem Schnurrbart, der große Ähnlichkeit mit Herrn Jäger hatte.

Es *war* Herr Jäger!

„Du weißt doch, daß Omi immer jemanden zum Bemuttern braucht", schrieb Mami, „und als Frau Jäger gestorben war, hat sie sich um Herrn Jäger gekümmert, für ihn mitgekocht, Blumen gegossen und Strümpfe gestopft. Schließlich hat er ihr einen Heiratsantrag gemacht. Omi wollte natürlich nicht, und ich habe mir zusammen mit Tante Else Fusseln an den Mund geredet, bis sie endlich ja gesagt hat."

Später ist mir klar geworden, weshab Mami extra von Frankreich nach Berlin geeilt war, um ihre Mutter von den Vorteilen eines zweiten Ehestandes zu überzeugen. Sie sah wohl eine nicht so bald wiederkehrende Chance, endlich der unmittelbaren Einflußsphäre von Omi zu entrinnen. Und die wiederum hatte einsehen müssen, daß ihre Tochter im Laufe der Jahre ziemlich selbständig geworden war. Wenn endlich wieder normale Verhältnisse kämen und die Familie sich eines Tages erneut zusammengefunden haben würde, dann könnte es Schwierigkeiten geben. Im übrigen hatte sich Herr Jäger als recht umgänglich erwiesen, Beamter war er auch, und da er ja im selben Haus wohnte, konnte Omi trotz allem noch ein wachsames Auge auf die Parterrewohnung haben. In ihrem nächsten Brief teilte mir Omi mit, daß sie jetzt Jäger heiße und ich nunmehr einen zweiten Großvater besäße, den ich künftig Opi zu nennen habe. Der neue Opi hatte mir ebenfalls ein paar Zeilen geschrieben und darin beteuert, wie sehr er sich über die neue Enkelin freue (davon hatte ich früher allerdings nichts gemerkt!),und daß er hoffe, wir würden uns gut verstehen. Beigelegt war ein Zwanzigmarkschein, und der machte mir das neue Familienmitglied schon entschieden sympathischer.

9

Ich bin später sehr oft gefragt worden, ob mich die schwermütige ostpreußische Landschaft nicht nachhaltig beeindruckt habe, und immer mußte ich gestehen, daß ich mich daran nicht erinnern könnte. Um Harteck herum war alles flach und grün; im Sommer flach und gelb, wenn das Getreide reifte, und im Winter flach und weiß. Natürlich gab es auch Wald, viel Wald sogar, aber es war mir strikt verboten worden, ihn näher zu erkunden.

,,Wer sich hier nicht ganz genau auskennt, der verläuft sich", hatte mir Frau Nawrotzki erklärt, zu der ich jetzt Tante Lisbeth sagte. ,,Bis zum See kannst du natürlich gehen, aber bleib auf jeden Fall auf dem Weg."

Der See war nicht sehr groß, tief dunkelblau und lausig kalt. Freiwillig haben wir nur an sehr heißen Tagen darin gebadet, unfreiwillig öfter. Am Ufer lag nämlich ein altersschwacher Kahn, der an mehreren Stellen leckte, aber es galt als eine Art Mutprobe, mit dem morschen Boot über den See zu rudern. Nach der halben Strecke saß man bereits bis zum Bauchnabel im Wasser, und hatte man endlich das andere Ufer erreicht, war der Kahn nahezu vollgelaufen. Irgendwann ist er dann auch mitten im See abgesackt.

Ich durfte mich an diesen Wasserspielen allerdings erst dann beteiligen, nachdem ich Herrn Nawrotzki mein Fahrtenschwimmer-Zeugnis vorgelegt hatte. Schwimmenkönnen war beim BDM obligatorisch; und wir waren sogar in die Badeanstalt nach Goldap beordert worden, um dort unter Aufsicht eine halbe Stunde lang Runden zu drehen. Mens sana in corpore sano!

Von der ganzen fremdartigen Natur haben mich am meisten die Himmelschlüsselchen beeindruckt, und das kann wohl nur der verstehen, der in einer Großstadt aufgewachsen ist. Im Grunewald hatte ich bestenfalls ein Veilchen gefunden oder im Sommer ein paar wilde Glockenblumen; aber hier in Ostpreußen waren die Waldwiesen im Frühling gelb. Ein Meer von Schlüsselblumen, dazwischen violette

Leberblümchen, und die ganze Pracht durfte man pflücken. Ich schleppte die Blumen bergeweise an, füllte sämtliche vorhandenen Vasen, und als die nicht ausreichten, Milchtöpfe und flache Schüsseln. Wenn die Blüten verwelkt waren, holte ich neue. Ich kann heute noch keine Himmelschlüsselchen sehen, ohne ein bißchen wehmütig zu werden.

Die großen Ferien waren da! Heißersehnt und redlich verdient, denn ich besuchte ja seit Ostern das Gymnasium, und diese Tatsache hatte den bis dato ziemlich gemächlichen Tagesablauf umgekrempelt. War ich bisher fünf Minuten vor acht aus dem Haus gegangen und gemütlich zur Schule spaziert, so mußte ich jetzt um Viertel nach sieben zum Bahnhof gehen — rennen wäre der passendere Ausdruck —, denn um halb acht fuhr der Zug nach Goldap. Erreichte ich ihn nicht, dann war's aus. Heute würde man sich an die nächste Straßenecke stellen und sein Glück als Anhalter versuchen. Aber damals war diese Methode unüblich, und sie wäre auch zwecklos gewesen. Wann fuhr da schon mal ein Auto? Gebräuchlichstes Verkehrsmittel war das Pferdefuhrwerk. Oder das Fahrrad. Herr Nawrotzki, oder besser Onkel Georg, besaß zwar solch ein Vehikel, und auf ihm lernte ich auch die Anfangsgründe des Radfahrens. Aber es handelte sich um ein uraltes Modell, bei dem sich der Sattel nicht mehr verstellen ließ, und eine Stange in der Mitte hatte es auch noch. Ich war schon sehr stolz, wenn ich fünfzig Meter in mühsamer Strampelei bewältigt hatte, bevor ich samt Rad in den nächsten Straßengraben flog.

Auf dem Gymnasium hatten wir nicht mehr „Rechnen", sondern „Mathematik", wir zählten nicht mehr zusammen, sondern „addierten", und außerdem lernten wir Englisch, was mich maßlos empörte. Das war schließlich die Sprache unserer Feinde, und bald würde man in ganz Europa Deutsch sprechen. Das hatte der Führer jedenfalls irgendwann mal gesagt, also warum noch Englisch lernen?

Onkel Georg war anderer Meinung. „Lerne du nur fleißig deine Vokabeln, vielleicht brauchst du sie bald. Ich werde wohl auch meine russischen Sprachkenntnisse wieder ein bißchen aufpolieren müssen."

Das begriff ich nun überhaupt nicht. Na schön, die deutschen Soldaten zogen sich in Rußland immer weiter zurück; aber das lag an dem harten Winter und weil der Nachschub im Schnee steckengeblieben war. Und jetzt würde es sicher bald wieder vorwärtsgehen! So etwas Ähnliches hörte man doch ständig im Radio. Aber dann erzählte mir Onkel Georg, daß die Alliierten in Frankreich gelandet seien und von Westen nun immer näher kamen. ,,Es sieht gar nicht gut aus, Kind! Und wenn nicht ein Wunder geschieht, dann haben wir den Krieg bereits verloren. Ich frage mich nur, wann man euch hier endlich herausholt.“

Davon war jedoch überhaupt keine Rede. Zeitung und Rundfunk verkündeten, daß kein russischer Soldat jemals die deutsche Grenze überschreiten würde. Na bitte! Außerdem hätte man vermutlich gar nicht gewußt, wo man uns Kinder hinbringen sollte. Die Städte wurden mehr denn je bombardiert. Und das Großdeutsche Reich nebst allem, was inzwischen dazugehörte, wurde beinahe täglich kleiner. Da waren wir in Ostpreußen immer noch am besten aufgehoben.

Offenbar war Mami anderer Ansicht. Sie war eines Morgens plötzlich da, völlig übernächtigt, hatte nur eine kleine Reisetasche bei sich und erklärte, daß wir noch am selben Tag zurückfahren würden. Nach Berlin. ,,Mir wird das zu brenzlig hier oben. In Frankreich geht auch schon alles drunter und drüber, mit Mühe und Not habe ich noch einen Militärfahrschein bekommen, und für den Marschbefehl nach hier mußte ich dem Bürohengst ein Kilo Bohnenkaffee in den Rachen stopfen. Wie ich das Kind nach Hause kriege, weiß ich noch nicht, aber irgendwie schaffe ich das schon.“

Eine offizielle Rückkehr nach Berlin war praktisch unmöglich, ja verboten. Ich hätte bestenfalls eine Besuchserlaubnis für ein paar Tage erhalten können; aber dazu mußten triftige Gründe vorliegen, und außerdem hätte der Kampf um die erforderlichen Papiere zu lange gedauert.

,,Fahren Sie doch mal ans Kurische Haff“, schlug Onkel Georg vor.

,,Und was soll ich da?“

,,Gar nichts, natürlich. Aber Sie brauchen für Evelyn doch die Lebensmittelkarten. Also beantragen Sie Reisemarken, weil Sie mit Ihrer Tochter ein paar Tage verreisen wollen. Klingt doch ganz glaubhaft, schließlich sind doch Ferien. Wohin Sie in Wirklichkeit fahren, kann doch hier kein Mensch kontrollieren.“

Das klang plausibel. Die Frau Bürgermeister, nebenberuflich Verwalterin der beiden Karteikästen sowie der Lebensmittelkarten, rückte bereitwillig die Reisemarken heraus und erklärte sehr wortreich, daß sie als Kind auch schon mal am Frischen Haff gewesen sei, und wie herrlich es dort ist.

„Ich will aber eigentlich ans Kurische Haff", berichtigte Mami.

„So? Naja, da ist es sicher auch schön. Dann wünsche ich Ihnen eine gute Reise und auch recht gute Erholung."

Daraus würde wohl nicht viel werden! Mami sortierte zusammen mit Tante Lisbeth meine Garderobe durch. Nur das Wichtigste wurde eingepackt, denn mehr als einen Koffer wollte sie nicht mitnehmen. „Wer weiß, wie oft wir umsteigen müssen."

Tante Lisbeth versprach, die restlichen Sachen hinterherzuschicken. Das hat sie auch wirklich getan, die Gute, und sogar die Wolljacke, die sie gerade für mich strickte, hat sie noch fertiggestellt und in das letzte Paket gelegt.

„Kann ich mich denn wenigstens noch von Christa verabschieden?"

„Natürlich, aber sag ihr auf keinen Fall die Wahrheit, auch wenn's schwerfällt. Wir bringen sonst Nawrotzkis in Teufels Küche. Sie müßten mich schon längst angezeigt haben, weil ich dich zurückholen will; aber offiziell wissen sie das gar nicht. Du darfst Christa also auch nichts sagen. Wir fahren ans Haff, und damit basta!"

Christa fand das völlig in Ordnung, und traurig war sie auch nicht.

„Ich fahre morgen auch weg. Nach Stallupönen. Da wohnt Tante Hannes Schulfreundin, die hat uns eingeladen. Sie hat sogar Pferde, und wenn ich will, kann ich reiten."

Die Tränen saßen mir ziemlich locker, als ich Christa die Hand gab, obwohl ich damals noch nicht ahnte, daß ich sie nie wiedersehen würde.

„Mach's gut, und schreib mal eine Karte."

„Quatsch, das lohnt sich doch gar nicht wegen der paar Tage."

Mein Koffer war gepackt, mein kleiner Handkoffer vollgestopft mit Proviant. Tante Lisbeth heulte. „Es wird uns wohl sehr einsam vorkommen, wenn du nicht mehr da bist. Zum Abtrocknen habe ich dann niemanden mehr, und wer holt mir in Zukunft das Karnickelfutter?"

„Die Eier mußt du jetzt auch wieder allein zusammensuchen, dabei legt die braune Henne sie neuerdings ganz hinten in die alte Remise", schluchzte ich. „Und die Ferkel kann ich nun auch nicht mehr sehen." Dabei wartete ich schon seit Tagen, daß die Muttersau endlich werfen würde. Nein, also leicht fiel mir der Abschied von Harteck bestimmt nicht.

Onkel Georg tröstete mich. „Irgendwann ist der Krieg ja mal zu Ende, und in den Sommerferien kommst du uns immer besuchen. Dann fahren wir auch wirklich mal ans Haff."

Tante Lisbeth drückte Mami einen Zettel in die Hand. „Das ist die Adresse von meiner Tochter in Dresden. Wenn wir hier eines Tages doch noch wegmachen müssen, dann werden wir dorthin gehen. Wer weiß, vielleicht sehen wir uns einmal wieder."

Am Nachmittag brachten uns Nawrotzkis zum Bahnhof. Onkel Georg schob das alte Fahrrad, auf das er den Koffer gestellt hatte, und Tante Lisbeth trug den Handkoffer.

„Sie kaufen also jetzt nur Fahrkarten nach Insterburg", wiederholte Onkel Georg noch einmal, „da müssen Sie sowieso umsteigen, und dort können Sie vielleicht nachlösen. Wenigstens schöpft hier niemand Verdacht, das ist zunächst das wichtigste. Hauptsache, Sie kommen erst einmal weg."

„Da ist ja schon wieder ein Knopf abjerissen", rügte Tante Lisbeth und zupfte an meinem blauen Rock herum. „Warum hast du nichts jesagt, ich hätte ihn doch schnell noch anjenäht."

Auf Mamis Geheiß hatte ich meine Uniform anziehen müssen. „Ich kann diesen Aufzug zwar nicht ausstehen, aber unter Umständen ist er jetzt ganz nützlich."

Das asthmatische Züglein kam angeschnauft. Wir stiegen ein, das Abteilfenster klemmte — das taten die alle —, also öffnete Mami noch einmal die Tür. Ein letzter Händedruck, dann setzte sich die feuerspeiende Lokomotive in Bewegung.

„Viel Glück!" rief Onkel Georg.

„Kommt wieder!" sagte Tante Lisbeth.

Ich habe beide nie mehr gesehen. Die Flucht aus Ostpreußen ist ihnen zwar noch geglückt, denn wir erhielten Anfang 1945 einen Brief aus Dresden, dann aber kam kein Lebenszeichen mehr, obwohl wir mehrmals an die angegebene Adresse geschrieben haben. Vermutlich sind sie bei dem großen Luftangriff ums Leben gekommen.

Auch Christa kam nicht mehr nach Berlin zurück. Sie wurde zwar von ihrem Vater noch rechtzeitig aus Harteck herausgeholt und zu ihrer Großmutter nach Kiel gebracht, denn nach dem Krieg habe ich noch Post von ihr bekommen, aber dann hat sie nicht mehr geantwortet. Ihre Eltern hatten die alte Wohnung aufgegeben, die Nachbarn wußten auch nichts. Und so habe ich ihre Spur verloren.

10

Insterburg. Ein Bahnhof wie viele, zugig, ungemütlich und nur durch ein paar abgedunkelte Funzeln spärlich beleuchtet.

„Wir haben anderthalb Stunden Aufenthalt", sagte Mami, „laß uns mal sehen, ob wir etwas zu essen kriegen." Ich hatte keinen Hunger. Tante Lisbeths Schinkenbrötchen hielten vor.

„Egal, wir können ja nicht die ganze Zeit herumstehen."

Folgsam steuerte ich den Wartesaal an.

„Lieber nicht, hier spuken bestimmt die Kettenhunde herum." So wurden die Militärstreifen genannt, die schon von weitem an ihren vor der Brust baumelnden Blechschildern zu erkennen waren. „Vielleicht gibt es in der Nähe ein Restaurant." Es gab eins. Das hatte wegen Familienfeier geschlossen. Also zurück zum Bahnhof. Im Wartesaal hockten ein paar Soldaten, eine Rote-Kreuz-Schwester lief mit einer weißen Emaillekanne herum und verteilte Tee. Ich bekam auch welchen. Offenbar war er aus allen genießbaren Pflanzen zusammengebraut, die am Bahndamm wuchsen. Zucker war auch nicht drin. Mami bestellte Kaffee. Der sah dunkelgrün aus und bestand ihrer Ansicht nach überwiegend aus Wäschetinte. In der Ecke plärrte ein Radio. „Wovon kann der Landser denn schon träumen...?" Vermutlich von einem Bett. Ich war hundemüde.

Die Soldaten sammelten ihre Tornister zusammen und schlurften zum Ausgang. Wir auch. Mami löste eine Bahnsteigkarte.

„Wozu denn das?"

„Ich muß dich doch irgendwie durch die Sperre kriegen." Eine Fahrkarte konnte sie mir ja wegen der fehlenden Reisegenehmigung nicht kaufen. Dafür sah ihre eigene sehr eindrucksvoll aus, war mit einem halben Dutzend Stempel bepflastert und trug zwei Unterschriften. Außerdem berechtigte sie zur Benutzung der ersten Klasse.

Der Zug war stockdunkel. Die Springrollos vor den Fenstern mußten nachts geschlossen bleiben, obwohl die Abteile nur mühsam von einer blauangepinselten Glühbirne beleuchtet wurden. In einem Coupé war sie kaputt.

„Das nehmen wir", sagte Mami, „je dunkler, desto besser." Außerdem war es leer. Kurz darauf kam aber doch noch ein Fahrgast. Der trug Uniform, funzelte mit einer Taschenlampe herum und murmelte etwas vom Untergang des Abendlandes. Er stellte sich als Major Sowieso vor und erkundigte sich bei Mami, wie weit sie denn mitfahre. Mich hatte er noch gar nicht bemerkt.

„Ich will nach Berlin, vorausgesetzt, man holt mich nicht vorher heraus."

„Weshalb denn das? Sind Sie Spionin, Deserteurin, oder haben Sie bloß Butter gehamstert?"

„Viel schlimmer! Ich entführe gerade meine eigene Tochter!" Und dann erzählte sie alles.

Der Major blinkte mich mit seiner Taschenlampe an. Ich hatte mich in einer Ecke zusammengerollt und bibberte vor Angst. Als der Lichtkegel auf meine BDM-Bluse fiel, sagte mein Gegner entsetzt: „Auch noch ein Kind des Führers! Sag mal, holt man euch jetzt schon aus dem Kindergarten?" Kopfschüttelnd knipste er seine Lampe wieder aus. „Ich fahre zwar nur bis Küstrin mit, aber so lange kann ich Ihnen vielleicht helfen." Er holte seine prallgefüllte Aktentasche aus dem Gepäcknetz und stellte sie auf das Polster. „Du setzt dich jetzt in die Ecke direkt neben der Tür. Wenn's geht, nimm die Beine hoch." Dann hängte er seinen Militärmantel über mich, klappte die Armlehne herunter und baute daneben die Aktentasche auf. Jetzt war ich regelrecht eingemauert. Zum Schluß zog er noch die Vorhänge an den beiden Gangfenstern zu. Dann betrachtete er sein Werk. „Das müßte hinhauen!" meinte er und ermahnte mich, mäuschenstill zu sein, sobald ich Geräusche an der Abteiltür hörte. Schließlich zog er den Mantel wieder zur Seite. „Sonst erstickst du noch. Aber wenn jemand kommt, versteckst du dich sofort wieder!"

Es haute tatsächlich hin. Der Fahrkartenkontrolleur interessierte sich nur für die Fahrkarten und für sonst gar nichts. Die beiden Kettenhunde regten sich über die kaputte Glühbirne auf und prüften die ihnen bereitwillig überreichten Papiere sehr oberflächlich. In Königsberg wollte ein Zivilist zusteigen, wurde aber von dem Major darauf hingewiesen, daß es sich um ein Dienstabteil handele. Erschreckt schloß der Herr wieder die Tür.

Langsam wurde es hell. Die beiden Fahrgäste täuschten Tiefschlaf vor, damit die Vorhänge noch geschlossen bleiben konnte. Eine neue Militärstreife kam. ,,Wie oft wollt ihr denn noch antanzen?" raunzte der Major. ,,Ich liege seit zwei Tagen auf der Bahn und habe ein paar Stunden Schlaf bitter nötig!"

,,Verzeihung, Herr Major, wir wußten nicht, daß Herr Major schon kontrolliert worden sind. Wird nicht mehr geschehen!"

Ich bekam Hunger. Mami öffnete den Proviantkoffer und lud unseren Retter zum Frühstück ein. Der ließ sich das nicht zweimal sagen. Während er genußvoll an einer Schinkensemmel kaute, meinte er sinnierend: ,,Mein Onkel hätte mir lieber einen Bauernhof vererben sollen. Statt dessen habe ich das Familiensilber bekommen und ein Mietshaus in Köln. Das Silber hat jemand geklaut, und vom Haus steht nur noch eine halbe Mauer. Und dafür habe ich dreißig Jahre lang Pflichtbriefe an den Erbonkel geschrieben."

Bremsen kreischten, der Zug hielt abrupt. Fliegeralarm. Ich hatte schon fast vergessen, daß es so etwas gab.

,,Alle Mann raus aus dem Zug!" brüllte eine befehlsgewohnte Stimme von draußen.

,,Was machen wir jetzt?"

,,Sitzen bleiben!" sagte der Herr Major. Also blieben wir sitzen. In der Ferne hörte man die Flak belfern, dann war wieder Ruhe. ,,Alles einsteigen, der Zug fährt weiter." Trillerpfeifen, dann ging ein Ruck durch den Wagen. Wir fuhren wieder.

,,Jetzt müssen wir uns langsam überlegen, wie wir Sie heil nach Berlin bringen. In einer guten Stunde sind wir in Küstrin, bis dahin muß uns etwas eingefallen sein."

,,Am besten bleiben wir hier sitzen. Der Schaffner kennnt mich doch inzwischen."

,,Kurz vor Berlin werden die Kontrollen bestimmt schärfer. Außerdem ist es wahrscheinlich, daß jemand zusteigt. Ich halte es für das beste, wenn Sie in Küstrin mit mir zusammen den Zug verlassen. Die Kleine bringe ich schon irgendwie durch die Sperre. Sie lösen für das Kind eine ganz normale Fahrkarte und nehmen dann den nächsten Zug. Ich glaube nicht, daß man von hier aus noch eine Reisegenehmigung braucht."

Für Kinder brauchte man aber doch eine. Und sofort wurde der Herr Major dienstlich. ,,Ich bringe meine Nichte zu ihrer Mutter nach Berlin zurück", erklärte er dem glatzköpfigen Schalterbeamten. ,,Die hier lebende Großmutter ist vor zwei Tagen ausgebombt, das

Kind wird jetzt kurzfristig nach Thüringen evakuiert. Eine Reiseerlaubnis kann unter diesen Umständen überhaupt nicht vorliegen!"

„Natürlich, Herr Major, unter diesen Umständen selbstverständlich nicht", bestätigte der Beamte bereitwillig und händigte mir die Fahrkarte aus. Wir hatten es geschafft!

Unser Retter wehrte jeden Dank ab. „Gern geschehen. Ich wünschte nur, die strategischen Probleme ließen sich ähnlich leicht lösen. Versuchen Sie, das nächste halbe Jahr zu überleben, dann ist der ganze Spuk vorbei!"

„Was meint der damit?" wollte ich wissen. Mami verzichtete auf eine Antwort; sie konnte ja nicht ahnen, daß ich meine frühere Geschwätzigkeit inzwischen abgelegt hatte.

Unser Zug fuhr fünfzig Minuten später. Es war ein Bummelzug, der an jeder Bretterbude hielt und krachend voll war. So verbrachten wir den Rest unserer abenteuerlichen Reise stehend, eingequetscht zwischen Koffern, Rucksäcken und einem altersschwachen Kinderwagen. Wir hatten die Vororte von Berlin erreicht und näherten uns allmählich dem Zentrum. Ich starrte entsetzt aus dem Fenster. Ruinen, verkohlte Mauern, Trümmer, dazwischen Häuser, deren Fenster mit Pappe vernagelt waren, dann wieder Schuttberge.

„Ist denn hicr alles kaputt?" fragte ich entgeistert.

„Allet noch nich, aber den Rest schaffen die Tommies ooch noch", antwortete der Mann neben mir und sah mich an. „Wie lange biste denn nich hierjewesen?"

„Über ein Jahr."

„Na, denn paß man uff, dette dir nich valoofst. Die Trümmer sehn alle ejal aus, und Straßenschilder jibts ooch nich mehr."

Endlich lief der Zug in den Schlesischen Bahnhof ein. Das Dach bestand nur noch aus Stahlstreben, und wo einstmals die großen Scheiben gesessen hatten, zackten noch ein paar Glassplitter. Die Wände hatte man zum Teil mit Reklametafeln zugenagelt. „Aus gutem Grund ist Juno rund".

Vor dem Bahnhof das gleiche Bild: Ruinen, Schuttberge, notdürftig freigeräumte Straßen. Um die Ecke bog quietschend eine Straßenbahn. Die sah auch schon reichlich ramponiert aus.

„Ist bei uns auch alles zerbombt?"

„Nein, überhaupt nicht, Zehlendorf hat bis jetzt kaum etwas abgekriegt."

„Dann laß uns bloß schnell fahren, ich finde das alles hier so trostlos."

„Geh schon zur U-Bahn rüber. Ich rufe nur noch bei Omi an und sage ihr, daß wir da sind. Außerdem soll sie endlich ihre gehorteten Kaffeebohnen herausrücken. Ich habe mir jetzt wirklich einen anständigen Schluck verdient!"

Die Untergrundbahn heißt so, weil sie unter der Erde fährt. Im Gegensatz zu einigen anderen Städten tut sie das in Berlin tatsächlich, und nur manchmal kommt sie für kurze Zeit ans Tageslicht. Bei uns in Zehlendorf fährt sie oberirdisch.

Als der Zug am Bahnhof Podbielskiallee aus der dunklen Röhre schoß, schloß ich erst einmal die Augen. Ich wollte nicht schon wieder Trümmer sehen. Dabei gab es gar keine. Die Häuser sahen genauso aus wie früher, nur fehlten in den meisten die Fensterscheiben. Aber aus den Balkonkästen hingen immer noch die Geranien, und in den kleinen Gärten standen Sonnenschirme und Liegestühle. „Unser Küchenfenster ist übrigens auch hinüber", sagte Mami, „und bei Omi im Herrenzimmer sieht es aus wie in einer Bar. Als die große Balkonscheibe herausgeflogen war, hat Herr Bennich so eine komische Kunstoffplatte davorgenagelt. Jetzt schimmert innen alles bonbonrosa."

Als wir die vertraute Riemeisterstraße entlangmarschierten, hing Omi schon halb aus dem Küchenfenster und winkte. Sie residierte ja nunmehr im ersten Stock und hatte die halbe Straßenlänge unter Kontrolle. „Da seid ihr ja endlich! Ist alles gutgegangen? Jetzt kommt erst einmal herein, der Kaffee ist gleich fertig, ich habe auf dem Balkon gedeckt, Kuchen ist auch noch da. Mein Gott, Kind, bist du gewachsen, laß dich mal ansehen. Also mit den Zöpfen siehst du ja entsetzlich aus, wir gehen morgen gleich zum Friseur; nun setzt euch erst mal hin, wasch dir die Hände, Helmchens habe ich schon Bescheid gesagt, die kommen morgen, und Tante Mieze hat sich für Sonntag zum Kaffee angesagt, die will dich auch wiedersehen, Reni, du siehst schlecht aus, hast wohl kaum geschlafen, na, nun erzählt doch mal, wie war denn die Fahrt..."

Uff! Ich hatte völlig vergessen, wieviel und wie schnell Omi reden konnte. Es klingelte.

„Das wird Else sein", sagte Omi. Tante Else war auch nicht jünger geworden. Durch ihre rotblonden Haare zogen sich jetzt viele graue Fäden, aber sie hatte immer noch so lustige Augen und die unvermeidliche Zigarette in der Hand. „Kinder, bin ich froh, daß ihr da seid. Ich habe die ganze Nacht nicht geschlafen. Nun laß dich mal ansehen, du Krümel." Damit drehte sie mich einmal um die eigene Achse, um dann festzustellen: „Ich muß mir einen anderen Namen für dich einfallen lassen. Du bist mächtig in die Höhe geschossen. Sonst siehst du aber prächtig aus."

Omi kam mit der Kaffeekanne. „Für dich habe ich Kakao gekocht, so ein bißchen hatte ich noch."

Der Kakao schmeckte greulich. „Ja, liebes Kind, Milch gibt es nur noch für Kinder und stillende Mütter, du wirst dich jetzt wohl etwas umstellen müssen, was die Verpflegung anbelangt, und seit wann ißt man denn Kuchen mit dem Teelöffel, du hast wohl überhaupt keine Manieren mehr? Es wurde höchste Zeit, daß du wieder unter zivilisierte Menchen kommst; ich habe ja immer gesagt, du sollst zu Tante Lotte gehen, und wie sitzt du überhaupt da, lümmle dich doch nicht so am Tisch herum, das hast du vielleicht bei deinen Bauern machen können, aber nicht bei mir, das sage ich dir gleich..."

„Jetzt reicht's mir aber!" Mami funkelte ihre Mutter wütend an. „Nawrotzkis sind reizende, grundanständige Menschen, die vielleicht nicht deine Tischmanieren haben, aber dafür etwas viel Wichtigeres, nämlich das Herz am rechten Fleck. Oder hättest *du* etwa ein wildfremdes Kind bei dir aufgenommen?"

Bums, das hatte gesessen! Omi klappte den Mund zu und sagte in Mamis Gegenwart nie wieder ein abfälliges Wort über meine ostpreußischen Pflegeeltern.

„Da fällt mir übrigens ein, daß ich noch ein Telegramm nach Harteck aufgeben muß. Kann ich schnell hier oben telefonieren?" Der Text lautete sehr zeitgemäß im Code „Emil heute mittag auf Urlaub gekommen" und signalisierte den beiden Nawrotzkis unsere glückliche Heimkehr.

Während Mami den gewünschten Reisebericht lieferte, sah ich mich in Omis neuem Reich um. Ich war früher schon ein paarmal in der Wohnung von Jägers gewesen, aber bei diesen Gelegenheiten hatte man mich immer in der Diele abgefertigt. Jetzt öffnete ich neugierig die Wohnzimmertür. Riesige dunkle Eichenmöbel mit Schnitzereien, weinrote Samtvorhänge, Spitzengardinen bis zum Boden, überall Kristall, dunkelrote Polstergarnitur, Blümchen-Tapete, alles sehr eindrucksvoll und erdrückend. Nächste Tür, Herrenzimmer: riesige dunkle Eichenmöbel mit Schnitzereien, Schreibtisch, Bücherschrank mit Butzenscheiben, Ledersessel, Blümchen-Tapete. Dritte Tür, Schlafzimmer: riesige dunkle Eichenmöbel ohne Schnitzereien, über den Betten ein Ölschinken mit weidenden Schafen drauf, Wolkengardinen, Blümchen-Tapete. Das Eßzimmer überraschte mich nun auch nicht mehr: riesige dunkle Eichenmöbel mit Schnitzereien, sogar der ovale Tisch hatte klauenartige Füße, rechts davon ein Büfett, links eine Anrichte, obendrauf Kristall, *keine* Blümchen-Tapete, statt dessen Birkhühner und Fasane, teilweise als ausgestopfte Originale. Gräßlich! In dieser Wohnung würde ich Alpträume kriegen. Aber wie mochte es jetzt bei uns unten aussehen? Da mußte sich doch auch einiges verändert haben.

„Können wir nicht mal runtergehen?"

„Sag mal, Kind, wie sprichst du den überhaupt? Das ist mir vorhin schon aufgefallen, du hast dir ja einen entsetzlichen Dialekt angewöhnt."

Mami zuckte zwar auch immer schmerzlich zusammen, wenn ich in breitestem ostpreußischem Tonfall etwas erzählte, aber sie hatte gemeint, der würde sich wohl schnell wieder verlieren.

„Laß sie doch, ich finde, es klingt ganz ulkig", meine Tante Else.

„Das klingt nicht ulkig, das klingt furchtbar, und du mußt unbedingt darauf achten, Reni, daß das Kind wieder einwandfrei Hochdeutsch lernt."

Das Kind hatte nun endlich die Nase voll und strebte zur Tür. In unserer Wohnung hatte sich gar nicht so viel verändert. Mein Zimmer war so geblieben, wie ich es in Erinnerung hatte, sogar der räudige Teddybär saß noch auf dem Bett, nur war er nicht mehr einäugig, irgend jemand hatte das fehlende Auge durch einen Hosenknopf ersetzt. Das Schlafzimmer benutzten jetzt Onkel Paul und Tante Else, und in Omis ehemaligem Zimmer wohnten sie. Das Wohnzimmer hatte Mami völlig umgekrempelt. Die Sesselgarnitur war neu bezogen, und das Büfett mit den Glasscheiben hatte sie auf den Boden bringen lassen. „Ich habe dieses Monstrum sowieso nie ausstehen können. Die Bücherregale sehen auch entschieden besser aus, oder findest du nicht?"

„Wo ist denn das Klavier geblieben?"

„Das steht drüben. Ich komme jetzt doch nicht mehr zum Spielen, aber Onkel Paul hämmert manchmal darauf herum. Am liebsten ‚Das Gebet einer Jungfrau', weil er das ohne Noten kann."

In dieser Nacht schlief ich herrlich. Es gab nicht einmal Fliegeralarm, weil es in Strömen regnete. ,,Bei solchem Wetter kommen die höchst selten", hatte Tante Else mich beruhigt, wobei mit ,,die" feindliche Bomber gemeint waren. Am nächsten Morgen erschien Omi sofort nach dem Frühstück, um mich zum Friseur zu schleppen. ,,So kannst du einfach nicht herumlaufen. Das ist doch keine Frisur, und die kurzen Haare haben dir immer sehr gut gestanden."

Ich betrachtete etwas wehmütig meine Rattenschwänze im Spiegel. Zugegeben, sehr kleidsam waren sie wirklich nicht, aber ,,eine Schleife trage ich nicht mehr!"

,,Weshalb denn nicht? Du hast immer so schmuck ausgesehen."

,,Ich habe diese Propeller aber nie leiden können." Meinem Selbstbewußtsein war die unfreiwillige Trennung von Omi offenbar recht gut bekommen, denn früher hätte ich ihr nicht zu widersprechen gewagt. Sie sah mich auch ziemlich erstaunt an. Mami beendete die Debatte, indem sie erklärte, sie ginge ohnhin zum Friseur und würde mich mitnehmen. Damals bekam ich den ersten vernünftigen Haarschnitt, schulterlang und ohne dieses verflixte Taftungetüm auf dem Kopf.

Anschließend wurde ich meinem neuen Großvater präsentiert. Der hatte in der vergangenen Nacht Brandwache gehabt und heute dienstfrei. Omi hatte mir die üblichen Verhaltensmaßregeln eingetrichtert, bevor sie mich nach oben holte. ,,Rede nicht so viel, sprich deutlich und nuschle nicht herum; und vergiß vor allem nicht den Knicks."

Herr Jäger, zu dem ich nun Opi sagen mußte, erwies sich als netter älterer Herr, der so gar keine Ähnlichkeit mit dem mürrischen Griesgram hatte, als den ich ihn kannte. Seine energische Gattin, die das genaue Gegenteil von seiner ersten Frau darstellte, schien ihm recht gut zu bekommen. Er nannte sie ,,Mali", was ich noch furchtbarer fand als Malchen, aber Omi hörte es offenbar ganz gern. Jedenfalls verlief unsere erste Begegnung zur allgemeinen Zufriedenheit, und ich war nun doch ganz froh, daß Omi noch einmal geheiratet hatte. Jetzt konnte ich wenigstens türmen, wenn mir ihre ewigen Ermahnungen zuviel wurden.

Tante Else war da ganz anders. Sie hatte zwar bei uns nun die Haushaltsführung übernommen, aber das war irgendwie verständlich, denn Mami war ja kaum zu Hause. Tante Else war keineswegs schockiert, wenn ich mit dem Finger einen Teekrümel aus der Tasse fischte, und als mir Saladin in den Daumen biß und ich ihn ,,du altes

Mistvieh“ titulierte, lachte sie nur. Bei Omi hätte ich mir garantiert eine Ohrfeige eingehandelt. Saladin konnte mich übrigens nicht leiden, was durchaus auf Gegenseitigkeit beruhte. Als ich zum erstenmal an seinen hohen Käfig getreten war, hatte er mich mit „Heil Hitler, du Kaffer“ begrüßt, und damit stand sein endgültiges Urteil über mich offenbar fest. Wenn er mich sah, krächzte er „Hau ab, dumme Pute“, und den Gefallen tat ich ihm nur zu gerne. Seine Käfigtür stand meistens offen, und sein Schnabel war ziemlich scharf. Manchmal hockte er auch auf der Gardinenstange oder auf dem Lampenschirm; und wenn ich nicht schleunigst das Weite suchte, ging er auf mich los. „Der ist eifersüchtig“, sagte Onkel Paul, aber Tante Else meinte, Saladin sei ein verknöcherter Junggeselle und habe die Manieren eines ausgedienten Söldners.

„Woher habt ihr das Vieh eigentlich?“

„Der wurde mal auf dem Fundbüro vom Anhalter Bahnhof abgegeben, aber nie wieder abgeholt. Schließlich sollte er in den Zoo kommen, aber da hat ihn Onkel Paul lieber mitgebracht. Sein Besitzer muß wohl hauptsächlich in Kneipen zu Hause gewesen sein, denn der Vogel konnte fluchen wie ein alter Seemann. Das meiste habe ich ihm abgewöhnt; aber manchmal bricht seine mangelhafte Erziehung noch durch.“ Saladin bekräftigte diese Behauptung durch ein deutliches „Halts Maul, dumme Pute!“

Am Abend tagte wieder einmal der Familienrat, personell vergrößert durch Omimi und Opa, die die Heimkehrerin gemessen begrüßten und feststellten, daß ich inzwischen doch sehr groß geworden sei. Das wußte ich inzwischen. Thema der anberaumten Aussprache: Was soll aus dem Kind werden, beziehungsweise: Wo soll es hin? In Berlin konnte ich nicht bleiben, das hatten zwei Telefongespräche ergeben, die Mami schon mit irgendwelchen Behörden geführt hatte. „Auf keinen Fall Richtung Osten!“ bestimmte sie, womit Opas Vorschlag, mich zu seinem Bruder ins Schlesische zu schicken, ad acta gelegt war.

„Also doch nach Wolfenbüttel“, sagte Omi.

„Da will ich aber nicht hin!“ sagte ich.

„Zu Tante Lotte könntest du sowieso nicht mehr, die hat das Haus voller Einquartierung. Du müßtest zu ihrer Tochter. Allerdings wohnt Tante Brunhilde in Wiltmar, das liegt sechs Kilometer außerhalb.“

„Aber die kenne ich doch überhaupt nicht.“

„Na und? Frau Wiemer hast du ja vorher auch nicht gekannt."

Opi Jäger schaltete sich ein: „Warum schicken wir sie nicht ihrer Schule hinterher? In welcher bist du denn eigentlich angemeldet?"

„Weiß ich nicht. Ich bin doch in Goldap aufs Gymnasium gekommen."

„Es kommen nur zwei Schulen in Frage", erklärte Omi sofort, denn sie hatte bereits bei meiner Einschulung entsprechende Erkundigungen eingezogen. „Entweder das Gymnasium in Zehlendorf-Mitte oder die Gertraudenschule in Dahlem. Ich würde das Kind aber nach Dahlem schicken, die Umgebung ist ansprechender." Vornehmer, wollte sie vermutlich sagen, denn Dahlem galt als Berlins Renommierviertel, weil dort Schauspieler wohnten, Bankdirektoren, pensionierte Universitäts-Professoren und Außenminister Ribbentrop.

„Wir fahren morgen früh mal rüber", sagte Mami. Dann heulten die Sirenen, und ich zog nach anderthab Jahren zum erstenmal wieder in den Luftschutzkeller.

11

Einem unerforschlichen Ratschluß zufolge haben die Fassaden der meisten Schulen grau oder senffarben zu sein. Die hier war ein Mittelding zwischen beidem und hätte der Inschrift über dem Portal gar nicht bedurft. „Gertraudenschule" stand da, und etwas kleiner „Staatl. Oberrealschule für Mädchen". In der Eingangshalle das Oberteil von Hitler in Bronze (später wurde es gegen einen Gipskopf von Lessing ausgewechselt). An der Wand ein Schild: Achtung Blutspender! Bitte in Zimmer 6 melden. Durch die Gänge liefen gewichtig aussehende Damen und Herren, deren Schulzeit allerdings schon einige Jahrzehnte zurücklag. Anscheinend hatte man in dem seit längerem verwaisten Gebäude alle möglichen Dienststellen untergebracht. Wir erkundigten uns nach dem Sekretariat.

„Welches suchen Sie denn? Hier gibt es mehrere."

„Das Schulsekretariat."

„Keine Ahnung. Fragen Sie doch mal da hinten bei der Zuteilungsstelle." Die Zuteilungsstelle teilte Briketts zu. Schulsekretariat?

Nicht bekannt. „Vielleicht wissen die vom Luftschutz was. Erster Stock, Zimmer elf."

Die Luftschutzdame goß Kakteentöpfe. Es waren etwa hundert, und sie hatte noch nicht einmal die Hälfte davon bewässert. Schließlich war die Gießkanne leer, und die Dame geruhte, uns zu bemerken. Aber wenigstens erinnerte sie sich, irgendwo mal ein Schild gesehen zu haben, das das Vorhandensein eines Schulsekretariats immerhin wahrscheinlich machte. „Ich glaube, es war unten im Keller."

Also stiegen wir in den Keller. In einer Ecke entdeckten wir tatsächlich eine schmale Tür, an der mit zwei Heftzwecken ein karierter Zettel befestigt war: Schulkanzlei. Bei der Kanzlei schien es sich um eine ehemalige Besenkammer zu handeln, und die verhuschte graue Maus, die in dem fensterlosen Raum die „Berliner Illustrierte" durchblätterte, sah uns überrascht an. Offenbar verirrten sich sonst keine Besucher in ihr Reich. Im übrigen wußte sie überhaupt nichts. Man habe sie vor drei Tagen hier hergesetzt, weil Fräulein Schneider plötzlich nicht mehr gekommen war, und eigentlich sei sie ja Kontoristin und als solche bei der Müllabfuhr tätig, die sei oben im ersten Stock, da bliebe jetzt natürlich alles liegen, dabei wüßte sie gar nicht, was sie hier überhaupt solle, und die Schule sei ja sowieso evakuiert.

„Aber *wohin*?" wollte Mami wissen.

„Irgendwo in die Tschechei, aber wo, weiß ich nicht." Immerhin war die Maus bereit, nach entsprechenden Hinweisen zu suchen. Mami bot ihre Hilfe an, die wurde dankbar akzeptiert, und gemeinsam wurden die Karteikästen durchwühlt, Schränke durchstöbert, der Schreibtisch durchforscht. Nichts.

„Können wir denn nicht mal irgendwo anrufen?" Wenigstens gab es in der Besenkammer ein Telefon.

„Aber wo denn?" Die graue Maus schrumpfte immer mehr zusammen.

„Es muß doch ein Schulamt oder etwas Ähnliches existieren. Geben Sie mal das Telefonbuch her."

Nach einer guten Stunde, acht Telefonaten und fünf Zigaretten hatte Mami alles Erforderliche herausgebracht. Die Gertraudenschule — beziehungsweise ihr lebendes Inventar — befand sich in einem Ort, der Podiebrad hieß und östlich von Prag liegen sollte. Die Maus staunte. „Nein, wie Sie das gemacht haben! So was hätte ich nie gekonnt." Sorgfältig schrieb sie die nun endlich ermittelte Adresse auf, pinnte den Zettel mit braunen Klebestreifen auf der Schreibtischplatte fest und fühlte sich nunmehr etwaigen weiteren Fragestellern völlig gewachsen.

In der U-Bahn brachte Mami mir in homöopathischen Dosen die Nachricht bei, daß ich bereits in fünf Tagen in Marsch gesetzt würde. „Am Dienstag geht ein Kindertransport ab, da mußt du mit."

„Ganz allein?"

„Es geht nicht anders. Ich kann dich nicht hinbringen, weil ich spätestens übermorgen nach Nizza zurückfahre. Von Rechts wegen müßte ich längst unten sein. Aber die anderen Kinder sind doch auch allein, und außerdem werdet ihr von Rote-Kreuz-Schwestern begleitet."

Diese Aussicht trug nun auch nicht gerade dazu bei, meine erneute Auswanderung in ein rosigeres Licht zu tauchen. Auch nach Ostpreußen hatten uns Schwestern gebracht; aber das waren allesamt Drachen gewesen, die besser auf einen Kasernenhof gepaßt hätten als zu heimwehgeplagten Kindern. Wenigstens war damals Omi ein schützendes Bollwerk gegen diese weiblichen Dragoner gewesen.

Sie war dann auch schlicht entsetzt. „Du kannst das Kind doch auf gar keinen Fall allein fahren lassen, Reni, und was soll das überhaupt, dieses Bad... Bad... wie heißt das noch? Also dieses Bad Podiebrad liegt ja mindestens genausoweit weg wie Harteck, schick das Kind doch endlich nach Wolfenbüttel, da kann ich schnell mal für zwei oder drei Tage hinfahren, und wer weiß, wie die Kinder untergebracht sind, der Name KLV-Lager sagt doch schon alles..."

„Meine Güte, Mutti, die leben doch nicht in Zelten! Sie wohnen in beschlagnahmten Häusern, haben geregelten Schulunterricht und sind ständig unter Aufsicht. Du willst Evelyn später doch ohnehin in ein Internat stecken, dann bekommt sie jetzt schon einen Vorgeschmack."

„Wie kannst du nur ein Schweizer Pensionat mit diesen Lagern vergleichen", empörte sich Omi, „da gibt es wohl doch ganz wesentliche Unterschiede!"

Omi war durch ihre zweite Ehe wohlhabender geworden. Allerdings hatte sie das vorher nicht geahnt. Die erste Frau Jäger, bekanntlich eine geborene von und nicht ganz unvermögend, hatte ihren Mann zum Alleinerben eingesetzt, und der wiederum, als deutscher Beamter stets für klare Verhältnisse, hatte inzwischen sein Testament zu Omis Gunsten ändern lassen. Diese Neuigkeit hatte Omi mir schon am ersten Abend mitgeteilt, als ich den Schlafzimmerschrank besichtigen mußte. Darin stapelten sich Wäscheberge, sorgfältig von grünen Seidenbändern zusammengehalten. „Das wird einmal deine Aussteuer", hatte sie mir erklärt. „Die ganzen Sachen sind noch vollkommen neu."

Im allgemeinen interessiert man sich mit zehn Jahren noch nicht für Aussteuerfragen, und für Tischtücher und Damastbezüge schon gar nicht. So war meine Reaktion wohl auch ziemlich lauwarm. Sie wurde auch nicht viel enthusiastischer, als Omi mir eröffnete, daß ich so in sechs oder sieben Jahren in ein Pensionat nach Genf käme — „aber vielleicht ist es in Lausanne schöner" — damit ich dort meine Ausbildung vollenden könne. „Da erhältst du den letzten Schliff, und anschließend studierst du natürlich. Vielleicht Sprachen oder Literaturwissenschaft, das kannst du dir später noch aussuchen."

Seitdem ich Frau Wiemers weißem Kaninchen mit der Pinzette einen Stachel aus dem Fell gezogen hatte, wollte ich Tierärztin werden, aber davon sagte ich vorsichtshalber noch nichts. Und die Idee mit dem Pensionat fand ich auch nicht so gut.

Im übrigen haben sich Omis gutgemeinten Pläne natürlich zerschlagen. Das „Vermögen" bestand aus Aktien, die dazugehörige Zuckerfabrik lag in Schlesien, das Leuna-Werk in der DDR, und so beschränkte sich das in Aussicht gestellte Studium später auf den Besuch einer privaten Handelsschule, den Omi dann aber tatsächlich finanzierte. Von meiner Aussteuer blieben lediglich die grünen Seidenbänder übrig, weil sie sich damals nicht auch noch verkaufen ließen. In den Nachkriegsjahren war Brot wichtiger als Bettwäsche. Wie schön, daß weiße Bezüge heute unmodern sind!

Tante Else saß bereits über meiner Garderobe, ließ Rocksäume heraus, und wo nichts mehr rauszulassen war, wurde angestückelt. Das war damals modern und notgedrungen üblich. Mami kämpfte sich durch den immer noch üppig wuchernden Behördendschungel, besorgte Bescheinigungen, Ab- und Ummeldungen, Marschpapiere und Lebensmittelkarten. „Daß wir den Krieg verlieren, ist mindestens zur Hälfte die Schuld von diesen Paragraphenhengsten", stöhnte sie und drückte mir eine prallgefüllte Kunstledermappe in die Hand. „Paß bloß gut darauf auf, ohne diese Papiere existierst du nämlich sonst gar nicht!"

Am darauffolgenden Abend brachten wir Mami zum Zug. Nachtfahrten galten als sicherer, weil man dann wenigstens nicht mit Tieffliegerangriffen zu rechnen brauchte. Omi war todunglücklich. „Hoffentlich kommst du überhaupt noch durch. Die Alliierten sollen ja schon bald an der deutschen Grenze sein."

„So schlimm ist es nun doch noch nicht, schon gar nicht im Süden. Im übrigen komme ich so schnell wie möglich zurück. Die haben in Frankreich jetzt andere Sorgen als Volksbelustigung durch Fronttheater."

Auf dem Rückweg malte Omi alle Möglichkeiten aus, denen ihre Tochter nunmehr ausgeliefert war. Sie begannen mit dem zu erwartenden Angriff französischer Widerstandskämpfer; dann folgte der vermutliche Einsatz als Blitzmädchen oder Krankenschwester (was den vorherigen Partisanenüberfall natürlich ausschloß) und gipfelte in der Vorstellung, Mami könne in amerikanische Gefangenschaft geraten und zur Fronarbeit im Steinbruch verurteilt werden. Ob es in Frankreich solche gab, wußte Omi nicht, aber nach ihrer Ansicht arbeiteten alle Gefangenen in Steinbrüchen.

Die letzten Tage bis zu meiner Abreise schienen kein Ende zu nehmen. Ich langweilte mich erbärmlich. Kinder zum Spielen waren nicht da. Tante Else saß dauernd an der Nähmaschine, und mit Omi wollte ich mich auch nicht immer unterhalten. Sie korrigierte nach jedem Satz meine Aussprache, denn ich sagte weiterhin ä statt e, j statt g und zog alle Wörter in die Länge. Zu allem Überfluß mußte ich immerzu in der Nähe unseres Hauses bleiben, weil es häufig Fliegeralarm gab.

Ich war außerordentlich froh, als plötzlich Frau Zillig auftauchte, um mal wieder nach dem Rechten zu sehen. Sie wohnte schon seit langem bei ihren Eltern in Neuruppin. In der verwaisten Wohnung war offiziell eine befreundete Familie eingezogen, die sich aber nie blicken ließ, und so standen die Zimmer trotz der täglich größer werdenden Wohnungsnot leer. Frau Zillig, zu der ich schon längst Tante Käte sagte, hatte Jutta mitgebracht. Die war zwar erst sieben, für meine Begriffe also kaum dem Kindergartenalter entwachsen, aber immerhin besser als gar nichts. Tante Käte gehörte gewissermaßen zur Familie. Begründer der lebenslangen Freundschaft zwischen unseren Eltern waren wir Kinder gewesen, genauer gesagt ich.

Es muß etwa im dritten Kriegsjahr gewesen sein, als ich mit Jutta auf unserem Balkon hockte und Friseur spielte. Wir hatten schon sämtliche Puppen und den Plüschhund skalpiert, als ich auf den Einfall kam, meine Künste nun auch am lebenden Objekt auszuprobieren. Jutta hatte nichts dagegen, und so schnitt ich versuchsweise ein paar von ihren blonden Löckchen ab. Die waren sowieso zu lang. Nun sah die ganze Frisur aber irgendwie schief aus, also mußten auf der anderen Seite auch Haare runter. Die waren leider ein bißchen zu kurz geworden, und in dem Bemühen, die Symmetrie wieder herzustellen, schnippelte ich so lange herum, bis Juttas Locken verschwunden und die Haare auf doppelte Streichholzlänge gekürzt waren. Jutta fand das schön, weil es jetzt nicht mehr beim Kämmen ziepte. Stolz präsentierte sie sich ihrer Mutter. Den Entsetzensschrei höre ich heute noch! Von Omi bekam ich erst einmal Dresche, anschließend Stubenarrest und zusätzlich die Auflage, bis zu meiner Konfirmation niemals wieder eine Schere anzufassen. Als Mami abends von meiner Schandtat hörte, griff sie nach dem Alpenveilchentopf, den Uroma vor zwei Tagen mitgebracht hatte, und klingelte an der gegenüberliegenden Wohnungstür, um in angemessener Form um Entschuldigung zu bitten.

Frau Zillig hatte ihrer ausgefransten Tochter inzwischen einen fachmännischen Haarschnitt machen lassen und nahm die ganze Geschichte nicht sehr tragisch. „Die Haare wachsen doch wieder. Ich koche uns jetzt erst einmal einen anständigen Kaffee, aber einen echten!“ Dem Kaffee folgte ein Glas Wein, dann noch eins; gegen Mitternacht trank man Brüderschaft, und als Omi am nächsten Morgen ihre verkaterte Tochter mit Aspirin und sauren Gurken behandelte, dehnte sie ihre Fürsorge auch auf Frau Zillig aus. Aus Frau Zillig wurde somit „Kätekind“; Omi bekam „für alle Fälle“ den zweiten Wohnungsschlüssel ausgehändigt, und bald befehligte sie die ganze untere Etage. Sie hielt sich nur zurück, wenn Herr Zillig kam, denn vor dem hatte sie einen Heidenrespekt. Er war natürlich auch zu den Fahnen geeilt worden und mußte als ausgebildeter Ingenieur am Bau des Atlantikwalls mithelfen. Diese Tätigkeit behagte ihm keineswegs, aber da er erstens über eine beachtliche Beredsamkeit verfügte und zweitens über ein ausgesprochenes Organisationstalent, beauftragte man ihn mit dem möglichst reibungslosen Funktionieren des Nachschubs. Im Rahmen dieser kriegswichtigen Tätigkeit war er mit allen denkbaren Vollmachten ausgestattet, kam überall hin, wo kein normaler Sterblicher mehr seinen Fuß hinsetzen durfte, hatte Beziehungen von Italien bis nach Dänemark und organisierte nicht nur Stahl und Beton, sondern auch Käse und Mortadella. Einmal waren es auch hundert Meter Fallschirmseide, aus denen Tante Else für uns alle Sommerkleider nähte. Allerding mußte sie den Stoff doppelt nehmen, und selbst dann sah man immer noch eine ganze Menge durch!

Tante Käte und Mami verstanden sich prächtig. Sie waren gleichaltrig, hatten beide nichts für Häkeldeckchen, Kaffee-Ersatz und Hitler übrig, lasen Remarque und Thomas Mann, die schon längst verboten waren, liebten Jazz, was auch verboten war, und hörten Radio London, was erst recht verboten war!

,,Kätekind" sah also nach dem Rechten, fand alles in Ordnung — wieso auch nicht? Omi hatte ja den Schlüssel, goß regelmäßig die Geranien auf dem Balkon und die Zimmerlinde und wischte einmal in der Woche Staub — und sie lud uns alle zum Abendessen ein. Es gab dänische Butter, holländische Eier, französischen Käse und deutsches Brot. Obwohl der Atlantikwall schon längst überrannt worden war, organisierte Herr Zillig immer noch Nachschub, jetzt allerdings mehr für den eigenen Bedarf. Während des Essens klingelte bei uns drüben das Telefon. Omi hatte darauf bestanden, daß die Flurtüren offenblieben, ,,damit man es läuten hört, schließlich kann es ja etwas Wichtiges sein." Tante Else schob sich noch schnell eine Scheibe Käse in den Mund und rannte los. Kurz darauf war sie wieder zurück. ,,Das war Reni. Ich habe kaum etwas verstanden, die Verbindung war miserabel. Aber sie ist gut angekommen; und in Nizza ist noch alles ziemlich ruhig."

12

Wieder mal ein Bahnhof! Diesmal war's der Zoologische. Allmählich kannte ich fast alle. Der Zug stand schon da, Kinder waren kaum zu sehen, dafür um so mehr Soldaten. Omi kämpfte sich zu einer Frau mit roter Mütze durch, die uns zum dritten Waggon schickte. Da standen tatsächlich sechs Kinder, alle älter als ich und jedes mit gottergebener Miene.

,,Du bist sicher die kleine Evelyn", begrüßte mich eine erfreulich jugendliche Rote-Kreuz-Schwester, ,,und du willst nach Prag." Ich wollte überhaupt nicht — und nach Prag schon gar nicht. Omi berichtigte den Irrtum.

,,Die Kinder kommen alle erst nach Prag in ein Zwischenlager, von dort aus geht es dann weiter", erklärte die Schwester geduldig und hängte mir ein Pappschild um, auf dem neben meinem Namen und dem Zielort noch ein paar Zeilen standen. Bekam ich jetzt etwa auch wie Vati eine Feldpostnummer?

Der Abschied von Omi war kurz und schmerzlos, denn es hatte Voralarm gegeben, und der Zug sollte möglichst schnell raus aus der Innenstadt. Wir blieben dann auch prompt wieder in einer Laubenkolonie stehen und verfolgten mit gemischten Gefühlen den Bombenhagel, der auf Berlin herunterprasselte. Hoffentlich hatte Omi es noch bis um Zoo-Bunker geschafft. Der galt nämlich — neben den U-Bahnhöfen — als absolut sicher.

An die weitere Reise kann ich mich nur noch bruchstückhaft erinnern. Wir fuhren und hielten und fuhren und hielten... Mal war keine Kohle für die Lokomotive da, mal durften wir nicht weiterfahren, weil die vor uns liegende Stadt bombardiert wurde, mal war der Zug das Ziel von Tieffliegern (wir sprinteten ins nächste Kartoffelfeld, wo wir uns in die Furchen warfen), und einmal mußten wir auch einen Zug überspringen, weil während des Umsteigens ein Mitglied unseres Trupps verlorengegangen war und erst nach einer halben Stunde heulend auf einem ganz falschen Bahnsteig entdeckt wurde. Aber irgendwann waren wir dann doch in Prag. Übernächtigt, erschöpft und abgestumpft. Mami hatte mir viel von den Schönheiten dieser Stadt erzählt. Aber während wir mit der Straßenbahn zu unserem Ziel fuhren, hatte ich keinen Blick für die weltberühmten Bauwerke. Außerdem hätte ich viel lieber den Funkturm gesehen als den Hradschin.

Das sogenannte Zwischenlager war in einer ehemaligen Schule untergebracht, was sich unschwer an den Wandtafeln erkennen ließ. Möbliert waren die Klassenräume mit doppelstöckigen Feldbetten, einem Tisch und mehreren Stühlen sowie einem Blumentopf. Wohnlicher wurden sie dadurch aber auch nicht.

Uns Neuankömmlinge brachte man in ein Büro, wo wir registriert und gefragt wurden, ob wir Läuse oder Krätze hätten. Läuse kannte ich vom Hörensagen; was Krätze war, wußte ich nicht. ,,Dann hast du auch keine", entschied die resolute Dame mit der Hakenkreuzbinde am Oberarm und schickte mich ins Zimmer sieben. Dort standen acht Betten, von denen aber nur eins belegt war. Ein etwa 14 Jahre altes Mädchen starrte mich neugierig an und fragte: ,,Kommst du oder gehst du?"

„Was meinst du damit? Ich bin eben erst angekommen."

„Ich will wissen, ob du ins Lager gehst oder wieder zurückfährst."

„Ich fahre hin."

„Ach, du Ärmste. Ich war zwei Jahre in so einem Laden und bin froh, daß ich jetzt nach Hause kann. Wir sind nämlich ausgebombt, meine Mutter ist nach Mecklenburg zu meiner Oma gezogen, und ich kann jetzt auch dorthin. Früher haben wir in Hannover gewohnt."

Das waren ja reizende Aussichten! Anscheinend kam man aus diesen Lagern nur heraus, wenn man ausgebombt wurde, und diese Vorstellung behagte mir nicht im geringsten.

„Ist es denn so schlimm im Lager?"

„Kommt drauf an! Wenn man einen vernünftigen Lagerleiter hat, kann es sogar ganz nett sein. Wir hatten aber eine alte Krähe, bei der wir überhaupt nichts durften. Wo kommst du denn hin?"

„Nach Bad Podiebrad."

„Kenne ich, ist so eine Art Kurort mit altmodischen Häusern." Für Architektur interessierte ich mich nicht.

„Wie lange müssen wir eigentlich hierbleiben?"

„Keine Ahnung. Das kann einen Tag dauern oder eine Woche, je nachdem, wann die Herde groß genug ist, um einen Leithammel zu kriegen. Ich meine natürlich eine Begleitperson, die den Transport wegbringt."

Inzwischen kam ich mir vor wie ein Paket, das man beliebig hin und her schickt. Zum Glück brauchte ich nur zwei Tage zu warten, dann trudelten noch vier weitere Mädchen ein, die ebenfalls nach Podiebrad oder doch wenigstens in einen nahegelegenen anderen Ort fahren mußten. Leider gehörte nicht eine davon zu meiner Schule. Unser „Leithammel" war 17 Jahre alt, trug BDM-Kluft und ließ sich mit „Mädelgruppenführerin" anreden. Ich hatte die Umgangsformen in diesem Verein schon fast wieder verlernt und handelte mir einen Rüffel ein, als ich das bezopfte Wesen ahnungslos Sigrid nannte. „Mädelgruppenführerin" Sigrid kümmerte sich dann auch herzlich wenig um mich, als wir Bad Podiebrad erreichten. „Bringt die Kleine zu ihrer Schule, ihr kennt euch ja hier aus!" befahl sie den beiden Mädchen, die zusammen mit mir ausstiegen. Die waren zwar nicht viel älter als ich, lebten aber schon länger hier unten und hatten nur aus familiären Gründen für ein paar Tage nach Hause fahren dürfen. Jetzt kamen sie zurück.

„Wo mußt du denn überhaupt hin?" erkundigte sich die eine und beäugte meinen schon reichlich lädierten Papp-Wegweiser, den ich noch immer umgehängt trug.

„Gertraudenschule? Kenne ich gar nicht. Wo soll denn die sein?"

„Ich w-w-weiß das d-d-doch nicht."

„Nun heul bloß nicht, wir werden deinen Laden schon finden." Das andere Mädchen hatte noch einmal gründlich den abgegriffenen Zettel studiert. „Hier steht's doch: Haus Heinfried."

„Das ist doch dieser alte Schuppen hinten am Park. Genau das nächste Ende von hier!" stöhnte die ältere der beiden Ortskundigen. „Na, dann Abmarsch. Die Koffer geben wir im Bahnhof ab, die holt dann schon jemand."

Gemeinsam trotteten wir los, vorbei an hübschen altmodischen Springbrunnen, weitläufigen Grünanlagen und Jugendstil-Villen, die aus parkähnlichen Gärten lugten. Ich staunte. „Hier haben früher mal reiche Tschechen gewohnt", klärten mich meine Begleiterinnen auf. „In den schönsten Häusern sitzen jetzt natürlich hohe Tiere von der Partei, in den anderen irgendwelche Dienststellen. Ein paar Ferienheime vom BDM sind auch da. Die gelbe Villa da drüben ist übrigens das Haus Heinfried." Sie zeigte auf ein verschachteltes Haus mit kleinen Giebeltürmchen, verschnörkelten Fenstern und einer großen Veranda.

„Das ist das Lager?" fragte ich völlig verdutzt.

„Was hast du denn erwartet? Daß wir in Baracken leben?"

„Naja, du hast doch vorhin etwas von einem alten Schuppen erzählt."

„Meine Güte, bist du naiv. Das war doch bloß so hingesagt. Und jetzt werden wir dich ordnungsgemäß abliefern."

Meine beiden Führerinnen erklommen selbstbewußt die breite Treppe und drückten energisch auf den Klingelknopf neben der geschnitzten Holztür. Nichts rührte sich. Nochmaliges Klingen, akustisch untermalt von heftigen Schlägen gegen die Tür. Nichts. „Vielleicht sind sie gerade beim Essen?" überlegte eines der Mädchen und blickte auf seine Uhr. „Mit der Zeit könnte es ungefähr hinkommen. Jetzt sollte man natürlich wissen, *wo* die essen." Ich verstand überhaupt nichts mehr, aber das war mir allmählich auch egal.

„Am besten wartest du hier vor der Tür, es wird schon jemand kommen. Wenn wir uns jetzt nicht beeilen, kriegen *wir* nämlich nichts mehr, weil wir zwischen halb eins und eins dran sind." Diese Feststellung machte das geheimnisvolle Ritual nun auch nicht klarer; aber ich sah ein, daß ich wohl auf meinen endgültig letzten Halt in dieser fremden Umgebung würde verzichten müssen. „Haut ab, ich komme schon zurecht", beteuerte ich mit dem kläglichen Rest meines schwindenden Selbstbewußtseins, um dann außer Sichtweite der beiden Mädchen ausgiebig zu heulen. Ich kam mir so entsetzlich alleingelassen vor; niemand wollte mich haben! Wäre ich doch lieber zu Tante Lotte gefahren, was sollte ich denn machen, wenn sich überhaupt kein Mensch mehr blicken ließ...

„Wer überschwemmt denn hier die ganze Treppe?" erkundigte sich eine belustigte Stimme, und jemand zog mich am Arm aus meiner zusammengekauerten Stellung hoch. „Suchst du jemanden?"

„Ja, Doktor Berger." So sollte der Direktor heißen, der die Gertraudenschule befehligte und in dieser Eigenschaft jetzt auch als Lagerleiter fungierte.

„Den kenne ich zwar nicht, aber jetzt komm erst einmal mit rein." Ich blinzelte verstohlen die sympathische junge Dame an, die mich in einen Büroraum führte und in einen Sessel setzte. „Nun beruhige dich, und dann erzähl einmal alles der Reihe nach."

Es dauerte ungefähr eine halbe Stunde, bis Fräulein Meyer alles Wissenswerte aus mir herausgeholt hatte, zumal sie sich einen Großteil der ganzen Geschichte selbst zusammenreimen mußte. Ich schluchzte immer noch zum Steinerweichen.

„Da scheint aber einiges schiefgelaufen zu sein", sagte sie, als sie mich wieder für aufnahmefähig hielt. „Du bist hier im KLV-Lager vom Goethe-Lyzeum gelandet. Wo die Gertraudenschule ist, weiß ich nicht, aber das läßt sich feststellen. Im übrigen sind wir ja beinahe Nachbarn, unsere Schule liegt in Schmargendorf."

Jetzt schlug die Glocke an, die vorher leise bei mir gebimmelt hatte. Richtig: Goethe-Lyzeum, Schmargendorf... dort war ja Mami zur Schule gegangen! Sie hatte oft genug davon erzählt, und vielleicht gab es sogar noch ein paar alte Lehrer, die sich an sie erinnerten. „Könnte ich denn nicht hierbleiben?" fragte ich zaghaft, denn ich hatte nicht die geringste Lust, schon wieder abgeschoben und ins Unbekannte geschickt zu werden.

„Das kann ich nicht entscheiden", erklärte Fräulein Meyer, „ich bin nur die Sekretärin, aber ich werde trotzdem sehen, was sich machen läßt. Platz hätten wir noch, aber das letzte Wort hat natürlich Frau Doktor Hagen.“

Die kam eine Stunde später, zeigte sich etwas befremdet von dem unerwarteten Zugang und äußerte sich nicht gerade schmeichelhaft über die Bürokraten im allgemeinen und die des Berliner Schulamtes im besonderen. Schließlich fragte sie zögernd: „Werden deine Eltern denn nichts dagegen haben, wenn du eigenmächtig die Schule wechselst?“

„Bestimmt nicht!“ beteuerte ich sofort. „Meine Mutter ist ja auch aufs Goethe-Lyzeum gegangen. Und wenn wir wieder in Berlin sind, kann ich bequem mit dem Bus nach Schmargendorf fahren.“

„Aber was machen wir jetzt mit dir?“ überlegte Frau Dr. Hagen weiter. „Die Mädchen kommen doch erst in drei Wochen zurück.“

Ich hatte mich schon gewundert, weshalb es im ganzen Haus so still war. Meine Kenntnisse über das Leben in einem Kinderheim — und um etwas Ähnliches handelte es sich hier doch wohl — stammten ausnahmslos aus Jungmädchenbüchern, und darin ging es meist sehr turbulent zu. Hier herrschte aber Grabesruhe.

Fräulein Meyer hatte mich fürs erste in ihre Obhut genommen und klärte mich auf. Danach befand sich nahezu die gesamte Belegschaft des Hauses einschließlich des schuleigenen Dackels Balduin im Sommerlager, hundert Kilometer von Bad Podiebrad entfernt. „Die sind schon seit einem Monat dort und würden am liebsten gar nicht mehr zurückkommen. Es ist aber auch wirklich herrlich da unten. Wenn es keine andere Möglichkeit gibt, bringe ich dich selber hin, dann kann ich wenigstens auch noch ein paar Tage da bleiben.“

Meine Koffer wurden gar nicht erst vom Bahnhof abgeholt, denn am nächsten Tag saß ich schon wieder im Zug, allmählich davon überzeugt, den Rest meines Lebens in Eisenbahnwaggons verbringen zu müssen.

Während der Fahrt machte mich Fräuleiln Meyer mit den Gepflogenheiten des Lagerlebens vertraut, soweit es sich um den normalen Alltag handelte. Im Sommerlager galten andere Regeln. Ich erfuhr, daß in Bad Podiebrad zwölf Berliner Gymnasien untergebracht waren, alle mit stark verminderter Schülerzahl, denn die meisten Kinder hatten zu Beginn der allgemeinen Evakuierung bei Verwandten Schutz gesucht. Das Goethe-Lyzeum bestand derzeit nur aus 52 Schülerinnen aller Altersstufen. Unterrichtet wurden die Berliner Kinder gemeinsam, natürlich in die jeweiligen Klassen unterteilt; und das Lehrerkollegium war ähnlich bunt durcheinandergewürfelt. Nach Schulschluß trennte man sich und marschierte wieder in ,,sein" Lager und damit in ,,seine" Schule zurück. Die Mahlzeiten fanden ebenfalls außerhalb des Hauses statt, und zwar an vier verschiedenen Stellen. Jeweils drei Schulen teilten sich eine Kantine; und jede Schule hatte eine halbe Stunde Zeit zum Essen. Jetzt wurde mir auch der rätselhafte Dialog klar, den meine beiden Begleiterinnen gestern geführt hatten. ,,Es wird dir bestimmt bei uns gefallen", beteuerte Fräulein Meyer schließlich, ,,die Mädchen sind eigentlich alle nett, es herrscht eine prima Kameradschaft, und auch Frau Doktor Hagen ist in Ordnung. Sie hat schon so manche Dummheit ausbügeln müssen, und oft genug drückt sie nicht nur ein Auge zu, sondern alle beide."

13

Der Bahnhof, den wir nach knapp dreistündiger Fahrt erreichten, war klein, bunt und hatte einen unaussprechlichen Namen. Anscheinend war der Ort zu unbedeutend, um ‚eingedeutscht' zu werden. Bevor wir in den etwas klapprigen Kutschwagen stiegen, kaufte ich mir an einem Gemüsestand eine große grüne Gurke, die man unbegreiflicherweise ohne Marken bekam, aß sie ratzekahl auf und verbrachte den größten Teil der darauffolgenden Nacht auf der Toilette!

Das Wägelchen, gezogen von einem schwarzen Pony und befehligt von einem halbwüchsigen Knaben namens Pavel, zuckelte in gemütlichem Tempo eine ziemlich staubige Landstraße entlang, rechts und links Felder, im Hintergrund Wald. Dann ging es links ab, die Straße verjüngte sich zu einem besseren Trampelpfad und endete schließlich vor einer großen, sanft abfallenden Wiese, auf der wie hingestreut etwa ein Dutzend farbiger Holzhütten standen. Etwas abseits davon befand sich ein steinerner Flachbau, aus dessen Schornstein Rauch stieg. Eigentlich fehlten jetzt nur noch die sieben Zwerge.

Es waren aber mehr als sieben, die jetzt unsere Kutsche umringten. Außerdem waren es keine Zwerge, sondern unzweifelhaft Kinder weiblichen Geschlechts.

,,Ich habe euch Zuwachs mitgebracht", erklärte Fräulein Meyer und winkte ein Mädchen mit Pagenkopf und Sommersprossen heran, „Verstärkung für die erste Klasse."

„Au prima!" freute sich der Pagenkopf, „dann ist ja das Gleichgewicht zu den Zweitkläßlern endlich wieder hergestellt. Die dämlichen Gänse triezen uns sowieso immer. Komm mit, ich zeige dir unsere Baracke."

Sie führte mich zu einem blauen Holzhaus, stieß mit dem Fuß die quietschende Tür auf und meinte: „Such dir ein Bett aus, aber nicht das am Fenster, da regnet es manchmal durch."

Das Innere der Hütte bestand aus einem schmalen Gang, von dem drei Türen abgingen. Sie führten in zwei größere und einen kleinen Raum. „In dem kleinen Zimmer schläft Brigitte, die hat bei uns die Aufsicht. Sie spinnt zwar ein bißchen, ist aber sonst ganz in Ordnung."

„Warum spinnt sie?"

„Weil sie dauernd Liebesbriefe an Johannes Heesters schreibt."

Die anderen beiden Räume enthielten jeder drei Doppelbetten mit Strohsäcken, Tisch, Stühle, vier eiserne Soldatenspinde und ein paar Regale, auf denen ein buntes Durcheinander stand: Schulbücher, Zahnputzbecher, ein Einmachglas mit toten Käfern, ein Paket Hundekuchen und ein verwelkter Blumenstrauß. Meine Begleiterin, die Frauke hieß, aber viel lieber Diana geheißen hätte, half mir beim Auspacken, und zwischendurch erzählte sie alles, was ich ihrer Meinung nach unbedingt wissen mußte. „Das Camp hier leitet Fräulein Doktor Stade, auch Huhn genannt, weil sie immer wie eine aufgescheuchte Henne durch die Gegend flattert. Sie ist Englischlehrerin und spricht nur englisch mit uns, weil das besser sein soll. Hat aber den Vorteil, daß wir immer behaupten können, wir hätten nichts verstanden, wenn sie anordnet, daß wir Wasser holen sollen oder Holz sammeln. Dann ist noch Fräulein Putz da, also Pützchen, unsere Mathelehrerin, und Fredemarie. Ihr Nachname ist Walther, aber Fredemarie ist doch viel schöner, wer heißt denn sonst schon so? Die Lehrer wohnen da hinten in der grünen Baracke, also ziemlich weit vom Schuß, und damit wir nicht so viel Unsinn machen, haben wir eine Aufsicht bekommen. Brigitte ist zwar schon siebzehn, aber sie macht jeden Fez mit. Gekocht und gegessen wird in dem Steinhaus da oben. Die Toiletten sind in der gelben Hütte mit den roten Herzchen drauf, alles Plumpsklos; aber man gewöhnt sich dran, und das Badezimmer zeige ich dir gleich."

Es gab sogar fließendes Wasser. Am Fuß der Wiese plätscherte ein kristallklares Bächlein: Bad, Waschküche und Trinkwasser-Reservoir in einem.

„Ist ein bißchen kalt", grinste Fauke, als ich vorsichtig die Fingerspitzen ins Wasser tauchte, „aber man muß sich ja nicht so furchtbar gründlich waschen."

Hier gefiel es mir großartig. Meine Mitschülerinnen behandelten mich, als gehörte ich schon immer zu ihnen, halfen mir über die Anfangsschwierigkeiten hinweg und machten mir die Eingewöhnung in das neuartige Gemeinschaftsleben leicht. Das Sommerlager war so ein Mittelding zwischen Feriencamp und Landschulheim. Vormittags hatten wir Unterricht, meist im Freien und daher überwiegend mündlich; nur bei Regenwetter wurden wir zu schriftlichen Arbeiten verdonnert. Außerdem wurden wir „Kleinen" zum Teil von pädagogisch ambitionierten Primanerinnen unterrichtet, die untereinander wetteiferten, wer seiner Gruppe die meisten Kenntnisse vermitteln konnte. Und so haben wir in diesen Wochen vermutlich mehr gelernt als während normaler Schulstunden.

Nachmittags hatten wir praktischen Unterricht. Wenn wir nämlich nicht gerade unser (von amtlicher Seite befohlenes) Quantum an Kamillen- und Schafgarbenblüten pflückten und die Konsumenten bedauerten, die das Gebräu würden trinken müssen, dann krochen wir durchs Gras und sammelten Käfer, Schnecken und ähnliches Gewürm, das Fredemarie als zoologisches Anschauungsmaterial verwendete. Oder wir zogen in den Wald und betrieben angewandte Botanik, indem wir Blaubeeren zum Nachtisch suchten oder dicke Borke von den Bäumen polkten, weil sie so schön qualmte, wenn man sie ins Feuer warf. Tagsüber wurden wir nur von Wespen und gelegentlich von Pferdebremsen attackiert, aber bei Einbruch der Dunkelheit überfielen uns wahre Heerscharen von Mücken. Die überall zwischen den Hütten entzündeten Lagerfeuer dienten also weniger der Romantik als eher dem Selbsterhaltungstrieb. Wir begossen uns reihenweise mit Salmiak und konnten kaum aus den Augen sehen; jedoch unsere Plagegeister zeigen sich davon wenig beeindruckt.

Zweimal am Tag erschien Pavel mit seinem Ponywägelchen, brachte Lebensmittel, Zeitungen und amtliche Verordnungen und nahm auf dem Rückweg neben Briefen, Schafgarbenblüten und leeren Gemüsekörbchen auch gelegentlich menschliche Fracht mit, wenn nämlich jemand Preiselbeeren mit Vogelbeeren verwechselt hatte und ärztlicher Behandlung bedurfte. Das „Huhn" verwaltete zwar eine umfangreiche Reiseapotheke und besaß auch einige Kenntnisse in Erster Hilfe, die sich jedoch vor allem auf Knochenbrüche und Wespenstiche beschränkten. Erhebliche Zweifel an Frau Stades medizinischen Fähigkeiten kamen uns, als sie bei einer Mitschülerin, die über vage Schmerzen in der Bauchgegend geklagt hatte, Blinddarmentzündung diagnostizierte und heiße Umschläge verordnete. Dem von Pavel eilends herangekarrten Arzt gestand die Patientin später, daß sie ungefähr zwei Pfund wilde Heidelbeeren gegessen und anschließend einen halben Liter Wasser getrunken habe. Zur Strafe mußte sie Kamillentee trinken, über dessen Grundsubstanz wir ja in ausreichender Menge verfügten.

Bekanntlich schlägt dem Glücklichen keine Stunde, und unversehens war der September halb herum. Wir mußten unsere Koffer packen und an die Heimfahrt denken. Während Frauke wahllos Trainingsanzug, schmutzige Strümpfe, ihre eingemachten Käfer und eine Tüte mit Brombeeren in die Reisetasche stopfte, maulte sie: „Jetzt geht dieser elende Alltagstrott wieder los. Hier waren die Lehrer wenigstens Menschen, jetzt werden sie wieder zu Paukern. Das muß am Klimawechsel liegen. Setz dich mal auf den Koffer, ich krieg' das Ding nicht zu."

Die Rückfahrt sollte in zwei Gruppen stattfinden, und zwar sollte die erste Gruppe den Frühzug benutzen; die zweite, zu der auch ich gehörte, nach dem Mittagessen fahren. Das Bimmelbähnchen befuhr die Strecke bis Pardubice (damals hieß das treudeutsch Pardubitz) nur mit zwei kleinen Waggons, und die hätten wir bei vollzähligem Erscheinen mühelos besetzen können. Das „Huhn" war aber der Meinung, daß auch andere Fahrgäste das Recht auf einen Sitzplatz hätten, und so wurden für uns jeweils nur fünf Abteile reserviert.

Diesmal erschien Pavel mit einem großen Leiterwagen, das Pony hatte er durch zwei Ackergäule ersetzt und als Hilfskraft seinen Bruder angeheuert, den er Watsche nannte. Ich vermutete allerdings, daß der strohblonde Knabe einen ganz normalen tschechischen Namen hatte, aber in meinen Ohren klang er eben wie Watsche. Watsche lud gehorsam die Koffer auf, Watsche mußte Wasser holen und die Pferde tränken, Watsche schleppte die letzten beiden Säcke mit Kamille an, und schließlich bekam Watsche von Fräulein Putz eine Tafel Schokolade. Watsche griente höchst erfreut.

Die erste Reisegruppe war unter Fredemaries Führung abmarschiert. Wir anderen hockten im Gras herum und wußten nicht, was tun. Abschiedsstimmung, gepaart mit Weltschmerz, dazu der ungewohnte Anblick von Uniformen, nachdem wir wochenlang in abenteuerlicher Freizeitkleidung herumgehüpft waren. Zähneknirschend hatten wir uns ab und zu der Anordnung fügen müssen, nach der auf Wanderungen, Ausflügen und Reisen BDM-Kleidung zu tragen war. Ein paar Wochen lang hatten wir den Krieg regelrecht vergessen. Jetzt wurden wir wieder an ihn erinnert!

„Gibt es hier eigentlich auch Fliegeralarm?" wollte ich von Frauke wissen.

„Manchmal schon, aber Bomben fallen ganz selten. Höchstens auf Bahnhöfe. Aber es gibt Tieffliegerangriffe, und dann werden Züge beharkt, weil das ja Truppentransporte oder Munitionswagen sein könnten. In Podiebrad ist jedenfalls noch keine Bombe runtergekommen."

Nach dem Mittagessen ließ Pützchen uns antreten. „Wir gehen jetzt los. Bis zum Dorf könnt ihr meinethalben wie Fußkranke durch die Gegend schlurfen, aber dann bitte ich mir Haltung aus. Ohne Tritt marsch!"

Ludovica, unsere gemütliche tschechische Köchin, wischte sich mit einem karierten Handtuch über die Augen und beteuerte ein ums andere Mal: „Haben wir gehabt scheene Sommer zusammen, werden wir wieder haben scheene Sommer nächstes Jahr!"

Als wir den Bahnhof mit dem unaussprechlichen Namen erreichten, hörten wir schon die Lokomotive bimmeln. Dann bog der Zug um die Ecke: offenbar doppelt so lang wie üblich und krachend voll. Das „Huhn" steuerte die reservierten Abteile an. Die waren besetzt, und zwar von Soldaten. Ein Offizier mit viel Lametta auf der Brust und etwas Blechernem am Hals erklärte Fräulein Dr. Stade, daß er bedauerlicherweise die reservierten Abteile habe beschlagnahmen müssen; aber Truppentransporte seien nun mal wichtiger als private Reisen.

Das „Huhn", ohnhin nicht mit allzuviel Durchsetzungsvermögen ausgestattet, krähte erbarmungswürdig: „Was sollen wir denn jetzt tun?"

„Es werden ja wohl noch mehr Züge fahren. Dann nehmen Sie eben den nächsten." Wir warteten gehorsam, wenn auch nicht eben geduldig.

Der nächste kam zwei Stunden später. Er war leer. ,,Jetzt kommen wir aber zu spät zum Abendessen", schimpfte die schwergewichtige Hannelore, ,,hoffentlich heben die uns was auf. Eigentlich sollten wir doch um fünf in Podiebrad sein."

,,Wie kann man bloß so verfressen sein!" tadelte Pützchen die kleine Dicke. ,,Viel wichtiger ist im Augenblick die Frage, wann wir in Pardubitz Anschluß haben."

Wir dösten vor uns hin. Ulli spielte Mundharmonika. Sie konnte sechs Lieder, das siebente nur halb, den Schluß davon probierte sie seit Wochen. ,,Sei froh, daß Balduin schon weg ist", meinte Frauke freundlich, ,,der würde dich jetzt beißen!" Ulli ging in die zweite Klasse und war Fraukes Intimfeindin.

,,Sucht eure Sachen zusammen, wir müssen gleich umsteigen", mahnte das ,,Huhn", obwohl wir noch mindestens zehn Minuten Zeit hatten. Plötzlich kreischten Bremsen, der Zug hielt auf freier Strecke.

,,Was'n nu los?" Hannelore wollte sich ans Fenster drängeln.

,,Alles sitzen bleiben!" kommandierte Pützchen. ,,Ich werde mich erkundigen."

,,Pardubitz wird bombardiert!" erklärte ein Mitreisender. ,,Man kann es sogar sehen."

Und nun hingen wir doch alle aus den Fenstern. In der Ferne sah man vereinzelte Rauchwolken. Dann hörten wir eine heftige Detonation, die sogar die Abteilfenster klirren ließ. Ein riesiger schwarzer Rauchpilz entwickelte sich dort, wo Pardubitz liegen mußte. ,,Zehn Minuten später, und wir wären mittendrin gewesen", murmelte das ,,Huhn" leichenblaß; plötzlich war sie der deutschen Sprache mächtig.

Nach einer Weile hörten wir ein leises Brummen, das langsam näher kam. ,,Aha, sie fliegen ab", konstatierte der Zivilist und beobachtete fachkundig den Himmel. Dann brüllte er los: ,,Die fliegen nicht ab, die kommen runter! Raus hier!"

Wir taumelten aus den Türen. ,,Rüber zum Wald!" kommandierte Pützchen. Der Wald bestand aus ein paar Buchen und etwas Unterholz. Außerdem war er etwa dreihundert Meter entfernt. Wir stolperten quer über das dazwischenliegende Stoppelfeld, in den Ohren das immer lauter werdende Pfeifen der Flugzeuge. Vereinzelte Schüsse fielen. Schließlich erreichten wir das Wäldchen und warfen uns ins Gestrüpp. Ich landete genau zwischen den Brennesseln.

„Zieht die Blusen aus!" schrie Pützchen. „Die leuchten meterweit!"

Brennesseln mit Bluse waren schon schlimm genug, Brennesseln ohne Bluse... nein, danke! Ich kroch lieber unter eine Tanne und zog mir den verständlichen Ärger eines Ameisenbataillons zu, das ich bei der Brutpflege gestört hatte. Erneuter Standortwechsel, dann hing ich mit dem Fuß in einem verrosteten Marmeladeneimer und flog der Länge nach hin!

„Liegenbleiben, du Idiot!" zischte jemand. „Du bist doch hier nicht in einem Wanderzirkus!" Die Tiefflieger hatten inzwischen den Wald erreicht und schosssen. Äste krachten herunter, ein paar Querschläger summten, dann drehten die Maschinen ab und verschwanden.

„Am Waldrand sammeln!" rief Pützchen. Sie musterte uns, wie wir in den verschiedenen Stadien der Auflösung aus dem Unterholz krochen. „Seid ihr alle in Ordnung?" Außer ein paar Schrammen hatte niemand etwas abgekriegt, nur an meinem Bein hing noch immer der Marmeladeneimer.

„Wo ist Ulrike?" Ulli war verschwunden. Wir kämmten das Wäldchen durch. Vergebens.

„Im Zug saß sie neben mir, mehr weiß ich nicht."

Aber auch Ulrike tauchte wieder auf. Sie hatte den Zug auf der verkehrten Seite verlassen und sich in einem Rübenacker wiedergefunden. „Da habe ich mich einfach zwischen das Grünzeug geschmissen!" Auf dem Rückweg war sie dann allerdings in nähere Berührung mit einem größeren Feldstein gekommen, und nun hinkte sie mit schmerzverzerrtem Gesicht durch das Abteil. Das „Huhn" verlangte die Reiseapotheke, wurde daran erinnert, daß sich der Blechkasten bei dem vorausgeschickten Gepäck befand, und improvisierte einen Notverband aus Rübenblättern. „Die kühlen auch, und in Pardubitz bringen wir dich sofort in die Rote-Kreuz-Station."

Es dauerte aber noch eine ganze Weile, bis wir in den Bahnhof einfahren konnten. Er war schwer beschädigt und verfügte nur noch über *eine* intakte Gleisanlage. Wir saßen ein paar Stunden fest, bevor wir in einen Autobus verladen und nach Bad Podiebrad gebracht wurden. Vorher hatte man uns in einer improvisierten Verpflegungsstelle mit Margarinebroten und einer kakaoähnlichen Flüssigkeit abgefüttert. Zum Nachtisch erhielten wir einen wortreichen Bericht dessen, was sich vorhin hier auf dem Bahnhof abgespielt hatte. Ehe wir eingefahren waren, hatte ein Güterzug mit Tankwagen auf seine Weiterfahrt gewartet, weil die bei einem Bombenangriff zerschlagenen Schienen notdürftig repariert werden mußten. Ein auf dem Nebengleis eingelaufener Personenzug mit Soldaten konnte auch nicht weiterfahren. Beim zweiten Angriff war der Tankwagen in die Luft geflogen, und von dem Personenzug war auch nicht mehr viel übriggeblieben. Man sei immer noch dabei, die Überlebenden zu bergen.

Pützchen sprach schließlich das aus, was wir alle dachten: „Mein Gott, das muß der Zug gewesen sein, mit dem wir eigentlich hätten fahren sollen..."

14

Kurz nach Mitternacht schleppten wir uns müde die Treppe zum Haus Heinfried hinauf. Drinnen brannte Licht. Fräulein Meyer öffnete. Sie starrte uns an, schrie auf und schlug die Tür wieder zu.

„Ist sie übergeschnappt?" fragte jemand.

Dann ging die Tür wieder auf. Diesmal stand Frau Dr. Hagen vor uns. Sie hatte verweinte Augen, und während sie uns mit leerem Blick ansah, flüsterte sie: „Aber ihr seid doch alle tot..."

„Wir sind sehr lebendig, nur hundemüde, und jetzt möchten wir rein!" erklärte Pützchen resolut und beendete damit die Weltuntergangsstimmung. Im Nu waren wir umringt von Lehrern und Schülern, die durcheinanderquirlten und je nach Temperament lachten oder weinten. Und dann erfuhren wir schließlich, was sich in der Zwischenzeit hier getan hatte.

Die erste Gruppe unter Fredemaries Leitung war pünktlich um die Mittagszeit in Podiebrad angekommen, und ein Teil der Mädchen pilgerte am Nachmittag zum Bahnhof, um uns abzuholen. Dort erfuhren sie, daß überhaupt kein Zug kommen würde, weil Pardubice bombardiert worden sei. Frau Hagen hängte sich ans Telefon, kam nicht durch, alarmierte alle möglichen Dienststellen einschließlich der des hiesigen Parteiobermotzen, der bedauerlicherweise gar nichts tun konnte, weil er für Schulen nicht zuständig war, aber schließlich bekam sie doch jemanden von der Bahnpolizei an die Strippe. Jawohl, es habe einen Bombenangriff gegeben; der Personenzug Nr. 347 sei in die Luft geflogen, und unter den wenigen Überlebenden seien keine Kinder.

Kein Wunder also, daß Fräulein Meyer Gespenster zu sehen glaubte, als sie uns die Tür öffnete. Schließlich war das Lehrerkollegium gerade damit beschäftigt gewesen, die Beileidstelegramme an unsere Angehörigen zu entwerfen.

Ich wurde in das Vier-Bett-Zimmer von Frauke einquartiert und bildete zusammen mit den beiden anderen Insassen die Belegschaft der ersten Klasse des Goethe-Lyzeums. Ulli, bisher Mitbewohnerin dieses Zimmers, räumte das Feld mit der Feststellung: ,,Ein Glück, daß ich hier rauskomme, ihr seid mir sowieso viel zu kindisch, und Musikverständnis habt ihr auch nicht!"

,,Musik nennst du diese Geräusche? Wenn Balduin den Mond anjault, klingt das melodischer! Und jetzt verschwinde endlich, ich will meine Post erledigen."

Auch für mich lag ein Stapel Briefe bereit. Zwei waren von Omi und drei von Mami. Mamis erster war in Nizza abgestempelt, der zweite in Berlin und der dritte in Wien. Offenbar war die germanische Völkerwanderung, die wir gerade im Geschichtsunterricht durchnahmen, noch gar nichts gegen den Wandertrieb meiner Mutter. Im ersten Brief schrieb sie, daß sie sich wie ein Räucherschinken vorkäme, weil sie seit zwei Tagen Akten verbrennen müsse. Man bezeichne diese Tätigkeit als ,,Auflösung der Dienststelle", und wenn der letzte Zettel vernichtet sei oder der Ofen dank Überanspruchung endlich in die Luft fliege, womit man stündlich rechnen könne, dann würde sie nach Berlin zurückfahren. ,,Was dann passiert, weiß ich noch nicht, aber ich habe weder Lust noch Talent zum Granatendrehen." Ansonsten sei alles in Ordnung, und ob ich schon Tschechisch sprechen könnte.

Der zweite Brief war zwei Wochen alt. ,,Berlin ist eine Trümmerwüste. Und Zehlendorf eine nahezu völlig intakte Oase. Kein Mensch kann sich erklären, weshalb ausgerechnet bei uns keine Bomben fallen. Omi behauptet, der Grunewald würde uns schützen, aber das ist natürlich Blödsinn. Die paar Kieferpinsel geben doch keine Tarnung ab. Jedenfalls ist sie inzwischen davon überzeugt, daß wir auch weiterhin verschont bleiben, und rennt nicht mehr beim ersten Sirenenton los, um ihr Kristall zu retten. Eine Zeitlang hat sie die wertvollsten Stücke in die Betten gestopft, aber das wurde ihr wohl mit dem Ausräumen zu umständlich. Jetzt steht das ganze Zeug unter den Betten, wo es hoffentlich auch bleiben wird. Der große Obstteller ist sowieso schon hinüber, allerdings nicht durch Feindeinwirkung, sondern durch Omis Reinemachewut. Sie hat ihn mit dem Mop vom Büfett gefegt!" Dann schrieb Mami weiter, daß sie mit ihrer alten Filmfirma Verbindung aufgenommen habe. ,,Der ganze Verein sitzt jetzt in Wien, weil die Berliner Ateliers in Trümmern liegen. Wenn ich Glück habe, kann ich wieder bei der WIEN-FILM unterkriechen und kriege meinen Stempel ins Arbeitsbuch."

Anscheinend hatte sie Glück. Der letzte Brief war erst vor ein paar Tagen in Wien aufgegeben, und darin stand, daß sie in den Ateliers am Rosenhügel säße, wo man noch munter drauflosdrehe, ohne zu wissen, ob die Filme jemals fertig würden. ,,Meine Hauptaufgabe besteht darin, nach jedem Bombenangriff ans Telefon zu stürzen und festzustellen, ob die bei uns beschäftigten Schauspieler noch am Leben oder ausgebombt und wenn ja, wo jetzt zu erreichen sind."

In Omis Briefen stand nichts Wichtiges. Sie jammerte über die Verknappung der Lebensmittel und daß so oft der Strom ausfiele, weil die Leitungen dauernd kaputt seien. Außerdem würden seit neuestem auch alle Männer eingezogen, die bisher als zu alt oder zu gebrechlich galten, um Soldaten zu werden. ,,Volkssturm nennt man das. Onkel Paul mußte sich schon melden, und Herr Leutze ist vorgestern geholt worden. Opi rechnet nun auch mit seiner Erfassung; aber bis jetzt ist sein Jahrgang noch nicht dran." Als Postscriptum stand noch eine erfreuliche Nachricht in dem Brief: ,,Eben ist eine Karte vom Roten Kreuz gekommen. Vati ist in englischer Gefangenschaft."

Seit der Invasion hatten wir nichts mehr von meinem Vater gehört. Aber Mami hatte uns (und vermutlich sich selber) immer wieder beruhigt: ,,Heinz ist nicht zum Helden geboren und wird sich schon rechtzeitig abgesetzt haben. Als ich damals die Mitfahrgelegenheit nach La Rochelle hatte und ihn unverhofft besuchte, lag er in der Sonne und zählte Sandflöhe. Seine Kameraden putzten den Scheinwerfer, und die beiden Flakgeschütze waren eingemottet. Ich bin davon überzeugt, daß die Invasion ohne diese tapferen Soldaten stattgefunden hat."

Mami hatte mal wieder recht behalten!

Unser „Lagerleben" verlief nach festen Regeln. Wir trotteten morgens zur Schule, von der Schule direkt zu unserer Kantine, dann hatten wir eine Stunde Freizeit, und am Nachmittag noch einmal Unterricht. Omi äußerte briefliche Entrüstung, weil ich statt der bisher üblichen Einsen in meinen Klassenarbeiten nur noch Dreien oder bestenfalls und selten genug Zweien schrieb, schob meine mangelhafte Leistung auf die fehlende großmütterliche Schützenhilfe und kündigte entsprechende Maßnahmen an, wenn ich erst wieder zu Hause wäre. Und im übrigen sollte ich mir endlich merken, daß vor „daß" immer ein Komma steht.

Ende November — wir klebten während der Zeichenstunden schon emsig Buntpapiersterne und Strohkörbchen für die Weihnachtsdekoration — wurde ich ins Büro zitiert. Wenn man zur Privataudienz zu Frau Dr. Hagen befohlen wurde, bedeutete das selten etwas Gutes. Alle Hiobsbotschaften gingen über ihren Schreibtisch, und ihr blieb dann die wenig erfreuliche Aufgabe, den Betroffenen die jeweilige Unglücksmeldung möglichst schonend beizubringen. So setzte ich mich auch nicht gerade freudig erregt auf den angebotenen Stuhl und wartete ergeben.

„Du darfst nach Hause fahren."

„Warum? Sind wir ausgebombt?" Das erschien mir die einzig logische Konsequenz.

„Davon steht hier nichts. Ich bin lediglich angewiesen, dich so schnell wie möglich nach Eberswalde in Marsch zu setzen."

„Nach Eberswalde? Was soll ich denn da?"

„Das weiß ich auch nicht. Vielleicht steht in diesem Brief Näheres." Sie schob mir einen verschlossenen Umschlag über den Tisch. Der Brief war von Mami. Sie schrieb, daß es ihr nach vielem Hin und Her und mit Hilfe einflußreicher Freunde gelungen sei, mich aus Bad Podiebrad loszueisen. „Es wird Zeit, daß du nach Hause kommst, denn in der Tschechoslowakei wird auch bald der Teufel los sein. Nach Berlin darfst du zwar noch immer nicht zurück, deshalb habe ich angegeben, daß du nach Eberswalde kommst. Da lebt jetzt Tante Gerda. Sie weiß Bescheid. Ich hole dich dort sofort ab, sowie du angekommen bist."

Eigentlich war ich gar nicht so begeistert von der Aussicht, heimfahren zu müssen. Mir gefiel es hier, und was mich in Berlin erwartete — beziehungsweise in Eberswalde —, wußte ich nicht. An Tante Gerda konnte ich mich kaum erinnern, sie war eine Freundin meiner

Mutter und sonst gar nichts. Wo Eberswalde überhaupt liegt, ahnte ich nur so ungefähr... meine Reaktion war also keineswegs enthusiastisch.

„Sei froh, daß du noch rechtzeitig wegkommst“, erklärte mir Frau Hagen, „wer weiß, was uns hier in Kürze bevorsteht.“

Diese prophetische Bemerkung tröstete mich jedoch nicht im geringsten. Trotzdem packte ich wieder meine Koffer. Frauke half und heulte. „Am liebsten würde ich mitfahren.“ Sie drückte mir einen Zettel in die Hand. „Hier ist meine Adresse. Besuch doch mal meine Mutter und frag sie, ob sie mich nicht auch hier rausholen kann. Vielleicht kannst du ihr erzählen, wie deine Mutter das gedreht hat.“

Frauke war es auch, die mich zusammen mit Pützchen am nächsten Mittag zum Bahnhof brachte. Diesmal mußte ich allein fahren. Allerdings nur bis Prag, dort sollte ich mich an die nächste Rote-Kreuz-Schwester wenden, die sich dann hoffentlich meiner annehmen würde. Das Zwischenlager in Prag sei mir ja ohnehin schon bekannt. Frauke zerdrückte noch ein paar Tränen, aber dann grinste sie mich an. „Auf Wiedersehen am grünen Strand der Spree. Und grüß den Funkturm von mir.“

„Wird gemacht“, versprach ich, „falls er noch steht.“

Prag. Bahnhof, Züge, Menschen in jeder Art von Uniform, und mittendrin ein zehnjähriges Mädchen mit zwei Koffern, einer Umhängetasche und dem festen Vorsatz, nicht zu heulen und somit zu beweisen, daß es schon groß ist. Ich zupfte eine Frau am Ärmel, die einen gestreiften Kittel trug und eine Armbinde, also mußte sie irgendeine amtliche Funktion ausüben. Sie habe Tee auszuteilen und keine Zeit, erklärte sie, und zum Beweis schwang sie eine große Bleckkanne. Der Bahnbeamte, den ich ansprach, verstand mich gar nicht. „Deine Mutter kommt sicher gleich zurück“, versprach er munter und strich mir übers Haar. Dann verschwand er im Gewühl. Endlich entdeckte mich eine Rote-Kreuz-Schwester. Sie brachte mich zu einer anderen Rote-Kreuz-Schwester, und die übergab mich einer dritten Rote-Kreuz-Schwester, und irgendwann landete ich auf nicht mehr zu rekonstruierenden Wegen sogar an meinem Etappenziel.

Die Dame mit der Hakenkreuzbinde saß immer noch an ihrem Schreibtisch und sah aus, als hätte sie ihn nie verlassen. Das Kleid war auch noch dasselbe. Nein, Läuse hatte ich in der Zwischenzeit nicht bekommen, Krätze auch nicht, jawohl, mir war bekannt, daß ich auf den nächsten Transport warten mußte. Nein, ich würde selbstverständlich nicht ohne Erlaubnis das Haus verlassen, jawohl... nein... jawohl... dann durfte ich gehen. Diesmal kam ich ins Zimmer vier, das war völlig leer und blieb es auch bis zum Tag meiner Weiterreise. Offenbar war Jung-Deutschlands Völkerwanderung allmählich zum Stillstand gekommen.

Mitten in der Nacht wurde ich geweckt. Schlaftrunken stand ich auf, bereit, stehenden Fußes loszumarschieren, wohin auch immer man mich schicken würde. Vorausgesetzt, ich käme schließlich irgendwann nach Berlin. Bevor ich meinen Schlafanzug zusammenfaltete, durchsuchte ich ihn gründlich nach Wanzen. Omi bekäme todsicher einen Schlaganfall, wenn ich ein paar dieser niedlichen Tiere mit nach Hause brächte.

Früher hatte ich nicht einmal gewußt, daß es Wanzen überhaupt gibt. Nach meiner ersten Nacht in Prag hatte ich Quaddeln auf meiner Haut selbstverständlich als Mückenstiche angesehen — es schien sich allerdings um eine fremdländische und besonders leistungsfähige Abart dieser Spezies zu handeln — und mich nicht weiter darum gekümmert. Im Sommerlager waren wir ohnehin alle zerstochen. Mißtrauisch wurde ich erst, als Frauke am ersten Morgen nach unserer Rückkehr mit dem Atlas auf ihr Bettlaken einschlug und schimpfte: „Jetzt sind diese verflixten Biester schon wieder da. Ich denke, der Kammerjäger ist in der Zwischenzeit hiergewesen!"

Bei dieser Gelegenheit erfuhr ich dann, daß es fast in jedem Haus Wanzen gäbe, es aber dem sonst bisher auf allen Gebieten doch recht erfolgreichen Vernichtungsfeldzug der deutschen Besatzer nicht gelungen war, dieses Ungeziefer auszurotten. Alle paar Monate machte der Kammerjäger seine Runde und versprühte irgendwelche Chemikalien, die zwar sämtliche menschlichen Bewohner zu vorübergehender Flucht veranlaßten, die Wanzen aber nicht! Sie versteckten sich eine Zeitlang; und dann waren sie wieder da, oft sogar zahlreicher als vorher. Zwangsläufig gewöhnte ich mich an das Zusammenleben mit den bis dato unbekannten Haustieren und behandelte die Stiche mit der in jedem Zimmer bereitgestellten Salbe, die zwar nichts nützte, aber wenigstens das Gewissen unserer Heimleitung beruhigte. Im übrigen kennen Wanzen offenbar keine Klassenunterschiede: Einmal sah ich den Kammerjäger samt seinen Geräten auch aus der Privatvilla des obersten Parteimenschen kommen! Von Prag hieß es im allgemeinen, daß es in dieser Stadt nicht einen Quadratmeter umbauter Fläche gäbe, auf der nicht mindestens ein halbes Dutzend Wanzen leben, und ausnahmsweise schien es sich bei dieser Behauptung um keine Übertreibung zu handeln. So holte ich auch prompt drei dieser Tierchen aus meiner Schlafanzugjacke, zerdrückte sie fachmännisch — gelernt ist gelernt! — und konnte nur hoffen, keine mehr übersehen zu haben. Omi würde... (siehe oben).

Diesmal waren wir nur zu viert, als wir morgens um zwei zum Bahnhof schlurften, angeführt von einer schwergewichtigen Matrone, die auf zuverlässigen Plattfüßen vor uns hermarschierte. Sie übergab uns einem durch Armbinde gekennzeichneten Mitglied der NS-Frauenschaft. Die Dame fühlte sich aber nicht zuständig und reichte uns an die Bahnhofsmission weiter. Dort erhielten wir Tee und die beruhigende Auskunft, daß der vor zwei Stunden in Richtung Deutschland abgefahrene Zug auf eine Mine gelaufen und in die Luft geflogen war.

So hockten wir bis zum Morgengrauen auf den klapprigen Gartenstühlen — außer einem Schreibtisch und einem Blechkübel mit Tee das einzige Inventar dieser anheimelnden Stätte — und warteten. Wir hatten uns gerade entschlossen, auf eigene Faust zu handeln und notfalls zu Fuß Richtung Berlin aufzubrechen, als uns dann doch ein uniformiertes Wesen abholte und in ein Zugabteil setzte. „Keiner rührt sich vom Fleck! Ab und zu wird jemand nach euch sehen; ansonsten befolgt ihr die Anweisungen des Bahnpersonals!"

Aha, diesmal hatten wir keinen persönlichen Wachhund mehr. Auch egal, schließlich waren wir alle „Lagerkinder" und als solche daran gewöhnt, nicht mehr ständig bemuttert zu werden. Während der endlosen Reise, häufig unterbrochen von Fliegeralarm, schmiedeten wir Fluchtpläne. Nur ein Mädchen hatte einen Marschbefehl direkt nach Berlin, wir anderen würden weiterfahren müssen, nach Neustrelitz, nach Angermünde oder — wie ich — nach Eberswalde.

„In Berlin machen wir uns einfach dünne", beschloß unser männlicher Beschützer, ein unternehmungslustiger Dreizehnjähriger, der sich seiner weiblichen-Übermacht durchaus gewachsen fühlte. „Ick fahr doch nich nach Neustrelitz, bloß det mich mein Opa wieder von da abholt. Für die nächsten fuffzig Jahre bin ick nu jenuch Bahn jefahren!"

„Eigentlich hast du recht", überlegte unsere „Stubenälteste", eine Fünfzehnjährige aus Charlottenburg, „in Berlin ist sowieso erst mal Endstation. Irgendwie können wir da bestimmt abhauen."

„Und das Gepäck?" In den Gepäcknetzen türmten sich Rucksäcke, Taschen und Koffer bis an die Decke.

„Det jeben wir zur Aufbewahrung", entschied Harald.

„Aber wir können das ganze Zeug doch nicht alleine schleppen."

„Det deichsle ick schon", versprach unser Wortführer, „aber wir müssen uff alle Fälle zusammenbleiben, nich, det so ne Rote-Kreuz-Tante kommt und eenen von uns abschleppt!"

Wir sicherten ihm Gefolgschaftstreue zu.

Nach anderthalb Tagen, viermaligem Umsteigen und ungezählten Aufenthalten fuhren wir endlich durch die Vororte Berlins, oder durch das, was einmal die Vororte Berlins gewesen waren.

„Meine Fresse!" staunte Harald. „Ick möchte bloß mal wissen, warum die überhaupt noch Bomben schmeißen, da is doch sowieso schon allet kaputt. Is doch reine Materialverschwendung!"

Eine Schwester betrat das Abteil. „Na, alles in Ordnung? Jetzt haben wir es ja gleich geschafft. Ihr bleibt am besten erst mal hier sitzen, bis ich mich erkundigt habe, wie es weitergeht."

„Wir können ja schon mal anfangen, det Jepäck uff'n Bahnsteig zu wuchten, denn jeths nachher schneller", erbot sich Harald diensteifrig, was ihm ein zustimmendes Lächeln eintrug.

„Wir sind ja schon da! Ich sehe die Gedächtniskirche!" rief Annette und zeigte aus dem Fenster. Was sie sah, war eine schwärzliche Ruine und nur noch von Ortskundigen als das traditionsbeladene Bauwerk zu identifizieren.

„Nu mal runter mit dem Krempel", befahl Harald und fing an, die Gepäcknetze auszuräumen. Als der Zug endlich hielt, waren wir marschbereit, und fünf Minuten später hatten wir unsere ganzen Habseligkeiten auf dem Bahnsteig übereinandergetürmt. „Annette, du kommst mit, vielleicht brauche ick Verstärkung. Ihr andern bleibt beim Jepäck. Wenn die Schwester kommt und duslige Fragen stellt, denn sagt ihr ebent, wir beede sind austreten jejangen."

„Wenn das nur gutgeht", seufzte die Vierte im Bunde, die als einzige berechtigt war, in Berlin zu bleiben. Allmählich leerte sich der Bahnsteig, und mir wurde langsam mulmig. Wenn wir noch lange hier stehenblieben, mußten wir unweigerlich auffallen.

„Da kommen sie ja!" Meine Reisegefährtin wies auf zwei Gestalten, die sich im Laufschritt näherten. Eine dritte folgte etwas langsamer. „Wir haben eenen Jepäckträger jefunden, hoffentlich habt ihr jenuch Jeld. Ick hab bloß noch zwee Mark fuffzich, und für die Elektrische brauche ick ooch noch wat."

Doch, Geld hatten wir, jedenfalls würde es reichen. Der angeheuerte Dienstmann musterte uns etwas zweifelnd, stapelte dann aber doch die Koffer auf seine Karre und setzte sich mürrisch vor sich hinbrummend in Bewegung. Wir hatten schon fast die Sperre erreicht, als uns unsere Betreuerin aufgeregt winkend entgegenkam. „Wo wollt ihr denn hin?"

„Erst mal vom Bahnsteig runter", erklärte Harald, „an der Sperre wollten wir warten!"

„Ihr seid ja wirklich schon sehr selbständig", lobte die Schwester und nickte uns aufmunternd zu, „aber nun geht ihr am besten in den Wartesaal zwoter, dort hole ich euch so bald wie möglich ab."

Der Rest war ein Kinderspiel. Unser Dienstmann, nunmehr von der Integrität seiner Auftraggeber überzeugt, karrte seine Ladung bereitwillig zur Gepäckaufbewahrung, zeigte uns noch den Weg zum Wartesaal, kassierte seinen Obolus und verschwand.

„Jetzt aber nischt wie weg!" kommandierte Harald. „Macht's jut, Leute, und haltet die Ohren steif!"

„Findest du denn allein nach Hause?" fragte Annette besorgt.

„Na, hör mal, schließlich bin ich hier geboren!" beteuerte ich selbstsicher und steuerte den U-Bahnhof an. „In einer halben Stunde bin ich in Onkel-Toms-Hütte." Es dauerte allerdings doch etwas länger, weil ich so lange vor der einzigen noch intakten Telefonzelle warten mußte. Bei uns meldete sich niemand. Omis Nummer mußte ich erst nachschlagen. „Ich wollte nur mal anfragen, ob ich zum Kaffeetrinken kommen kann?"

„Kind!!! Wo bist du?"

„Am Bahnhof Zoo, und wenn der Fahrplan noch stimmt, in genau zweiunddreißig Minuten zu Hause!"

15

Wenn es in den nächsten Tagen an der Wohnungstür klingelte, versteckte ich mich sofort. Ich war fest überzeugt, die Polizei, die Gestapo oder wenigstens das Schulamt hätte Bedienstete in Marsch gesetzt, um mich, die ich ja ganz offensichtlich desertiert war, wieder einzufangen. Dabei kümmerte sich in Wirklichkeit kein Mensch um meine programmwidrige Heimkehr. Omi hatte mich ordnungsgemäß angemeldet, man hatte ihr ordnungsgemäß die Lebensmittelkarten für mich ausgehändigt, und somit verfügte ich über eine ordnungsgemäße Daseinsberechtigung. Die Bürokratie schien irgendwo ins Wanken geraten zu sein, sicheres Zeichen für den bevorstehenden Zusammenbruch.

Offiziell war davon natürlich keine Rede. Radio und Zeitungen berichteten abwechselnd, aber in schönster Einmütigkeit von heldenhaften Abwehrkämpfen, von Wunderwaffen und der „ganz großen Wende“, an die bei uns nur noch Omi glaubte. Sie hielt ihrem Führer noch eisern die Treue, auch wenn der sich inzwischen im bombensicheren Bunker der Reichskanzlei verkrochen hatte, während wir in unseren Streichholzschachtel-Kellern saßen und darauf warteten, daß uns doch mal was auf den Kopf fallen würde.

Saßen wir nicht im Keller, hockte ich zu Hause herum, langweilte mich und lernte „Haushalt“. Das war gar nicht so ganz einfach, denn ich hatte zwei Lehrmeister mit völlig widersprüchlichen Ansichten über Haushaltsführung und Wäschepflege. Die Methoden von Tante Else waren mir aber lieber. Sie wischte nur jeden dritten Tag Staub, türmte Zeitungen, Rätselhefte und Schnittmuster übereinander, deponierte den ganzen Stapel auf irgendeinen Stuhl, und wenn sie noch die Krümel von der Tischdecke gefegt hatte, erklärte sie das Zimmer für aufgeräumt. Das Geschirrspülen schob sie so lange hinaus, bis wir unsere Mohrrüben mit Kuchengabeln essen und den Kaffee-Ersatz aus Gläsern trinken mußten. Dann stellte sie sich notgedrungen eine Stunde lang ans Spülbecken, und während sie seufzend die Teeränder aus den Tassen scheuerte, sang sie Loblieder auf unsere germanischen Vorfahren, die bestenfalls nur ein halbes Dutzend Küchengeräte besessen und trotzdem existiert hatten. Das Bügeln beschränkte Tante Else auf Blusen und Kleider. Unterwäsche würde sich nach ihrer Meinung auf dem Körper von alleine glattziehen; und die Handtücher faltete sie lediglich zusammen, bevor sie sie in den Schrank legte.

Omi ging entschieden gründlicher vor. Das Staubwischen dauerte jeden Tag zwei Stunden, freitags drei, weil sie dann die Schnitzereien an ihren Möbeln mit einem ausrangierten Rasierpinsel bearbeitete. Zeitungen wurden exakt zusammengelegt und chronologisch geordnet in einen dafür bestimmten Ständer gestellt, Geschirr wurde fünfmal täglich gespült, und bis zum letzten Topflappen kam jedes Wäschestück aufs Bügelbrett. Montags waren die Türklinken dran, die aus Messing bestanden und immer glänzen mußten, alle vierzehn Tage putzte Omi Fenster (soweit noch Scheiben drin waren), und alle drei Monate fand ein Großreinemachen statt, wobei die gesamte Wohnung in Salmiaklauge ertrank. Anfangs hatte Herr Jäger auf einer Zugehfrau bestanden, fürs „Grobe", die von Omi nicht eine Minute lang aus den Augen gelassen wurde. Eines Tages hatte Frau Kuhn ihr den klatschnassen Scheuerlappen vor die Füße geworfen, die Gummischürze danebengeknallt und kategorisch erklärt: „Machen Se sich Ihren Dreck alleene weg!" Was Omi von nun an auch tat.

Sie unterwies mich gründlich in der Pflege von Kristall und Damastwäsche — ich besitze heute weder das eine noch das andere —, und womit sie damals ihre Ölgemälde behandelte, habe ich vergessen, weil bei uns nur Aquarelle hängen. Als Omi wieder einmal ihre Silberkästen ausräumte, weil die Samtkissen etwas staubig geworden waren, breitete sie die ganze Herrlichkeit auf dem Eßzimmertisch aus und bemerkte wohlwollend: „Das wirst du einmal alles erben." Diese Aussicht begeisterte mich keineswegs, denn erstens erschienen mir die Bestecke ausgesprochen altmodisch, und zweitens trug jedes einzelne Stück die Buchstaben M.v.H. Das hieß Margarethe von Haugk und war der Mädchenname von Opis erster Frau.

„Das macht gar nichts", wischte Omi meinen Protest beiseite. „Wenn du die Sachen einmal benutzen wirst, sind sie ja schon antik, und außerdem macht sich so ein adeliges Monogramm immer gut." Natürlich hatte ich auch Omis Schmuckkassette bewundern müssen, deren Inhalt mir ebenfalls als zukünftiges Erbe präsentiert wurde. Da gab es ein paar Ringe, die mir nicht gefielen; eine Garnitur aus Granatsteinen, die ich scheußlich fand, und ein Brillantkollier, das ich ganz gewiß niemals tragen würde. Nur die Perlenkette fand ich hübsch. Omi legte sie auch regelmäßig beim Besuch ihrer inzwischen stark dezimierten Kränzchenschwestern an, denn wenn die Kette auch nicht dreireihig war und schon gar nicht bis zum Bauchnabel reichte wie die von Frau Humbert, so war sie aber garantiert „echt".

„Hat der Opi denn überhaupt keine Verwandten?" erkundigte ich mich entsetzt, als mir Omi auch noch die gesamte Wohnungseinrichtung als künftiges Erbteil in Aussicht stellte.

„Doch, da gibt es in Leipzig noch einen Neffen, aber der ist Junggeselle und in einer sehr guten Position. Der braucht keine Möbel mehr. Ich glaube, er ist sogar Professor, jedenfalls spricht er sechs Sprachen." (Später einmal lernte ich diesen Neffen kennen, einen weltfremden Eigenbrötler, der japanische Bildtafeln sammelte und nur Rohkost aß. Als er mir in meine englische Übersetzung vier Fehler hineinkorrigierte, verlor ich allerdings meinen Respekt vor seiner Gelehrsamkeit.) —

Kurz vor Weihnachten kam Mami mit Sack und Pack aus Wien zurück. „Nun ist endgültig Schluß mit der Tingelei, jetzt bleibe ich hier. Lange kann der Krieg ja sowieso nicht mehr dauern." Offiziell war sie zwar nach wie vor bei ihrer Filmfirma angestellt; aber ihre Abwesenheit würde künftig als Dienstreisen deklariert werden, worunter man sich ja bekanntlich alles mögliche, gelegentlich sogar Dienstliches, vorzustellen hatte. Übrigens war auch Klaus wieder da, und Lothchen wurde in den nächsten Tagen erwartet. Man sah überhaupt wieder viele Kinder in den Straßen, die noch bis vor kurzem den Eindruck erweckt hatten, als wären sie überwiegend den Insassen von Altersheimen vorbehalten. „Die Ratten verlassen das sinkende Schiff", begrüßte Mami den Heimkehrer, als sie Frau Hülsner samt ihrem hochaufgeschossenen Jüngsten in der Ladenstraße traf.

„Hoffentlich erreichen wir auch das rettende Ufer", meinte Frau Hülsner, und dann, etwas leiser: „Bei Franke gibt's Kartoffeln ‚ohne', aber bloß für alte Kunden." Da wir schon seit Jahr und Tag bei dem Gemüsehändler kauften, bekamen wir auch zehn Pfund Kartoffeln und Hering. Auf diese Weise konnten wir Brot sparen, das sowieso nie reichte.

Entsprechend spartanisch feierten wir auch das letzte Kriegsweihnachten. Tante Else hatte Kekse gebacken, die überwiegend aus Roggenmehl und Süßstoff bestanden, wie Hundekuchen aussahen und genauso hart waren. Wenn ich da an die geleegefüllten Köstlichkeiten von Frau Wiemer dachte, an denen ich mir noch vor einem Jahr den Magen verdorben hatte... Egal, ich war wenigstens zu Hause! Und ich bekam sogar Geschenke. Mami hatte durch irgendwelche dunklen Kanäle ein Paar Halbschuhe aufgetrieben, die mir zwei Nummern zu groß waren, aber „besser als umgekehrt!", wie Tante Else erklärte und eine dicke Sohle aus zusammengeklebtem Zeitungspapier hineinlegte.

Von Omi bekam ich einen goldenen Ring mit einem kleinen Saphir, Bestandteil ihrer „Juwelensammlung", der er nach dem Fest auch wieder einverleibt wurde. Ich erhielt ihn nur zu besonderen Gelegenheiten ausgehändigt, und wenn ich ihn auf den Mittelfinger setzte, rutschte er bloß ein kleines bißchen. Frau Jäger Nr. eins war schließlich auch nur 1, 63 m groß gewesen.

Tante Else hatte mir aus den noch verwendungsfähigen Resten von Mamis kariertem Sommerkleid eine Bluse genäht. Der Stoff hatte jedoch nicht gereicht, und so hatte sie dort, wo die Bluse sonst im Rock verschwindet, etwas Himmelblaues angestückelt. Wenn das gute Stück auf dem Bügel hing, hatte es eine gewisse Ähnlichkeit mit einem Clownskostüm.

Auch die Alliierten bescherten uns ein Weihnachtsgeschenk! Sie verschonten uns am Heiligen Abend und am ersten Feiertag mit Luftangriffen und kamen erst am zweiten wieder, den man in Amerika bekanntlich ja nicht mehr feiert. Dafür verlebten wir den Jahreswechsel im Keller, stießen um Mitternacht mit chemikalischem Glühwein auf ein hoffentlich friedenbringendes 1945 an und schlossen Wetten darüber ab, ob uns wohl die Russen oder die Amerikaner zuerst „befreien" würden. Die Chancen standen 50 : 50, obwohl meine Mutter den Amis in strategischer Hinsicht mehr zutraute.

Ein paar Wochen später sah es allerdings wieder so aus, als würden die Russen zuerst in Berlin sein. „Also, wenn ich ehrlich bin, dann wären mir die Amis entschieden lieber", konstatierte Mami, während sie mit einem Lineal über dem Atlas brütete und den Frontverlauf studierte, „ganz abgesehen davon, daß ich mich mit denen wenigstens verständigen könnte. Aber im Augenblick sind die Russen neunzehn Millimeter näher dran."

„Geh den Amis doch entgegen", meinte Tante Else gleichmütig, ohne im geringsten zu ahnen, auf welche Idee sie meine Mutter gebracht hatte.

„Ihr werdet lachen, das mache ich!" eröffnete Mami am Abendbrottisch und spießte die vorletzte Pellkartoffel auf die Gabel. Neue würde es (hoffentlich) erst in der kommenden Woche wieder geben.

„Was machst du?" fragte Onkel.

„Den Amis entgegenfahren."

„???"

„Tante Lotte hat schon wieder geschrieben, daß wir nach Wolfenbüttel kommen sollen. Sie haben dort noch ausreichend zu essen, und mit den Luftangriffen ist es angeblich auch nicht so schlimm wie hier." Omi war sofort Feuer und Flamme, hatte sie doch schon immer gesagt, daß wir bei ihrer Kusine am besten aufgehoben sein würden. Ich sträubte mich nun auch nicht mehr, denn mit Mami zusammen wäre ich überallhin gegangen. Und so waren wir drei Tage später in Wolfenbüttel. Tante Lotte drückte mir einen sabbernden Kuß auf den Mund, den ich mir nicht mal abwischen konnte, weil sie mich dauernd ansah und sich dabei wunderte, wie groß ich geworden war, bis sie uns endlich eröffnete, welche Vorbereitungen sie für unser künftiges Wohl getroffen hatte. „Hier könnt ihr ja nu nich bleiben; ich bin bis unters Dach einquartiert worden. Aber die Brunhilde freut sich man schon mächtig, daß ihr kommt. Und die Kinder erst..."

Die Kinder waren zwei und vier Jahre alt, hießen Hasso und Harro — beide Namen waren mir bisher nur im Zusammenhang mit Hunden geläufig —, und ihre Mutter entpuppte sich als resolute Dame mit Mittelscheitel, Dutt und sehr präzisen Vorstellungen vom Krieg im allgemeinen und vom Endsieg im besonderen. Seit ihrer Hochzeit vor sechs Jahren mit dem ehemaligen und derzeit vaterlandsverteidigenden Dorfschullehrer lebte sie in Wiltmar, einem kleinen Nest in der Nähe von Wolfenbüttel, war Mitglied aller einschlägigen Organisationen und Vorsitzende der örtlichen NS-Frauenschaft. Bereits am ersten Abend schleppte sie Mami in den Keller, räumte eine Reihe gefüllter Einmachgläser zur Seite und zeigte ihr die dahinter verborgenen Schätze. Die bestanden aus einem Gewehr, zwei Pistolen, 86 Schuß Munition sowie zwei Panzerfäusten.

„Was willst du denn mit dem ganzen Kram?" wunderte sich Mami. „Buddel das Zeug lieber im nächsten Kartoffelacker ein, bevor die Amis es hier finden."

„Eingraben? Liebe Reni, die Waffen liegen seit zwei Jahren hier, und sie werden hier liegenbleiben, bis wir sie brauchen!"

„Willst du damit noch den Krieg gewinnen?"

„Der Führer hat gesagt, daß Deutschland sich bis zum letzten Mann und bis zur letzten Patrone verteidigen soll, und ich gedenke, seinem Befehl zu folgen."

„Du hast ja einen herrlichen Vogel!" erklärte meine Mutter und hielt das Thema für beendet.

Damit lag sie allerdings schief. In den folgenden Tagen entwickelte Tante Brunhilde sehr detaillierte Pläne, wie sie das etwas abseits stehende Schulhaus zu verbarrikadieren und dann zu verteidigen gedächte. Gefüllte Sandsäcke zum Abdichten der Fenster standen schon überall herum.

„Ich glaube beinahe, sie meint das wirklich ernst", sagte Mami, als wir zusammen über die noch kahlen Felder spazierten, Hasso und Harro im Schlepptau, weil deren Mutter wieder einmal bei irgendeiner Versammlung flammende Reden hielt. „Anfangs habe ich noch gehofft, Brunhilde spinnt bloß ein bißchen, aber sie ist ja derart fanatisch, daß mir die Sache langsam unheimlich wird. Weißt du was, wir fahren wieder nach Hause!"

Tante Brunhilde hatte nur ein mitleidiges Lächeln für uns übrig. „Du mußt ja wissen, was du tust, Reni, aber bevor ich mich freiwillig unseren Feinden ausliefere, schieße ich mir eine Kugel in den Kopf."

„Genug Vorrat hast du ja", entgegnete Mami lakonisch und schnallte seelenruhig den Koffer zu. Aber daß Tante Brunhilde ihre Ankündigung wahrmachen und sich beim Einmarsch der Amerikaner tatsächlich erschießen würde, haben wir damals ehrlich nicht im entferntesten geglaubt.

„Womöglich hätte sie euch auch noch umgebracht!" entsetzte sich Omi, nachdem Tante Lotte ihr Monate später die ganze Tragödie mitgeteilt hatte. Zunächst war sie aber gar nicht begeistert, als wir unverhofft wieder vor der Tür standen. „Ich verstehe euch nicht. Wer noch kann, der versucht, aus Berlin rauszukommen, und ihr lauft den Russen regelrecht in die Arme."

„Bevor ich mich so einer wildgewordenen Nazi-Amazone ausliefere, warte ich lieber hier auf das glorreiche Ende", erklärte Mami kategorisch, und Tante Else pflichtete ihr bei. „Die Russen werden schon nicht die ganze Bevölkerung ausrotten. Ein paar Leute brauchen sie ja noch, die die Trümmer wieder wegräumen."

Von nun an saßen wir mehr im Keller als in der Wohnung, denn wenn die Alliierten keine Angriffe flogen, kamen russische Maschinen, obwohl die Sowjets doch angeblich gar keine haben sollten. Richtig zielen konnten sie auch nicht, denn jetzt fielen sogar bei uns ein paar Bomben. Im Hochsitzweg kam eine Luftmine herunter, worauf bei uns auch noch die letzten Fensterscheiben zu Bruch gingen. Im Eschershauser Weg brannte es, und Zehlendorf-Mitte bekam ebenfalls einen gehörigen Teil ab. Omi brachte ihr Kristall in den Keller. Unsere männlichen Familienmitglieder waren seit kurzem arbeitslos, weil es bei der Reichsbahn nichts mehr gab, was zu verwalten gewesen wäre; und Opi war eines Tages zu ungewohnt früher Stunde heimgekommen, weil er statt seines Büros nur noch einen Schutthaufen vorgefunden hatte. Die Zentrale der Staatlichen Klassenlotterie hatte einen Volltreffer bekommen! Dafür durften sich die beiden doch schon etwas älteren Herren nachmittags dem Volkssturm zur Verfügung stellen, um in Düppel Panzersperren zu bauen.

16

„Rate mal, wer vorhin angerufen hat“, begrüßte mich Mami, als ich mit einem halben Liter entrahmter Frischmilch — Wochenration für Kinder von 10 bis 15 Jahren — aus der Ladenstraße zurückkam. „Aber du kommst ja doch nicht drauf. Tante Elfi!“

„Nanu? Seit wann ist die denn in Berlin?“

„Seit vorgestern, und zwar sitzt sie mutterseelenallein in einer Villa auf Schwanenwerder. Wie sie da hingekommen ist, habe ich am Telefon nicht ganz begriffen, aber ich fahre nachher mal rüber.“

Tante Elfi war die einzige von Mamis Freundinnen, die ich wirklich mochte. Sie war gebürtige Wienerin und eine typische Vertreterin dieses liebenswerten Menschenschlags. Ein bißchen mollig, ein bißchen schlampig, völlig indolent und desinteressiert an allem, was nicht ihren unmittelbaren Lebensbereich betraf. Nichts und niemand konnte sie aus der Ruhe bringen. Als ihr einmal auf der Bahnhofstoilette ihre Armbanduhr gestohlen wurde, kommentierte sie den Verlust nur mit „Dös is scho bleed, weil es woar die einzige, und jetzt muß i immer nach dena Kirchtürme schielen.“ Mami schenkte ihr daraufhin einen Wecker, den Tante Elfi aber nicht haben wollte. „Weißt, Herzl, da macht mich das laute Ticken allweil ganz narrisch!“

Mami hatte Elfi in der Kantine der TOBIS kennengelernt, wo sie mißmutig im Kartoffelbrei herumstocherte und sich darüber beschwerte, daß es niemals „a anständige Mehlspeis“ gäbe, obwohl doch „der Adolf a Österreicher“ sei und als solcher zumindest in kulinarischer Hinsicht mal etwas für seine heim ins Reich gekehrten Landsleute tun könnte. Es stellte sich heraus, daß Elfi erst seit kurzem in Berlin lebte, und zwar in einem möblierten Zimmer bei „oaner ganz gräßlichen Wurz'n", und so lud Mami sie hin und wieder nach Hause ein. Mit ihrem Charme wickelte sie sogar Omi um den kleinen Finger, wenn diese auch manchmal leise Zweifel an Elfis moralischem Lebenswandel äußerte.

„Natürlich ist sie ein bißchen halbseiden", hatte ich meine Mutter einmal sagen gehört, konnte mir damals allerdings nichts darunter vorstellen. Später ging Elfi wieder in ihre Heimatstadt zurück; aber sobald sie für ein paar Tage nach Berlin kam, besuchte sie uns oder rief wenigstens an. Und nun war sie plötzlich wieder da und hatte ihre Zelte sogar in Schwanenwerder aufgeschlagen, jener Havel-Halbinsel, auf der Berlins prominenteste Prominenz wohnte, so auch unser Reichspropagandaminister Dr. Goebbels.

„Würde es dir Spaß machen, für ein Weilchen in eine Villa zu ziehen?" fragte Mami mich am nächsten Morgen, als ich unter Tante Elses Anleitung Strümpfe stopfen lernte, wozu ich herzlich wenig Lust und offensichtlich noch viel weniger Talent hatte. Folglich war ich nur zu bereit, woanders hinzugehen, erst recht in eine Villa, wo vermutlich das dazugehörige Personal Strümpfe stopfte.

„Hat Tante Elfi denn in der Lotterie gewonnen?"

„Nicht direkt, obwohl man es vielleicht so nennen könnte." Weiteren Fragen wich Mami aus. Schließlich kann man ein unschuldiges Kindergemüt nicht mit der ach so fragwürdigen Moral von angehimmelten Tanten belasten. Besagte Tante war entschieden freimütiger und klärte mich bereitwillig auf, als wir ihre Luxusherberge bezogen hatten. „Weißt, Schatzerl, i hab oan Freund, dem der ganze Klumpatsch hier g'hört, und der hat mich halt zum Aufpassen hing'setzt, bis er aus Wien z'ruckkommt. So ganz allein graus i mich aber zu Tode, deshalb bin i froh, daß ihr gekommen seid." Das leuchtete mir ein.

Im übrigen kam ich aus dem Staunen nicht mehr heraus. Ich hätte mir niemals träumen lassen, daß es solche Häuser überhaupt gibt. Das ganze Grundstück war von einer hohen Mauer umschlossen, unmittelbar neben dem Eingang befand sich ein Tennisplatz, auf dem jetzt allerdings Unkraut wuchs. Dann gab es zwei Treibhäuser ohne Glas, eine große, von alten Bäumen überschattete Rasenfläche, dazwischen Kieswege, von Blumenbeeten begrenzt; und unten am Wasser stand sogar noch ein verrottetes Bootshaus. Mitten auf dem Grundstück die Villa, von außen ziemlich schmucklos, innen überwältigend. Eine Kaminhalle mit Mosaikboden, weißer Flügel, weiße

Ledersessel, überall Teppiche, geschwungene Treppe zum Obergeschoß, auch mit Teppichen belegt... so etwas Ähnliches hatte ich bisher nur mal in einer Illustrierten gesehen, die Aufnahmen vom Heim irgendeines Filmstars veröffentlicht hatte. Die Zimmer oben waren nicht minder beeindruckend, und ich überlegte lange, ob ich nun das mit den weißen Möbeln nehmen sollte oder lieber das mit der hellblauen Tapete. Dann entschied ich mich für das letztere, weil es direkt an das Bad grenzte, wo ich mich am liebsten etabliert hätte. Es war bis unter die Decke gekachelt, beinhaltete zwei Waschbecken, vielleicht sogar drei — denn ich vermochte diese etwas separat stehende ovale Installation mit der kleinen Dusche in der Mitte nicht zu identifizieren —, und in die Badewanne kletterte man nicht hinein, man stieg hinunter, weil sie in den Boden eingelassen war. Es gab sogar noch warmes Wasser, denn das Haus verfügte über ein eigenes Stromaggregat; und es gab Flaschen und Gläser mit geheimnisvollen Flüssigkeiten, die ich freigiebig in mein Badewasser kippte, bevor ich zweimal täglich hineinschritt. Mami fand mein ungewohntes Reinlichkeitsbedürfnis zwar etwas befremdend, sagte aber nichts und räumte nur die Flaschen weg, weil ich nach ihrer Ansicht wie ein ganzer (ehemaliger) Friseurladen roch.

Ganz allein residierte Tante Elfi aber doch nicht in diesem Riesenhaus, denn unten im Souterrain wohnte noch das Hausmeisterehepaar Brennicke, ursprünglich für Küche und Garten zuständig, nunmehr unangefochtene Herrscher über das ganze Anwesen. Tante Elfi beschränkte die ihr übertragene Aufgabe, das Haus zu hüten, auf gelegentliche Inspektionsgänge in den Keller, wo noch etliche Weinflaschen vor sich hinstaubten; und sonst saß sie vor dem Kamin. „Die Traudl kann das eh viel besser", war die regelmäßige Antwort, wenn Mami ihre lethargische Freundin mal an den Kochherd oder an den Staubsauger bringen wollte. Und nachdem Frau Brennicke Mamis angebotene Hilfe zwar höflich, aber sehr entschieden abgelehnt hatte, fand sie schließlich auch, daß die „Traudl eh alles besser kann". Auf jeden Fall konnte sie kochen! Da ihr vorausschauender Ehemann im vergangenen Jahr statt Dahlien lieber Kohlköpfe gesetzt und die Rosenkultur in einen Kartoffelacker verwandelt hatte, gab es sogar genug zu essen. Mal waren es Kartoffeln mit Rotkohl, mal Weißkohl mit Kartoffeln, gelegentlich auch Kartoffelbrei mit Rosenkohl, aber immer auf Meißener Porzellan serviert und mit schweren Silberlöffeln vorgelegt.

„Seit wann besitzt denn der bewußte Herr dieses Haus?“ wollte Mami wissen und kramte in den Noten herum auf der Suche nach Musikstücken, die ihrer Mentalität mehr entsprachen als Bach und Haydn, fand aber nichts und versuchte sich an Liszt.

„Hob wirklich ka Ahnung, Herzl. Der Edmund hat mir die ganze G'schicht amal erzählt. I glaub, die Villa hat früher einem Juden g'hört, den die Nazis rausg'setzt ham, aber so genau hab i net zug'hört. Sag, kannst nix anderes spielen wie dös triste Zeugs?“

Nach ein paar Tagen hatte ich keine Lust mehr zu baden, und die luxuriösen Zimmer fand ich auch allmählich langweilig, weil niemand da war, der mit mir Filmstar oder Gräfin hätte spielen können. Außerdem war es lausig kalt. Es gab zwar im ganzen Haus Zentralheizung, aber keine Kohlen mehr. Erträglich war es nur in der Halle; aber auch nur dann, wenn man nahe genug am Kamin hockte. Dort prasselte von morgens bis abends ein Feuer, über dem man notfalls einen Ochsen hätte braten können, und wenn Herr Brennicke neues Holz brachte, mahnte er: „Sei'n Se nich so jroßzügig, det reicht höchstens noch für 'ne Woche.“

Nach fünf Tagen war der Vorrat auch prompt zu Ende, obwohl Elfi das Feuer so gedrosselt hatte, daß der Ochse nicht mehr gargeworden wäre. Für ein Spanferkel hätte es aber immer noch gereicht.

„Wann i schon nix G'scheits zum Essen hab, dann will i wenigstens nicht frieren. Im Keller steht eh noch g'nug alt's G'lump, das zum Verfeuern grad recht is.“ Also zerhackte Herr Brennicke weisungsgemäß einen voluminösen Kleiderschrank, mehrere Holzstühle sowie eine Schleiflackkommode mit drei Beinen. Das reichte dann wieder für ein paar Tage.

Wenn Fliegeralarm kam, zogen wir in den Bunker. Das Grundstück fiel zum Wasser hin ab, und an der tiefsten Stelle hatte man einen Stollen ins Erdreich getrieben, der ziemlich weit in den Berg hineinreichte und relativ bombensicher ausgebaut worden war. Dieser Bunker war auch der Hauptgrund, weshalb Mami Elfis Gastfreundschaft überhaupt angenommen hatte, denn die ohnehin nie sehr enge Bindung zwischen den beiden schien immer mehr zu bröckeln. Mami langweilte sich, und ich mopste mich ebenfalls. „Was hältst du davon, wenn wir wenigstens mal die Teppiche und das Silber in den Bunker bringen. Und ein paar von den Gemälden? Ich verstehe zwar nicht viel von Malerei, aber daß die Bilder nicht aus dem Warenhaus stammen, kann sogar ich erkennen.“

„Ach geh, dann wird's so scheußlich ung'mütlich hier herinnen, und was glaubst, was dös für a G'schäft wär, wann mir das ganze Zeugs da den Berg runterschleppen täten?"

Zwei Tage später waren Brennickes weg. Als Elfi um zehn Uhr auf der Suche nach ihrem üblicherweise am Bett servierten Tee in die Küche kam, war sie leer. In der angrenzenden Wohnung standen die Schränke offen, die Kleider fehlten, und das muschelbesetzte Schmuckkästchen mit der Aufschrift „Gruß aus Norderney" das mein hellstes Entzücken erregt hatte, war auch nicht mehr da.

„Die sind getürmt", sagte Mami, „und wenn du mich fragst, dann war es das Gescheiteste, was sie tun konnten. Ich überlege nämlich auch schon die ganze Zeit, ob wir nicht lieber nach Zehlendorf zurückgehen. Hier auf der Insel ist doch kaum noch ein Mensch, und wenn die Russen kommen, möchte ich mit denen lieber nicht alleine sein. Außerdem finde ich es ausgesprochen unsympathisch, daß Goebbels' Villa gegenüber steht."

„Ach geh, der ist doch längst beim Adolf im Bunker."

„Aber jeder weiß, daß er hier auf Schwanenwerder sein Haus hat. Die Russen wissen das auch. Was ist, wenn sie die ganze Insel zusammenschießen?"

„Was soll scho sein? Dann sammer eben hin!"

Da Mami keinesfalls gewillt war, sich der fatalistischen Lebensauffassung ihrer Freundin anzupassen, ordnete sie sofortige Rückreise nach „Onkel-Toms-Hütte" an, wobei sie nun ihrerseits Tante Elfi Asyl anbot.

„Und was g'schieht, wann der Edmund kommt?"

„Leg ihm einen Zettel mit unserer Adresse hin. Er wird ja wohl lesen können."

„Dös is scho liab von dir, Herzl, aber i bleib hier. Wanns brenzlig wird, gang i halt zu denen von Nummer elf hinüber, die bleiben ganz g'wiß in ihrem Haus."

Als ich mit Mami zum S-Bahnhof marschierte, hörten wir in der Ferne Geschützdonner. Es war der 14. April. In den folgenden Tagen bereiteten wir uns alle auf den Empfang der Sieger vor, worunter nun keinesfalls das Winden von Girlanden oder die Bereitstellung von Ehrenjungfrauen zu verstehen ist. Es wurde im Gegenteil alles vernichtet oder versteckt, was an die vergangenen glorreichen Zeiten erinnern und den berechtigten Zorn unserer „Befreier" hätte hervorrufen können. So stand Mami eine Stunde lang vor dem Kachelofen im Wohnzimmer und verbrannte Seite für Seite die beiden Exemplare von Hitlers „Mein Kampf“, für die sie ein halbes Jahr später mindestens zwei Stangen Zigaretten hätte eintauschen können. Als sie die Hakenkreuzfahne ebenfalls den reinigenden Flammen übergeben wollte, entriß ihr Tante Else in letzter Sekunde das symbolträchtige Stück. „Bist du verrückt? Das ist so ein prima Stoff, den kannst du doch nicht einfach ins Feuer schmeißen!“

„Dann mußt du aber wenigstens das Mittelteil raustrennen!“ Was Tante Else mit Hilfe von Rasierklingen und Nagelschere auch tat. Bei der Gelegenheit entfernte sie auch gleich vom Ärmel meiner BDM-Bluse das Emblem, nähte beim dazugehörigen Rock die Knopflöcher zu und bunte Träger an, verzierte den Rocksaum mit gestickten Blümchen und deklarierte das neue Kleidungsstück als Dirndlrock und somit ungefährlich.

Unsere Kenntnisse über die Mentalität der Russen hatten wir überwiegend aus Zeitungsberichten bezogen, nach denen unsere künftigen Befreier unzivilisierte Barbaren sein sollten, die gerade die Ära der Steinzeit hinter sich gebracht hatten. Vervollständigt wurden diese Berichte von mündlichen Überlieferungen irgendwelcher Leute, die wieder andere Leute kannten, die schon mal einen Russen gesehen hatten. Und nach deren Ansicht sollten die sowjetischen Soldaten ausnahmslos zu groß geratene Kinder sein, die „Wasser aus Wand“ und „Licht von Decke“ als den Gipfel technischer Errungenschaften betrachteten und mit Glasketten oder Spielzeugautos in hellstes Entzücken versetzt werden könnten. Allerdings würden sie zu reißenden Bestien werden, wenn sie Alkohol bekämen, weshalb dieses tunlichst zu verhindern sei. Das mußte wohl alles so ähnlich wie bei den Indianern sein, die ja auch nicht gerade auf dem höchsten Stand der Zivilisation lebten und beim Genuß vom Feuerwasser rebellisch wurden. Ich hatte eben den „Lederstrumpf“ gelesen und wußte also Bescheid! Alkohol hatten wir nicht mehr, und die übrigen Hausbewohner beteuerten ebenfalls, keine wie auch immer gearteten alkoholischen Reserven zu besitzen. Nun gab es aber zwei Kellerräume, die seit Monaten verschlossen waren, weil ihre Besitzer schon lange woanders lebten, nämlich Moldens und Zilligs. Was nun, wenn da möglicherweise Flaschen lagerten, was zumindest bei dem organisationsfreudigen Herrn Zillig durchaus wahrscheinlich war?

„Wir müssen die Türen aufbrechen!“ ordnete Herr Leutze an. Omi war dagegen. „Wir können doch nicht einfach...“

„In diesem Fall können wir!“

Es dauerte eine ganze Weile, bis die beiden Schlösser geknackt waren, denn schließlich verfügte niemand über einschlägige berufliche Erfahrung. In Zilligs Keller wurden wir nicht fündig. Da standen lediglich Juttas kaputter Puppenwagen, drei Blumenkästen mit vertrockneten Geranienstengeln sowie das goldgerahmte Ölgemälde eines unbekannten und auch nicht sehr talentierten Meisters.

Bei Moldens förderten die Schatzgräber zwei Kisten mit Weinflaschen zutage und 37 Gläser mit eingemachten Birnen. Letztere wurden in den Gemeinschaftskeller transportiert und als eiserne Ration dem eventuellen späteren Verbrauch vorbehalten. Bei der Überlegung, was mit dem Rebensaft zu geschehen habe, erhitzten sich die Gemüter. Omi wollte den Wein ins Waschbecken kippen und wurde bei diesem Plan von Frau Bennich unterstützt, die der Meinung war, jetzt sei nun wirklich nicht der rechte Zeitpunkt für ein Saufgelage. Die übrige Belegschaft und damit die Mehrzahl war dagegen. Schließlich standen die Russen ja noch nicht unmittelbar vor der Haustür. Die Flaschen wurden alo gerecht verteilt, und zwei Tage lang sahen zumindest die erwachsenen Hausbewohner der bevorstehenden Invasion einigermaßen gelassen entgegen.

Dann aber überstürzten sich die Ereignisse. Herr Bentin, in letzter Zeit ziemlich schweigsam geworden und seit ein paar Tagen sogar wieder mit Mittelscheitel frisiert, verkündete der erstaunten Kellergemeinschaft, daß sich in militärischer Hinsicht entscheidende Dinge täten. Er habe gerade entsprechende Nachrichten erhalten; eine gewaltige Armee sei im Anmarsch auf Berlin, um die bedrohte Stadt zu entlasten, und er hoffe doch sehr, bei den zu erwartenden Verteidigungsmaßnahmen auf unsere Unterstützung rechnen zu können.

„Ach, halten Sie doch endlich den Mund!“ blaffte Tante Else, die schon vor einigen Tagen ein bereits fadenscheiniges Bettlaken mit Schlaufen versehen hatte, um es im geeigneten Augenblick aus dem Fenster hängen zu können.

Zwei Stunden später erschien ein Jüngling in Uniform, der alle Kellerinsassen dienstverpflichtete und sie unter Mitnahme von Spaten und Äxten zur Rodelbahn beorderte, weil man Bäume fällen und unten auf der Onkel-Tom-Straße eine Panzersperre errichten müsse. „Sollte der Iwan von der Avus her kommen, dann wollen wir es ihm doch nicht so leicht machen, nicht wahr?“ erklärte der Uniformierte fröhlich.

„Ich denke, der kommt gar nicht?"

Der Jüngling warf Tante Else einen vernichtenden Blick zu. „In einer halben Stunde sind alle draußen, verstanden?"

Die Panzersperre wurde gebaut. Sie bestand aus Holzpfählen, die man ins Straßenpflaster rammte, und als Krönung der nicht gerade architektonischen Meisterleistung wurde ein doppelstöckiger Omnibus quer über die Straße gestellt, der dieses künstliche Hindernis nun vollendet uneinnehmbar machen sollte. (Später genügten drei gezielte Schüsse aus einem russischen Panzer, und von der Barrikade blieb nicht mal mehr ein Autoreifen übrig.)

Wir lebten nun Tag und Nacht im Keller, weniger wegen der Luftangriffe, die fast völlig aufgehört hatten — vielleicht wußten die Alliierten auch nicht mehr so genau, wie weit ihre sowjetischen Verbündeten vorgedrungen waren, und hatten Angst, sie könnten ihnen versehentlich ein paar Bomben auf den Kopf werfen —, sondern mehr wegen des Geschützfeuers, das beängstigend nahe gerückt war. Versprengte Soldaten, die gelegentlich aus dem Wald kamen und keine Ahnung hatten, wo sie sich überhaupt befanden, widersprachen sich. Einer behauptete, die Russen seien schon am Schlachtensee, andere waren der Meinung, sie seien noch nicht über Potsdam hinausgekommen, und einer erklärte sogar, er habe bereits jenseits des U-Bahnhofs feindliche Truppen gesehen. Dabei handelte es sich allerdings um Angehörige der Organisation Todt, die ebenfalls braungewandet herumliefen und leicht verwechselt werden konnten, was auch manchmal vorgekommen sein soll. Einmal verirrte sich in unseren Keller auch ein lustloser Vaterlandsverteidiger, der im Eisvogelweg wohnte und nunmehr dorthin strebte, seine Uniform aber als hinderlich empfand. Onkel Paul und Opi statteten ihn mit Zivilkleidung aus, worauf der nunmehr entmilitarisierte Heimkehrer ewige Dankbarkeit bekundete und versprach, die entliehenen Sachen sobald wie möglich zurückzubringen. Was er auch wirklich getan hat. Von ihm stammte auch der Ratschlag — hauptsächlich an Mami gerichtet —, ihr doch recht ansprechendes Äußeres etwas zum Nachteiligen zu verändern, schließlich sei ja bekannt, daß die Russen deutsche Frauen... und besonders jüngere...

Ich hatte nur sehr verschwommene Vorstellungen von dem, was russische Soldaten mit jüngeren deutschen Frauen tun würden, aber ich begriff natürlich, daß man es erst gar nicht darauf ankommen lassen sollte. Dieser Meinung war übrigens auch Frau Brüning, die man getrost noch zur jüngeren Generation zählen durfte. ,,Graue Haare müßte man haben", seufzte Mami und betrachtete im Spiegel mißmutig ihre dauergewellte Lockenpracht.

,,Vielleicht sollten wir uns Asche aufs Haupt streuen? Damit würden wir sogar in streng biblischem Sinne handeln", überlegte Frau Brüning und verteilte probeweise ein paar Krümel auf ihrer kastanienbraunen Haarfülle. ,,Nützt nicht viel, oder? Außerdem juckt es." Energisch bürstete sie sich das Zeug wieder vom Kopf. Schließlich hatte Mami die rettende Idee. Sie verbrannte zwei Briefchen Zigarettenpapier, die ergaben ein kleines Häufchen weißer Asche, und damit konnte sie wenigstens die aus dem Kopftuch hervorlugenden Haare grau tönen. Nun sah aber das noch aus Frankreich stammende Seidentuch auch nicht gerade aus, als ob es einem alten Mütterchen gehören würde, weshalb Frau Hülsner es gegen einen dunkelgrauen Wollschal auswechselte. Aber selbst wenn Mami auf Lippenstift und Wimperntusche verzichtete und ihre noch immer goldfarbene Mittelmeerbräune mit hellem Puder abdeckte, sah sie eigentlich keinen Tag älter aus als 32, und so alt war sie ja auch. Auch Frau Brüning gelang es nicht, sich von der attraktiven Mittdreißigerin in eine verhärmte Greisin zu verwandeln, obwohl sie sich mit einem Augenbrauenstift versuchsweise ein paar Falten ins Gesicht malte.

,,Jetzt siehst aus wie eine Hexe aus Hänsel und Gretel", kommentierte Sproß Maugi die mißlungenen Schminkkünste seiner Mutter. ,,Bleib doch so, vielleicht kannste die Russen damit in die Flucht schlagen!"

,,Bei der tristen Beleuchtung im Keller sehen wir sowieso alle wie Gespenster aus", erklärte Mami abschließend. Und damit hatte sie zweifellos recht. Die Stromversorgung war längst zusammengebrochen, und wir empfanden es schon als Illumination, wenn statt des einen Kerzenstummels mal deren zwei brannten. Erbitterte Debatten gab es auch wegen Saladin. Der redeslige Papagei hatte allen Umerziehungsversuchen getrotzt und begrüßte weiterhin jeden, der unsere Katakomben betrat, mit einem deutlichen ,,Heil Hitler".

,,Drehen Sie dem Vieh endlich den Kragen herum", knurrte Herr Leutze, ,,dieser Vogel bringt uns noch alle an den Galgen!"

,,Sei lieb, Saladin, sag Dobre Djen", bettelte Tante Else, denn ein sprachkundiger Mitbürger hatte ihr unlängst versichert, das sei Russisch und bedeute soviel wie ‚guten Tag'.

,,Halt's Maul, dumme Pute, Heil Hitler!" krächzte Saladin unbeirrt und keineswegs geneigt, sich den veränderten politischen Verhältnissen anzupassen.

„Da haben wir's!“ empörte sich Herr Leutze erneut. „Nun stellen Sie sich bloß mal vor, es kommt ein Russe herein, und das Vieh brüllt Heil Hitler.“

„Heil Hitler, jawoll!“ antwortete Saladin.

Mami wickelte dem unbelehrbaren Vogel ein Gummiband um den Schnabel, was ihm zwar in keiner Weise behagte, ihn aber im entscheidenden Moment zum Schweigen verurteilen würde. Herr Leutze war endlich beruhigt.

Wo die Russen nun eigentlich waren, wußten wir immer noch nicht. Wenn wir gelegentlich aus dem Keller auftauchten, um vor der Tür frische Luft zu schnappen, wurden von Haus zu Haus Gerüchte weitergegeben, die ebenso zahlreich wie unglaubhaft waren. „Der Russe steht schon in Zehlendorf-Mitte“, hieß es, und „Der Russe kommt gar nicht mehr, die Armee Wenck hat ihn vertrieben“, hörte man aus einer anderen Ecke. Herr Bentin, der ja über detaillierte Informationen hätte verfügen müssen, sagte gar nichts mehr; und Frieda Seifert, die sich immer noch als Luftschutzwart fühlte und weiterhin mit Stahlhelm und Gasmaske am Gürtel herumlief, hatte auch keine Ahnung. Mal schoß es von links, mal von rechts, aber immer noch viel zu weit entfernt, als daß man einen unmittelbar bevorstehenden Straßenkampf befürchten mußte. Davor hatten wir am meisten Angst. Und dann hieß es plötzlich, Zehlendorf habe sich dem Gegner kampflos übergeben, alle eventuellen Verteidigungsmaßnahmen seien umgehend einzustellen, die Bevölkerung habe sich ruhig zu verhalten und dem bevorstehenden Einmarsch der Russen keinen Widerstand entgegenzusetzen, wozu wir, die Bevölkerung, im übrigen auch nicht die geringste Lust hatten.

Tante Else hängte ihr Bettlaken heraus. Das von Omi hing schon. Und plötzlich sah die ganze Riemeisterstraße aus wie eine Altstadtgasse von Neapel, wo man ja bekanntlich schon seit jeher die Wäsche zum Trocknen über die Straße spannte. Sogar Herr Bentin hatte an seinem Fahnenschaft ein Handtuch befestigt, allerdings eins mit roter Borte. Wir hatten somit das Unsrige getan, die siegreiche Sowjetarmee von unseren friedlichen Absichten zu überzeugen. Blieb nur noch zu hoffen, daß sich unsere Besatzer ähnlich friedliebend verhalten würden.

17

Der erste Russe, den wir dann leibhaftig zu Gesicht bekamen, war ein schmächtiges Bürschchen von höchstens zwanzig Jahren, das offensichtlich genausoviel Angst hatte wie wir. Rechts die Maschinenpistole im Anschlag, in der linken Hand eine flackernde Kerze, so stand er in der Kellertür und musterte finster die angstschlotternden Menschen, die da auf ihren Stühlen hockten. Dann murmelte er etwas Unverständliches und verschwand wieder. Kurz darauf kam der nächste, dann noch einer und noch einer, schließlich traten sie sich gegenseitig auf die Füße und wußten nicht so recht, was sie eigentlich machen sollten. Einer wollte Uhri haben, erhielt keine, weil wir sämtliche Uhren versteckt hatten; und dann tauchte endlich ein Soldat mit roten Schulterstücken auf, der seine Mannen erst einmal aus dem Keller scheuchte. Anschließend erklärte er uns in fließendem Deutsch, daß wir nichts zu befürchten hätten, uns aber damit abfinden müßten, wenn seine Leute vorübergehend die übrigen Kellerräume belegen würden. „Sie haben seit achtundvierzig Stunden nicht geschlafen." Omi, schlichtweg überwältigt von der unerwarteten Höflichkeit, fragte zaghaft, ob wir nicht vielleicht in unsere Wohnungen zurückkehren könnten.

„Selbstverständlich können Sie das, aber ich würde es an Ihrer Stelle nicht tun. Der Krieg ist noch nicht zu Ende, und auf den Straßen wird geschossen."

Davon hörten wir zwar nichts. Aber wir blieben unten. Teils aus Angst, teils aus Neugierde, denn was jetzt passierte, hatte so gar nichts mit dem Feindbild zu tun, das uns monatelang eingehämmert worden war. Ein Soldat rollte einen Sack die Kellertreppe herunter, setzte sich mitten in den Gang, zückte ein Taschenmesser und begann, Kartoffeln zu schälen, worin er ganz offensichtlich wenig Übung hatte. Omis Hausfrauenherz begann zu bluten, als sie die dicken Schalen sah, die da heruntergesäbelt wurden, und schließlich nahm sie dem Russen das Messer aus der Hand und schälte weiter. Der so Befreite strahlte sie an, holte ein angebrochenes Päckchen Papyrossi aus der Hosentasche und legte es der überzeugten Nichtraucherin in den Schoß. Fünf Minuten später schälten alle Frauen Kartoffeln.

„Ich möchte bloß wissen, wo sie die geklaut haben", flüsterte Mami, „mir kann doch kein Mensch erzählen, daß die Russen in ihren

Panzern Kartoffelsäcke spazierenfahren. Und wo wollen sie die Dinger überhaupt kochen?"

„Vielleicht fressen sie sie roh!" mutmaßte Frau Brüning, während sie Omis kristallene Bowlenschüssel aus dem Pappkarton entfernte, um ihn schnell mit Kartoffeln zu füllen. „Die zweigen wir ab, das merkt sowieso keiner."

Die anderen Soldaten hatten inzwischen die übrigen Keller bezogen, lagen auf dem nackten Zementboden und schliefen.

„Die armen Kerle", murmelte Tante Else, „die wären jetzt sicher auch lieber zu Hause."

Der Offizier tauchte auf, zwei Untergebene im Gefolge, die kleine Petroleumöfen trugen. Omi prüfte die verrußten Töpfe, die zum militärischen Kücheninventar gehörten, schüttelte den Kopf und stiefelte nach oben, um die ihr passend erscheinenden Gerätschaften zu holen.

Zwei Stunden später saßen Sieger und Besiegte einträchtig im Keller, löffelten Salzkartoffeln und Gemüsereis, eine Kombination, die für uns ebenso neu wie seltsam war, und philosophierten über die Unsinnigkeit von Kriegen und ihren Begleiterscheinungen. Wir hatten zu unserer grenzenlosen Verblüffung feststellen müssen, daß einige Soldaten ein nahezu fehlerfreies Deutsch sprachen, während andere es zumindest radebrechen konnten. Als der Offizier dann noch entdeckte, daß er sich mit Mami auch französisch unterhalten konnte, wechselte er sofort die Sprache, und nun verstanden wir überhaupt nichts mehr. Das waren also die unzivilisierten Untermenschen, die man uns in Zeitungskarikaturen immer als Mittelding zwischen Orang-Utan und Neandertaler dargestellt hatte!

Am nächsten Tag zogen unsere ersten Besatzer wieder ab und hinterließen neben einem weiteren Sack Kartoffeln zwei Beutel mit Milchreis sowie eine Büchse Schmalz. Bevor der Offizier sich von uns allen mit Handschlag verabschiedete, winkte er meine Mutter zur Seite und redete ein paar Minuten lang auf sie ein. Etwas nachdenklich kam sie zurück. „Er hat mir eben gesagt, daß wir nicht zu optimistisch sein sollen, denn nicht alle Soldaten würden sich so diszipliniert verhalten wie seine eigenen Leute. Und besonders die Etappe sei mitunter gefährlich. Im Notfall sollen wir uns an die Offiziere wenden, die in den meisten Fällen bemüht seien, Übergriffe zu verhindern. Ich habe so eine Ahnung, als ob das dicke Ende erst kommt."

Es kam in Gestalt einer dickleibigen Majorin, die zunächst alle Wohnungen inspizierte, um dann ausgerechnet in unserer Quartier zu beziehen. Wir übersiedelten notgedrungen in Zilligs leerstehende Räume.

Dann beorderte sie sämtliche Hausbewohner mit Bürsten und Eimern ins Müllhaus und befahl ihnen, die überquellenden Tonnen zu entfernen und das ganze Gelaß gründlich zu säubern. Weitere Hilfskräfte wurden aus den umliegenden Häusern herangeholt, und nach ein paar Stunden war das Müllhaus zwar nicht sauber, aber innen und außen klatschnaß, was zumindest den Eindruck einer gründlichen Reinigung erweckte. Während sich die unfreiwilligen Putzfrauen noch die Köpfe zerbrachen, ob dieser fensterlose Raum als Gefängnis oder nur als Lagerschuppen Verwendung finden würde, schoben russische Soldaten zwei Feldküchen heran — besser bekannt unter dem Namen Gulaschkanonen — und verankerten die reichlich verdreckten Dinger im Müllhaus. Dann schleppten sie aus den einzelnen Wohnungen das ihnen geeignet erscheinende Mobiliar zusammen, darunter eine zweifellos antike Barockkommode und den gläsernen Intrumentenschrank eines in der Onkel-Tom-Straße etablierten Internisten. Auf ähnliche unproblematische Weise besorgten sie sich Geschirr und Besteck, demontierten irgendwo die damals noch nicht unbedingt eingekachelte Badewanne, die offensichtlich als Waschbecken zweckentfremdet werden sollte. Und dann zogen endlich die Feldköche ein, um ihres nahrhaften Amtes zu walten.

„Das darf doch einfach nicht wahr sein!" sagte Mami ein über das andere Mal, während sie von Omis Balkon herunter die merkwürdigen Vorbereitungen beobachtete. „Die können doch in dem Dreckloch nicht ihre Küche unterbringen."

Sie konnten! Und was dann an aufreizenden Düften herüberwehte, war nicht dazu angetan, unsere ohnehin ständig knurrenden Mägen zu beruhigen. Wir Kinder trieben uns aus naheliegenden Gründen vorzugsweise hinter den Häusern auf der ehemals sorgfältig gepflegten, nunmehr mit Abfall, Scherben und verstreuten Wäschestücken übersäten Rasenfläche herum und erreichten auch prompt das, was wir wollten. Die Russen, denen man völlig zu Recht eine angeborene Kinderliebe bescheinigt, verpflegten uns so großzügig, daß wir auch noch unsere Angehörigen versorgen konnten. Anfangs weigerte sich Omi beharrlich, auch nur einen Bissen zu essen, weil sie die Bazillen förmlich auf dem Teller krabbeln zu sehen glaubte, aber dann siegte der Hunger über die Hygiene! Herr Bentin, dem unsere Zusatzkost ohnehin ein Dorn im Auge war, prophezeite uns ein jämmerliches Ende, denn die uns überlassenen Portionen seien zweifellos vergiftet und dienten doch nur einer unproblematischen Ausrottung der Zivilbevölkerung.

Die dicke Majorin hatte auch etwas gegen die humanen Bestrebungen ihrer kochenden Untergebenen und verbot kurzerhand die eigenmächtige Weitergabe von Nahrungsmitteln. Folglich bekamen wir die uns zugesagten Rationen erst nach Einbruch der Dunkelheit und auf manchmal recht abenteuerlichen Umwegen unter Einschaltung militärischer Zwischenstationen.

Nun waren wir ja schon seit langem nicht mehr verwöhnt, was die Qualität der täglichen Mahlzeiten anbelangt; aber die mitunter doch sehr merkwürdigen Produkte russischer Kochkunst waren dazu angetan, unsere Vorstellungen von den Steinzeitmenschen wieder aufleben zu lassen. Hirsebrei, Haferbrei und Reisbrei dominierten, mal mit gezuckerter Kondensmilch übergossen und mal mit vor Fett triefenden Speckgrieben. In der Kohlsuppe blieb der Löffel stecken, und was das rosarote Zeug war, das wie Fassadenfarbe aussah und auch nicht viel anders schmeckte, haben nicht einmal unsere versierten Hausfrauen identifizieren können. Aber alles war sehr nahrhaft und darüber hinaus in beruhigender Weise sättigend. Trotzdem kann mich niemand mehr davon überzeugen, daß die Russen nicht falsch programmierte Geschmacksnerven haben. Einmal beobachteten wir die Majorin, wie sie, wortgewaltig mit einem Kameraden debattierend, abwechselnd von einem trockenen Stück Kommißbrot und dann von etwas faustgroßem Weißen abbiß. Omi meinte, das würde wohl Speck sein, Tante Else vermutete eine Art von Weißwurst; und Mami behauptete, es müsse sich um etwas Ähnliches wie Schmalzfleisch handeln. Die Majorin hatte ihr Mahl beendet und warf die Reste in den Vorgarten.

„Jetzt will ich es genau wissen", erklärte Omi, ließ versehentlich ihr Küchenhandtuch aus dem Fenster fallen und kämpfte sich anschließend durch die Hagebuttensträucher. „Das war Rohmarzipan", teilte sie uns kopfschüttelnd mit, als sie mit zwei Dornen im Handrücken und dem Handtuch zurückkam. „Und so was essen die als Brotaufstrich!"

Obwohl wir nun schon seit einer Woche „besetzt“ waren und uns langsam an die erdbraunen Sieger gewöhnten, tobten im Zentrum von Berlin erbitterte Straßenkämpfe, von denen wir in Zehlendorf allerdings nur akustisch etwas mitbekamen, wenn wir die schweren Geschütze röhren hörten. Gelegentlich donnerten auch noch russische Flugzeuge über unsere Häuser hinweg, worauf jedesmal sämtliche Soldaten in die Keller türmten, vermutlich, weil sie ihren fliegenden Landsleuten nicht allzu gute Treffsicherheit zutrauten. Und dann endlich in den Mittagsstunden des 30. April hämmerte ein russischer Soldat an sämtliche Wohnungstüren und verkündete den erschreckten Bewohnern strahlend: „Hitler kaputt! Krieg alle!“

„Alle“ war der Krieg zwar noch nicht. Er ging sogar offiziell noch acht Tage lang weiter, aber die unbestreitbare Tatsache von Hitlers Selbstmord versetzte unsere bis dato halbwegs friedlichen Besatzer in einen wahren Siegestaumel. Sie gossen sich flaschenweise erbeuteten Alkohol hinter den Kragen, zogen lauthals grölend und äußerst tatendurstig durch die Häuser und veranlaßten meine Mutter und Frau Brüning zur sofortigen Flucht auf den Hängeboden. Darunter versteht man bei uns so eine Art Einbauschrank über der Badezimmertür, wo wir normalerweie Koffer, Reisetaschen und ähnliche platzraubende Gegenstände abstellten. In diesem für einen längeren Aufenthalt denkbar ungeeigneten Kabäuschen verbrachte Mami die vermutlich ungemütlichste Nacht ihres Lebens. Aber sie kam wenigstens ungeschoren davon.

Am nächsten Tag hatten sich die russischen Gemüter wieder etwas beruhigt, und wer immer noch herumkrakeelte, wurde von den Offizieren mit Ohrfeigen und Fußtritten zur Räson gebracht — ohne Rücksicht auf die äußerst interessierten zivilen Zuschauer. Aber dann lief alles weiter wie bisher. Die Köche kochten, die Soldaten übten mangels einer sinnvolleren Tätigkeit Parademärsche, wobei sie sich der uneingeschränkten Bewunderung unserer männlichen Weltkrieg-I-Teilnehmer erfreuten, und sonst kümmerten sie sich mit rührender Sorgfalt um ihre im Wald angepflockten Panjepferdchen und nicht minder sorgfältig um gelegentliche Fraternisierungsversuche, bei denen sie erstaunlich oft Erfolg hatten. Die deutsch-russische Völkerfreundschaft, angeblich schon vor Jahrhunderten praktiziert, trieb neue Blüten, was besonders von Omi mißbilligend zur Kenntnis genommen wurde. „Wie können sich deutsche Frauen einem Russen an den Hals werfen?“

„Glaubst du denn, französische Mädchen haben sich vor ein paar Jahren den Deutschen gegenüber anders verhalten?" Mami lackierte sich ungerührt ihre Fingernägel. „Mit welcher Begründung erwartest du ausgerechnet von uns Deutschen besonderen Nationalstolz?"

Darauf wußte Omi keine Antwort. Sie registrierte aber mit sichtlicher Befriedigung, daß keine ihrer näheren oder auch weitläufigeren Bekannten in Begleitung eines russischen Soldaten gesehen wurde. Das wäre ja auch entschieden zu weit gegangen!

Und dann war der Krieg tatsächlich zu Ende! Wann und wie wir die offizielle Bestätigung erhielten, weiß ich nicht mehr; aber irgend jemand hatte die einzig verbliebene Kirchturmglocke gegenüber vom U-Bahnhof in Bewegung gesetzt, und weil die schon seit geraumer Zeit nicht mehr geläutet hatte, *mußte* das ungewohnte Geräusch etwas Bedeutungsvolles verkünden. Nach Friedensglocke klang das zaghafte Bimmeln allerdings in keiner Weise! Aber schließlich hatten wir den Krieg ja auch verloren.

Man kann Hitler meinetwegen einige Fähigkeiten nachsagen, eine aber besaß er auf gar keinen Fall: Vom Rechnen hatte er keine Ahnung. Sein Tausendjähriges Reich hat genau 12 Jahre, 98 Tage und ein paar Stunden gedauert!

ZWEITER TEIL

„Jrieß is alle,
nehm' Se Maismehl!“

18

„Haben wir nun wieder Frieden?“

„Im Augenblick herrscht lediglich Waffenstillstand. Präzise ausgedrückt: Deutschland hat kapituliert.“

„Und worin besteht der Unterschied?“

Meine Mutter erklärte mir, das sei Sache der Politiker, sofern wir noch welche hätten; und davon würde ich sowieso noch nichts begreifen. Im übrigen war mir das auch völlig egal. Endlich wurde nicht mehr geschossen, endlich gab es keinen Alarm mehr, und wir konnten nun auch endlich die Überreste der Verdunklungsrollen abreißen, soweit sie nicht schon zusammen mit den letzten Fensterscheiben herausgeflogen waren. Wir brauchten nicht mehr im Keller zu hausen und schliefen sogar wieder in richtigen Betten.

Aber trotz dieser Herrlichkeiten hatte ich mir unter dem Begriff Frieden doch etwas anderes vorgestellt. Denn es gab keinen Strom, es gab kein Gas und es gab kein Wasser. Letzteres mußte eimerweise von einer Pumpe herangeschafft werden, die einen halben Kilometer entfernt im Eschershauser Weg stand und offenbar die einzige in weitem Umkreis war. Manchmal reichte die Menschenschlange bis zur Onkel-Tom-Straße; und hier lernten wir bereits in den ersten Nachkriegstagen das, was man in den folgenden Jahren getrost unter der Bezeichnung Freizeitgestaltung zu verstehen hatte: Schlangestehen.

Die Trinkwasserbeschaffung, unkompliziert, aber zeitraubend, wurde Lothar und mit übertragen. Ich weiß nicht mehr, wie oft wir täglich losmarschierten, um das kostbare Naß heranzukarren. Jedenfalls kam der ehemals weiße, jetzt aber in allen Grautönen schimmernde Kinderwagen, in dem ich einen Teil meiner Säuglingszeit verbracht hatte, noch einmal zu Ehren. Als ich nicht mehr drinlag, benutzte Omi ihn, um Wäsche zum Mangeln zu fahren oder die rationierten Einkellerungskartoffeln zu holen, dann hatte ich ihn zum Altpapiersammeln gebraucht, und nun transportierten wir darin unsere Wassereimer. Zwei Tage, bevor aus den Leitungen plötzlich eine bräunliche Flüssigkeit tropfte, gab der Kinderwagen seinen Geist auf und blieb zwanzig Meter vor unserer Haustür mit gebrochener Achse liegen. Wir montierten die Räder zum Zwecke der Weiterverwendung ab, trugen das Wrack auf einen der jetzt zugeschütteten Splittergräben, und es wurde zu unserer Flugzeugkanzel oder zum Rennauto, bis ein Russe das Ding requirierte und zur Futterkrippe für sein Panjepferdchen umfunktionierte.

Unsere sowjetische Stammbesatzung war abgezogen, und mit ihr Gulaschkanonen und Zusatzverpflegung. Hinterlassen hatte sie das mit Scherben und Abfall übersäte Müllhaus, diverse Zentner Pferdeäpfel und ein allgemeines Aufatmen, weil wir ja noch verhältnismäßig glimpflich davongekommen waren.

Diese Freude dauerte genau 24 Stunden, dann kamen neue Besatzer, und mit ihnen das, was in einem deutschen Staat unerläßlich ist, nämlich die Bürokratie. Zuerst einmal wurden wir registriert. Über die notwendigen amtlichen Unterlagen verfügte Herr Bentin, der dann auch folgerichtig zum Obmann ernannt wurde und nunmehr — statt mit Hakenkreuzbinde — mit einem weißen Lappen am Arm herumlief, um seine neuerworbene Bedeutung auch nach außenhin zu demonstrieren.

Herr Bentin machte eine Bestandsaufnahme. Bei uns war nicht viel aufzunehmen. Bei Omi auch nicht. Beide Wohnungen waren ordnungsgemäß von langjährigen Mietern belegt. Auch Herr Leutze wohnte nachweisbar seit zehn Jahren hier und versicherte glaubhaft, daß mit der Rückkehr seiner Frau und dem Anfang April nach Thüringen getürmten Sohn wohl bald zu rechnen sei. Die Wohnung der verwitweten Frau Regierungsrat war nach deren Auszug sporadisch belegt gewesen und stand jetzt leer. Moldens und Zilligs waren auch noch nicht zurückgekommen, hatten aber wohl regelmäßig ihre Miete bezahlt, denn von amtlicher Seite kümmerte sich kein Mensch um die leerstehenden Räume.

Im Nebenhaus war dagegen fast alles besetzt. Bennichs und Brünings wohnten im Parterre. Im ersten Stock lebte Herr Bentin, und gegenüber hausten zwei ältliche Damen, die nach Frau Ingersens Weggang eingezogen waren. Ganz oben residierten Hülsners. Die andere Wohnung gehörte offiziell Familie Heidenreich, aber die war unter Mitnahme des halben Mobiliars in den letzten Märztagen zu Verwandten nach Werder gezogen, ohne jedoch offiziell gekündigt zu haben. Mithin waren sie, wie Herr Bentin das formulierte, „vorübergehend aushäusig".

Unser neuer Obmann klemmte sich seine Wohnungsliste unter den Arm und begab sich zu dem russischen Oberst, der zur Zeit noch mit Feldtelefon, altersschwacher Schreibmaschine und kräftiger, junger, weiblicher Hilfskraft in einem geparkten Lastwagen sein Amt als Quartiermacher ausübte. Er prüfte das Schriftstück, verglich es mit den anderen Aufstellungen und erklärte schließlich gelassen, das Haus Nr. 174 sei beschlagnahmt. Die Bewohner hätten unverzüglich und lediglich unter Mitnahme von Kleidung und Toilettenartikeln die Wohnungen zu räumen.

Weshalb nun ausgerechnet wir die Leidtragenden sein mußten, wurde uns klar, als ein russisches Bataillon aufmarschierte und gegenüber im Wald sein Biwak aufschlug. Das Leben und Treiben der Soldaten ließ sich von unseren Fenstern aus am besten überwachen. Der Oberst hatte uns zwar versichert, daß bei ihm Ordnung und Disziplin herrschten, aber wie sagte doch schon der Genosse Lenin so treffend? Vertrauen ist gut, Kontrolle ist besser!

Während die Soldaten ihre Zelte im Wald aufbauten, schlugen wir unsere im Nachbarhaus auf. Mami und ich zogen zu Brünings, Onkel Paul und Tante Else zu Bennichs, Omi und Opi quartierten sich bei Hülsners ein. Und Herr Leutze, der sich mit den beiden betulichen alten Damen schon nach zwei Stunden in den Haaren lag, wählte das kleinere Übel und ging zu Herrn Bentin. Bevor wir mit Federbetten, Zahnbürsten und dem Restbestand an Eingemachtem in unsere Notquartiere zogen, mußten wir dem Oberst die Schlüssel aushändigen. Mami hatte schnell noch zwei kleine Teppiche zusammengerollt und zusammen mit dem Rosenthal-Porzellan im Keller versteckt; aber alles andere mußten wir stehenlassen, denn der Herr Oberst war inzwischen zur Besichtigung erschienen und beschlagnahmte ohne Umschweife das restliche Mobiliar.

Dazu gehörte übrigens auch Saladin. Weil wir den Papagei ja nicht ständig mit zugebundenem Schnabel herumhüpfen lassen konnten, war es nicht ausgeblieben, daß sein keineswegs mehr zeitgemäßer Willkommensgruß auch Unbefugten zu Ohren gekommen war. Vielleicht sollte er jetzt zur Strafe hingerichtet werden. Tante Else sah ihren grün-gold-gefiederten Liebling schon in der Bratpfanne enden und gab sich nur schweren Herzens mit der Versicherung zufrieden, sie würde ihren vorlauten Vogel unversehrt zurückbekommen.

(Ihm ist auch tatsächlich keine Feder gekrümmt worden, lediglich sein Repertoire hatte sich um einige Worte vergrößert. Neuankömmlinge begrüßte er künftig mit „Hitler kaputt, Heil Hitler!“, und wenn er irgendwo eine Flasche entdeckte, sei es auch nur eine mit Himbeersaft oder Nagellackentferner, dann krächzte er „Nasdarowje“. Hinterher kam meist noch etwas längeres Russisches, von dem Onkel Paul meinte, es könne sich im Hinblick auf Saladins Mentalität nur um einen saftigen Fluch handeln.)

Am meisten haderte Omi mit ihrem Schicksal. Sie sah ihre nun glücklich über den Krieg gerettete Kristallsammlung bereits in Trümmern, und von den Teppichen hatten wir auch nichts beiseite schaffen können, denn die Dinger waren zu groß und lagen überall unter den zentnerschweren Möbelstücken.

Der Herr Oberst zeigte sich beeindruckt. Er schritt ehrfurchtsvoll durch die Zimmer, betrachtete mit Wohlgefallen das so reichhaltig zur Schau gestellte Kristall, strich fachkundig mit der Hand über zwei Teppiche und verließ alsdann schweigend die Wohnung. Draußen schloß er sorgfältig die Tür ab, und während er Omi den Schlüssel in die Hand drückte, erklärte er zu ihrer großen Verblüffung: „Auch wir verstehen etwas von Wohnkultur. Ich verbürge mich dafür, daß diese Räume von niemandem betreten werden.“ Anschließend zog er einen Zettel aus der Tasche und klebte ihn mit Spucke an die Wohnungstür. Was draufstand, konnten wir natürlich nicht lesen, aber Stempel und Unterschrift sahen sehr bedeutend aus. Russische Spucke klebt aber auch nicht besser als deutsche, und so befestigte Omi den Zettel vorsichtshalber noch einmal mit Büroleim, den sie auf Herrn Zilligs Schreibtisch entdeckt hatte. Heftzwecken hätte schließlich irgend jemand entfernen können!

Elf Tage später durften wir wieder in unsere Wohnungen zurück. Ein General war aufgetaucht, der ebenfalls angemessenes Quartier forderte und gemäß seinem Dienstrang etwas Besseres beanspruchen konnte. Er entschied sich für ein Einfamilienhaus im Quermatenweg. Tagelang pendelten Adjutanten sowie höhere und niedere Chargen zwischen dem provisorischen Hauptquartier und der Zweigstelle Riemeisterstraße hin und her, dann muß einem der Beteiligten die Sache wohl zu umständlich geworden sein. Da sich aber der Herr General zu einem Standortwechsel nicht entschließen konnte, mußte notgedrungen der Herr Oberst seine Dienststelle räumen. Zurück blieb lediglich ein Hauptmann, der aber lieber im Zelt schlief als in einem leeren Haus und sich in der Folgezeit lediglich zum Teetrinken einstellte. Er wähnte sich in dem Glauben, ausgezeichnet Französisch sprechen zu können, und meine Mutter ließ ihm diese Illusion. Schließlich schmeckte russischer Tee besser als der heimische Kräutersud! Und einen Samowar hatten wir auch noch nie gesehen. Darüber hinaus wurde unser Haus verschont, nachdem die keineswegs immer friedfertigen Sieger ihre wöchentliche Wodka-Ration bereits am ersten Abend hinuntergekippt hatten und anschließend auf Beutejagd gingen.

Langsam pendelte sich so etwas Ähnliches wie ein normales Leben ein; wenn auch das, was gestern noch normal war, morgen schon verboten sein konnte.

Das betraf ganz besonders die Ausgangssperre. In der Zeit von acht Uhr abends bis acht Uhr morgens durfte sich keine Zivilperson im Freien aufhalten; es sei denn, sie besaß eine entsprechende Genehmigung. Nun hatten aber die Russen als eine der ersten Maßnahmen die doppelte Sommerzeit eingeführt — die „einfache" hatte ja schon Hitler angeordnet — und die Uhren mußten nochmals um eine Stunde vorgestellt werden. Um zehn Uhr war es noch taghell. Außerdem hatten wir anhaltend schönes Wetter mit extrem hohen Temperaturen, in den Wohnungen war es stickig, erträglich wurde es erst abends, und so verlegte man die Sperrstunde auf 22 Uhr. Zwei Tage später wurde die Anordnung wieder aufgehoben, dann neu erlassen; und zum Schluß wußte kein Mensch mehr, wie lange man nun eigentlich draußen bleiben durfte. Immerhin war dieses Wissen wichtig, denn die Übertretung der Sperrstunde wurde mit Strafe belegt.

Erstes Opfer wurde meine Mutter. Sie hatte bei Frau Brüning gegessen und mit ihr zusammen die einleitenden Maßnahmen zur geplanten Nahrungsmittelbeschaffungsaktion durchgesprochen. Anstatt nun durch den Keller zu gehen oder sich wenigstens an der Hausmauer entlang durch die Hagebuttensträucher zu schlagen, war sie seelenruhig aus der Haustür spaziert und hatte bereits den Vorgarten zur Hälfte umrundet, als sie einem diensteifrigen Besatzer in die Hände fiel und wegen unerlaubten Betretens der Straße verhaftet wurde.

Wir bemerkten ihr Verschwinden erst am nächsten Morgen, aber noch bevor Tante Else sich hilfesuchend an unseren teetrinkenden Gönner wenden konnte, tauchte Mami wieder auf. Sie hatte die Nacht zwar nicht gerade komfortabel, aber weitgehend unbehelligt im Kino verbracht, das vorübergehend als Auffanglager für alle möglichen Straftäter diente.

Außer der Adresse eines Schwarzhändlers, für den es angeblich nichts gab, was er nicht besorgen konnte, brachte Mami noch etwas anderes aus dem provisorischen Gefängnis mit: Läuse! Bisher waren wir von diesem Viehzeug verschont geblieben, und wir merkten auch in den ersten Tagen noch nichts von den eingeschleppten Mitbewohnern. Gelegentliches Kopfjucken schoben wir auf die noch immer unzulänglichen sanitären Verhältnisse, die das Haarewaschen zu einem feierlichen Ritual machten, und auf den Mangel an Shampoo, das wir kaum noch dem Namen nach kannten. Erst als ich Onkel Paul auf einen kleinen Käfer aufmerksam machte, der quer über seinen kahlen Schädel marschierte und zielstrebig den Haarkranz im Nacken ansteuerte, kam uns die Erleuchtung. Onkel Paul war immerhin Weltkrieg-I-Teilnehmer und besaß einschlägige Erfahrungen. Er klassifizierte den Käfer denn auch sofort als Exemplar der Gattung *Anopluren*, gemeinhin Kopflaus genannt und nicht zu verwechseln mit der Filz- oder Kleiderlaus. Er konnte uns auch eine ganze Reihe von Gegenmitteln aufzählen, die aber alle den Nachteil hatten, daß sie nirgendwo zu beschaffen waren.

Mami hatte inzwischen nicht nur die ganze Familie infiziert, sondern auch für gründliche Verbreitung im Nachbarhaus gesorgt. Allerdings wollte niemand zugeben, daß auch er von diesen niedlichen Tierchen befallen war, jeder verschwieg ängstlich diese blamable Tatsache und kratzte sich nur ganz verstohlen am Kopf. Allein Frau Brüning war nicht so zartfühlend. Sie erkundigte sich eines Mittags im Treppenhaus lautstark bei Frau Bennich: „Haben Sie auch schon Läuse, oder kommen die bloß zu Rothaarigen?“

Omi wagte sich nicht mehr aus dem Haus, wusch sich zweimal täglich die Haare, goß Petroleum drüber, bearbeitete ihre Kopfhaut mit Schmierseife und verordnete den unerwünschten Schmarotzern Dunkelhaft, indem sie Tag und Nacht ein Kopftuch trug. Die Läuse störte das nicht im geringsten. Mami wälzte das Lexikon, las sich durch eine halbseitige Abhandlung über diverse Ungezieferarten und wußte zum Schluß alles über Vorkommen, Vermehrung und Nissenbildung von Läusen, aber nichts über die Ausrottung derselben. Auch Omis medizinisches Standardwerk, ein schwergewichtiges Buch von über tausend Seiten mit dem beziehungsreichen Titel „Die Frau als Hausärztin“, erschienen im Jahre 1909, wußte nur zu berichten, daß man Läuse mit handelsüblichen Präparaten bekämpft. Normalerweise geht man wohl in solchen Fällen in die Apotheke und kauft etwas Handelsübliches. Die Apotheke in der Ladenstraße war jedoch noch geschlossen.

„Rücken wir doch dem Apotheker auf die Bude", entschied Frau Brüning, suchte im Telefonbuch die Adresse heraus und machte sich mit Mami auf den Weg. Der Apotheker bedauerte, er habe leider nichts, womit er den Damen behilflich sein könne. Als Mami das vorsichtshalber mitgenommene Tütchen Tee aus der Tasche holte, erinnerte sich der gute Mann an sein Labor, in dem möglicherweise noch der Rest eines entsprechenden Mittels stehen könnte.

„Wenn es ein bißchen mehr ist als nur ein Rest, dann wäre mir dieses Mehr sogar ein paar Zigaretten wert", ermunterte Frau Brüning den Pharmazeuten zu gründlicher Suche. Der Mann wurde fündig; und wir wurden unsere Läuse wieder los, denn der erbeutete Schatz reichte für alle.

Kurz darauf erfuhr ich endlich, was Krätze ist, jenes geheimnisvolle Leiden, das man mir seinerzeit in Prag andichten wollte. Anfangs hielt ich die kleinen Pickelchen zwischen den Fingern für Insektenstiche, aber als sie immer zahlreicher wurden, kamen mir Zweifel. Die medizinisch vorgebildete Omi konnte sich zwar auch nicht zu einer Diagnose entschließen, meinte aber, daß Babypuder nie verkehrt sein könnte, bestäubte meine Hände und verordnete Handschuhe. Und das bei dreißig Grad im Schatten! Schließlich ging Mami mit mir zum Arzt, der nach einer kurzen Untersuchung feststellte, daß es sich bei meinem Ausschlag um *Skabiës* handele. Das klang nun zwar vornehmer als Krätze, bedeutete aber dasselbe und war auf mangelnde Hygiene zurückzuführen. Haha! Immerhin gab er uns eine Salbe mit, die sogar half, und bald war ich das mißliebige Leiden los.

Aber dann bekam ich die Ruhr. Onkel Paul, der Held aus dem Ersten Weltkrieg, erkannte sofort die Symptome — bei unseren damaligen kriegsbedingten Krankheiten galt er als der einzig kompetente Ratgeber — und holte einen Arzt. Der zog einen zweiten hinzu. Nach einer Woche rief Mami den dritten. Alle waren sich in der Diagnose einig, sie variierten lediglich in den Therapie-Anordnungen. Der eine verbot den Genuß von Zucker, der andere gestattete ihn; aber das war letztlich egal, wir hatten sowieso keinen. Einer empfahl rohe geriebene Äpfel, die wir auch nicht hatten, der zweite Haferschleim, der dritte salzreiche Kost. Auf meinem Nachttisch häuften sich Medikamente, die alle scheußlich schmeckten und nicht halfen. Schließlich eröffnete Arzt Nr. 2 der entsetzten Familie, daß nun wohl nichts mehr zu machen sei und man mich in Frieden sterben lassen solle. „Tja, wenn Sie zwei oder drei Kubikzentimeter reines Opium auftreiben könnten..."

Mami wandte sich an den russischen Hauptmann. Der bedauerte aufrichtig, nicht helfen zu können, und verschaffte ihr eine Audienz beim General. Der bedauerte ebenfalls und drückte Mami zum Trost eine Dose Schmalzfleisch in die Hand. Der Apotheker war durchaus an dem Schmalzfleisch interessiert, aber Opium hatte auch er nicht. Und dann fiel Mami der Schwarzhändler ein, der ja angeblich alles besorgen konnte. Anderthalb Tage später hatte sie das Opium und Herr Knappstein ihren Brillantring. Ich erholte mich — zwar langsam —, aber ich erholte mich, und schließlich konnte ich mich erneut im Dienste der Gemeinschaft nützlich machen.

19

Obwohl wir schon längst wieder in unseren eigenen Behausungen lebten, bildeten wir zusammen mit den Bewohnern des Nebenhauses so eine Art Großfamilie, in der jeder seine festumrissenen Aufgaben hatte. Omi, Tante Else und Frau Bennich kochten, assistiert von den beiden alten Damen Mühlwitz, die immer noch darauf warteten, daß Hitler mit seinen Geheimwaffen und seinen Werwölfen die Russen vertreiben und Deutschland zu neuer Glorie führen würde.

Onkel Paul, Opi und Herr Leutze hatten für Brennmaterial zu sorgen. Normalerweise kochten wir ja mit Gas, aber das gab es noch nicht wieder. Glücklicherweise gehörte zu jedem Gasherd auch ein sogenannter Kohle-Beistellherd, der aber nur an sehr kalten Wintertagen benutzt worden war, wenn die Kachelofenheizung der einzelnen Zimmer nicht ausreichte, um auch die Küche zu erwärmen. Jetzt prasselten in diesen kleinen Herden von morgens bis abends muntere Holzfeuer — ungeachtet der tropischen Außentemperaturen. Zum Glück gab es im Grunewald genug Brennholz.

Die schwierigste Aufgabe wurde Mami und Frau Brüning übertragen. Sie hatten sich bisher am couragiertesten gezeigt und ließen sich auch von einer uniformierten Bulldogge nicht abschrecken, so daß die Hausgemeinschaft ihnen einstimmig und mit seltener Bereitwilligkeit die Organisierung von Lebensmitteln überantwortete.

Lebensmittel gab es bei den Russen. Natürlich nicht offiziell und schon gar nicht gegen Geld, aber schließlich hatten schon unsere Vorfahren ihre Bedürfnisse durch Tauschhandel befriedigt. Allerdings war es schwierig, die geeigneten Tauschobjekte zu finden. Im Gegensatz zu ihren späteren amerikanischen Kollegen interessierten sich die Russen weder für Schmuck, Uhren ausgenommen, noch für wertvolles Porzellan oder irgendwelche Relikte großdeutscher Vergangenheit. Sie waren mehr für Handfestes. Eine besondere Vorliebe hatten sie für elektrische Geräte, selbst wenn sie später in ihrer Heimat überhaupt nichts damit anfangen konnten. So verschacherte Mami ihren schon etwas defekten Fön für mehrere Säckchen Reis, Zucker und eine große Kanne Speiseöl. Omis elektrische Kaffeemühle, die früher so manchen Kurzschluß verursacht hatte, wechselte gegen Mehl und Schmalz den Besitzer, und Lothars elektrisches Feuerwehrauto, das vor dem Tauschhandel schnell noch oberflächlich zusammengelötet wurde, brachte einen ganzen Haufen Konserven.

Der Clou war aber zweifellos das französische Haarwasser. Mami hatte eine große Flasche dieser rosaroten Flüssigkeit für Onkel Paul mitgebracht, der seit jeher seine schwindende Haarpracht mit allen möglichen Wässerchen behandelte. Dann war ihm bei Omi eine stark riechende Tinktur in die Hand gefallen, er deutete das schon etwas ausgeblichene Etikett mit der verwischten Kastanienblüte als Haarpflegeanleitung und kippte sich den Flascheninhalt über den Kopf. Zwei Tage später hatte er eine Glatze und mußte sich von Opi belehren lassen, daß es sich bei diesem Zeug um eine Spezialflüssigkeit handelte, mit der er seinen hellen Panamahut zu imprägnieren pflegte! Jedenfalls brauchte Onkel Paul Mamis Mitbringsel nun nicht mehr, und so versetzte sie das Haarwasser mit Zucker und offerierte es einem als trinkfreudig bekannten Russen als französischen Likör.

„Das Etikett kann der bestimmt nicht lesen, und schlimmere Auswirkungen als Brennspiritus wird das Zeug schon nicht haben!" (Brennspiritus galt bei den Russen als eine Art Wodka-Verschnitt.) Jedenfalls deckte der „französische Likör" den gesamten Nahrungsmittelbedarf für die nächsten zwei Tage; und der Konsument des zweifelhaften Produkts hat sogar überlebt.

Später wurden Wolldecken eingetauscht und entbehrliche Kopfkissen, Maugi opferte seine Luftmatratze und Frau Hülsner ihre

Spieluhr. Die Damen Mühlwitz stifteten schweren Herzens einen selbstgehäkelten Bettüberwurf, den ein Russe unbedingt haben wollte und dann als Pferdedecke verwendete... Jedenfalls kamen wir so lange über die Runden, bis es wieder Lebensmittelkarten gab.

Nur der Kampf um das tägliche Brot verlief mitunter dramatisch. Soweit ich mich erinnere, stand jedem Erwachsenen pro Tag ein Pfund Brot zu, Kinder erhielten entsprechend weniger. Man konnte das klitschige Zeug, das ohnehin mit Brot herzlich wenig Ähnlichkeit hatte und einen sehr widerstandsfähigen Magen voraussetzte, aber nicht auf Vorrat kaufen; die tägliche Ration mußte jeden Tag neu erobert werden.

In der Ladenstraße gab es zwei Bäcker. Man mußte sich bei einem von beiden registrieren lassen und konnte dann nur noch bei dem Brot holen. Rein theoretisch hätte diese Methode klappen müssen: Soundsoviel registrierte Kunden — soundsoviele Portionen Brot. In der Praxis stellte sich allerdings heraus, daß immer zu wenig Brot da war, und wenn die letzten hundert oder hundertfünfzig Personen nach stundenlangem Anstehen an die Reihe kamen, gingen sie leer aus. So war natürlich jeder bestrebt, morgens als erster am Futtertrog zu stehen, aber diesen Vorteil genossen immer nur diejenigen, die in unmittelbarer Nähe der Ladenstraße wohnten. Wenn morgens um acht Uhr die Kirchenglocke das Ende der Ausgangssperre signalisierte, stürzten aus sämtlichen Haustüren die Bewohner und rannten zu den Bäckerläden. Innerhalb von Minuten bildete sich eine riesige Schlange, deren Ende wir manchmal schon sehen konnten, wenn wir noch die Riemeisterstraße hinunterrasten.

Nach Absolvierung einiger Probeläufe hatten wir Lothar als den spurtschnellsten Sprinter ermittelt, und so hockte er jeden Morgen kurz vor acht in seinem Startloch neben der geöffneten Haustür, um beim ersten Glockenschlag loszustürmen und wenigstens einen Mittelplatz in der Brotschlange zu sichern. Unmittelbar nach ihm setzte sich Frau Hülsner in Bewegung, damit sie ihren Filius so bald wie möglich ablösen konnte, denn Kinder wurden oft und gerne aus der Schlange herausgedrängelt. In regelmäßigen Abständen marschierten neue Ablösungen los, und wenn das Ende der Wartezeit abzusehen war, trabten noch ein paar Hausbewohner an, um das so mühsam erkämpfte Brot nach Hause zu tragen.

Da kein Mensch absehen konnte, wie lange die katastrophale Versorgungslage anhalten würde, und jeder vermutete, daß wir auch in

Zukunft nicht gerade im Überfluß leben würden, mußten wir also zusätzliche Nahrungsmittelquellen erschließen. Und so verwandelte sich halb Berlin in einen Schrebergarten. Jedes Stückchen Erde wurde mit Kohl und Kartoffeln bebaut, und auch bei uns gab es plötzlich lauter Kleingärten. Anfangs beschränkte sich der Ackerbau auf die Balkonkästen, die nun statt Petunien und Geranien Tomatenstauden und Schnittsalat hervorbrachten; aber bald dehnte sich die Flurbestellung auch auf Herrn Lehmanns heilige Kuh aus. Die Rasenflächen hinter den Häusern wurden umgegraben, parzelliert und bepflanzt. Später, als die Russen abgezogen und die Amerikaner in Zehlendorf etabliert waren, dehnten sich die Schrebergärten auch an den Waldrändern entlang aus und reichten sogar noch mehrere hundert Meter tief in den Wald hinein. Da wickelten sich dann Erbsenstauden an den Kiefernstämmen hoch, kleine Schößlinge wurden von Stangenbohnen zugedeckt, und neben der Tannenschonung wuchsen Tomaten.

Während der Erntezeit patrouillierten nachts die Kleingärtner um ihre Areale, bewaffnet mit handfesten Stöcken und eskortiert von Hunden jeglicher Rasse, die aber auch immer dann losbellten, wenn sie ein Wildkaninchen aufspürten. Ihre Besitzer wurden jedesmal in helle Aufregung versetzt, weil sie den vermeintlichen Gemüsedieb nicht finden konnten.

Omi bepflanzte ihr Stück Garten überwiegend mit Kartoffeln. Die machten am wenigsten Arbeit, waren nahrhaft und sättigend und stellten auch nur geringe Ansprüche an Omis gärtnerische Fähigkeiten. Tante Else setzte Kohl. Daß er zum größten Teil von Raupen gefressen werden würde, konnte sie ja nicht ahnen.

Onkel Paul und Opi zogen Tabak. Dieses bis dato in Berlin völlig unbekannte Gewächs wurde innerhalb eines Jahres im gesamten Stadtbereich kultiviert, gehätschelt, gepflegt und eifersüchtig bewacht. Jeder Tabakpflanzer hatte seine eigene Methode, wie die ausgereiften Blätter getrocknet, fermentiert und weiterbearbeitet werden mußten, aber das Endprodukt war überall das gleiche: eine krümelige Masse, die sich selten zu einer richtigen Zigarette drehen ließ und allenfalls in eine Pfeife gestopft werden konnte. Opi, früher leidenschaftlicher Zigarrenraucher, wechselte dann auch seine Gewohnheiten und kratzte jetzt mit Vorliebe am Wohnzimmertisch die stinkenden Überreste aus dem Pfeifenkopf heraus, was Omi stets ungeheuer ärgerte.

Bei uns wurden die reifen Tabakblätter auf Strippen gefädelt und dann unters Dach auf den Trockenboden gehängt. Das ging so lange gut, bis Onkel Paul eine rapide Abnahme seiner Ernte feststellte. Weil er aber keine Lust hatte, auf den Dachboden zu ziehen und seine Blätter zu bewachen, verzichtete er auf diese bequeme Trockenanlage und hängte das Zeug längs und quer durch die Küche. Da war es noch am wärmsten. Wir gewöhnten uns daran, nur noch in gebückter Haltung am Herd zu hantieren, aber es ließ sich doch nicht ganz vermeiden, daß gelegentlich mal ein trockenes Blatt in die Mehlsuppe fiel, was ihren Geschmack auch nicht verbesserte.

Wir Kinder wurden, wie weiland Hänsel und Gretel, zum Beerensuchen geschickt. Daraus konnte man Marmelade kochen. Mangels geeigneter Geliermittel blieb diese Marmelade aber immer flüssig und hätte zweckmäßigerweise mit einem Löffel gegessen werden müssen; aber sie ergab zumindest eine Art von Brotaufstrich.

Nun gab es in unserer Gegend eigentlich nur unten im Fenn Beerensträucher. Dieses Gebiet lag noch ein ganzes Stück jenseits der Rodelbahn, und obwohl wir inzwischen keine Angst mehr vor den Russen hatten, sollten wir vorsichtshalber nicht allein so tief in den Wald hineingehen (also doch nicht Hänsel und Gretel!). Manchmal kam Frau Hülsner mit, die als einzige von uns alle Pilze kannte und gelegentlich sogar ein paar eßbare fand; manchmal schlossen wir uns auch der Holzbeschaffungs-Brigade an, und ein paarmal konnte ich sogar Mami zum Mitkommen überreden, die an sich für Spaziergänge nichts übrig hatte.

So kamen wir einmal mit einer halbgefüllten Milchkanne voller Himbeeren über die Rodelbahn geschlendert und liefen einigen Russen in die Arme, die sich mit einem offensichtlich geklauten Akkordeon amüsierten und sich begeistert auf die Schenkel schlugen, wenn sie dem Instrument mit vereinten Kräften ein paar quietschende Töne entlockten. Sie winkten uns heran und bedeuteten durch Zeichen, daß Mami etwas spielen sollte; offenbar waren auch sie der Ansicht, nahezu alle Deutschen könnten nahezu alles. Diese Erfahrung hatten wir schon des öfteren gemacht.

Die Soldaten hatten Glück. Meine Mutter konnte tatsächlich Akkordeon spielen; und so übernahm sie bereitwillig das Instrument, spielte einen Straußwalzer und Lili Marleen und dann noch etwas Russisches. Ihre Zuhörer waren begeistert. Als sie das Akkordeon wieder zurückgeben wollte, erntete sie vierstimmigen Protest. Also noch mal was von Strauß, dann kam der Rote Mohn von Michael Jary dran und das Blümelein Erika, aber damit war ihr Repertoire auch erschöpft.

Die Russen klatschten Beifall, steckten ihr Machorka zu, jenen beißenden Tabak, der an kleingehackte Holzspäne erinnert, und zum Schluß drückte ihr einer der Soldaten das Akkordeon wieder in die Hände. Mami stellte es zurück. Der Russe fuchtelte mit den Armen in der Luft herum und wurde sichtlich wütend, als wir noch immer nicht kapierten, was er wollte.

„Sie sollen das Ding mitnehmen", übersetzte schließlich Klaus, der sich uns angeschlossen hatte. Seine Kenntnis der Zeichensprache verdankte er einer taubstummen Tante, mit der er sich schon als kleiner Junge mühelos „unterhalten" konnte, während wir danebenstanden, nichts begriffen und uns köstlich amüsierten.

„Du meinst, er *schenkt* mir das Akkordeon?"

„Es sieht ganz so aus. Jetzt nehmen Sie das Ding schon, und dann nichts wie weg, sonst überlegt er sich die Sache noch mal."

Mami setzte ihr strahlendstes Lächeln auf, sagte „spassibo" — das heißt „danke" und gehörte damals zum Vokabular eines jeden Berliners — schnappte sich das schwergewichtige Instrument und strebte davon.

„Sei froh, daß es kein Klavier war", meinte Tante Else, als Mami ihr die ganze Geschichte erzählt hatte.

Solche und ähnliche Sachen sind also tatsächlich passiert, wenn ich auch die meisten der später kolportierten Histörchen über Naivität und Unwissenheit der russischen Soldaten für frei erfunden halte. Aber einige waren sehr gut erfunden. Ich habe jedoch selbst einmal gesehen, wie ein Russe ein Stück Blutwurst in Zilligs Toilette legte, an der Kette zog und dann in den Keller rannte, um festzustellen, wo die Wurst zum Vorschein kommen würde. Ob er wohl jemals begriffen hat, weshalb er sie nicht wiederfinden konnte?

20

Der russische Bezirkskommandant, oder welche Funktion der bei uns ansässige General auch immer haben mochte, ordnete eines Tages an, daß die Zivilbevölkerung nun endlich auch etwas arbeiten sollte. Weil ihm aber nichts Besseres einfiel, kam er auf den etwas abwegigen Gedanken, die reichlich verwilderten Vorgärten könnten erst einmal in Ordnung gebracht werden. Dieses habe unter Mitwirkung aller Hausbewohner innerhalb einer Woche zu geschehen.

Also zupften wir zwei Tage lang Unkraut, beschnitten Hagebutten, hackten Brennesseln aus dem Boden — und waren am dritten Tag schon wieder arbeitslos.

Der Herr General, mit der hinlänglich bekannten deutschen Gründlichkeit wohl noch nicht ganz vertraut, schien überrascht; schließlich waren uns zur Erfüllung unseres Solls doch sieben Tage zugebilligt worden. Aber natürlich war gegen die Übererfüllung nichts einzuwenden. Auch gut, dann sollten wir jetzt gefälligst Fahnen nähen!

Wie bitte?

Jawohl, und zwar habe jedes Haus jeweils eine Fahne der vier Siegermächte abzuliefern, also eine russische, eine englische, eine amerikanische und eine französische. Man werde den Flaggenschmuck anläßlich der geplanten Siegesparade benötigen.

„Und diese Parade findet ausgerechnet in der Riemeisterstraße statt?" zweifelte Mami. „So einen Massenauftrieb organisiert man doch Unter den Linden oder meinethalben auf dem Kudamm, aber nicht hier."

Egal, Befehl ist Befehl! Und außerdem marschierten unsere Besatzer ja schon seit Tagen im Stechschritt auf der Straße herum, immer bis zur Litfaßsäule und zurück, stundenlang.

„Vielleicht ist an den Gerüchten wirklich etwas dran, wonach Berlin in Sektoren aufgeteilt und von allen vier Siegermächten besetzt werden soll", orakelte Onkel Paul, bei dem alle Neuigkeiten zuerst landeten, und die er dann, gestaffelt nach ihrem möglichen Wahrheitsgehalt, optimistisch oder mit zurückhaltenden Untertönen weitergab.

„Das glaubst du doch selber nicht", wandte Mami ein, „die Russen rücken doch nicht freiwillig einen Teil von Berlin heraus, nachdem sie es so mühsam erobert haben!"

Tante Else hatte für Zukunftsspekulationen nichts übrig.

„Kann mir mal jemand verraten, woher wir den Stoff für diese dämlichen Fahnen nehmen sollen?"

„Eine russische haben wir doch schon", erinnerte Mami und kramte in der hintersten Schrankecke nach der demontierten Hakenkreuzfahne. Endlich hatte sie die zusammengerollte Stoffbahn gefunden.

,,Die können wir doch nicht nehmen", protestierte Tante Else, ,,der helle Fleck in der Mitte fällt viel zu sehr auf."

,,Da pinsele ich einfach Hammer und Sichel drauf."

,,Das Emblem gehört aber in die Ecke", berichtigte Onkel Paul.

,,Na und? Bin ich vielleicht ein Russe? Woher soll ich das also wissen? Die sollen froh sein, wenn ich das Zeug überhaupt draufmale."

Eine Fahne hatten wir also, blieben noch drei übrig.

,,Wenn wir von der roten unten ein Stück abschneiden, hätten wir schon mal das eine Drittel von der französischen Flagge", überlegte Tante Else weiter. ,,Weißen Stoff habe ich noch von dem Bettlaken übrig, das wir neulich aus dem Fenster gehängt haben, aber blau...?"

,,Ist nicht ein Rest von meinem Jackenkleid da?"

,,Aber Mädel, das ist doch hellblauer Stoff!"

,,Ist doch wurscht, Hauptsache blau."

Dieser Meinung war auch Frau Bennich. Sie hatte die Näharbeiten für das Nachbarhaus übernommen und wollte sich Tante Elses fachmännische Assistenz sichern.

,,Wie viele Streifen hat eigentlich die amerikanische Fahne?"

,,Keine Ahnung. Paul, sieh doch mal im Lexikon nach!"

In den folgenden Tagen lief die Nähmaschine auf Hochtouren. Tante Else nähte rote Streifen und etwas breitere blaue Steifen für die englische Fahne, bis irgend jemand sie darauf aufmerksam machte, daß diese Flagge rote Streifen auf blauem Grund habe und nicht umgekehrt; Tante Else schnitt ab und stückelte an, säumte von rechts und von links, weil die Fahnen von beiden Seiten einwandfrei sein mußten, aber irgendwann hatte sie es tatsächlich geschafft! Alle vier Fahnen waren fertig, und wenn die Sichel auch mehr einem Bumerang glich, so war zumindest Mamis guter Wille erkennbar. Jetzt fehlten nur noch die 48 Sternchen, aber Tante Else erklärte, die Amis könnten sich ihre symbolisierten Staaten sonstwohin stecken, sie jedenfalls dächte nicht daran, auch noch Sterne zu nähen.

Ein findiger Malermeister, der in seiner Garage Am Hegewinkel eine provisorische Werkstatt eingerichtet hatte, paßte sich der Konjunktur erstaunlich schnell an. Er bastelte sich eine Schablone und war bereit, für den Gegenwert von zwanzig Reichsmark weiße Sternchen auf jedes Stoffstück zu pinseln, das man ihm vorlegte. Daß diese ganze Pracht beim ersten Regenschauer in breiten Rinnsalen über die Fahnen laufen würde, sagte er jedoch nicht.

Zur Zeit schien allerdings Tag für Tag die Sonne, und wir mußten unter der Oberaufsicht irgendeines höheren Militärs eine Probebeflaggung vornehmen. Nach seiner Vorstellung sollten Seile quer über die Straße gespannt und genau in der Mitte davon die Fahnen befestigt werden. Weiter unten, wo die Riemeisterstraße auf beiden Seiten bebaut war, ließ sich das ohne weiteres bewerkstelligen, aber unsere letzten vier Häuser hatten kein Gegenüber. Maugi kletterte also auf den Laternenmast und wickelte das Wäscheseil um die oberste Spitze. Das andere Ende der Schnur hing an Omis Fensterrahmen, und der Höhenunterschied betrug zirka zweieinhalb Meter. Die uniformierte Aufsicht war damit nicht einverstanden. Onkel Paul versuchte, einen Haken in die Hausmauer zu schlagen, traf den Daumen, gab Hammer und Nagel an Maugi weiter, der erst einen halben Quadratmeter Putz von der Wand schlug, bevor er eine Fuge traf und den Haken verankern konnte. Jetzt stimmte zwar die Höhe mit der Laterne überein, aber dafür würden die Fahnen den paradierenden Soldaten ins Gesicht klatschen. So ging es also auch nicht.

„Wir müssen den Mast künstlich verlängern", entschied Onkel Paul, lehnte aber jede weitere Mithilfe nach einem Blick auf seinen lädierten Daumen ab. Maugi mußte wieder auf die Laterne, bekam eine ausrangierte Gardinenstange zugereicht und band sie mit zehn Meter Wäscheleine an dem eisernen Mast fest. Jetzt hing die Fahnenschnur nicht nur gerade, sondern auch in der richtigen Höhe. Omi ließ vorsichtig vom Fenster aus die mit Schlaufen versehenen Flaggen herunter, und als sie endlich halbwegs in der Mitte hingen, krachte die Gardinenstange durch.

Unser russischer Wachhund war schon bereit, auf ein einheitliches Straßenbild zu verzichten und den letzten Häusern eine Fensterbeflaggung zuzubilligen, als Opi den rettenden Einfall hatte: „Warum binden wir das Seil nicht an den ersten Baum?"

Der Baum stand ungefähr vierzig Meter tief im Wald. Egal, Strippen her! Wir knoteten Wäscheleinen an Draht und den Draht an Bademantelkordeln, dann kam wieder ein Stück Leine, aber schließlich reichte es, und die Fahnen hingen endlich vorschriftsmäßig.

Dann durften wir sie wieder einziehen.

Vierzehn Tage lang hieß es abwechselnd Fahnen raus und Fahnen rein, mal morgens, mal mittags — inzwischen hatten sie den ersten Gewitterregen abgekriegt und sahen gar nicht mehr so schön aus —, aber immer warteten wir vergebens auf die angekündigte Parade. Die russischen Soldaten marschierten zwar weiterhin die Straße hinauf und hinunter, aber diesen Anblick kannten wir zur Genüge. Jetzt wollten wir endlich mal die anderen Sieger sehen!

Natürlich brauchten wir die Fahnen dann doch nicht, weil die spätere Siegesfeier ganz woanders stattfand. Aber das Gerücht, wir würden in Kürze von den Amerikanern „besetzt" werden, hielt sich hartnäckig, wenn auch die Variationen über Zeitpunkt und Auswirkungen dieses geplanten Machtwechsels ziemlich auseinandergingen.

„Wenn Zehlendorf künftig zum amerikanischen Sektor gehören sollte, wird mir auch allmählich klar, weshalb die Amis uns bei ihren Bombenangriffen verschont haben. Kein vernünftiger Mensch zerschlägt das Porzellan, das er später benutzen will. Die Amerikaner werden uns aus den Häusern werfen und selbst einziehen. Aus welchem Grund hätten sie sie denn sonst stehen lassen?"

Mamis Prognose traf dann auch haargenau zu.

Im Augenblick dachten die Russen aber noch gar nicht an Abzug. Sie biwakierten nach wie vor im Wald und verwandelten ihn allmählich in ein Zigeunerlager. Zwischen den Bäumen flatterte Wäsche, die aber auch nicht sauberer aussah als vorher, dazwischen standen drei Panzer und rosteten langsam vor sich hin, etwas abseits grasten ungefähr zwanzig Panje-Pferdchen, auf denen wir Kinder sogar reiten durften. Abends flackerten zwischen den Zelten vereinzelte Feuer auf, und drumherum lagerten die Soldaten und sangen schwermütige Lieder in Moll. Es klang fremdartig und schön, und in solchen Augenblicken vergaßen wir manchmal, daß dort drüben ja eigentlich unsere Feinde saßen.

Während der letzten Wochen waren wir kaum viel weiter als bis zur Ladenstraße gekommen und hatten überhaupt keine Ahnung, was sich in der Stadtmitte eigentlich abspielte. Die U-Bahn fuhr noch nicht wieder, obwohl man eifrig bemüht war, das einzige halbwegs intakte Verkehrsmittel wieder funktionstüchtig zu machen; und langsam kamen wir uns vor wie auf einer Insel, die von der Außenwelt abgeschnitten ist. Nur einmal waren wir quer durch den Grunewald am Wilden Eber vorbei nach Schmargendorf gepilgert, um festzustellen, ob und wie meine Großeltern den Zusammenbruch überstanden hatten.

Opa und Omimi ging es gut. Mein Großvater beklagte lediglich den Verlust seiner Doppeldeckel-Uhr, die er bis zuletzt in seliger Ahnungslosigkeit deutlich sichtbar in der Westentasche getragen hatte. Omimi vermißte seit der Hausdurchsuchung diverse Besteckteile, vorzugsweise solche, die sie nur an hohen Feiertagen und im Rahmen eines Festmahls zu benutzen pflegte.

Aber beide sahen elend aus. Opa, als preußischer Beamter korrekt bis ins Mark, lehnte jede Art von Tauschhandel, Schwarzmarktgeschäften und ähnlichen gesetzwidrigen Manipulationen ab und wäre eher verhungert, bevor er sich auf derartige Machenschaften eingelassen hätte. Omimi war weniger zartbesaitet und steckte meiner Mutter im Laufe der kommenden Monate oft genug Dinge zu, die sich mit einiger Wahrscheinlichkeit verkaufen lassen würden. Wie sie die zusätzlichen Lebensmittel meinem Großvater erklären konnte, weiß ich nicht, aber es dürfte für sie wohl der schwierigste Teil des ganzen Unternehmens gewesen sein.

An einem nicht allzu heißen Julitag schlug Mami eine Wanderung nach Schwanenwerder vor. „Das bedeutet zwar einen Fußmarsch von drei bis vier Stunden; aber ich habe ein schlechtes Gewissen, wenn ich an Elfi denke."

Tante Else wollte mitkommen, und daraufhin schloß sich auch Omi der Expedition an. Sie hatte schon mehrmals reges Interesse an der „Luxusvilla" bekundet.

„Am besten gehen wir an der Krummen Lanke vorbei zum Schlachtensee und dann querdurch."

Also marschierten wir zur Krummen Lanke, anschließend zum Schlachtensee, und als wir bei „querdurch" angekommen waren, ging es nicht mehr weiter. Sperrgebiet. Also außen herum, wieder halb zurück, dann woanders querdurch — Omis Ortskenntnis ließ merklich nach —, aber schließlich landeten wir doch dort, wo wir hin wollten. Der kleine Spaziergang hatte fast fünf Stunden gedauert.

Tante Elfi lag draußen im Liegestuhl und sonnte sich. „Ja mei, gibt's euch denn auch noch? I hab schon denkt, ihr seid's in Sibirien!"

Das Innere der Villa war nicht wiederzuerkennen. In der Halle befanden sich ein paar Gartenstühle und ein dreibeiniger Tisch; das fehlende vierte Bein wurde durch einen Stapel Notenhefte ersetzt. Das Treppengeländer bestand nur noch aus ein paar Holzstreben, und von dem Mobiliar der oberen Räume waren lediglich drei Schränke, einige Stühle und mehrere Betten übriggeblieben.

„Wer hat denn das alles weggeschleppt?" wollte Mami wissen. „Zum Abtransport hätte man doch mindestens drei Möbelwagen gebraucht."

„Die haben's halt mit Lastwagen abg'holt. Dabei hab i mit den Leuten von gegenüber die Teppiche und dös ganze andere Zeugs doch noch in den Bunker g'schafft, und dann haben wir den Eingang so g'schickt kaschiert, daß den ka Mensch hätt' finden können. I woaß net, wer dös Versteck ausgeplaudert hat. Plötzlich san dann die Russen mit ein paar Deutschen kommen und haben alles rausg'räumt. Sogar den Flügel haben's mitg'nommen!"

„Und jetzt haust du ganz allein in diesem Riesenkasten?"

„Bis gestern net. Hier haben russische Offiziere g'wohnt, und deshalb hab i bisher noch g'nug zum Essen g'habt. Jetzt kann i bloß hoffen, daß bald a neue Einquartierung kommt."

„Wo ist denn dein Edmund abgeblieben?"

„Ja, wann i dös wüßt! I denk mir halt, den haben's hops g'nommen, weil der ja eh koa reine Weste g'habt hat. Weißt, Herzl, sobald es möglich ist, geh i nach Wien z'ruck, i hab von Preußen jetzt wirklich g'nug!"

(Dazu kam es allerdings nicht mehr. Elfi lernte noch in Berlin den späteren Erben einer Miederfabrik kennen, heiratete ihn und zog nach Los Angeles. Von dort schickte sie uns hin und wieder Care-Pakete und einmal sogar für Omi ein Korsett. Bei der Größenauswahl mußte sie aber ihre früheren Proportionen im Auge gehabt haben, denn das Ding war viel zu groß. Und als es endlich paßte, gab es auch bei uns wieder Korsetts zu kaufen.)

Bevor wir uns wieder auf den Heimweg machten, gestärkt mit kaltem Tee und russischem Kommißbrot, bot Mami ihrer Freundin nochmals Asyl an, handelte sich aber wieder einen Korb ein. „Du bist ein Schatz, aber i bleib jetzt hier. Wann i über'n Hund kommen bin, nachher komm i auch über den Schwanz. Und wann tatsächlich die Amis kommen, wie allweil g'redt wird, dann schaff ich's eh schon allein. A bissel Englisch kann i noch."

Und dann war es tatsächlich soweit! „Die Amis kommen! Die Russen ziehen ab!" Diese Neuigkeit pflanzte sich mit gewohnter Schnelligkeit fort, und wer noch immer nicht so recht daran glauben wollte, wurde bald eines Besseren belehrt. Im Wald begann ein geschäftiges Treiben. Als erstes krochen die Panzer zwischen den Bäumen hervor und verschwanden Richtung Avus. Dann wurden die Zelte abgebaut und auf heranrollenden Lastwagen verstaut. Die Soldaten flitzten wie Ameisen hin und her, Offiziere brüllten und trieben ihre träge gewordenen Untergebenen mit Fußtritten voran. Die eine Gulaschkanone blieb an einer Baumwurzel hängen und zerfiel in mehrere Teile, drei aufgescheuchte Pferde galoppierten wiehernd die Straße entlang... Es herrschte ein grandioses Durcheinander.

Mami beobachtete allerdings stirnrunzelnd von Omis Küchenfenster aus, wie vereinzelte Soldaten in die umliegenden Häuser gingen und nach kurzer Zeit mit Decken oder Wäsche beladen wieder zum Vorschein kamen. Manche schleppten auch Koffer oder schwere Taschen; aber alle strebten im Eilschritt den wartenden Lastwagen zu, wo sie ihre Beute abluden.

„Ich werd' verrückt, die fangen an zu plündern!"

Im selben Augenblick kam Tante Else die Treppe heraufgestürmt und schrie aufgeregt: „Reni, komm schnell, da unten sind zwei und räumen die Schränke aus. Den Koffer haben sie schon!"

Wir rasten in unsere Wohnung und konnten uns gerade noch den beiden Soldaten in den Weg stellen, die sich mit Badetüchern und einem Stapel Bettbezügen aus dem Staube machen wollten. Als sie Mami sahen, warfen sie die Sachen eilig auf den Boden und liefen überstürzt weg.

„Aber den Koffer bist du los!" wiederholte Tante Else.

„Haben sie etwa die Stoffe mitgenommen?"

„Das sage ich doch die ganze Zeit!"

Bei den Stoffen handelte es sich um englische Ware, die Mami auf vermutlich recht finsteren Wegen in Frankreich beschafft und nach Hause geschmuggelt hatte. Den Koffer hütete sie wie ihren Augapfel, denn sein Inhalt war nach damaligen Verhältnissen ein kleines Vermögen wert.

„Na warte, den Kerl greife ich mir. Hast du den Hauptmann noch irgendwo gesehen?"

Tante Else bestätigte, daß unser Fünfuhrtee-Gast vor kurzem noch die Straße entlanggetrabt sei. Mami begab sich auf die Suche, fand ihn und erhob wortreich Anklage. Ob sie die beiden Soldaten wiedererkennen würde? Aber selbstverständlich!

Der Hauptmann ließ antreten und schritt zusammen mit ihr die Reihen ab. Es sah aus wie beim Empfang eines Staatsgastes, allerdings bezweifele ich, daß meine Mutter ähnlich feierliche Empfindungen hatte. Schließlich zeigte sie auf einen Russen, der dann auch merklich zusammenzuckte. Der Offizier zerrte ihn aus dem Glied, versetzte ihm ein paar schallende Ohrfeigen und scheuchte ihn mit Fußtritten Richtung Lastwagen. Dann brüllte er ihm etwas zu, ließ die übrige Mannschaft wegtreten, verbeugte sich formvollendet vor Mami und enteilte.

Der ertappte Dieb brachte dann auch tatsächlich den geklauten Koffer zurück und stellte noch einen zweiten daneben. Dabei versicherte er wütend: „Ich zurückkommen, dann du Sibiria."

Auf eine derartige Reise legte meine Mutter aber nicht den geringsten Wert und blieb vorsichtshalber in der Wohnung, bis auch die letzte russische Uniform verschwunden war.

Wir haben noch wochenlang versucht, den rechtmäßigen Besitzer des zweiten Koffers zu ermitteln, aber es gelang uns nicht. So gingen die beiden Silberleuchter und die Kuckucksuhr auch den Weg alles Irdischen, was damals hieß: Sie wurden „verkauft".

21

„Auf der Argentinischen Allee kommen sie!" Lothar hatte schon am frühen Nachmittag in der Nähe des U-Bahnhofs Posten bezogen, und nun kam er zurückgehastet, um die ersten Neuigkeiten loszuwerden. „Die sehen überhaupt nicht wie Soldaten aus! Neger sind auch dabei, und ganz ulkige Autos haben die, und einer hat mir etwas zugeworfen, was is'n das? Sieht so Schuing Gamm aus?"

Er zog etwas Längliches aus der Hosentasche und ließ sich von Mami bestätigen, daß es sich hierbei tatsächlich um Kaugummi handelte. Mit einem etwas bedauernden Seitenblick auf mich brach er das Stück in der Mitte durch und reichte mir die eine Hälfte. Das Zeug erinnerte im Geschmack an den Fencheltee, den Omi mir früger immer bei Verdauungsbeschwerden eingetrichtert hatte; aber ich kaute trotzdem eifrig drauf herum und wunderte mich nur, daß es nicht weniger wurde.

„Was macht man nun damit?“ wollte ich wissen, denn jetzt schmeckte es nach gar nichts mehr.

„Weiterkauen!“ erklärte Lothar und malmte wie eine wiederkäuende Kuh.

„Wozu soll das gut sein?“

„Weiß ich nicht. Sicher ist es gesund, die Amis kauen doch alle.“

Von mir aus sollten sie doch, ich würde diese Leidenschaft bestimmt nicht mit ihnen teilen. Später habe ich auch wirklich nur noch gekaut, wenn es um die Straßenmeisterschaft ging, wer den Gummi am längsten ziehen konnte. Mangels Übung schied ich aber immer schon in der Vorrunde aus.

Von nun an beherrschten die Amerikaner das Straßenbild, und wir staunten sie an wie Wesen von einem anderen Stern. Ihre Uniformen sahen aus, als seien sie maßgeschneidert — bei den Russen hatten wir immer den Eindruck gehabt, man hätte sie in ausgediente Getreidesäcke gewickelt, die nur durch das Koppel am Herunterrutschen gehindert wurden —, die Stiefel glänzten, und wenn sie im Ausgehanzug flanierten, schien jeder einzelne ein General zu sein. Außerdem hatten sie die Taschen voll Chewing-gum und Candies, und besonders kontaktfreudige Kinder hatten bald „ihren“ Ami, der sie regelmäßig belieferte. Sie erfreuten sich bei ihren Altersgenossen besonderer Hochachtung und honorierten Vasallendienste je nach Wertschätzung mit viertel, halben oder sogar ganzen Kaugummis.

Bei uns gehörte Maugi zu den Gummi-Königen. Allerdings beruhte sein nahezu unerschöpflicher Reichtum auf einem simplen Tauschgeschäft. Er hatte sein HJ-Fahrtenmesser mit der Hakenkreuz-Raute verscherbelt und sich den Gegenwert in Kaugummi auszahlen lassen.

Mit dem Einzug der Amerikaner änderte sich vieles. Wir bekamen wieder Strom. Die Amis brauchten schließlich auch welchen. Wir bekamen wieder Gas. Die Amis brauchten ja auch welches. Wir bekamen wieder sauberes Wasser aus der Leitung. Die Amis brauchten... Wir wurden entlaust, obwohl wir keine Läuse mehr hatten. Wir wurden geimpft. Ich weiß nicht mehr, wie oft und wogegen; aber an die Typhusspritzen erinnere ich mich noch deutlich. Die taten scheußlich weh, und hinterher hatte man tagelang eine dicke Beule auf der Brust. Die U-Bahn fuhr wieder, manchmal tauchte sogar schon ein

Omnibus auf. Es gab keine Ausgangssperre mehr, und Übergriffe von randalierenden Soldaten, wie sie bei den Russen gang und gäbe gewesen waren, kamen natürlich auch nicht mehr vor. Wir liebten die Amerikaner. Aber nicht mehr lange.

Die Vorhut unserer überseeischen Besatzer hatte sich im ehemaligen Luftgaukommando auf der Kronprinzenallee etabliert, die heute Clayallee heißt. Die dazugehörigen Gebäude reichten erst einmal aus, und wo nicht, wurden ein paar umliegende Villen requiriert, deren Besitzer meist Nazigrößen gewesen waren und jetzt in weit weniger komfortablen Unterkünften saßen. Dann kamen immer mehr Amerikaner, und die brachten ihre Angehörigen mit, denn ein geordnetes Familienleben garantiert bekanntlich Ruhe und Zufriedenheit. Es blieben ohnehin noch genügend Junggesellen übrig, die ihre völkerverbindenden Zukunftspläne erst einmal an deutschen Fräuleins ausprobieren konnten.

Soldaten kann man kasernieren. Ehefrauen und Kinder nicht! Jenseits der U-Bahn Richtung Fischtal standen Einfamilien-Reihenhäuser, dazwischen ein paar kleinere Wohnblocks, aber die fielen kaum auf. Das fanden die Amerikaner offenbar auch. Sie beschlagnahmten kurzerhand das ganze Viertel und überließen es den ratlosen Beamten des schleunigst wieder installierten Wohnungsamtes, die ausquartierten Bewohner irgendwo unterzubringen. Viele hundert Familien erlebten jetzt das, was andere schon hinter sich hatten: Sie standen praktisch über Nacht auf der Straße. Die noch während der letzten Monate überall praktizierte Hilfsbereitschaft gab es kaum noch; so ziemlich jeder meuterte, dem jetzt Obdachlose zugewiesen wurden.

Omi auch. Sie erschien bei uns unten und wedelte aufgeregt mit einem abgestempelten Papier herum. „Eine Frau mit Kind sollen wir bekommen, stellt euch das mal vor! Das Mädchen ist erst vier Jahre alt, und dabei ist der Karli doch so geräuschempfindlich!“

(Erstaunlicherweise zeigte sich Karli später ganz friedlich, vor allem deshalb, weil Frau Niems tagsüber arbeitete, ihre Tochter morgens zur Oma brachte und erst abends wieder abholte.)

„Wo sollen die überhaupt schlafen, und was soll ich mit den ganzen Möbeln machen?“ lamentierte Omi weiter.

„Stell den Schreibtisch und den Alptraum von Bücherschrank auf den Boden, hol’ die alte Couch wieder runter und räum’ den kleinen Schrank im Schlafzimmer aus. Das ist doch nun wirklich kein Problem.“

„Aber das Kristall...“

„Kommt ins Wohnzimmer. Da wird's dann zwar aussehen wie beim Trödler, aber wenn du nicht endlich einen Teil von dem ganzen Kram in den Keller stellen willst, wirst du dich irgendwie arrangieren müssen. Außerdem handelt es sich doch nur um eine Übergangslösung. Die Amis werden die Häuser ja nicht für immer beschlagnahmen.“

Vorläufig sah es allerdings so aus. Um das ganze Areal wurden meterhohe Stacheldrahtzäune gezogen, und an den Zugängen standen Militärpolizisten, die nur Befugte passieren ließen. Befugt war jeder, der bei den Amerikanern in Lohn und Brot stand und dieses Privileg durch einen fahrkartengroßen Ausweis dokumentieren konnte.

Dann kam die Ladenstraße dran. Die Eingänge wurden vergittert, lediglich ein kleiner Durchschlupf blieb offen. Und schon erschienen Handwerker, brachen Wände durch, legten Kabel, tünchten Mauern, und innerhalb kürzester Zeit war unser ehemaliges Einkaufszentrum nicht mehr wiederzuerkennen. Da gab es eine große Wäscherei, eine Snackbar, eine Bank und vor allem einen PX-Laden, in dem die Amerikaner von Zahnpasta bis zu Ringelsocken alles kaufen konnten, was wir zum Teil nicht einmal dem Namen nach kannten. Wenn wir auf dem U-Bahnhof standen, konnten wir ungehindert in dieses Schlaraffenland blicken, und jedesmal entdeckten wir etwas Neues und Ungewohntes. Das waren weniger die ausgestellten Herrlichkeiten, fast ausnahmslos farbenfreudig verpackt und von weitem nicht zu identifizieren; mehr noch interessierten uns die eigenartigen Einkaufsmethoden. In diesem ungewohnt großen Laden gab es überhaupt keine Verkäufer. Die Kunden griffen sich einen Drahtkorb auf Rädern, fuhren damit an den Regalen entlang, holten sich die gewünschten Waren heraus und packten sie in den Korb. Dann gingen sie zu einer der vier Registrierkassen und bezahlten.

„Bei uns wäre so was ganz unmöglich“, wunderte sich Tante Else, „da würde doch viel zuviel gestohlen werden. Man braucht ja bloß ein paar Sachen in die Einkaufstasche zu stecken, da paßt doch überhaupt kein Mensch auf!“

Aber die Amis kannten auch keine Einkaufstaschen, nicht mal Netze. Sie packten ihre Waren in riesige braune Tüten, mit denen sie schließlich aus dem Laden schwankten. Oben lugten meistens ein paar Stangen Zigaretten heraus, Deutschlands heimliche Währung, für die man auf dem Schwarzen Markt von fabrikneuen Schuhen bis zu kanadischem Lachs nahezu alles bekommen konnte.

An Lachs waren wir allerdings weniger interessiert, uns hätten schon ein paar Pfund Zucker oder ein Sack Kartoffeln genügt. Wir waren nämlich alle einem bedauerlichen Irrtum verfallen, als wir beim Einzug der Amerikaner an die große Wende geglaubt hatten. Über die politischen Hintergründe von Berlins Vierteilung hatten wir uns damals noch nicht den Kopf zerbrochen. Wir hatten lediglich erwartet, daß jedes Land nunmehr allein für „seinen" Sektor zuständig sein und ein edler Wettstreit ausbrechen würde, wer denn nun am besten seine Schutzbefohlenen versorgen könnte. So ungefähr nach dem Motto: „Ätsch, in meinem Sektor kriegt jetzt jeder pro Woche ein Pfund Butter!" Und da die USA bekanntlich ein sehr reiches Land waren, sahen wir auch bei uns schon Milch und Honig fließen.

Um so größer war die Enttäuschung, als es einheitliche Lebensmittelkarten für ganz Berlin gab. Und die waren auch noch in fünf verschiedene Kategorien eingeteilt. Da gab es Karten für Schwerstarbeiter, die bekamen nur Männer; dann welche für Schwerarbeiter, für Angestellte, für Kinder unter fünfzehn und für Normalverbraucher, und die zugebilligten Nahrungsmittel wurden in Kalorien errechnet. Kaum jemand wußte, was das war, aber auf jeden Fall war es zu wenig.

Meine Mutter beschloß also, wieder einem Broterwerb nachzugehen, und dies im eigentlichen Sinne des Wortes. Die paar Mark, die zum Ankauf der rationierten Lebensmittel notwendig waren, besaßen wir ohnehin. Mami hatte noch vor Kriegsende sämtliche Sparkonten abgehoben und die Geldscheine zusammengerollt in einem hohlen Ziegelstein versteckt. Bei dem augenblicklichen Bedarf würde das Geld für die nächsten Jahre reichen!

In den Genuß der begehrten Schwerarbeiterkarten, die zumindest gewisse Überlebenschancen boten, kamen nur Trümmerfrauen, aber dazu fühlte sich Mami nun doch nicht berufen.

„Also, wenn ich mir vorstelle, daß ich acht Stunden lang Ziegelsteine aus den Ruinen klauben soll, dann muß ich ehrlich zugeben, daß ich dazu weder Lust noch die nötige Konstitution habe. Ich bewundere diese Frauen zwar rückhaltlos, aber es muß doch auch noch andere Arbeitsmöglichkeiten geben."

Die gab es allerdings, und zwar bei den Amerikanern. Täglich kamen Frauen und Kinder aus den Staaten, bezogen die beschlagnahmten Häuser und belebten das Straßenbild mit ihren farbenfreudigen Kleidern, die oft nicht sehr geschmackvoll, aber immer sehr bunt waren. Omi kritisierte vor allem die Unsitte der Amerikanerinnen, mit einer Zigarette in der Hand und Lockenwicklern auf dem Kopf zum Einkaufen zu gehen. „So etwas würde keine deutsche Frau tun! Ich finde es auch sehr unschön, daß diese zweifelhaften Manieren sogar schon bei uns eingeführt werden. Neulich habe ich doch tatsächlich ein junges Mädchen in der U-Bahn rauchen sehen! Natürlich wußte ich gleich, wen ich da vor mir habe, aber empörend ist es trotzdem!"

Noch viel größer war ihre Empörung, als sie Mamis Zukunftspläne erfuhr. „Du willst als Hausmädchen arbeiten? Das ist doch wohl ein schlechter Witz! Haben wir dich aufs Lyzeum geschickt, damit du jetzt für diese gummikauenden Angeber den Dreck wegräumst?"

„Sollen wir lieber standesgemäß verhungern? Immerhin habe ich es deinem vorausschauenden Bildungseifer zu verdanken, daß ich Englisch spreche, und das ist im Augenblick nützlicher als meine damalige Banklehre."

„Wenn du nun wenigstens in einem Büro arbeiten würdest..."

„Dazu muß ich erst diesen Bandwurm von Fragebogen ausfüllen und pfundweise irgendwelche Beglaubigungen beibringen. Das dauert mir zu lange. Als Hausmädchen kann ich aber von einem Tag zum anderen anfangen."

Die Amerikaner waren dank ihres unerschöpflichen Zigarettenreichtums ungekrönte Könige und kosteten diesen Status bis zum Letzten aus. Jede amerikanische Familie beschäftigte ihre „housemaid", manche sogar zwei. Der Lohn wurde in deutschem Geld bezahlt und bedeutete für die Arbeitgeber nicht mehr als ein paar Päckchen Zigaretten, die ihnen von deutschen Schwarzhändlern förmlich aus der Hand gerissen wurden. Offiziell war dieser illegale Verkauf natürlich verboten, aber niemand hielt sich daran. Auch Amerikaner sind nur Menschen!

Mami meldete sich also bei der zuständigen Dienststelle und erhielt die Weisung, sich am kommenden Morgen um acht Uhr bei Sergeant Conners einzufinden. Der wohne Am Fischtal Nr. 17, und hier sei der Ausweis, mit dem sie die Off-limits-Sperre passieren könnte.

Tante Else schüttelte zweifelnd ihr ergrautes Haupt. „Wenn das nur gutgeht. Du hast doch selbst keine Ahnung vom Haushalt, und wenn du an so einen personifizierten Scheuerteufel gerätst, wie ihn Malchen verkörpert, fliegst du nach drei Tagen wieder raus. Kochen kannst du außer Bratkartoffeln auch nichts, und selbst die läßt du immer anbrennen!"

„Du glaubst doch wohl selbst nicht, daß die Amis Bratkartoffeln überhaupt kennen? Sie ernähren sich von Konserven, und ihre Essensvorbereitungen erschöpfen sich vermutlich im Öffnen von Blechdosen. Die brauchen keine Köchin, allenfalls einen Techniker!"

Trotzdem geriet Mamis Optimismus etwas ins Wanken, als sie pünktlich um acht Uhr vor dem Reihenhaus stand. Nach dem fünften Klingelzeichen wurde schließlich die Tür geöffnet. Eine etwas verschlafene, sehr jugendliche Dame im rosa Morgenrock musterte kritisch die Besucherin. „You are... sein Sie..." — emsiges Blättern im mitgebrachten Wörterbuch — „Haus-mädschen?"

„Yes, I am Mrs. Helmberg and you are Mrs. Conners, I suppose?"

Die rosagewandete Dame steckte sichtlich erfreut ihr Wörterbuch in die Morgenrocktasche zurück. „Okay, call me Frances. What is your given name?" — „Irene". — „Oh, you mean Ireen? I like this name. Okay, Ireen, there is the kitchen. Let's have a little breakfast. Do you like bacon and eggs?"

So begann Mamis erster Arbeitstag erwartungsgemäß in der Küche, wenn auch mit umgekehrten Vorzeichen. Frances briet Eier und Speck, kochte Kaffee und bekundete äußerstes Mißfallen an der in Deutschland weitverbreiteten Sitte, schon im Morgengrauen eine völlig unzeitgemäße Aktivität zu entwickeln. Ihre Nachbarin habe eine Haushaltshilfe, die bereits fünf Minuten nach acht Uhr mit dem Staubsauger herumfahre und kein Verständnis für ihre schlafbedürftige Brötchengeberin aufbringe. Überhaupt sei es besser, wenn Ireen erst um halb zehn käme.

Mami stellte sehr schnell fest, daß ihre Chefin noch viel weniger Ahnung vom Haushalt hatte als ihr neues Dienstmädchen, und so gestaltete sich das Arbeitsverhältnis recht erfreulich. Frances, im heimatlichen Pasadena Serviererin in einer Fernfahrerkneipe, fühlte sich ihrer selbstsicheren Angestellen in jeder Hinsicht unterlegen und fand alles okay, was Mami tat oder nicht tat. Meistens tat sie nichts. Ein bißchen Geschirrspülen, ein bißchen aufräumen, ein bißchen staubsaugen — letzteres mehrmals am Tag, weil Frances die Benutzung von Aschenbechern ablehnte und die Zigarettenasche immer dort auf den Boden fallen ließ, wo sie gerade saß oder stand —, und wenn man durch die geschlossenen Scheiben nicht einmal mehr das Außenthermometer erkennen konnte, putzte Mami auch mal die Fenster. Um die Vorgärten kümmerten sich deutsche Gärtner (um die rückwärtigen kümmerte sich niemand), die Wäsche kam in die Wäscherei, und was über das Annähen eines Hemdenknopfes hinausging, kam zu Tante Else. Frances fand das völlig in Ordnung. Schließlich kann man von jemandem, der Englisch spricht, jahrelang in einer Bank gearbeitet hat und sogar ein Jahr in Frankreich war, nicht erwarten, daß er auch noch aufgeplatzte Nähte repariert. Selbstverständlich würde Tante Else bezahlt werden. Wenn sie zum Beispiel diesen Rock etwas kürzt, ob dann wohl zwei Päckchen Zigaretten ein angemessener Lohn sei? Oder vielleicht doch lieber drei?

Kochen lernte Mami aber auch hier nicht. Sergeant Conners („call me Howard!") aß mittags im Office und abends außerhalb, vermutlich aus sehr triftigen Gründen. Hatte sich sein Weib nämlich doch einmal an den Herd gestellt, dann sah die Küche am nächsten Morgen wie ein Schlachtfeld aus, und Mami scheuerte angebrannte Töpfe sauber und beförderte ein gutes Dutzend leere Dosen und diverse zerschlagene Teller in die Mülltonne. Mittags wurde nicht gekocht. Zweimal essen macht dick, und da Frances sich sowieso hauptsächlich von Zigaretten, Popcorn und Gin tonic ernährte, überließ sie es Mami, wann und wie sie das ihr vertraglich zustehende Mittagessen einnahm. Es waren ja genügend Vorräte da, wenn auch meist in konservierter Form. Also erster Gang: Spargelsuppe (aus der Dose), zweiter Gang: Kaltes Huhn (aus der Dose), dritter Gang: Ananas in Scheiben (aus der Dose), vierter Gang: Kaffee und Bourbon, letzteren aus der Flasche.

Einmal äußerte Frances den Wunsch, „little Evelyn" kennenzulernen, und weil ich ja zum Eintritt nicht „befugt" war, holte sie mich sogar am Eingang des Sperrbezirks ab. Die Unterhaltung war aber sehr einseitig, denn aus unerforschlichen Gründen erwartete sie von mir ein ähnlich flüssiges Englisch, wie meine Mutter es beherrschte, und so überschüttete sie mich mit einem Wortschwall, von dem ich auch nicht eine Silbe verstand. Ich hätte mich bestenfalls über das Inventar eines Klassenzimmers oder den Inhalt meines Kleiderschrankes unterhalten können — mit diesen Vokabeln hatte vor anderthalb Jahren mein Englischunterricht begonnen —, aber was sie da in breitestem Amerikanisch herauskaute, hatte ich noch nie gehört. Frances verlor auch bald das Interesse an mir und schob mich zu Mami in die Küche mit der Aufforderung, mich abzufüttern.

Nun hatte meine Mutter schon des öfteren Kostproben diverser PX-Artikel mitgebracht, denn Frances zeigte sich in dieser Hinsicht großzügig und stopfte ihr manchmal gleich ein paar Konservendosen in die vorsichtshalber mitgebrachte Tasche, aber als ich jetzt meine Wünsche äußern sollte, war ich ratlos.

„Willst du lieber ein Steak oder ein Huhn?"

„Was is'n Steak?"

„So etwas Ähnliches wie Schnitzel, nur anders."

Anders kannte ich nicht, also lieber Huhn.

„Und zuerst vielleicht eine Schildkrötensuppe? Eine Büchse Tomatensuppe ist aber auch noch da."

Schildkröten gab es im Zoo, und da sahen sie eigentlich gar nicht eßbar aus. Von Tomatensuppe wußte ich wenigstens, wie sie schmeckte.

„Und wie wär's mit Schokoladentorte zum Nachtisch? Du kannst aber auch Dosenpfirsiche haben oder Eiscreme. Die haben sogar das in Büchsen!"

Ich streikte schon beim Huhn. Niemals wieder habe ich das geringe Fassungsvermögen meines Magens mehr bedauert als an jenem Tag. Aber ich brachte beim besten Willen nichts mehr herunter. Außerdem mußte ich auch noch die sechs Flaschen Coca-Cola bewältigen, die Frances extra meinetwegen gekauft hatte. Sie selbst zog härtere Getränke vor.

Bevor die Amerikaner sich in Zehlendorf häuslich niederließen, verband ich mit dem Begriff USA die Vorstellung von Dollarmillionären, Cowboys und Coca-Cola. Bisher hatte ich noch nichts davon kennengelernt, aber am neugierigsten war ich sowieso auf dieses geheimnisvolle Coca-Cola. Meine Enttäuschung war riesengroß! Das Zeug schmeckte nach Mottenkugeln, und ich finde, so schmeckt es heute noch!

(Die Bekanntschaft mit dem Dollarmillionär und mit dem Cowboy steht immer noch aus, aber wahrscheinlich wäre ich genauso enttäuscht!).

Ich sollte bis fünf Uhr dableiben und zusammen mit Mami nach Hause gehen. Dann würde auch Howard gekommen sein, der mich ebenfalls kennenlernen wollte und mich dann auch aus dem Getto herausbringen würde, denn Frances haßte unnötige Spaziergänge.

Howard war ein netter Kerl mit der Figur eines Möbelpackers, Bürstenhaarschnitt und einer Baßstimme, die schon an der Haustür röhrte: „Hi, Ireen, where is your little girl?“ Das kleine Mädchen schwebte plötzlich unter der Decke, hochgestemmt von zwei behaarten Armen, dann stand ich auf dem Rauchtisch und wurde gemustert. „She looks funny, doesn't she?“

Funny heißt komisch, aber ich fand das alles gar nicht komisch. Howard stellte mich wieder auf den Fußboden, drückte mir ein paar Packungen Kaugummi in die Hand und griff sich eine der vielen herumliegenden Zeitschriften. Die hatte ich auch schon durchgeblättert, begriff aber nicht, weshalb man so etwas überhaupt kaufte. Diese Illustrierten waren fast so dick wie Schulbücher, enthielten aber größtenteils Reklame von Autos, Zigaretten und Coca-Cola. Das waren keine Zeitschriften, das waren Kataloge! Da war mir Frances' Lektüre schon lieber. Die Texte konnte ich zwar nicht lesen, aber die gezeichneten Bilder ergaben manchmal auch ohne schriftliche Erklärungen einen Sinn. Ich fand es nur etwas albern, daß manchen Figuren Blubberblasen aus dem Mund quollen, in denen so sinnige Worte wie „yeaah“ oder „woouuh“ standen. Manchmal ging das seitenlang so weiter. Da gefiel mir mein Wilhelm-Busch-Album entschieden besser.

„Nun glaub nur nicht, daß alle Amerikaner so sind wie Frances und Howard“, erklärte mir Mami auf dem Heimweg. „Es gibt in jedem Land solche und solche. Howard zum Beispiel stammt aus einer Arbeiterfamilie, hat noch sechs Geschwister und arbeitet zu Hause als Rohrleger. Eigentlich ist er erst in der Army ein bißchen was geworden. Na, und Frances kommt aus einem winzigen Kaff im Mittelwesten, ist nur ein paar Jahre zur Schule gegangen und kann nicht einmal richtig schreiben. Sie hat's mir selbst erzählt. Wenn Howards Dienstzeit abgelaufen ist und sie in die Staaten zurückgehen, sind die beiden wieder zwei ganz arme Würstchen, die vermutlich sehnsüchtig an die Zeit in Germany zurückdenken werden.“

So weit kam es dann gar nicht mehr. Howard lernte ein deutsches Fräulein kennen, das für Chesterfields und Nylons empfänglicher war als Frances (und wahrscheinlich auch besser kochen konnte). Jedenfalls warf die betrogene Ehefrau ihrem Gemahl eines Tages den halben Geschirrbestand an den Kopf, darunter eine Blumenvase mit Inhalt, bevor sie ihre Koffer packte und zurückflog ins heimatliche

Pasadena. Howard war zwar nicht abgeneigt, „dear Ireen" als Haushälterin und „auch sonst" zu behalten, aber Mami legte auf „auch sonst" keinen Wert. Da sie eine ähnlich tolerante Arbeitgeberin wie Frances kaum noch einmal finden würde und darüber hinaus dem Hausfrauendasein noch immer keinen Reiz abgewinnen konnte, beschloß sie, das Kapitel „housemaid" zu beenden und es mal wieder mit einer Bürotätigkeit zu versuchen.

22

Die Amerikaner hatten zwar dafür gesorgt, daß die Lichter wieder brannten; aber sie sorgten auch dafür, daß sie regelmäßig wieder ausgingen. Das nannte man Stromsperre. Zu bestimmten Stunden wurde die gesamte Stromzufuhr radikal abgeschaltet, was tagsüber nicht so schlimm war, denn notfalls kann man ja auch abends Wäsche bügeln. Außerdem bleibt es im Sommer ziemlich lange hell. Bis acht Uhr, wenn der Strom wieder eingeschaltet wurde, konnte man also ohne Zusatzbeleuchtung auskommen.

Aber dann wurde es Herbst, und dann Winter; der allgemeine Stromverbrauch stieg an, die den Kraftwerken zugeteilte Kohle nahm ab, und bald bekamen wir nur noch stundenweise Strom, etwa von 10 bis 13 Uhr und dann noch mal von 20 bis 22 Uhr. Das variierte von Stadtteil zu Stadtteil. Es konnte durchaus passieren, daß in einer Straße die Lichter brannten, während hundert Meter weiter tiefste Finsternis herrschte. Dort begann dann schon der andere Bezirk.

Nun soll Kerzenschimmer ja sehr romantisch sein und speziell dem weiblichen Geschlecht ungemein schmeicheln. Zur Zeit Ludwig XIV. mag das auch zugetroffen haben, denn dieser ohnehin nicht gerade als sparsam bekannte Herrscher pflegte wahrhaft astronomiche Summen in Wachskerzen zu investieren. Die Romantik geht allerdings flöten, wenn man sich mit einem einzigen Kerzenstummel begnügen muß, der noch nicht mal aus Wachs besteht, sondern aus einer ekelhaft stinkenden Abart von Stearin. Trotzdem waren wir froh, wenn wir überhaupt noch solche Stummel zum Anzünden hatten, denn zu kaufen gab es diese Kerzen lediglich hintenrum. Angezündet wurden sie deshalb nur, wenn es sich wirklich nicht umgehen ließ, und dann kamen sie auch nicht etwa in einen Kerzenständer — dabei hätte Omi jezt endlich mal wieder ihre kristallenen Leuchter verwenden können —, nein, sie wurden ganz profan auf eine Untertasse geklebt, damit man das herunterlaufende Wachs auffangen konnte. Die Reste kamen nämlich in die sogenannten Hindenburglichter. Warum die so hießen, weiß ich nicht, denn ich nehme doch an, daß der Herr Feldmarschall seinerzeit über etwas weniger kümmerliche Lichtquellen verfügte. Hindenburglichter bestanden aus einem Blechgefäß von der Größe eines Marmeladenglasdeckels in dessen Mitte eine Art Docht befestigt war. In diesen Deckel kamen nun alle Wachs- und Stearinreste. Notfalls konnte man auch andere brennbare Materialien verwenden (Tante Else hat es mal erfolgreich mit Lebertran versucht); wurden diese Funzeln jedoch angezündet, roch es in der Wohnung so ähnlich wie in einer Müllverbrennungsanlage. Als ich auch noch ein volles Hindenburglicht umgestoßen und seinen flüssigen Inhalt quer über die Tischdecke gekippt hatte, standen diese Dinger fortan bei uns in Suppentellern.

Nun kann man bei einer so kümmerlichen Beleuchtung notfalls seine Pellkartoffeln essen und vielleicht auch noch Schuhe putzen, aber sehr viel mehr ist kaum möglich. Lesen durfte ich nicht, weil ich mir nicht die Augen verderben sollte. Handarbeiten, für die ich ohnehin nichts übrig hatte, kamen aus demselben Grund nicht in Frage, und sämtliche familieninternen Anekdötchen und Kriegserlebnisse anno 1914 — 18 waren bis zum Überdruß durchgekaut worden. Gelegentlich setzte sich Onkel Paul ans Klavier, aber weil er außer dem „Gebet einer Jungfrau" und dem „Radetzkymarsch" nichts ohne Noten spielen konnte, waren diese musikalischen Einlagen immer nur sehr kurz.

Wenn uns überhaupt nichts mehr einfiel, spielten wir Karten. Dazu brauchte man zwar eine Kerze, aber da sich alle Familienmitglieder an der Kartenrunde beteiligten, war diese Verschwendung gerechtfertigt. Skat kam nicht in Frage, dazu braucht man nur drei Mitspieler, und wir waren sechs. Also einigten wir uns auf Rommé. Mir wurden im Schnellkurs die Regeln beigebracht, und sobald es so dunkel geworden war, daß man die Treppenstufen nur noch ertasten konnte, zogen wir einen Stock höher zu Omi und Opi. Da gab es einen ausreichend großen Tisch. Das Hindenburglicht qualmte und stank, und wenn es mal allzusehr flackerte, verwechselten wir gelegentlich auch Pik mit Herz; aber wir spielten unverdrossen und amüsierten uns sogar mitunter köstlich.

Sobald allerdings der Strom wieder eingeschaltet wurde, flogen die Karten auf den Tisch. Die kümmerlichen zwei oder drei elektrizitätsgeladenen Stunden mußten bis zur letzten Minute genutzt werden.

Nun war es aber keineswegs so, daß man uneingeschränkt Strom verbrauchen konnte. Trotz der generellen Stromsperren war der Pro-Kopf-Verbrauch streng rationiert, und wehe dem, der sein Kontingent überschritt. Ihm wurde die Stromzufuhr für mehrere Wochen total abgeschaltet. Ich weiß nicht mehr, wie viele Kilowattstunden uns monatlich zustanden; aber ich erinnere mich noch genau an den kleinen Block und den angeknabberten Bleistift, die neben dem Zähler an der Wand hingen. Der Tagesverbrauch wurde genau notiert, wenn's mehr war, mußte am nächsten Tag gespart werden.

Das gleiche Verfahren galt für die Gasuhr. Hier gab es zwar keine Sperrungen, aber die Rationierung wurde noch strenger gehandhabt, weil wir ja mit Gas kochten. Das Kontingent reichte nie, wir lebten ewig auf Vorschuß, und ein paarmal wurde uns auch prompt der Gashahn abgedreht.

Onkel Paul bastelte eine Kochkiste. Dazu nahm er die kleine Schleiflacktruhe, in die wir sonst immer die schmutzige Wäsche packten, vernagelte sie innen mit Blech, entriß Tante Else zwei alte Kopfkissen und die Steppdecke, aus der schon der Inhalt ein wenig herausquoll, und als er das ganze Zeug in die Kiste gestopft hatte, blieb kein Platz mehr für die Kochtöpfe. Also noch mal von vorn: Steppdecke durchschneiden, einen Teil davon innen an den Deckel nageln, Kopfkissen halbieren — die Federn holten wir noch Wochen später von der Gardinenstange herunter —, Kiste sorgfältig auspolstern, und dann müßte es eigentlich hinhauen. Wenn die Kartoffeln um zehn Uhr angekocht und dann in die Kiste gestellt wurden, waren sie tatsächlich um ein Uhr manchmal schon gar. Meistens nicht. Gemüsesuppe dauerte länger, Hülsenfrüchte wurden nie weich! Zum Warmhalten war der Hilfskochherd aber recht gut geeignet. Wenn ich später aus der Schule kam, konnte ich mir mein Mittagessen immer aus der Kiste holen. Hin und wieder aber auch aus dem Bett, wenn nämlich in der „Grude", wie dieses Möbel offiziell hieß, schon das Abendessen „kochte".

Tante Else wickelte dann den Topf in mehrere Lagen Zeitungspapier, außen kam ein Handtuch drum, und dann verschwand alles unterm Federbett.

Im übrigen waren wir froh, wenn wir überhaupt etwas zum Kochen hatten. Das, was es auf Lebensmittelkarten gab, hätte man leicht innerhalb von drei Tagen verbrauchen können; leider mußte es eine Dekade lang reichen. Wir lebten also von Dekade zu Dekade, sprich vom Ersten eines jeden Monats bis zum 10., vom 11. bis zum 20. und vom 21. bis zum 30. Verhaßt waren die Monate mit 31 Tagen. Dabei kamen wir noch halbwegs über die Runden, weil sowohl Mami als auch Onkel Paul eine Angestellten-Karte hatten, und ich die für Kinder unter fünfzehn. Nur Tante Else war Normalverbraucherin. Man hatte Onkel Paul eine vorzeitige Pensionierung angeboten, denn er würde kurz nach Weihnachten 65 und käme dann automatisch in den Ruhestand, aber das lehnte er schlichtweg ab. In der Reichsbahn-Verwaltung gab es zwar noch immer nicht genügend zu verwalten, aber schließlich war er Beamter und als solcher bekanntlich unkündbar. So durfte er zusammen mit anderen Kollegen die ehemaligen Durchhalteparolen von den Waggons abschrubben. Weil er mal wieder an einer Lokomotive herumgescheuert hatte, um die erstaunlich haltbare Inschrift „Räder müssen rollen für den Sieg" zu entfernen, jammerte Tante Else, weil sie die total verdreckten Hemden nicht mehr sauber bekam. Waschpulver gab es nur am Schwarzmarkt.

Der entfaltete sich dafür zu voller Größe. Es gab bestimmte Zentren, wo mehr oder weniger offen auf der Straße gehandelt wurde. Dann gab es irgendwelche Ecken, wo man sich auf einige wenige Artikel wie Seife, Nägel oder Fensterscheiben spezialisierte. Aber im allgemeinen hatte man damals „seinen" Schwarzhändler, der auch Sonderwünsche nach Nähnadeln oder Briketts erfüllen konnte. Unserer hieß Wildenhof und war weiblich. Nach außenhin führte sie einen Mittagstisch. Zumindest hatte sie das während des Krieges getan, als sie Bankbeamte und ein paar Angestellte der örtlichen Wohnungsbaugenossenschaft im Abonnement verköstigt hatte. Das Schild „Öffentlicher Mittagstisch, preiswerte solide Hausmannskost" stand zwar immer noch im Fenster; aber schließlich mußte ja eine plausible Erklärung für den regen Kundenverkehr gefunden werden. Im übrigen war allgemein bekannt, daß Frau Wildenhof „schob". Sie muß auch über weitreichende Beziehungen und ein entsprechend hohes Spesenkonto verfügt haben, denn trotz mehrmaliger polizeilicher Razzien hat man nie etwas Verdächtiges gefunden.

Ich lernte Frau Wildenhof zum erstenmal kennen, als Mami bei ihr Nähseide bestellte. Tante Else wollte nach bewährter Methode aus zwei mir zu klein gewordenen Sommerkleidern ein passendes zusammenstückeln und besaß nur noch mehrere Rollen schwarzen Zwirn, den man auch beim besten Willen nicht für einen hellgrünen beziehungsweise rosa-weiß-karierten Stoff verwenden kann.

,,Geht man da so einfach hin und verlangt die Sachen?" Ich hatte mich bisher noch nicht in Schwarzhändlerkreisen bewegt.

,,Natürlich nicht", sagte Mami, ,,man muß von irgend jemandem eingeführt worden sein. Aber ich war schon öfter hier. Was glaubst du denn, woher die fünf Kerzen stammen, die ich neulich mitgebracht habe?"

Frau Wildenhof war eine in roten Samt gehüllte, sehr füllige Dame mit sorgfältig ondulierten Haaren, zwei nicht gerade unauffälligen Ringen an jeder Hand und eine Zigarette im Mund, die sie auch beim Sprechen nicht herausnahm. Sie musterte mich unfreundlich und ließ mich im Flur warten, während sie hinter verschlossener Tür mit Mami die notwendigen Verhandlungen führte.

,,Rot und Gelb hätte ich gleich mitnehmen können, Grün kann ich erst übermorgen kriegen", vertröstete Mami Tante Else, ,,aber ich habe ein Pfund Zucker und ein Pfund Waschpulver mitgebracht. Hat mich übrigens drei Päckchen Lucky Strike gekostet!" Damit baute sie die beiden dunkelblauen Tüten auf dem Küchentisch auf.

,,Dann werde ich gleich einen Kessel Wäsche aufsetzen", freute sich Tante Else, ,,wir haben sowieso kaum noch ein sauberes Handtuch im Schrank."

Wer heute seine schmutzige Wäsche in die Maschine stopft, den Programmschalter dreht und alles andere der Technik überläßt, hat kaum noch eine Vorstellung davon, was das Wort ,,Waschtag" damals bedeutete. Der liebliche Geruch von heißer Waschlauge zog durch das ganze Haus, die Küche schwamm, das Bad ebenfalls, dauernd floß Spülwasser (kalt!) in die Badewanne rein und wieder raus, Laken und Bettbezüge konnte man nur zu zweit auswringen, und selbst dann tropften sie noch... Und hatte man die ganze Prozedur hinter sich und die Wäsche auf der Leine, dann war sie nicht mal sauber. Woraus das Waschpulver bestand, mochte der Himmel wissen, aus Seife wohl kaum.

Frau Wildenhof hatte Mami aber unter heiligen Eiden versichert, bei dem von ihr gelieferten Produkt handele es sich garantiert um ein Markenwaschmittel amerikanischer Herkunft, und so kippte Tante Else erwartungsvoll den Inhalt der einen blauen Tüte in den Kessel. Ein Aufschrei, aber es war schon zu spät! Sie hatte die falsche Tüte erwischt, und dann schwamm die Wäsche in Zuckerwasser. ,,Hundertzwanzig Mark im Eimer", jammerte sie, ,,und auch noch völlig umsonst! Wenn das Zeug davon wenigstens sauber werden würde..."

Später ging ich auch allein zu Frau Wildenhof, jedesmal mit einem Zettel in der Hand, auf dem Mami ihre Wünsche notiert hatte. Den reichte ich dann verstohlen weiter und bekam ebenso verstohlen Preis und Liefertermin zugeflüstert. Abgeholt habe ich die Sachen allerdings nie. Mami hatte immer Angst, ich würde bei einer derartigen Gelegenheit doch mal in eine Razzia kommen und mitgenommen werden. Schließlich gab es genügend Kinder, die im Schwarzhandel rege mitmischten und es trotz ihres zarten Alters zu beachtlichen Erfolgen brachten.

Mami hat übrigens des öfteren eine Nacht im Gefängnis verbracht, umgeben von schluchzenden Hausfrauen, die silberne Kuchengabeln oder fünf Meter Gardinenstoff verkaufen wollten und von der Polizei aufgegriffen worden waren. Dazwischen ein paar Damen vom horizontalen Gewerbe und gelegentlich ein kleiner Taschendieb. Die Schwarzmarktkönige wurden sowieso nie erwischt.

Als Mami zum erstenmal nach einem zwölfstündigen Aufenthalt hinter schwedischen Gardinen wieder nach Hause kam, wurde Omi hysterisch. ,,Nein, diese Schande! Meine Tochter im Gefängnis! Ich kann mich ja nicht mehr auf der Straße sehen lassen!"

Ein paar Tage später erzählte Frau Brüning ganz ungeniert, daß man sie am Alexanderplatz aufgegriffen und in einer grünen Minna abtransportiert hätte, Frau Hülsner sei übrigens auch dabeigewesen, und schließlich erwischte es sogar Onkel Paul, der nur mal aus Interesse über den Schwarzen Markt geschlendert war und keinerlei Kaufabsichten gehabt hatte.

,,Wer in dieser Zeit nicht wenigstens einmal gesessen hat, der hat keine reine Weste", pflegte Mami zu verkünden, ,,bekanntlich fängt man doch immer bloß die Kleinen. Und die Großen läßt man laufen."

Glücklicherweise ist sie nie geschnappt worden, wenn sie mit einem Stapel Bettwäsche oder einem Dutzend Damastservietten unterwegs war; sie lief immer erst dann einer Streife in die Arme, wenn sie schon den baren Gegenwert in der Hand hatte, und die Herkunft des Geldes ließ sich ja nicht nachweisen. Ein begüterter Onkel, eine finanzkräftige Kusine... für entsprechende Nachforschungen hatte die Polizei damals nun wirklich keine Zeit. Mami wurde also nur „erkennungsdienstlich behandelt" und dann regelmäßig nach Hause geschickt. In dubio pro reo!

Meine Aussteuer war also das erste, was verkauft und aufgegessen wurde. Omi trennte sich nach langen inneren Kämpfen von der seidenbändchenumwickelten Pracht, denn eigentlich gehörten doch mir die ganzen Sachen. Mamis Argument, wenn ich erst mal verhungert sei, hätte ich sowieso nichts mehr davon, gab schließlich den Ausschlag. Mit einem letzten Funken von Entsagung erklärte Omi jedoch heroisch: „Ich will aber nichts von dem haben, was du dafür eintauschst."

„Na, ich weiß ja nicht, wie sich der Karl dazu stellt. Letzten Endes gehört ihm doch die ganze Wäsche."

Opi fand es völlig in Ordnung, daß der Erlös redlich geteilt wurde, und Omi hatte nun auch nichts mehr einzuwenden. Die Bargeldreserven, normalerweise ein recht gesundes Polster, schwanden dahin. Ein Pfund Zucker kostete 120 Mark, Mehl 80 und Butter sogar 150 Mark, aber nur ein halbes Pfund. Außerdem standen Omi und Opi nur Normalverbraucher-Karten zu, denn Opi war inzwischen 65 und pensioniert. Geld bekam er aber noch nicht, die Verwaltung verwaltete derzeit noch Arbeitskräfte und keine Pensionäre. Omi äußerte deshalb mehrmals die Absicht, sich dem Heer der Berliner Trümmerfrauen anzuschließen, ließ sich aber nur allzu gern wieder davon abbringen.

„Ich werde uns schon alle irgendwie durchfüttern", versicherte Mami, „schließlich haben wir den Krieg nicht deshalb überstanden, um jetzt im Frieden draufzugehen!"

23

Irgendwann im Herbst des bedeutungsvollen Jahres 1945 verkündete die noch immer recht zuverlässige Mund-zu-Mund-Propaganda, daß die Schulen wieder ihre Pforten öffnen würden. Ein paar Tage später wurde es auch amtlich. Danach hatten sich alle schulpflichtigen Kinder innerhab eines bestimmten Zeitraumes bei ihren einstigen, künftigen oder sonstwie zuständigen Schulen einzufinden und alles weitere zu erfragen.

Wie sich diese Anordnung im Stadtzentrum verwirklichen ließ, wo alles mehr oder weniger in Trümmern lag, weiß ich nicht. Bei uns in Zehlendorf verlief der Auftrieb verhältnismäßig reibungslos. Ich hatte mich nun doch entschlossen, die Gertraudenschule in Dahlem zu besuchen, obwohl mir Lehrer und Schüler vom Goethe-Lyzeum recht gut gefallen hatten. Aber die Fahrerei nach Schmargendorf war zu umständlich. Ich hätte den Bus benutzen müssen, und er fuhr eher nach Gutdünken als nach Fahrplan. Außerdem hatte ich inzwischen Irene, Uschi und die anderen wiedergetroffen, mit denen zusammen ich in Ostpreußen gewesen war, und sie wollten ausnahmslos in die Gertraudenschule gehen. So siegte auch bei mir der Herdentrieb.

Unsere Schule hatte den Krieg unbeschadet überstanden, lediglich die Fassade war ein bißchen angekratzt. Deshalb hatten auch die Amerikaner das Gebäude kurzerhand beschlagnahmt, denn ihre eigenen Kinder mußten schließlich ebenfalls etwas lernen und brauchten eine angemessene Unterkunft. Es wurde zwar gemunkelt, daß die Amis am Rande des Grunewalds den Bau einer eigenen Bildungsstätte planten; aber die abkommandierten deutschen Maurer werkelten zur Zeit noch emsig an Snack-Bars und anderen, für Amerikaner lebenswichtigen Bauwerken herum. Die Schule kam erst später dran.

Aber wenigstens hatte man uns in unserer Penne ein winziges Zimmerchen zur Verfügung gestellt, in dem die schon reichlich bejahrte Schulsekretärin ihres Amtes waltete. Diesmal war es die echte! Von ihr erfuhr ich, daß den derzeit heimatlosen Gertraudenschülerinnen im Luisen-Stift Asyl gewährt worden war. Selbiges läge in der Podbielskiallee, und ich hätte mich am kommenden Montag um acht Uhr dort einzufinden.

Das Luisen-Stift erwies sich als quadratischer Kasten, der von einem hohen Gitterzaun umgeben war und der Fama zufolge früher ausschließlich Klosterschülerinnen beherbergt hatte. Das Regiment sollten angeblich Nonnen geführt haben — eine Behauptung, deren Richtigkeit ich nie nachgeprüft habe —, und das ganze Interieur wirkte reichlich spartanisch. Es gab nicht einmal eine Zentralheizung

— sie hätte sich in jenen Jahren ohnedies als überflüssig erwiesen. Dafür stand in jedem Klassenzimmer ein mittelalterlich anmutender Eisenofen, dessen Rohr sich in abenteuerlichen Windungen durch den ganzen Raum schlängelte, bevor es irgendwo in der Mauer verschwand. Später hatten wir Gelegenheit genug, diese antiquierte Installation schätzen zu lernen.

Der Schulhof grenzte direkt an den Botanischen Garten. Allerdings war uns der Eintritt durch besagten Gitterzaun verwehrt. Rein zufällig entdeckten wir jedoch eine kleine Tür, deren verrostetes Schloß keinen nennenswerten Widerstand bot, und so wurde der Botanische Garten später Treffpunkt unserer Klasse, wenn wir mal wieder irgend etwas Bedeutungsvolles zu beraten hatten.

Als ich mich an meinem ersten Schultag im Luisen-Stift einfand, quirlten Hunderte von Schülerinnen auf dem Schulhof durcheinander, und es ließ sich beim besten Willen nicht feststellen, wer nun zur Gertraudenschule gehörte und wer zum Luisen-Stift. Ich hatte doch zumindest erwartet, daß ein Teil der Mädchen in knöchellangen Gewändern und mit weißen Häubchen auf dem Kopf einherschritt.

Bei der Anmeldung war ich der 2. Klasse zugeteilt worden. Heute würde das der 6. Klasse entsprechen, aber wir begannen seinerzeit unser Gymnasialleben wieder mit Klasse eins. Bereits im nächsten Frühjahr kam ich in die 3. Klasse. Dafür dauerte dieses Schuljahr dann fünfzehn Monate, weil die zuständigen Ämter sich nun endlich entschlossen hatten, die Schulordnung den westdeutschen Gepflogenheiten anzupassen. Und dort fanden die Versetzungen zu Beginn der Sommerferien statt.

Die Auswahl wurde zunächst einmal ziemlich willkürlich getroffen, denn häufig waren in den letzten Kriegstagen Zeugnisse und andere Unterlagen verlorengegangen; und die armen Schulsekretärinnen mußten sich auf die Angaben der Schülerinnen verlassen, die ihren Wissensstand mitunter recht optimistisch beurteilten. So blieben in den folgenden Wochen großangelegte Verschiebungen nicht aus, und so manche Sekundanerin landete wieder in der Tertia. Ich hatte allerdings schriftlich belegen können, daß ich schon in Goldap ein knappes halbes Oberschuljahr hinter mich gebracht und später in der Tschechoslowakei ebenfalls regulären Unterricht gehabt hatte. So wanderte ich beim Läuten der Schulglocke suchend durch die Gänge, bis ich an einer giftgrün lackierten Tür das Pappschild „Klasse 2“ entdeckte.

Es waren etwa siebzig Mädchen, die sich in dem kleinen Klassenraum zusammendrängten, und so wurden wir zunächst einmal geteilt. Da wir uns nach Gutdünken aufteilen durften, blieben wir „Ostpreußen“ natürlich zusammen und verkörperten später die Zehlendorfer Clique. Es gab nämlich noch eine Steglitzer, eine Lichterfelder und eine Dahlemer Gruppe, je nachdem, in welchem Stadtteil man beheimatet war, obwohl sie alle eigentlich nahtlos ineinander übergingen.

Wir wurden die Klasse 2a, marschierten weisungsgemäß drei Türen weiter und betraten einen Raum, der sich von dem anderen nur dadurch unterschied, daß das Ofenrohr aus dem Fenster ragte. Selbiges hatte keine Scheibe und war mit etwas Braunem vernagelt; ein sattsam bekannter Anblick.

Als erstes erfuhren wir von unserer Lehrerin, die sich als Frau Griesinger vorstellte, daß wir bis auf weiteres Schichtunterricht haben würden. Letzten Endes erhoben die rechtmäßigen Insassen des Luisen-Stiftes ebenfalls Anspruch auf ihre Schule. Schichtunterricht bedeutete, daß man eine Woche lang morgens zur Schule pilgerte, während in der darauffolgenden der Unterricht um 14 Uhr begann. Die Nachmittagsschicht war bei Lehrern und Schülern gleichermaßen unbeliebt, allerdings aus verschiedenen Gründen. Die Schüler sahen sich in ihrer Freizeitgestaltung beeinträchtigt (vormittags war jedes Kino geschlossen und auch sonst nichts los, man wurde höchstens von den Eltern zum Schlangestehen abkommandiert), und die Lehrer stellten sehr schnell fest, daß sich bei ihren Schutzbefohlenen spätestens ab 16 Uhr lähmende Müdigkeit einstellte. Spätestens ab 17 Uhr mußte der Unterricht aufs Mündliche beschränkt werden, weil es dunkel wurde. Strom gab es um diese Tageszeit sehr selten, da er meist erst gegen 20 Uhr wieder eingeschaltet wurde; das Mitbringen von Hindenburglichtern war als feuergefährlich untersagt worden. Und so redeten die bedauernswerten Lehrkräfte im wahrsten Sinne des Wortes ins Dunkle.

Dann kam der Winter, und damit brach der Schulunterricht erst einmal wieder zusammen. Heizmaterial gab es offiziell überhaupt nicht, und wenn doch, dann konnte man seine Brikettration bequem in einer mittelgroßen Einkaufstasche nach Hause tragen. Anfangs wurden wir angehalten, täglich ein Brikett mit in die Schule zu bringen — Holz war auch genehm —, aber unsere Mütter weigerten sich begreiflicherweise, ihre kostbaren Schätze herauszurücken. Letzten

Endes war es so lange ohne Bildung gegangen, da würden ein paar weitere Monate ohne Schulunterricht auch nicht gleich den geistigen Zusammenbruch der deutschen Jugend zur Folge haben.

Also wanderten wir ein paar Wochen lang bibbernd zur Schule, setzten uns bibbernd in die Klassenzimmer, wo die ebenfalls bibbernden Lehrer unsere Hausaufgaben einsammelten, uns in Kurzfassung ein paar Weisheiten einbleuten; und wenn wir dann mit neuen Hausaufgaben eingedeckt waren, zogen wir bibbernd wieder nach Hause. Ab und zu stifteten die Amerikaner auch mal einige Zentner Kohlen, dann zog durch sämtliche Klassenzimmer ein Hauch von Wärme, und wir hatten sogar eine Woche lang regelmlmäßig Unterricht.

Das änderte sich erst im Frühjahr. Da war es zwar immer noch kalt, aber wir waren inzwischen so abgehärtet, daß wir eine Zimmertemperatur von 10 bis 12 Grad als durchaus akzeptabel empfanden. Zumal wir uns längst daran gewöhnt hatten, mit Mantel und Schal in geschlossenen Räumen zu sitzen. Gelobt sei, was hart macht! Diesen Spruch kannten wir noch aus dem Tausendjährigen Reich, hatten ihn bei verschiedenen Gelegenheiten in die Tat umsetzen müssen und entdeckten erst jetzt seine Berechtigung.

Jedenfalls hatten wir nun wieder normalen und geregelten Schulunterricht, oder zumindest das, was man damals darunter verstand.

Lehrbücher gab es nicht. Die etwa noch vorhandenen waren nazistisch verseucht und deshalb verboten. Ich weiß zwar nicht, inwieweit dies beispielsweise auf Mathebücher zutraf, aber vielleicht errechnete man während des Dritten Reiches die Kubikmeterzahl von Unterseebooten oder Luftschutzkellern, während man heute das Volumen von Scheunen und Fabrikhallen ausrechnen muß. (Lediglich unsere Biologiebücher durften wir behalten, vermutlich deshalb, weil sich die Zellteilung bei Ringelwürmern auch nach dem Krieg noch genauso abspielte wie vorher und wohl auch nicht politisch zu beeinflussen war.) Jedenfalls hatten wir keine alten Bücher mehr, und neue wurden noch nicht gedruckt. Die Herstellung von seitenlangen Fragebögen zum Zwecke der Entnazifizierung sowie die Vervielfältigung von ständig neuen Beschlüssen des Alliierten Kontrollrats waren offenbar wichtiger.

Also behalf man sich, so gut es eben ging, und da es noch kein Unterrichtsministerium und folglich auch noch keine einheitlichen Richtlinien gab, waren die Lehrer mehr oder weniger auf sich gestellt. Sie erfuhren nur, was sie nicht unterrichten durften. Und das war zunächst einmal Geschichte! Das laufende Jahrhundert war ohnehin tabu. Aber nun hatte es bereits in früheren Zeiten Kriege gegeben, aus denen Deutschland oder doch wenigstens Teile desselben als Sieger hervorgegangen waren. Diese unleugbare Tatsache ließ sich mit dem gegenwärtigen Zustand nicht in Einklang bringen, außerdem sollten wir wohl nicht an glorreichere Zeiten erinnert werden...Also ließ man den Geschichtsunterricht fürs erste lieber ganz fallen. Als er dann endlich wieder in den Lehrplan aufgenommen wurde, begannen wir mit der Steinzeit. Die lag erstens lange zurück und war zweitens garantiert unpolitisch.

Statt Geschichte hatten wir „Gegenwartskunde". Wir lernten, was Demokratie bedeutet, bekamen hektographierte Zettel mit bildlichen Darstellungen der verschiedenen Regierungsformen und paukten uns die Unterschiede zwischen dem amerikanischen Repräsentantenhaus, der französischen Nationalversammlung und dem englischen Unterhaus ein. Begriffen haben wir sie nie.

Im Deutschunterricht lasen wir Balladen. Goethe und Schiller hatte so ziemlich jeder im häuslichen Bücherschrank stehen, außerdem waren deutsche Klassiker auch unseren Siegermächten zumindest namentlich bekannt. Also lasen wir vom Taucher bis zum Erlkönig nahezu alles, was als literarisch bedeutsam und als Bildungslücke gilt, wenn man es nicht kennt. Hatten wir die Balladen gelesen und besprochen, mußten wir sie auswendig lernen. Das brachte einmal unser ohnehin schon etwas eingerostete Gedächtnis auf Touren, zum anderen sparte es Papier, weil es sich ja um mündliche Hausaufgaben handelte.

Papier war Mangelware, streng rationiert und trotzdem nie zu kriegen. Ich habe keine Ahnung mehr, wie viele Hefte einem pro Monat zustanden, jedenfalls brauchten wir zum Erwerb eines solchen eine von der Schule abgestempelte und unterschriebene Anforderung sowie eine alte Zeitung. Beides hatte man im Papiergeschäft abzugeben, und dann bekam man doch kein Heft, weil sie schon wieder alle waren.

Wir schrieben Übersetzungen auf Zeitungsränder und zerrissene Einkaufstüten, errechneten mathematische Gleichungen auf alten Telefonbüchern, bevor wir die Resultate in das kostbare Heft eintrugen, und hüteten jeden Fetzen unbeschriebenen Papiers wie einen Kronschatz. Fein heraus waren jene Kinder, deren Väter bei Behörden oder gar bei den Amis im Büro arbeiteten. Die konnten schon hin und wieder ein bißchen Schreibmaterial organisieren. Opa Helmchen, nachweislich nie Parteimitglied und deshalb schon längst wieder in den Verwaltungsapparat integriert, war aber leider zu korrekt, um auch nur einen einzigen Bogen Briefpapier zu entwenden, geschweige einen ganzen Stenogrammblock. Schließlich zog Mami irgendwo einen Stapel gedruckter Verordnungen an Land, und ich hatte für eine Weile ausgesorgt. Auf der einen Seite stand ein englischer Text, der sich mit dem Verhalten amerikanischer Truppenangehöriger bei dem eventuellen Ausbruch eines Feuers befaßte; auf der anderen Seite schrieb ich Abhandlungen über das Verhalten von Pantoffeltierchen in Süßwasserseen.

Einen wesentlichen Bestandteil des Schulalltags bildete die Schulspeisung. Hierbei handelte es sich um das Ergebnis einer großangelegten Spendenaktion, die amerikanische Wohlfahrtsorganisationen ins Leben gerufen hatten. Von ihnen stammten auch die heute schon legendären Care-Pakete und vermutlich auch die Kleiderspenden. Letztere zeichneten sich dadurch aus, daß sie immer sehr farbenfreudig, selten ganz sauber und meistens leicht beschädigt waren. Aber was soll's? Heute machen wir es ja nicht anders, sammeln Teile unseres Wohlstandsmülls in Plastiksäcken und schicken sie als Sachspenden nach Biafra oder Bangladesch. Damals waren die bunten Kleider jedenfalls ein sehr begehrter Artikel, denn nicht jeder hatte eine Tante Else zu Hause, deren früher etwas herablassend belächelte Flickschneiderei ich inzwischen wohl zu schätzen wußte.

Eines Tages wurden wir also aufgefordert, morgen ein Gefäß und einen Löffel mitzubringen, denn wir würden erstmalig in den Genuß der schon mehrmals angekündigten Schulspeisung kommen. Omi drückte mir ein schon etwas lädiertes Blechschüsselchen in die Hand, weil es nicht kaputtgehen konnte; und ich schämte mich wegen dieses Freßnapfes entsetzlich und hatte den festen Vorsatz, ihn keineswegs der Öffentlichkeit zu präsentieren. Aber die anderen Schülerinnen waren ähnlich praktisch ausgerüstet. Die meisten Mädchen schwenkten sogar Kochgeschirre, oft der einzige Besitz, den heimkehrende Väter aus Krieg oder Gefangenschaft mitgebracht hatten. Später kaufte Mami mir ein verschließbares Gefäß, das den gefahrlosen Transport der meist sehr flüssigen Schulspeisung garantierte. Es war aber auch aus Blech, und vermutlich datiert seit jener Zeit meine Abneigung gegen jede Art von Blechgeschirr.

Als es zur großen Pause läutete — sie war wegen der erwarteten

Freßorgie um eine Stunde verschoben worden und begann erst um halb elf —, beobachteten wir zum erstenmal das Ritual, das sich von nun an täglich wiederholen sollte: Ein Armeelastwagen fuhr vor, zwei Männer luden mehrere große Kübel ab, die ein bißchen an Mülltonnen erinnerten, stellten die Dinger auf den Flur und verschwanden wieder. Den Weitertransport zur Turnhalle übernahmen Schülerinnen der oberen Klassen, während das Lehrerkollegium sich in neckische Schürzen wickelte, mit riesigen Kellen versah, und dann wurden unter Anteilnahme der vollzählig versammelten Schüler die Deckel geöffnet.

Später wurden wir klassenweise zum Essenempfang abkommandiert, aber wir wußten sowieso schon, was uns erwartete. Die Speisekarte war nicht sonderlich abwechslungsreich — was durchaus verständlich ist — und variierte im wesentlichen zwischen Grießsuppe, Kartoffelsuppe, Kekssuppe und einer etwas undefinierbaren Suppe, die vorwiegend aus Maismehl bestand und für die wir nie einen passenden Namen fanden. Abwechslung gab es nur insofern, als wir in der Kartoffelsuppe mitunter eigenartige Käfer fanden und in der undefinierbaren Suppe Würmer. Die Kekssuppe war gelegentlich bereichert durch große Stücke Zellophanpapier, was uns vermuten ließ, daß man die Kekse samt Verpackung in den Kochtopf geworfen hatte.

Ich unterstelle den Amerikanern keineswegs, daß sie uns mit verdorbenen Lebensmitteln beliefert haben, aber sie spendeten ja nur die Zutaten, während die Verarbeitung weitgehend in deutscher Hand lag. Und bei uns dominierte überall der Selbsterhaltungstrieb!

Unsere anfängliche Begeisterung für die Schulspeisung flaute also mit der Zeit merklich ab und erreichte nur dann einen gelegentlichen Höhepunkt, wenn wir statt der üblichen Suppe eine Packung Crackers oder eine kleine Tafel Schokolade bekamen. Letztere würde heute vermutlich nicht einmal mehr als Sonderangebot im Supermarkt verkauft werden; aber uns, die wir zum Teil schon seit Jahren keine Schokolade mehr gesehen, geschweige denn gegessen hatten, erschien sie als Inbegriff alles Köstlichen.

Hatten wir nachmittags Schule, dann bekamen wir unsere Suppe kalt oder bestenfalls lauwarm, was den Geschmack nicht sonderlich verbesserte. Wir nahmen sie meistens mit nach Hause, wo die Mütter sie entweder wieder aufwärmten oder (Mami tat das oft genug) in die Toilette kippten. Sie hatte etwas gegen Käfer und Maden im Essen.

Demnach hatten also zumindest wir noch nicht das Stadium erreicht, wo viele Menschen aus Hunger Kartoffelschalen oder auch Suppe mit recht zweifelhafter Einlage aßen.

Ich weiß allerdings noch, daß ich einmal junge Brennesseln und Löwenzahnblätter sammelte, aus denen Tante Else Spinat kochte. Damals erschien mir das als Endstufe der Zivilisation; heute wird der Genuß von jungem Löwenzahn in einschlägigen Zeitschriften als Delikatesse angepriesen. So ändern sich die Zeiten!

24

Der Schulalltag verlief weniger hektisch als heutzutage. Vielleicht lag es aber auch nur daran, daß wir zum Teil schon über ein Jahr lang zwangsweise Ferien gehabt hatten und sogar freiwillig bereit waren, mal wieder etwas zu lernen.

Natürlich herrschte auch in unserer Klasse die in allen Schulen verbreitete Cliquenbildung; aber bei uns stützte sie sich weniger auf Sympathie- oder Antipathiegefühle, sondern mehr auf den gemeinsamen Schulweg, der bei uns allen ziemlich lang war. Da gab es einmal die Zehlendorfer Clique, zu der auch ich gehörte. Anfangs war sie die größte; aber als bei der nächsten Versetzung eine ganze Menge Schülerinnen klebenblieb, schmolz unser Häuflein auf Gerda, Irene, Anita und mich zusammen. Wir wohnten alle in „Onkel-Toms-Hütte“, trafen uns morgens auf dem Bahnhof, fuhren die vier Stationen zur Podbielskiallee und pilgerten die letzen anderthalb Kilometer zu Fuß. War eine von uns mal nicht pünktlich und verpaßte den Zug, dann warteten die anderen aus Solidarität. Damals verkehrte die U-Bahn nur alle zwanzig Minuten, und wer den Zug um 7.28 Uhr nicht erreichte, hetzte verspätet mit hängender Zunge die endlos lange Podbielskiallee entlang und schaffte es doch nicht mehr rechtzeitig. Tauchten wir jedoch zu viert gegen viertel neun im Klassenzimmer auf, dann war eben mal wieder ein Zug ausgefallen. So etwas kam gelegentlich vor, und das Gegenteil war selten zu beweisen.

Dann gab es die Lichterfelder Clique, zu der Evchen, Karla, Lilo und noch ein paar andere gehörten. Evchen hieß eigentlich Eva-Maria, aber da die Länge ihres Namens in umgekehrtem Verhältnis zu ihrer Körpergröße stand, nannten wir sie Evchen. Sie war übrigens der Klassensäugling und ganze 16 Tage jünger als ich, eine Tatsache, die mich außerordentlich befriedigte. Bisher war ich in jeder Klasse der Benjamin gewesen, und nun war ich diese zweifelhafte Ehre endlich los. Trotzdem wurde ich zusammen mit Evchen bei der Pockenschutzimpfung zurückgestellt, weil wir das für die Prozedur notwendige Alter noch nicht erreicht hatten. Wir sollten erst im nächsten Jahr drankommen.

Evchens Busenfreundin hieß Sigrun, ihr zweiter Vorname lautete nicht minder klangvoll Iduna und endete mit einem ernüchternden Lehmann. Sie trug den Berliner Portieradel mit Humor, entschuldigte den nicht ganz gebräuchlichen Vornamen mit dem nordischen Spleen ihrer Mutter und enthüllte uns schließlich, ihr Bruder heiße Beowulf, und das fände sie noch viel entsetzlicher. Sigrun war Klassenbeste, aber im Gegensatz zu den meisten dieser Kirchenlichter weder streberhaft noch unkameradschaftlich. Oft genug mußte sie noch während der Unterrichtsstunde nach ihrem Heft fahnden, aus dem wir reihenweise abgeschrieben hatten und das dann bei irgend jemandem hängengeblieben war.

Die Steglitzer Clique wurde angeführt von Ilse, der Längsten von uns und begehrter Partner bei sämtlichen Ballspielen. Sie verhalf der jeweiligen Partei fast immer zum Sieg.

Blieb noch die Dahlemer Gruppe. Zu ihr gehörte eine Zeitlang der Abkömmling einer bekannten Schauspielerfamilie, und ich finde es ganz lustig, wenn ich meine ehemalige Mitschülerin hin und wieder auf dem Bildschirm entdecke. Heute trägt sie einen klangvollen Namen, bei uns hieß sie noch schlicht Ellinor. Im übrigen waren ihre Talente wohl mehr im Künstlerischen zu suchen, denn sie ist auch sitzengeblieben und hat daraufhin die Schule gewechselt.

Bemerkenswertestes Mitglied der Dahlemer war zweifellos Mariele, die eigentlich Marie-Luise hieß und Geige spielte. Ihr Vater gehörte zu den Berliner Philharmonikern und hatte seiner Tochter schon im zartesten Kindesalter eine Violine in die Hand gedrückt. Dank gründlicher Ausbildung beherrschte Mariele das Instrument bereits virtuos und wurde bald zum tragenden Element des Schulorchesters, das ohnehin fast nur aus Blockflöten bestand. Darüber hinaus bereicherte sie mit eindrucksvollen Soli so manches offizielle und inoffizielle Klassenfest.

Die restlichen Mitglieder der 2a setzten sich aus Einzelgängern zusammen, die immer ein bißchen farblos blieben, nie eine eigene Meinung hatten und sich grundsätzlich der Mehrheit beugten, ganz egal, was die nun gerade beschlossen hatte.

Auch unser Lehrerkollegium war ziemlich zusammengewürfelt und überwiegend weiblich. Sogar das Direktorat lag in den Händen der sehr resoluten Oberstudiendirektorin Rothe, die sich ihrer Aufgabe mit viel Energie und mitunter sogar mit weiblichem Charme unterzog.

Da sich ein Teil der Lehrer noch in Gefangenschaft befand oder den Krieg nicht überlebt hatte, wurde alles verpflichtet, was an pädagogisch ausgebildeten Kräften zur Verfügung stand, einschließlich Pensionisten. Man holte sie aus ihrem wohlverdienten Ruhestand zurück, und zum Teil war es nur ihnen zu verdanken, daß der Schulbetrieb verhältnismäßig früh wieder anfing.

Die männliche Komponente unseres Lehrerkollegiums vertraten Herr Dr. Strack und Studienrat Weigand. Letzterer war gebürtiger Kölner, augenblicklich unfreiwilliger Berliner und bisher ausschließlich an Gymnasien tätig gewesen. Er wurde unser Klassenlehrer und gab Mathe und Physik. Vermutlich war er ein recht guter Mathematiker, seine pädagogischen Fähigkeiten ließen jedoch zu wünschen übrig. Aber vielleicht war er einfach den Umgang mit kichernden Backfischen nicht gewöhnt. Jedenfalls verachteten wir ihn zutiefst und machten ihm das Leben reichlich schwer.

Nun war Mathematik ohnehin nie meine Stärke, und ich bin in ihre Geheimnisse auch nicht sehr tief eingedrungen. Der Lehrsatz des Pythagoras war die letzte geometrische Formel, die ich in vollem Umfang begriffen habe; was danach kam, blieb in ewiges Dunkel gehüllt. Da man aber beim besten Willen nicht jede Aufgabe mit Hilfe der beiden Kathetenquadrate lösen kann — bei Kreisberechnungen oder auch beim Wurzelziehen erweisen sie sich als völlig ausreichend —, war ich in späteren Jahren ausschließlich auf die Kenntnisse meiner Mitschülerinnen angewiesen und kam deshab auch nie von meiner traditionellen Vier herunter.

Erdkunde und Geschichte hatten wir bei Dr. Strack, jenem in Ehren ergrauten und seit zwei Jahren pensionierten Schulmann, der nicht nur schwer hörte, sondern außerdem extrem kurzsichtig war. Seine Brille stammte wohl noch aus der Zeit, als er besser sehen konnte. Da er sie jedoch fast immer vergaß, war er unseren Machenschaften nahezu hilflos ausgeliefert. So hängten wir einmal statt der benötigten Karte von Spanien die von Afrika auf, suchten Sevilla in der Gegend vom Oranje-Freistaat, und es dauerte ziemlich lange, bis Dr. Strack den Irrtum bemerkte. Selbst dann glaubte er noch an ein verzeihliches Versehen.

Schrieben wir Klassenarbeiten oder wurden wir mündlich geprüft, dann benutzten wir einfach die aufgeschlagenen Bücher und Hefte und riefen den Prüfungskandidaten in nur geringfügig gemäßigter Lautstärke alles Erforderliche zu.

Leider wurde Dr. Strack nach einigen Monaten von Fräulein Ramburg abgelöst, einer betulichen älteren Dame ohne nennenswerte Eigenschaften, die uns nach kurzer Prüfung völlige Unkenntnis im geographischen Bereich bescheinigte und wieder mit der oberrheinischen Tiefebene anfing.

Biologie gab Frau Griesinger, eine vierschrötige Walküre, unter deren wuchtigen Schritten das Katheder erzitterte. Sie hatte eine Vorliebe für dunkelgraue Röcke und einzellige Lebewesen, mit deren Abarten sie uns monatelang traktierte. Außerdem legte sie Wert auf sorgfältig geführte Hefte und möglichst naturgetreu angefertigte Zeichnungen. So malte ich geduldig Hunderte von exakt gleichlangen Strichen (Wimperntierchen), pauste aus einem Lexikon den Querschnitt irgendeiner Amöbe ab und hatte mehrmals die Genugtuung, daß mein Heft als Beispiel sorgfältiger Arbeit meinen desinteressierten Mitschülerinnen präsentiert wurde. Zum Glück übersah Frau Griesinger bei diesen Gelegenheiten, daß der Begleittext zu meinen Gemälden sehr knapp war. Es genügte ihr völlig, wenn man wenigstens die lateinischen Namen des jeweiligen Gewürms kannte. Schnatterte man darüber hinaus noch eine kurz vor Beginn der Stunde wörtlich eingelernte Passage aus dem Lehrbuch nach, war sie vollauf zufrieden.

Meine Freundin Regina machte sich Frau Griesingers Marotte bei einer späteren Gelegenheit zunutze, als sie im Rahmen einer mündlichen Prüfung über Vögel referieren sollte und keine Ahnung davon hatte. Sie war auf Würmer präpariert. Also verzapfte sie ein paar allgemeine Weisheiten über unsere gefiederten Freunde, erklärte, daß diese sich hauptsächlich von Würmern ernähren, und legte dann eine flüssig vorgetragene Abhandlung über die Spezies Wurm hin. Das ergab eine glatte Eins.

In Deutsch unterrichtete uns Fräulein Dr. Leibnitz, ein schusseliges Nervenbündel, das ständig irgend etwas vergaß, mitunter auch unsere Klassenarbeiten, so daß wir in der Pause noch schnell die notwendigen Korrekturen anbringen konnten, bevor wir ihr die Hefte ins Lehrerzimmer nachtrugen. Außerdem war sie kurzsichtig, aber zu eitel, eine Brille zu tragen. So blinzelte sie ständig die ersten beiden Bankreihen an, die sie offenbar noch klar erkennen konnte, und wer weiter hinten saß, blieb ungeschoren. Wir gewöhnten uns also daran, im Bedarfsfall vor den Deutschstunden die Plätze zu tauschen. Wer noch etwas zu lernen oder abzuschreiben hatte, setzte sich nach hinten und war ungestört. Der Rest verteilte sich auf die vorderen Bänke, heuchelte Interesse und arbeitete in bescheidenem Umfang mit. Im übrigen zeichnete sich der Deutschunterricht durch gähnende Langeweile aus.

Von den Englischstunden konnte ich das nicht behaupten. Sie wurden von Frau Dr. Müller-Meiningen abgehalten, dem personifizierten Abbild englischer Gouvernanten, wie wir sie uns nach den Schilderungen in Jungmädchenbüchern vorstellten. Unbestimmbaren Alters, etwa um die Fünfzig, lang und hager, die spärlichen grauen Haare zu einem Dutt aufgesteckt und stets in formlose Tweedkostüme gehüllt. Die Röcke reichten bis zur Wade, die dazugehörigen Jacken fast bis zum Knie, und die Hemdblusen ließen eventuell vorhandene weibliche Formen niemals auch nur erahnen. Dazu trug sie klobige Treter Marke „latsch-latsch, die Heide blüht", die vermutlich noch aus der Mitte der zwanziger Jahre stammten, und bei pfleglicher Behandlung auch weitere zwanzig Jahre überdauern würden.

Frau Dr. Müller-Meiningen hatte ihr halbes Leben in England verbracht und in privaten Mädchenschulen den Töchtern der Aristokratie Deutschunterricht erteilt. Eine Zeitlang hatte sie sogar auf einem Landsitz in Sussex gelebt und die Abkömmlinge eines Earls oder Lords betreut. Kurz nach Kriegsende, als sich auch Englands Hochadel mehr um das leibliche als um das geistige Wohl seines Nachwuchses kümmern mußte, hatte sie sich an ihre immer noch bestehende deutsche Staatsbürgerschaft erinnert und war kurzentschlossen in die Heimat zurückgekehrt, bereit, ihre dank der alliierten Besatzung nunmehr doppelt wertvollen Sprachkenntnisse deutschen Schülern zu vermitteln.

Sie sprach reinstes Oxfordenglisch, und keiner von uns ist es gelungen, ihre exzellente Aussprache auch nur annähernd zu erreichen. Dabei hat sie sich wirklich redliche Mühe gegeben, uns das vertrackte englische R beizubringen, das um Himmels willen nicht gegurgelt werden durfte, wie wir es ständig von den Amerikanern hörten. Wochenlang mußten wir Taschenspiegel mit in die Schule bringen und kontrollieren, ob wir das Rachenzäpfchen auch in die erforderliche Stellung gebracht hatten, die allein eine korrekte Aussprache ermöglichte. Manchmal sollten wir uns auch gegenseitig in den Hals starren, kamen uns vor wie verhinderte Laryngologen und fanden die ganze Sache reichlich albern. Aber die etwas unübliche Methode verfehlte nicht ihre Wirkung. Wir lernten schließlich doch alle eine ganz passable Aussprache.

Frau Dr. Müller-Meiningen besaß einen ausgeprägten Ordnungssinn und hatte immerzu etwas zu beanstanden. Mal war die Kreide nicht sorgfältig genug gespitzt, dann wieder der Tafelschwamm nicht ausgewaschen, oder das Klassenbuch lag noch auf dem Fensterbrett anstatt im rechten Winkel exakt ausgerichtet auf dem Pult. Sobald Frau Müller-Meiningen das Klassenzimmer betrat, pflegte sie über die Tischplatte zu fahren, ostentativ den unsichtbaren Staub vom Zeigefinger zu blasen und sich mit anklagender Miene zu erkundigen: ,,Who has the order?" Worauf die für den Tafeldienst eingeteilte Schülerin aufstand und mit dem vorher gründlich in Kreide getauchten Lappen noch einmal über das Pult wischte. Irgend jemand brachte sogar mal eine Art Möbelpolitur mit, die wir vor der Stunde großzügig über das ganze Katheder verteilten. Im Klassenzimmer stank es erbärmlich, aber soweit ich micht erinnere, fand Frau Dr. Müller-Meiningen zu unserer Überraschung an diesem Tag zum ersten (und einzigen) Male nichts zu bemängeln.

Für den Sportunterricht war Fräulein Dr. Rosenberg vorgesehen. Ich sage absichtlich vorgesehen, denn er fand zunächst einmal gar nicht statt. In Berlin — und nicht nur hier — grassierte die spinale Kinderlähmung, und es wurde allgemein empfohlen, Massenansammlungen und körperliche Anstrengungen zu meiden. Da man offensichtlich auch Rumpfbeugen oder Ballspielen für anstrengend erachtete, wurden die Turnstunden bis auf weiteres gestrichen und durch das völlig neuartige Fach ,,Verbandlehre" ersetzt.

Heute würde man vielleicht ,,Erste Hilfe" dazu sagen, aber unsere Ausbildung war reichlich mangelhaft und beschränkt sich vorwiegend auf das Anlegen von Kornähren-Verbänden und die Behandlung etwaiger Schlagader-Verletzungen. Zu diesem Zweck mußte sich die Patientin auf zwei zusammengeschobene Stühle legen, und dann wickelten wir ihr nicht immer ganz saubere Taschentücher, Tafellappen oder auch mal ein Unterhemd um Arme und Beine. Gleich zu Anfang hatten wir gelernt, daß im Notfall jeder Fetzen Stoff lebensrettend sein kann. Weiterhin erfuhren wir, daß Kamillentee ein probates Hilfsmittel bei Magenbeschwerden ist und Eisen die Blutbildung fördert. Worin diese Substanz enthalten ist, wußte Frau Grünwald nicht zu sagen, denn sie gab ja normalerweise Handarbeitsunterricht und hatte von medizinischen Dingen nicht viel mehr Ahnung als wir. Ihre Kenntnisse im Verbändewickeln stammten noch aus der Zeit der Fliegeralarme und Luftschutzkeller.

Als letzte wäre noch Frau Dietz zu erwähnen, bei der wir Zeichnen hatten. Anfangs erschöpfte sich der Unterricht in den Biographien bedeutender Maler, denn wir hatten kein Zeichenpapier, um unsere eigenen künstlerischen Fähigkeiten zu erproben. Endlich erhielten wir irgendwelche Reste von Rotationsrollen, wie sie beim Zeitungsdruck verwendet werden. Mit Wasserfarben ließ sich darauf nicht arbeiten, so kamen die guten alten Buntstifte wieder zu Ehren, die noch Kriegsqualität hatten und dauernd abbrachen.

Frau Dietz war eine begeisterte Anhängerin des Naturalismus und ließ uns mit Vorliebe Blumen zeichnen. Zu diesem Zweck stellte sie eine Vase auf das Pult, die sie mit ein paar Stengeln Narzissen und drei roten Tulpen füllte, und dann mußten wir dieses Stilleben möglichst naturgetreu abmalen. Besonders Eifrige zählten sogar die Anzahl der Staubgefäße in den Blüten! Da wir lediglich zwei Zeichenstunden pro Woche hatten und außerdem keine von uns bemerkenswerte Begabung mitbrachte, kamen wir mit unseren Werken nur sehr langsam voran. In der folgenden Woche war unser Anschauungsmaterial verwelkt und wurde durch neues ersetzt. Wir änderten also unsere roten Tulpen in rosageflammte, malten noch zwei weitere Narzissen dazu; und dann waren die beiden Stunden auch schon wieder vorbei.

Die Zeit der Tulpenblüte ist auf eine kurze Dauer beschränkt, die der Narzissen noch geringer! Also strichelten wir Levkojen, später Rosen und hatten unsere Gemälde bis zum Beginn der Sommerferien noch immer nicht beendet. Schließlich kapitulierte Frau Dietz und wanderte mit uns ins Freie. Künftig mußten wir vor Ort Ruinen zeichnen, von denen sie mit einiger Berechtigung annehmen konnte, daß die auch noch für längere Zeit ihr unverändertes Aussehen behalten würden.

25

Alles in allem fand ich die Schule recht erträglich, machte kaum je Hausaufgaben — wozu auch? — und hielt die Erzählungen meiner Mutter für maßlos übertrieben und daher unglaubwürdig. Sie behauptete doch allen Ernstes, während ihrer eigenen Schulzeit stundenlang über den Arbeiten gebrütet und sogar noch abends im Bett Vokabeln gelernt zu haben. Deshalb begegnete sie meinen ständigen Beteuerungen, wir hätten nichts auf, mit berechtigtem Mißtrauen. Natürlich hatten wir etwas auf, aber weshalb sollte ich mich mit mathematischen Gleichungen herumschlagen, wenn ich sie viel bequemer und vor allem richtig in der nächsten Deutschstunde irgendwo abschreiben konnte? Schließlich gab es immer ein paar Verrückte, die tatsächlich Hausaufgaben machten.

Den Lehrern gegenüber ließen sich die teilweise unvollständigen Schulaufgaben notfalls mit Stromsperren erklären, die ein sorgfältiges Arbeiten bedauerlicherweise verhindert hatten. Und am Nachmittag hatten wir keine Zeit gehabt, weil man wieder irgendwo nach irgend etwas anstehen mußte. Das Gegenteil sollte erst mal jemand beweisen!

Im übrigen waren auch die anderen Zehlendorfer der gleichen Meinung. Wir gingen lieber gemeinsam zum Rodeln oder später zum Baden und beschränkten unsere geringen geistigen Anstrengungen ausschließlich auf die Schulstunden. Da mein Versetzungszeugnis jedoch überdurchschnittlich gut ausgefallen war (die meiner Mitschülerinnen auch; aber das verschwieg ich zu Hause), kam meine Mutter zu der Erkenntnis, daß ich offensichtlich hochbegabt und von ihr bedauerlicherweise bislang völlig verkannt worden war.

Früher war ich gerne einkaufen gegangen, auch wenn es sich bei diesen Besorgungen meist nur um sechs Brötchen oder ein Päckchen Nähnadeln handelte. Später, als ich schon lesen konnte, durfte ich auch manchmal mit einer Liste losziehen und marschierte stolzgeschwellt erst ins Fischgeschäft wegen der drei Rollmöpse, anschließend zu Kaffee-Otto, um Puderzucker, Kartoffelmehl und Zwieback zu holen, und dann noch in die Apotheke, weil wir kein Heftpflaster mehr hatten und der Lebertran auch schon wieder alle war. Dann durfte ich überhaupt nicht mehr einkaufen, weil ich einmal die Brotkarte verloren hatte, und schließlich mußte ich wieder einkaufen, weil ich die jüngsten Beine hatte und am längsten stehen konnte.

Das war nach dem Krieg und hatte mit Einkaufen sowieso nichts mehr zu tun.

Seitdem die Amerikaner sich in der Ladenstraße häuslich niedergelassen hatten, gab es kein Geschäftszentrum mehr. Die ausquartierten Ladenbesitzer eröffneten ihre neuen Verkaufsräume in leerstehenden Garagen, oder sie beendeten ihre Karriere als Einzelhandelskaufmann und begannen eine neue als Schwarzhändler, weil das lukrativer war. Dann gab es wieder andere, die bisher nur vor dem Ladentisch gestanden hatten und sich plötzlich dazu berufen fühlten, hinter dem Tresen zu stehen. Wer politisch eine reine Weste hatte, bekam sofort die notwendige Lizenz und brauchte auch keine Fachkenntnisse, denn genaugenommen verkaufte er ja nichts, sondern verteilte nur grammweise die Rationen, die er selbst zentnerweise geliefert bekam. Zu diesen selbständigen Gewerbetreibenden gehörte Herr Guber.

Er bewohnte ein Reihenhaus Am Hegewinkel, also nur ein paar Minuten von uns entfernt, und eines Tages klebten an Bäumen und Straßenpfählen hektographierte Zettel, auf denen Herr Guber der geschätzten Kundschaft die Neueröffnung seines Lebensmittelgeschäftes kundtat.

„Das finde ich aber prima!" erklärte Omi, die kurzerhand irgendwo einen Zettel abgerissen und mitgebracht hatte, damit wir ihn alle lesen konnten. „Bis zu Otto war mir das sowieso immer zu weit, und jetzt haben wir einen Laden ganz in der Nähe. Ich werde uns am besten gleich einschreiben lassen."

Man mußte sich damals in einem Geschäft seiner Wahl registrieren lassen und konnte fortan nur dort kaufen, weil der Einzelhändler seine Waren nur anhand der Kundenliste zugeteilt bekam. Bisher hatten wir immer noch bei Otto gekauft, obwohl der jetzt in einer Garage jenseits des Bahnhofs hauste, nach Tante Elses Ansicht „das nächste Ende von hier". Aber zur Butter-Berta, die gegenüber der Ladenstraße ihre Zelte aufgeschlagen hatte, wäre Omi auf keinen Fall gegangen, da wanderte sie lieber einen halben Kilometer weiter.

Sie löschte also unseren Namen in Ottos Kundenliste und schrieb uns bei Guber ein, der sich offenbar eines regen Zulaufs erfreute. Die Liste war schon meterlang.

Als ich das erstemal hinkam, um ein Viertelpfund Kaffee-Ersatz zu holen, war der Laden menschenleer. Herr Guber saß hinterm Ladentisch auf einem Stuhl und las etwas Amtliches. Er war groß und erstaunlich gut genährt, hatte einen Kugelkopf und eine Beinahe-Glatze. Die übriggebliebenen Haare reichten in Form einer Halbinsel fast bis zur Stirn.

„Haste 'ne Tüte mit?" erkundigte sich Herr Guber, als ich meinen Wunsch geäußert und den Abschnitt Ka der Lebensmittelkarte für Normalverbraucher auf den Ladentisch gelegt hatte.

„Nein, die habe ich vergessen", gestand ich beschämt. Ich konnte mich einfach nicht daran gewöhnen, daß man neuerdings das Verpackungsmaterial mitzubringen hatte, wenn man etwas einkaufen wollte. Es gab ja kein Papier und folglich auch keine Tüten.

„Soll ick dir det Zeuch nu inne Rocktasche kippen?"

„Können Sie mir nicht irgend etwas leihen?"

„Wat gloobste denn, wie oft ick det schon jemacht habe. Und nie kriege ick den Krempel wieda. Aber ick will mal nich so sein."

Damit tauchte er unter den Tresen und kam mit einem zerbeulten Henkeltöpfchen aus Blech wieder zum Vorschein, das er auf die Waage stellte. „Wiecht jenau 83 Jramm. Wenn nu die 125 Jramm Kaffee-Ersatz rinkommen, muß det zusammen 208 Jramm erjeben. Haste mitjerechnet?" Herr Guber füllte das krümelige Zeug in den Blechtopf und händigte ihn mir aus. „Nu laß det aber nich fallen, vor die nächste Dekade jibt's nischt mehr. Und verjiß nich, den Topp wieder mitzubringen!"

Bei meinem nächsten Einkauf ging es weit weniger gemütlich zu. Das war am Dekadenanfang, und als ich mich mit Winnetou Band II und einer Thermosflasche voll sehr verdünntem Himbeersaft auf den Weg machte, war es kurz vor acht. Wir hatten in dieser Woche mittags Schule, aber trotzdem hatte mich Tante Else rigoros aus dem Bett gescheucht. „Nun komm schon, Krümel, stell dich an, um zehn löse ich dich ab."

Die Schlange war mindestens sechzig Meter lang, als ich mich hinten einreihte, die Ladentür noch geschlossen. Ganz vorne machte sich bereits Empörung breit. Schließlich erschien Herr Guber in einem frischgestärkten weißen Kittel, winkte jovial und ließ die ersten fünfzehn Personen eintreten. Die Schlange rückte sechs Meter auf. Trotzdem wurde sie nicht kürzer, sondern wuchs wie ein Regenwurm immer wieder nach. Ziemlich weit vorn entdeckte ich Frau Bennich. Die mußte ja schon mit den Hühnern aufgestanden sein, um einen so exponierten Platz zu haben. In einer Stunde würde sie bestimmt schon dran sein. Frieda Seifert hatte einen guten Mittelplatz. Neben ihr stand Maugi und übte Gummiziehen. Und dann kam mit hängender Zunge Lothchen angetrabt. Der Ärmste hatte sogar ein Einkaufsnetz mit, halb gefüllt mit leeren Tüten und Stoffsäckchen, was bedeutete, daß er gar nicht abgelöst wurde, sondern bis zum Ende hier ausharren mußte. ,,Meine Mutter hat sich den Fuß verstaucht, die kann nicht auftreten, und Hartmut steht bei Lehmann an.'' Lehmann war der Fleischer, bei dem hatte Omi um sieben Uhr Posten bezogen. Später würde Opi sie ablösen.

Ich war gerade auf Seite 71, wo Old Shatterhand seinen Blutsbruder mal wieder vom Marterpfahl befreit, als Tante Else auftauchte. Sie musterte sachkundig die Schlange, bevor sie den mitgebrachten Klappstuhl aufstellte. Er stammte noch aus der Zeit, als Onkel Paul am Müggelsee seine Angel ausgeworfen und immer darauf gehofft hatte, endlich mal einen Karpfen zu fangen, aber nie etwas anderes angebracht hatte als eine unterernährte Schleie.

,,Sag Omi, daß sie um halb zwölf kommen soll, dann werden wir wohl dran sein.''

Omi paßte das überhaupt nicht. ,,Um diese Zeit kann ich nicht. Der Karli hat doch keine Ahnung von Fleisch und läßt sich sonstwas andrehen! Nein, nein, wenn wir bei Lehmanns an der Reihe sind, muß ich schon selber hin. Sag Tante Else, sie soll mir die Sachen mitbringen, und sie soll sehen, ob sie Bandnudeln kriegt. Hier hast du die Säckchen.'' Ich bekam einen Stoß Stoffbeutel ausgehändigt, teils mit Blümchenmuster (das war mal Omis Sommerkleid), teils mit Streifen (dafür hatte ein altes Oberhemd von Opi dran glauben müssen). ,,Für die Marmelade nimmst du die kleine blaue Schüssel mit, sie wiegt 230 Gramm.''

Tante Else war wenig erbaut, als ich an Omis Stelle zurückkam, beugte sich aber den unvermeidlichen Gegebenheiten. Plötzlich fiel ihr ein, daß sie vergessen hatte, Omi unsere Fleischmarken mitzugeben. Ich spurtete nochmals nach Hause, suchte die Marken, fand sie auf dem Stromzähler, hetzte hinter Omi her, die schon fast am Bahnhof war, trabte zurück zu Tante Else und kam gerade rechtzeitig zu den Verkaufsverhandlungen.

Herr Guber hatte sich der Karten bemächtigt und rechnete. ,,Also für Familie Jäger is ja allet klar, da jibt's zweehundertfuffzig Jramm Zucker. Wiech det mal ab, Annejret!'' Annegret war Frau Guber, die an den Großkampftagen Handlangerdienste verrichtete. ,,Familie Helmchen hat eenmal Anjestellten und eenmal

Kinder unter fuffzehn, macht vierhundert Jramm Zucker. Ha'm Se Tüten?"

Herr Guber legte die Beutel nacheinander auf die Waage und konstatierte befriedigt: ,,Sind immer dreißig Jramm, det kann man sich wenigstens merken. So, und nu Familie Wirth. Det is eenmal normal und eenmal Anjestellten. Zweehundert und hundertfünfundzwanzig Jramm macht zusammen dreihundertfünfundzwanzig plus dreißig Jramm Verpackung, alo summa summarum dreihundertfünfundfünfzig Jramm. Annejret, du mach det mal!" Annegret machte.

,,Mit die Nährmittel wird det jetzt schwierig. Für die Hälfte steh'n Ihnen Nudeln zu, für den Rest Jrieß. Jrieß is aber alle, da müssen Se ebent Maismehl nehmen. Oder Roggenmehl, aber Mais is nahrhafter. Und wie sieht's mit's Fett aus? Butter ham wir gar nich jekriecht, bloß Marjarine oder Butterschmalz. Oder woll'n Se lieber Öl? Is zwar schon'n bißchen ranzig, aber et läßt sich besser in de Länge zieh'n. So, und nu jeben Se mal die Töppe für die Marmelade her. Eins a Fünffrucht ham wir heute. Wat nu noch? Ach so, die Kartoffeln. Die vakoofen wir übermorjen, det hält heute zu lange uff. Vielleicht kriejen wir sojar noch frische, im Moment jibts sowieso bloß Trockenfutter."

Trockenkartoffeln schmeckten scheußlich. Trockengemüse erinnerte an die Grundsubstanz von Gesundheitstees, außerdem ließ sich nie genau feststellen, ob wir nun gerade Mohrrüben oder Kohlrabi aßen. Trockenmilch konnte man nur zum Kochen verwenden, Trockenei schmeckte nicht viel anders als Trockenmilch, und manchmal bekamen wir sogar Trockenobst, von dem Mami behauptete, es bestünde hauptsächlich aus Apfelschalen.

Während der folgenden acht oder neun Tage herrschte wieder Ruhe in Gubers Laden, es sei denn, daß überraschend eine außerplanmäßige Lieferung eingetroffen war. In solchen Fällen mußte man sich auf den Zufall verlassen, der einen Hausbewohner oder einen guten Bekannten in die Nähe des Geschäfts führte und der dann aufgeregt zurücklief und sämtliche Klingelknöpfe drückte. ,,Beeilung, bei Guber gib's Weißkohl!" Worauf alles stehen- und liegenblieb, weil jeder sofort losrannte, um noch einen Kohlkopf zu ergattern, bevor sich der unverhoffte Gemüsesegen weiter herumgesprochen haben würde.

Bei einer solchen Gelegenheit hatte Tante Else einmal ungewollt ein anschauliches Beispiel von Kettenreaktion demonstriert. Sie bügelte gerade Wäsche, als der Ruf erscholl: „Guber hat Wirsing und Salat!“ Tante Else raste los, das eingeschaltete Bügeleisen blieb stehen. Die Hitze fraß sich in die Bluse, anschließend durch die dicke Stoffpolsterung des Bügelbretts und dann auch noch durch die Sperrholzplatte. Schließlich fiel es ins Spülbecken, genau unter den ewig tropfenden Wasserhahn, die Sicherungen knallten heraus, die Stromzufuhr war unterbrochen. Die andere Hälfte des Bügelbretts, das zum Teil auf dem Küchenschrank, zum Teil auf dem Rand des Beckens aufgelegen hatte, fiel zu Boden und kippte die Schüssel um, in der eine Tischdecke eingeweicht war, das auslaufende Wasser löschte den Schwelbrand, Heim und Herd waren gerettet. Auf der Strecke blieben ein kaputtes Bügeleisen, ein demoliertes Bügelbrett, eine irreparable Bluse und anderthalb Stunden nutzlos vergeudeter Strom.

Am meisten beklagte Onkel Paul die herausgesprungenen Sicherungen. Es waren die beiden letzten! Wir hatten damals noch nicht diese Patentknöpfe, die man einfach wieder hineindrücken kann. Unsere Sicherungen waren fingerlange Porzellanzylinder mit Metallkappen, und wenn das kleine grüne Plättchen fehlte, dann waren sie eben kaputt und mußten durch neue ersetzt werden. Allerdings gab es eine Methode, wie man alte Sicherungen wieder funktionstüchtig machen konnte. Man mußte um das eine Ende einen dünnen Draht wickeln und diesen mit dem anderen Ende irgendwie verbinden. Das war zwar streng verboten, aber was soll man tun, wenn es keinen Ersatz zu kaufen gibt? Im übrigen waren die so präparierten Dinger keine Sicherungen mehr, sondern primitive Zeitbomben, die jeden Augenblick losgehen und das Haus in Brand stecken konnten. Bei uns sind sie allerdings nur ab und zu mal durch die Gegend geflogen!

Wenn man damals etwas vorhatte, beispielsweise einen Besuch bei Freunden oder eine S-Bahn-Fahrt nach Werder, wo man bei den Obstbauern im Tauschverfahren Äpfel oder Pflaumen einhandeln konnte, dann richtete man sich nicht mehr wie früher nach dem Wetter, sondern ausschließlich nach dem Datum. An den ersten beiden Tagen jeder Dekade blieb man zu Hause. Einmal, weil man selbst dauernd irgendwo anstehen mußte, zum zweiten, weil auch alle anderen Schlange standen. Das gehörte ganz einfach zum Alltag; und es gab sogar einsichtsvolle Lehrer, die auf diese Zeiterscheinung Rücksicht nahmen und an solchen Tagen nur Mündliches aufgaben. Vokabeln kann man schließlich überall pauken. Manchmal verabredete ich mich zum Anstehen auch mit Irene und Anita, deren Eltern ebenfalls bei Guber kauften, und dann hörten wir uns gegenseitig die Nebenflüsse der Loire ab oder memorierten gemeinsam „Des Sängers Fluch", „Wenn wir bis zu der abgebrochenen Zaunlatte vorgerückt sind, müssen die ersten vier Strophen sitzen!" Stühle lehnten wir übrigens ab. Das Mitbringen von Sitzgelegenheiten war das Vorrecht älterer Leute, also so ab Mitte Dreißig. Wir hockten uns lieber auf die Gartenzäune oder notfalls auf die Bordsteinkante.

Nun ist Schlangestehen nicht gerade eine kurzweilige Beschäftigung, aber zumindest noch erträglich, wenn es warm ist und die Sonne scheint. Manchmal regnete es aber auch am 11. oder 21., und dann wurde das ganze Unternehmen entschieden ungemütlicher.

Dieselben Leute, die noch vor zehn Tagen Kochrezepte unter Verwendung von Maisgrieß und Butteraroma getauscht oder einen alten Pullover aufgeräufelt hatten, während der Vordermann bereitwillig die Wolle gewickelt hatte, keiften sich nun gegenseitig an, weil jemand ein kurzes Schwätzchen mit einem Bekannten am Schlangenende gehalten hatte und nun wieder an seinen Platz zurückkehren wollte. „Det jeht aber nu nich, wir müssen ja ooch alle stehenbleiben!" oder „Zwischendrängeln is nich!" Zur offenen Revolte kam es immer dann, wenn eine Dame mit Köfferchen oder großer Einkaufstasche auftauchte, schweigend die durchnäßte Menschenschlange abschritt, den Laden betrat und zielsicher in den hinteren Räumen verschwand. Mit ihr verschwand Frau Guber, um nach anderthalb oder zwei Stunden wieder aufzutauchen, frisch frisiert und manikürt, manchmal auch mit einem neuen Kleid, wenn die Dame mit dem Koffer nicht die Friseuse gewesen war, sondern die Schneiderin. Schließlich war man jetzt wer, und man konnte sich etwas leisten! Und man leistete sich derartige Demonstrationen mit Vorliebe am Dekadenanfang, damit auch alle Leute sehen konnten, *daß* man sich etwas leisten konnte.

Annegret wischte alle Vorwürfe hoheitsvoll beiseite. „Ich bin Geschäftsfrau und stehe den ganzen Tag im Laden. Wann sollte ich also zum Friseur gehen? Ich muß froh sein, daß die Friseuse zu mir kommt!" Die kam aber viel zu gerne, denn wenn sie nach vollbrachter Tat den Laden wieder verließ, trug sie an ihrer Tasche entschieden schwerer als bei ihrer Ankunft.

Herrn Guber waren die Eskapaden seiner Angetrauten sichtlich peinlich, und er zuckte jedesmal resigniert mit den Schultern. „Wat soll ick denn machen? Der Laden jehört ihr, ick bin bloß det Anhängsel. Ick hab' ja nich ahnen können, det die plötzlich eenen Triller untern Pony kriegt. Aber is det'n Wunder? Von alle Leute wird se hofiert, und nu is ihr det in'n Kopp jestiegen."

Omi prophezeite Fürchterliches. Als Frau Guber wieder einmal frischgelackt aus dem Hinterzimmer kam, verkündete sie unter beifälligem Nicken der anderen Kunden lautstark: „Es werden auch wieder andere Zeiten kommen, und dann werden Sie noch über jeden Kunden froh sein, der Ihren Laden überhaupt betritt!"

Ihre Kassandra-Rufe erfüllten sich. Ein halbes Jahr nach der Währungsreform schraubte Herr Guber sein Ladenschild ab, ließ einen Maler kommen und verwandelte das Lebensmittelgeschäft wieder in ein Wohnzimmer. Daraufhin reichte Annegret die Scheidung ein.

Aber es gab auch Dinge, die man ohne Anstehen und vor allem auch ohne Marken kaufen konnte, und dazu gehörten vor allem Aromen. Ich weiß nicht mehr, ob man das Zeug in der Drogerie oder in einem ähnlich sortierten Laden bekam, jedenfalls gab es für alles, was es nicht gab, ein Aroma. Butteraroma zum Beispiel, das Omi immer sehr großzügig in ihre gelegentlichen Kuchen kippte, oder Himbeeraroma, mit dem sie die bis zur Unkenntlichkeit verdünnte selbstgekochte Marmelade anreicherte. Tante Else schwärmte für Bittermandelaroma, das in den reichlich faden Maisbrei kam. Der Genuß dieser unansehnlichen Pampe hätte vermutlich jeden Amateur-Kriminalisten an einen gezielten Massenmord mit Zyankali denken lassen!

Die damals kreierten Heißgetränke, von denen jede bessere Kneipe verschiedenfarbige Ausführungen zu bieten hatte, wurden teilweise mit Rumaroma aufgenordet und rochen manchmal sogar wie Grog. Im übrigen bestanden sie aus heißem Wasser, Süßstoff und Chemie. Waren sie dunkelrot, deklarierte man sie als Glühwein-Ersatz, die gelben wurden als heiße Kunst-Limone angepriesen und die grünen hießen Waldmeister-Labsal oder so ähnlich.

Überhaupt waren der Phantasie keine Grenzen gesetzt. Einer der begabtesten Schöpfer hochtrabender Namen war zweifellos der Besitzer des Restaurants „Onkel Toms Hütte". Mitten im Grunewald gelegen, war es früher ein beliebtes Ausflugsziel gewesen, wurde auch während des Krieges noch häufig frequentiert und fristete jetzt ein kümmerliches Dasein mit Kaffee-Ersatz, Kräutertee, Heißgetränken und sonntäglichem Mittagstisch. An den Wochenenden verirrten sich schon mal Gäste dorthin, die bereit waren, kostbare Marken für ein opulentes Mal zu opfern. Und die Speisenkarte verhieß erlesene Gaumenfreuden.

Da gab es als ersten Gang „Soupe à la Marie Antoinette". Das war eine simple Mehlsuppe, in der ein paar Graupen schwammen. Die gleiche Suppe ohne Graupen, dafür mit gehacktem Schnittlauch, hieß dann „Crèmesuppe nach Art des Hauses". Als zweiten Gang gab es meistens Hackbraten in verschiedenen Variationen. Mal als „Wiener Hackbraten", wenn er in Form von zwei hauchdünnen Scheiben serviert wurde, mal als „Fricassee à la bergère", wenn das ganze Zeug aus einer undefinierbaren Masse bestand, oder auch als „Croquettes de boeuf", wenn diese Masse als fingerlanges paniertes Würstchen auf dem Teller lag. Dazu gab es überwiegend Strohkartoffeln, also die sattsam bekannte Trockenauslese, oder auch Kartoffelschaum, wenn man die Dinger gekocht und durch den Fleischwolf gedreht hatte. Als Nachspeise wurde angeboten „div. Eissorten mit Waldfrüchten" (letztere nur, wenn das gesamte Küchenpersonal vorher zum Beerensammeln ausgezogen war), oder „feinste Bisquits in Vanillecrème". Die Bisquits waren steinharte Kekse aus Roggenmehl, erinnerten in ihrer Bißfestigkeit an Hundekuchen und schwammen deshalb in einer kalten Mehlsoße, die mit Süßstoff, Lebensmittelfarbe und Vanillearoma verfeinert wurde. Für die Speiseeisfabrikation gab es ohnehin nur ein Grundrezept: Wasser, Süßstoff, Aroma und Farbe, letztere in phantasievollen Abarten. Einmal habe ich sogar hellblaues Eis gegessen!

Ohne Marken konnte man auch kunstgewerbliche Artikel kaufen. Unter diesen Sammelbegriff fiel so ziemlich alles, was man nicht essen konnte. Jedes Holzbrett, das mit drei Kirschblüten bemalt war, galt als Kunstgewerbe, und jeder Blumentopf, um den sich eine schmiedeeiserne Spirale wand. Kunstgewerbe waren die kleinen bestickten Käppchen, die man der hohen Geistlichkeit abgeguckt hatte und die jeder modebewußte Backfisch auf dem Hinterkopf trug. Kunstgewerbe waren aufgefädelte und individuell bemalte Holzperlen, als Kette, Armband oder Gürtel zu tragen. Und Kunstgewerbe waren Lampenschirme aus Kunststoff mit Trauerweiden bemalt oder maurischen Festungen. Sonderwünsche wurden vom Künstler berücksichtigt. Omi bestellte sich einen mit Maiglöckchen. Leider war dieser Kunststoff ähnlich spröde wie Glas, und als sie mit dem

Schrubberstiel dagegenstieß, brach eine Ecke aus dem Lampenschirm heraus. Mami erbot sich, das Loch in eine künstlerische Form zu bringen, gelb zu umranden und auf diese Weie das Maiglöckchen in eine Osterglocke zu verwandeln, aber Omi wollte davon nichts wissen. Sie verklebte das Loch mit Butterbrotpapier und drehte den Schirm so lange herum, bis man von der defekten Stelle kaum noch etwas sehen konnte. Abends kam sie der Lampe mit dem Hindenburglicht zu nahe, es gab einen lauten Knall, die Herrlichkeit zersplitterte in tausend Einzelteile und fiel brennend zu Boden. Opi kippte geistesgegenwärtig den Inhalt der Blumenvase auf den glimmenden Teppich, die Astern vermischten sich mit dem heißen Kunststoff zu einer klebrigen Masse, das Feuer war gelöscht und Omis Aversion gegen Kunststoff ein für allemal besiegelt.

Sie ließ sich auch in späteren Jahren nicht davon überzeugen, daß Kunststoffe keineswegs immer lebensgefährlich sein müssen. Ich schenkte ihr einmal ein Servierbrett, weil ihr altes Holztablett nur noch einen Griff hatte und auch sonst schon reichlich lädiert aussah. Omi weigerte sich wochenlang, meine ziemlich kostspielige Gabe zu benutzen. „Wenn mir mal heißer Kaffee auskippt, fliegt das Ding vielleicht auch in die Luft. Du hast es sicher gut gemeint, und ich finde das Tablett ja auch wunderhübsch, aber Holz bleibt Holz!“

Entsprechend mißtrauisch war sie auch, als Mami ihr zum erstenmal Pulverkaffee mitbrachte. Frances hatte „dear Ireen“ zum Geburtstag drei Paar Nylonstrümpfe und eine große Dose Nescafé geschenkt, und Mami war bereit, diesen Schatz brüderlich mit ihrer Mutter zu teilen.

„Was soll das sein? Kaffee? Das glaubst du doch wohl selber nicht. Das ist doch auch wieder so was Künstliches!“

Mami setzte Wasser auf, tat Kaffeepulver in die Tasse — zur Feier des Tages holte sie sogar eine von den „guten“ aus Omis Porzellanreservoir — goß das heiße Wasser drüber und präsentierte das fertige Produkt. „Naja, zumindest riecht es wie Kaffee“, mußte Omi zugeben, „aber Rumaroma riecht auch wie Rum und schmeckt wie parfümierter Spiritus!“ Nach dem ersten Schluck war sie bekehrt, und wenn sie künftig wieder etwas von ihren Leinen- oder Porzellanbeständen verkaufte, mußten von dem Erlös auch ein paar kleine Tütchen Pulverkaffee für sie abfallen.

26

Der Winter kam, das Thermometer fiel (um wieviel Grad, wußte wir nie, weil unseres kaputt war und immer bei minus 6 Grad Celsius stehenblieb), und hatten wir uns im Sommer hauptsächlich um Nahrungsmittelbeschaffung gekümmert, so stand jetzt die Holzbeschaffung an erster Stelle.

Wir wohnten am Wald, und ein Wald besteht in erster Linie aus Holz. Nur liegt dieses Holz nicht fertig gesägt und zerhackt herum, sondern wächst in Gestalt von riesigen Bäumen senkrecht in die Höhe, spendet Schatten und würzigen Duft, aber leider keine Wärme. Waldspaziergänge hatten wir ohnehin immer mit einer alten Einkaufstasche unternommen, in die jeder Tannenzapfen und jedes Stück Reisig gelegt wurde, und selbst wenn ich vom Baden zurückkam, hatte ich auch immer ein paar Holzstückchen mitgebracht.

Allerdings reichte diese Ausbeute kaum für das Zusatzfeuer im Küchenherd, wenn wir mal wieder unser Gaskontingent überschritten hatten. Außerdem sah der Wald sowieso schon aus wie leergefegt, denn die Bewohner der Innenstadt kamen täglich in Scharen und sammelten alles, was brennbar war. Mir taten sie immer leid, wenn ich sie zur U-Bahn keuchen sah, bepackt mit Rucksäcken, aus denen fingerdicke Holzstückchen herausragten, rechts und links eine Tasche, die manchmal nur mit dürrem Laub gefüllt war. Es gab in der City von Berlin kaum noch einen Baum, der nicht gefällt und in den Ofen gewandert war. Den Tiergarten hatte man ratzekahl abgeholzt, den Zoo auch, alte Möbel waren in den Ofen geflogen und jedes Brett, das man aus den Trümmerbergen hatte ziehen können. Aber der Winter war lang, und in jenem Jahr war er besonders hart.

„So geht das nicht mehr weiter", erklärte Frau Brüning, die sich bei Mami zum Kaffee eingeladen und als Gegenleistung vier Zigaretten mitgebracht hatte. „Mein Holzvorrat reicht nicht mal mehr bis Weihnachten, und die Kohlen werden wohl schon früher alle sein."

Fast jeder besaß noch einen geringen Bestand an Briketts. Aber der wurde gehütet wie Englands Kronjuwelen und nur im äußersten Notfall angegriffen.

„Ich habe mir auch schon den Kopf zerbrochen, wie wir an Holz 'rankommen", sagte Mami, „dabei haben wir es doch praktisch vor der Haustür."

Vielleicht sollte ich an dieser Stelle erwähnen, daß es strikt verboten war, Bäume zu fällen. Nachts patrouillierten Polizeistreifen durch die Wälder, und wer mit Axt oder Säge erwischt wurde, bekam eine saftige Strafe aufgebrummt oder wurde sogar eingesperrt.

„Wir müssen das tagsüber machen. Wenn wir ganz offen ein paar Bäume umlegen, fällt das viel weniger auf, als wenn wir nachts im Wald herumgeistern. Außerdem hört man den Krach während des Tages nicht so deutlich. Die Kinder nehmen wir mit, die können Schmiere stehen!"

Am nächsten Tag zogen Onkel Paul, Herr Bennich und Hartmut los, um die geeigneten Bäume auszusuchen. Sie durften nicht zu groß sein, mußten möglichst abseits von Straße und Spazierwegen stehen; es durfte kein Unterholz geben, das den späteren Abtransport erschwert hätte, und der Standplatz sollte auch nicht allzu weit von unseren Häusern entfernt sein.

„Wir haben etwas gefunden", verkündete Hartmut, als er sich von Tante Else eine Wäscheleine holte. „Gleich hinter der Rodelbahn, so'n bißchen links in einer Mulde, da kann man sich platt in den Schnee schmeißen, wenn jemand vorbeikommt."

Onkel Paul, Opi und Frau Brüning waren die ersten, die am nächsten Morgen in den Wald zogen. Sie waren kaum verschwunden, als ich zusammen mit Tante Else, Frau Hülsner und Lothchen hinterhertrottete. Die übrigen folgten in kurzen Abständen, Sägen und Beile sorgfältig unter Mänteln oder in Einkaufstaschen verborgen.

Die zu Brennholz verurteilten Kiefern waren etwa acht bis zehn Meter hoch, ziemlich verästelt und mit einer dünnen Eisschicht überzogen. Herr Bennich übernahm das Kommando. „Wer kann denn mit einer Säge umgehen?" Maugi erklärte, er habe früher manchmal Laubsägearbeiten gemacht, aber das sei schon eine ganze Weile her.

„Also niemand!" stellte Herr Bennich ganz richtig fest. Keiner widersprach. „Man muß vor allen Dingen gleichmäßig sägen, nicht rucken, nicht drücken, nur ganz systematisch ziehen. Wir fangen am besten mit dem kleinsten Baum da drüben an. Herr Wirth, fassen Sie mal mit an."

Onkel Paul griff sich die Bandsäge und legte los.

„Das ist die verkehrte Seite", korrigierte Herr Bennich geduldig, „wenn wir hier einsägen, dann kippt der Baum genau in das Brombeergestrüpp, er soll aber in die Mulde fallen!" Aha.

Wir umringten die beiden Holzfäller und sahen interessiert zu, wie sich die Säge in den Baumstamm fraß. Manchmal quietschte sie ein bißchen, manchmal bäumte sie sich auf, manchmal blieb sie stecken. Aber sie sägte.

„Nun mal los, Herrschaften, oder sollen wir alles alleine machen?“ Tante Else und Frau Brüning nahmen den nächsten Baum in Angriff, Opi und Frau Hülsner rückten dem dritten zu Leibe. Maugi suchte noch einen Partner, fand ihn in Omi, aber die beiden konnten sich beim Sägen nicht über die Richtung einigen und gaben auf.

Der erste Baum fiel. Genau in die Brombeeren.

„Alle Mann in Deckung!“ Lothar hatte Spaziergänger auf der Rodelbahn erspäht. Es waren Kinder mit Schlitten.

„Die tun uns nichts. Weitermachen!“

„Am besten entgräten wir erst mal den einen Baum“, meinte Tante Else, als ihre Säge wieder steckengeblieben war. „Ich bin eben kein Holzfäller, aber ich will wenigstens versuchen, ob ich die Äste abhacken kann.“

Bis zum Mittagessen hatten wir alle vier Bäume gefällt und zwei davon in meterlange Stücke zersägt, tatkräftig unterstützt von einem Spaziergänger, den die kreischenden Sägen angelockt hatten. Nachdem ihm drei Meter Kiefernstamm zugesichert worden waren, beteiligte er sich eifrig an unserem Vernichtungswerk. Hin und wieder verschwand jemand aus der Brigade, um sich zu Hause aufzuwärmen und zu verköstigen, aber jeder kam prompt zurück, um weiterzuarbeiten.

Kurz vor Einbruch der Dunkelheit hatten wir's geschafft. Alle Stämme waren zersägt und zum Abtransport bereit.

„Abholen können wir das Zeug aber erst nachher“, überlegte Onkel Paul, „jetzt ist noch zu viel Betrieb auf den Straßen.“

Nach dem Abendessen zogen wir wieder los, diesmal mit Schlitten, Seilen und alten Säcken. Unser zufälliger Komplize war schon da und quälte sich mit einem Stamm herum. „Das ist eine elende Schufterei“, knirschte er mit zusammengebissenen Zähnen, „ich glaube nicht, daß wir mehr als einen Stamm pro Schlitten wegkriegen.“

„Dann sind wir ja morgen früh noch nicht fertig“, protestierte Opi und wuchtete mit Onkel Pauls Hilfe das zweite Holzstück auf den Schlitten. Als sie das dritte draufpacken wollten, fielen die beiden anderen wieder runter.

„Verdammter Mist!“ fluchte Maugi, dem das Schlittenseil gerissen war, ,,mir langt es allmählich. Außerdem habe ich ein Loch in der Sohle und schon klatschnasse Füße. Ich habe die Schnauze restlos voll!"

,,Mein Sohn, befleißige dich einer gewählteren Ausdrucksweise", klang es aus dem Hintergrund. ,,Im übrigen hast du völlig recht, mir reicht es ebenfalls!"

Man einigte sich darauf, es für heute bei jeweils einer Fuhre zu belassen und die restlichen Stämme morgen zu holen. Da waren sie dann allerdings weg!

,,Wenn ich dem Kerl noch mal begegne, dann verarbeite ich ihn eigenhändig zu Brennholz!" prophezeite Onkel Paul und meinte unseren hilfsbereiten Handlanger, in dem wir mit einiger Berechtigung den Dieb vermuteten.

Der abschließende Teil unserer Holzaktion spielte sich im Keller ab. Da wurde gesägt und gehackt, Sägemehl rieselte, Späne flogen, und wer den Kellergang betrat, gab akustische Vorwarnung, damit er nicht doch mal ein Holzscheit an den Kopf bekam.

Im Laufe des Winters wiederholten sich diese Unternehmungen häufig. Allerdings zogen wir nicht mehr in hellen Scharen los, sondern nur noch zu zweit oder zu dritt. Die ausgesuchten Bäume wurden auch jedesmal kleiner, weil sie dann schneller durchzusägen waren. Einmal wurden Mami und Onkel Paul bei ihrem frevlerischen Tun von einem Polizisten überrascht; aber der war gerade außer Dienst und fror ebenfalls. Erst drückte er beide Augen zu, dann scheuchte er seinen vierjährigen Sohn vom Schlitten und belud ihn mit armdicken Ästen, die Mami ihm höflich angeboten hatte.

Ein anderer Polizist, diesmal in Uniform und mit Hund, zeigte sich weniger bestechlich, zückte Bleistift und Notizbuch und notierte die Personalien. Eine Anzeige haben wir nie bekommen. Vielleicht deshalb nicht, weil die Polizei in der Onkel-Tom-Straße Nr. 71 vergeblich nach einer Familie Steinbrink geforscht hat...

Normalerweise wird Brennholz erst monatelang gelagert, bevor es trocken ist und verheizt werden kann. Wir lebten aber von der Hand in den Mund bzw. vom Hackklotz in den Ofen; und so wurden die nassen Holzscheite hinter den Kachelöfen aufgestapelt, damit sie wenigstens ein bißchen trocknen konnten. Wochenlang stank es in der ganzen Wohnung nach feuchtem Holz, und manchmal zischte es richtig, wenn wir wieder eine neue Ladung in die Flammen warfen. Außerdem qualmte es dann immer munter aus der Ofentür, wir mußten die Fenster aufreißen, aber mit dem Qualm zog auch die Wärme ab, weshalb die Frischluftzufuhr jedesmal auf ein Minimum beschränkt wurde. Ob man nun ein Kleid aus dem Schrank nahm oder ein Handtuch, war egal: Alles roch nach Rauch. Am Ende der Heizperiode kamen wir uns vor wie gut abgehangene Räucherheringe.

Aber wir hatten den Winter überlebt.

27

Weihnachten! Das Fest des Friedens und der Familie. Den Frieden hatten wir ja nun, oder doch wenigstens eine Abart. Von Familie konnte bei vielen noch nicht die Rede sein. Keiner der uns bekannten Vaterlandsverteidiger war bisher zurückgekommen; aber die meisten lebten wenigstens. Vati hatte einen Weihnachtsgruß aus Kanada geschickt, Herr Hülsner und Herr Brüning saßen in russischer Gefangenschaft, und Bennichs Söhne hatten sich inzwischen aus England gemeldet.

Dafür waren aber im Gefolge der Amerikaner unsere Flüchtlinge zurückgekommen. Der erste war Herr Zillig, der sich rechtzeitig aller militärischen Aufgaben entledigt und den Zusammenbruch als Zivilist überstanden hatte. Eines Tages stand er vor der Tür, fand Wohnung, Zimmerlinde und Hausgemeinschaft unversehrt vor und beschloß, seine Familie unverzüglich wieder umzusiedeln.

„Weißt du, Reni, mit seinen Schwiegereltern versteht man sich am besten, wenn sie hundert Kilometer weit weg wohnen!“

Jutta war inzwischen acht und ein mächtiges Stück gewachsen, und auch aus Sabinchen war jetzt eine Sabine geworden. Tante Käte hatte sich überhaupt nicht verändert. Als erstes pumpte sie sich Holz und Kohlen, dann Brot und Marmelade und schließlich einen halben Kubikmeter Gas, weil bei ihr noch alles abgeschaltet war. Das Gas ließ sich aber nicht transportieren, deshalb wurde bei Omi gekocht (wir standen schon wieder im Soll!).

„PW macht das schon“, versicherte Tante Käte, „in ein paar Tagen habt ihr alles zurück.“

PW hieß eigentlich Paul-Werner; aber ich kann mich nicht erinnern, daß er jemals so gerufen wurde. PW organisierte Holz, bereits zerkleinert und getrocknet; PW besorgte Kohlen, die nach Onkel Pauls fachkundiger Meinung von der Deutschen Reichsbahn stammten und eigentlich als Lokomotivfutter gedacht waren; PW schaffte Lebensmittel heran und ein Kaninchen, das munter in einem Drahtkäfig mümmelte und demnächst als Weihnachtsbraten auf den Tisch kommen sollte. Als es dann soweit war, fand sich niemand, der das Tier schlachten wollte, und so ist es erst Jahre später an Altersschwäche eingegangen. Im Sommer saß es auf dem Balkon, im Winter kam es in den Keller; das Futter holten wir von der Rodelbahn. Im Gegensatz zu uns war Kasimir immer gut genährt.

Nun stand also Weihnachten vor der Tür. Seit fünf Jahren das erste Weihnachten ohne Krieg und Bomben, ohne Angst und ohne Lebensgefahr; aber auch ohne Heizung, ohne Strom, ohne Essen und ohne Weihnachtsbaum. Jedenfalls für die meisten Deutschen. Bäume konnte man nicht mal auf dem Schwarzen Markt bekommen, weil man sie nicht in einer Tasche verstecken konnte, und Kerzen gab es schon gar nicht. Die derzeitige Konjunktur hatte die Preise ohnehin in die Höhe getrieben. Außerdem feiern auch Schwarzhändler Weihnachten... jedenfalls bedauerte Frau Wildenhof außerordentlich, aber vor dem Fest seien leider keine Kerzen mehr zu haben. Ab Januar jederzeit und in beliebiger Menge!

Mami gab nicht auf. Das Kind war schließlich noch nicht ganz zwölf Jahre alt und hatte Anrecht auf einen Weihnachtsbaum.

„Dann holen wir uns die Dinger eben selber“, beschloß PW, dem es trotz Beziehungen noch nicht gelungen war, das weihnachtliche Attribut aufzutreiben.

„Du bist ja verrückt! Jede Schonung wird bewacht, und ich habe wirklich keine Lust, die Feiertage in einer Zelle zu verbringen.“

„Wir müssen die Polizei irgendwie ablenken, und ich habe auch schon eine Idee...“

Am nächsten Abend zogen Mami und Tante Käte in den Wald und steuerten auf Umwegen die kleine Kiefernschonung an, wo die Bäume bereits zur richtigen Größe herangewachsen waren. Begleitet wurden sie von Frieda Seiferts Struppi, die in das Unternehmen eingeweiht worden war und bereitwillig ihren Terrier zur Verfügung gestellt hatte. Erwartungsgemäß umkreiste ein frierender Polizist das leicht zu überschauende Gebiet und musterte finster die beiden Ankömmlinge, die sich mit schuldbewußter Miene vor ihm aufbauten. „Entschuldigen Sie, Herr Wachtmeister, aber können Sie uns weiterhelfen? Wir geben ja zu, daß wir eigentlich einen Weihnachtsbaum klauen wollten, aber diesen Vorsatz haben wir inzwischen aufgegeben. Jetzt wollen wir bloß noch nach Hause. Seit zwei Stunden irren wir im Kreis herum und finden nicht mehr zurück. Könnten Sie uns vielleicht bis zur nächsten Straße bringen? Eine Taschenlampe haben wir nämlich auch nicht mit."

Der Polizist grinste. „Von Rechts wegen sollte ich Sie zur Strafe Ihrem Schicksal überlassen; aber ich werde Sie bis zum Weg bringen, und wenn Sie den entlanggehen, kommen Sie direkt auf die Onkel-Tom-Straße." Die Polizei, dein Freund und Helfer! Während der Uniformierte Beschützerdienste leistete und sich mit den reuigen Sünderinnen immer weiter von der Schonung entfernte, schlichen PW und Onkel Paul in das verbotene und nun von der Polizei nicht mehr bedrohte Terrain, sägten in aller Ruhe zwei Bäume ab und verschwanden mit ihrer Beute. Um auch die letzte Gefahr auszuschalten, trat Mami ihrem vierbeinigen Begleiter hin und wieder auf Schwanz und Pfote, worauf Struppi programmgemäß losjaulte und wie ein Wilder zu kläffen begann. Sein Geheul hätte auch ohne weiteres eine Motorsäge übertönt!

Einen Weihnachtsbaum hatten wir also, Kugeln und Lametta auch, weil das ja seit jeher Fädchen für Fädchen nach dem Fest immer wieder abgenommen, in Zeitungspapier gewickelt und mit Rauschgoldengel und Buntpapierkette bis zum nächsten Jahr aufbewahrt wurde. Plötzlich besaßen wir sogar Kerzen. Omi fiel nämlich ein, daß sie außer Bettlaken und Kristallvasen auch eine elektrische Baumbeleuchtung geerbt hatte, weil die erste Frau Jäger in panischer Angst vor einem Zimmerbrand gelebt und aus diesem Grunde niemals Wachskerzen benutzt hatte.

„Natürlich können wir den Baum nur anzünden, wenn Strom da ist", dämpfte Omi die allgemeine Freude, „und über den Zähler wird das auch ganz schön hergehen, aber schließlich ist nur einmal im Jahr Weihnachten." Richtig!

Und genau darum beschloß der Familienrat, diesmal etwas Größeres zu verkaufen, um auch in kulinarischer Hinsicht dem feierlichen Rahmen des Festes Rechnung zu tragen. Mami wollte einen ihrer gehüteten Kostümstoffe opfern, und Omi spendete nach einem fragenden Seitenblick auf ihren Mann den Brillantring mit dem Schlangenkopf. Er hatte ihr sowieso nie recht gefallen, und außerdem paßte er nicht.

„Ich kann überhaupt nichts beisteuern. Höchstens meinen Trauring, aber dafür kriegt man ja kaum etwas.“

„So weit kommt das noch, Else! Ihr habt doch schon alles verloren, während wir dankbar sein müssen, daß wir so glimpflich davongekommen sind. Seien wir lieber froh, daß wir überhaupt noch etwas zu verkaufen haben!“

Mami blinzelte verblüfft zu Tante Else hinüber. Solche einsichtsvolle Gedanken waren Omi doch bisher noch nie gekommen. Im Gegenteil, sie tat stets so, als ginge es an Leib und Leben, wenn sie sich von einer ohnehin nie benutzten Kostbarkeit trennen sollte.

„Die Sachen bringe ich diesmal aber nicht zur Wildenhof. Die kennt sich zwar aus in Nylonstrümpfen und Schweineschmalz, aber von Schmuck oder Stoffen hat sie keine Ahnung. Ob wohl der alte Knappstein noch lebt?“

Das war jener Herr, der seinerzeit das Opium aufgetrieben und wahrhaft fürstlich honoriert bekommen hatte. Er lebte wirklich noch, erfreute sich zunehmender Beleibtheit und konnte sich sogar noch an den Opiumhandel erinnern. Omis Ring interessierte ihn weniger, weil der Markt angeblich mit Schmuck übersättigt sei, aber von dem Stoff war er begeistert.

„Den behalte ich selber, diese Qualität kann man zur Zeit beim besten Willen nicht auftreiben. Können Sie noch mehr davon besorgen? Über den Preis werden wir uns bestimmt einig.“

Mami räumte die Möglichkeit weiterer Lieferungen ein, und Herr Knappstein zeigte sich in Erwartung künftiger Geschäftsbeziehungen äußerst großzügig. Wir hatten zu Weihnachten einen Braten im Herd, wenn auch einen bescheidenen, und ab Neujahr kein Gas mehr, weil uns nach dieser Brat-Orgie für vier Wochen der Hahn zugedreht wurde, wir hatten Mehl, Zucker, Fett und drei Eier für einen Kuchen; wir hatten zwei Flaschen Wein, Bohnenkaffee, Ölsardinen, ein Stück Salami und Büchsenmilch, aus der Omi Schlagsahne zauberte. Bei der Gelegenheit lernte ich, daß geschlagene Kondensmilch wie verbrannter Gummi schmeckt. Wir hatten angefrorene Kartoffeln, zwei Dosen Corned beef, ein amerikanisches Weißbrot und selbstgemachte Marzipankartoffeln nach einem in der Zeitung veröffentlichten Rezept: 1 Tasse Weizengrieß, 1 Tasse Zucker, 1 Tasse Wasser, 1 geriebene Pellkartoffel und Bittermandelaroma nach Belieben (zur Nachahmung nicht unbedingt empfehlenswert!). Wir hatten ein Pfund Walnüsse, die offenbar noch aus der vorjährigen

Ernte stammten und größtenteils taub waren. Und wir hatten eine zwar verräucherte, aber warme Wohnung.

Außerdem brachte Mami mir eine Tüte Popcorn mit, ein Gruß von Herrn Knappstein an die „kleine Tochter". Gesehen hatte ich das Zeug schon öfter, allerdings immer nur aus der Ferne, wenn die Amis ins Kino gingen und sich vorher eine Knistertüte voll Popcorn kauften. Von weitem sah es aus wie Seifenschaum, von nahem wie aufgeblasene deformierte Engerlinge. Ein Mädchen aus der Nachbarschaft, deren Mutter intensive Beziehungen zu einem Amerikaner pflegte, hatte mir mal erzählt, daß Popcorn aus gerösteten Maiskörnern besteht. Mais kannte ich nur in Form von Maisgrieß und Maismehl, und beides hing mir inzwischen zum Halse heraus. So war ich auch nicht weiter überrascht, als das Popcorn zwar leicht süßlich, ansonsten aber wie aufgeweichte Wellpappe schmeckte. Später habe ich dann auch ganz frisch geröstetes probiert, und das war prima!

Kein Weihnachtsfest ohne Geschenke! Ich hatte mein Taschengeld gespart — nicht aus Opferbereitschaft, sondern mehr aus Mangel an Konsumgütern — und beglückte die gesamte Familie mit Kunstgewerbe. Opi bekam hölzerne Buchstützen in Form von Löwenköpfen, die ebenso auffällig wie geschmacklos waren; Omi einen mit Bast umwickelten Blumentopf zum Aufhängen, aus dem immer das Wasser herauslief; Tante Else ein kleines Kästchen, mit bunten Perlen verziert, in dem sie künftig Fingerhüte und Nähnadeln aufbewahren wollte (nachher steckten sie aber doch wieder in dem alten Sofakissen), und für Onkel Paul hatte ich einen Schlips erstanden — mit einer handgemalten Palme drauf. Mami bekam einen dreiarmigen, himmelblauen Blumenständer, den sie pflichtgemäß wunderschön fand und unter heldenhafter Mißachtung ihres ausgeprägten Stilgefühls auch tatsächlich im Wohnzimmer aufstellte. Wo sie den silbernen Siegelring mit eingeprägtem Monogramm und das Bettelarmband für mich aufgetrieben hatte, weiß ich nicht, aber ich vermißte schon seit längerem ihre drei silbernen Armreifen. Angeblich waren sie verlorengegangen.

Auch der Berliner Senat schenkte uns etwas zu Weihnachten! Eine Sonderzuteilung Strom — sinnigerweise morgens zwischen zwei und vier Uhr. Nicht nur bei uns schrillte zu nächtlicher Stunde der Wecker. In fast allen Wohnungen flammten die Lichter auf, während müde Hausfrauen sich frierend in Bademäntel wickelten, um Wäsche zu bügeln oder auf einer elektrischen Kochplatte das Festmahl vorzukochen. Staubsauger röhrten, Mami wusch sich das Haar, weil sie es jetzt endlich mal mit Tante Kätes Fön in Ruhe trocknen konnte. Und sogar bei dem neuen Friseur schräg gegenüber brannte Licht im Laden. Vielleicht bekam jemand die schon seit langem bestellte Dauerwelle. Punkt vier Uhr versank Berlin wieder in Dunkelheit.

,,Ich habe die Kartoffeln schon in die Kochkiste gestellt", sagte Tante Else, bevor sie in ihr Bett zurückkroch. ,,Bis zum Mittag werden sie wahrscheinlich butterweich sein, aber dann essen wir eben Quetschkartoffeln!"

28

,,Frühling läßt sein blaues Band wieder flattern durch die Lüfte..." So beginnt ein Gedicht von Eduard Mörike, das wir auswendig lernen mußten und sogar verstanden, was man nicht so unbedingt von allen lyrischen Werken behaupten konnte, mit denen uns deutsche Klassiker auf dem Umweg über Fräulein Leibnitz beglückten.

Frühling bedeutete Sonne und Wärme, also keine zu Wintermänteln umfunktionierten Wolldecken mehr und keine verqualmten Zimmer. Frühling bedeutete frischen Löwenzahn und junge Brennesseln. Mami bedauerte zutiefst, daß der Genuß dieses Grünzeugs nicht die bei Rindviechern übliche Milchproduktion zur Folge hatte. Frühling bedeutete den erneuten Versuch, mangelnde gärtnerische Talente durch doppelte Energie auszugleichen — Tante Else wollte es in diesem Jahr mal mit Frühkarotten und Kohlrabi probieren. Und Frühling bedeutete nicht zuletzt geregelten Schulunterricht. Wir pilgerten zwar immer noch eine Woche vormittags, eine Woche nachmittags in unser Luisen-Stift; aber wir saßen jetzt wenigstens wieder unsere fünf oder sechs Stunden ab. Die Lehrer schienen teilweise noch halb im Winterschlaf zu liegen oder bereits von Frühjahrsmüdigkeit befallen zu sein; den Schülern erging es ähnlich; und so lief der Lehrbetrieb in den eingefahrenen Gleisen weiter. Niemand überanstrengte sich, keiner tat mehr, als er unbedingt mußte; wir rappelten uns höchstens während der Englischstunden auf, weil Frau Dr. Müller-Meiningen ziemlich biestig werden konnte.

Aber dann kam Quasi. Natürlich hieß sie ganz anders, aber wir bekamen ziemlich schnell mit, daß ihr Lieblingswort „gleichsam" war und häufig wiederholt wurde. Eine in sporadischen Abständen geführte Strichliste ergab einen Mittelwert von 29 mal „gleichsam" pro Stunde, und so hatte Quasi ihren Spitznamen weg. Brigitte hatte uns schon gewarnt. Eines Nachmittags war sie kreidebleich ins Klassenzimmer gestürzt und sprudelte entsetzt hervor: „Ich glaube, eben bin ich auf dem Gang der Cornelius über den Weg gelaufen. Wenn wir die kriegen, dann gute Nacht. Die kenne ich noch von der Kinderlandverschickung!"

„Wie alt?" wollte Irene wissen.

„Keine Ahnung, schätze, so Ende Dreißig."

„Na, Mahlzeit! In dem Alter sind sie am schlimmsten. Der frühere Idealismus ist schon flötengegangen, die Resignation noch nicht eingetreten. Dazwischen wollen sie dann meistens die Welt verändern. Aber wir müssen ja nicht gleich mit dem Schlimmsten rechnen, vielleicht bleibt sie uns erspart."

Der Optimismus war verfrüht. Am nächsten Tag rauschte Frau Rothe ins Klassenzimmer, im Kielwasser ein uns noch unbekanntes weibliches Wesen. „Guten Tag, Kinder, setzt euch bitte. Ich freue mich, euch ein neues Mitglied unseres Kollegiums vorstellen zu können. Frau Studienrätin Doktor Cornelius wird bis auf weiteres in dieser Klasse den Deutsch- und Geschichtsunterricht übernehmen. Ich hoffe, ihr werdet ihr die Eingewöhnung nicht zu schwer machen und entsprechend mitarbeiten."

Damit schwebte sie hoheitsvoll von dannen und ließ 32 leicht angeschlagene Schülerinnen zurück. Quasi schrieb indes schwungvoll und nahezu unleserlich ihren Namen an die Tafel. Dann stellte sie sich gelassen unserer interessierten Musterung. Was wir sahen, wirkte keineswegs furchterregend und ließ uns an Brigittes wortreichen Schilderungen der uns erwartenden Schrecken zweifeln: mittelgroß, braune Schuhe, brauner Rock, blauner Pullover, braune Augen, braune kurzgeschnittene Haare, mokantes Lächeln...

„Wer ist Klassensprecher?"

Irene erhob sich gemächlich und bekam den Auftrag, die Diktathefte auszuteilen.

„Die hat Fräulein Leibnitz."

„Dann schreibt auf einen Zettel!"

„Ha'm wir nicht!" — „Woher denn nehmen?" — „Mein Heft ist sowieso schon fast voll!"

Irene bequemte sich, den anscheinend ahnungslosen Neuling über die derzeit herrschende Papierknappheit aufzuklären und die damit verbundenen Schwierigkeiten, Hefte aufzutreiben. Quasi zeigte sich unbeeindruckt. Sie entnahm ihrer Tasche zwei nagelneue Schreibhefte, zerlegte sie in ihre Bestandteile und verteilte die einzelnen Seiten. Und dann ging es los: Wir bekamen einen Text vorgesetzt, der nur so von Fallgruben wimmelte, gespickt mit Fremdwörtern und heruntergerasselt in einem Tempo, das uns ziemlich schnell kapitulieren ließ. Schließlich waren wir doch von Fräulein Leibnitz gewöhnt, daß sie uns jeden Satz dreimal vorlas, ihn in einzelne Abschnitte gliederte, gewissenhaft jedes Komma diktierte und besonders schwierige Wörter auf allgemeinen Wunsch an die Tafel schrieb. Und plötzlich erwartete die Neue von uns offensichtlich, daß wir nicht nur die Interpunktion beherrschten, sondern darüber hinaus auch noch stenografieren konnten! Irgendwie hatte ich mich aber doch dem Tempo angepaßt, und wenn auch meine Schrift erhebliche Anforderungen an Quasis graphologische Fähigkeiten stellen würde, so war zumindest der Text vollständig. Anita, Sigrun und noch zwei oder drei andere hatten es ebenfalls geschafft; der Rest blieb kläglich auf der Strecke. Als es läutete, ließ Quasi die Zettel einsammeln, stopfte sie in ihre Tasche und verschwand. Zurück blieb eine verstörte Klasse.

,,Die spinnt wohl!“ — ,,Das kann sie mit uns aber nicht machen!“ — ,,Die hat sich ja prima eingeführt!“ — ,,Mit der werden wir noch ’was erleben!“ — ,,Die ekeln wir wieder raus!“

Letzteres erschien uns gar nicht so schwierig, denn wir waren ein ziemlich verschworener Haufen und hatten mißliebigen Lehrkräften schon so manche Nuß zum Knacken gegeben. Aber diesmal sollten wir auf Granit beißen. Wir ahnten es nur noch nicht. Deshalb sahen wir der nächsten Deutschstunde auch einigermaßen gelassen entgegen und waren keineswegs überrascht, als Quasi uns eröffnete, das Diktat sei miserabel ausgefallen und habe ihre ohnehin nicht hochgespannten Erwartungen noch unterboten.

,,Ich hatte euch die Arbeit hauptsächlich deshalb schreiben lassen, um festzustellen, welche Voraussetzungen ihr mitbringt. Offenbar gar keine, und wir werden wohl gleichsam von vorne anfangen müssen!“

Irene erhob sich, um die wohlpräparierte und unter Assistenz der ganzen Klasse ausgearbeitee Ansprache zu halten. „Frau Doktor Cornelius, wir haben..."

„Ja, ich weiß schon, der Text war zu schwer, das Tempo zu schnell, Fremdwörter kennt ihr gar nicht, und von Interpunktion habt ihr noch nie etwas gehört. Herrschaften, ihr seid doch nicht mehr in der Grundschule!"

Während der restlichen Stunde erhielten wir einen groben Aufriß dessen, was uns künftig erwartete. Demnach würden wir vorzugsweise Grammatik pauken, Zeichenregeln, Satzgliederungen und ähnlich verhaßte Begleiterscheinungen der deutschen Sprache, über die uns Fräulein Leibnitz in beklagenswerter Unkenntnis gelassen hatte.

Nach dem Unterricht versammelten wir uns im Botanischen Garten und hielten Kriegsrat. „Ich habe euch ja gesagt, was uns bevorsteht", frohlockte Brigitte, stolz, daß sie recht behalten hatte.

„Bisher haben wir noch jeden kleingekriegt, wenn wir es darauf angelegt hatten. Wir dürfen bloß nicht gleich die Flinte ins Korn werfen."

„Versuchen wir es doch mal wieder mit passivem Widerstand", schlug Gerda vor, „das hat doch immer ganz gut geklappt."

Als Quasi am nächsten Tag die Klasse betrat, sah sie sich einer sichtlich gelangweilten Meute gegenüber. Anita hatte bedauerlicherweise ihr Hausaufgabenheft vergessen, Sigrun meinte, heute sei Donnerstag und folglich kein Deutschunterricht, Ilse war der Auffassung, wir hätten überhaupt nichts aufgehabt; und ich hatte angeblich ein ganz falsches Lesestück durchgeackert.

Quasi merkte erstaunlich schnell, was hier gespielt wurde. „Wenn ihr durchaus nicht wollt, dann werde ich euch auch zu nichts zwingen!" Sprach's, setzte sich ans Katheder, holte einen Stapel Hefte heraus und vertiefte sich in Korrekturen.

Damit hatten wir nun keineswegs gerechnet. Wir sahen uns ziemlich ratlos an, wußten nicht, was wir machen sollten, und bereits nach fünf Minuten langweilten wir uns ganz erbärmlich. „Ihr könnt ruhig Hausaufgaben machen", gestattete Quasi freundlich. Wir hatten gerade die erste Stunde und noch keine auf.

„Vielleicht möchtet ihr etwas lesen?" ermunterte sie uns hilfsbereit.

Unsere literarischen Interessen bewegten sich noch auf dem Niveau von „Nesthäkchen", „Försters Pucki" und allenfalls Karl May, Lektüre also, die unsere geistige Unreife allzu deutlich dokumentiert hätte.

Die Minuten schlichen dahin, und beim Klingelzeichen atmeten wir alle auf. Quasi packte ihre Hefte ein, verabschiedete sich mit einem Kopfnicken und ging gelassen hinaus. Danach herrschte allgemeine Ratlosigkeit. Immerhin fanden wir uns nach Schulschluß wieder an unserem Treffpunkt ein; aber diesmal konnten wir uns einfach nicht einigen. Ein Teil der Klasse plädierte für bedingungslose Kapitulation, die andere Hälfte war mehr für Partisanenkrieg. So vollzog sich unter den ausladenden Zweigen einer fagus sylvatica purpurea — handelsüblich Blutbuche genannt — die Spaltung der bis dahin schon fast legendären Klassengemeinschaft der 2a. Es bildete sich die Pro-Quasi-Gruppe, bestehend aus der Zehlendorfer, der Dahlemer und der halben Lichterfelder Clique, und die Anti-Gruppe, die sich aus den meisten Steglitzern, den übrigen Lichterfeldern und ein paar Mitläufern rekrutierte. Der Rest verhielt sich abwartend. Die Anti-Gruppe beschloß, Quasi grundsätzlich nicht leiden zu können, beschränkte ihre Mitarbeit auf das äußerste Minimum und stürzte sich mit Feuereifer auf die anderen Fächer. Die Pro-Gruppe, derzeit noch Minderheit, jedoch bald durch Überläufer den Kontrahenten zahlenmäßig überlegen, konzentrierte ihre Aufmerksamkeit überwiegend auf den Deutsch- und Geschichtsunterricht.

Quasi verhielt sich neutral. Sie tat, als bemerkte sie die unterschiedlichen Strömungen in der Klasse nicht, behandelte uns alle gleichmäßig korrekt und ließ weder Sympathie noch Antipathie erkennen. Schließlich gewöhnten wir uns aneinander, aber unterschwellig waren auf beiden Seiten immer noch ein gewisses Mißtrauen und eine nicht zu überbrückende Reserviertheit vorhanden.

Das änderte sich erst, als Regina zu uns kam. Sie stand eines Morgens etwas verloren neben dem Klassenzimmer, ziemlich groß, die rotblonden Haare zu einer eigenwilligen Frisur gekämmt, mit Sommersprossen auf der Nase und einem leicht amüsierten Lächeln im Mundwinkel. Frau Müller-Meiningen brachte sie schließlich mit in den Klassenraum, stellte sie als unsere neue Mitschülerin Regina Biegert vor und setzte sie in die vorletzte Bank. Wir beäugten den Zuwachs mit mäßigem Interesse. Irene, die während der Pause die üblichen Daten erfragte, um sie in das Klassenbuch einzutragen, meinte denn auch: „Ist wohl nicht viel los mit ihr. Außerdem ist sie uralt und wird in zwei Monaten vierzehn!“ (Wir anderen waren zwölf oder bestenfalls gerade dreizehn geworden.)

Auch in den folgenden Tagen blieb Regina im Hintergrund, schien sich mit niemandem anfreunden zu wollen, gab einsilbige Antworten und trabte nach Schulschluß sofort Richtung U-Bahnhof los. Sie mußte irgendwo in unserer Gegend wohnen, denn wir sahen sie im Zug, und auf der Onkel-Tom-Straße war ich ihr auch schon einmal begegnet. Als sie auf dem Heimweg wieder einmal an uns vorbeischoß, meinte Anita abfällig: ,,Hochnäsige Gans!"

,,Vielleicht ist sie bloß schüchtern und traut sich nicht", wandte ich ein, ,,soll ich mal mit ihr reden?"

,,Und was versprichst du dir davon? Aber wenn du unbedingt willst, dann versuch doch dein Glück."

Auf dem Bahnsteig entdeckte ich Regina am äußersten Ende. Ich pirschte mich langsam an sie heran, baute mich neben ihr auf, und gemeinsam starrten wir auf ein Plakat, das für den kommenden Samstag den ,,Ball der Einsamen Herzen" ankündigte. ,,Bist du dafür nicht noch ein bißchen zu jung?" fragte ich vorsichtig.

Regina grinste mich von der Seite an. ,,Als ich dich kommen sah, habe ich so schnell nichts anderes zum Lesen gefunden!" Der Bann war gebrochen. Um uns etwas näher zu beschnüffeln, trabten wir am Nachmittag anderthalb Stunden lang durch den Grunewald. Danach war ich davon überzeugt, daß Regina prächtig zu uns passen würde. Sie hatte Humor, war außerordentlich schlagfertig und alles andere als dumm. Als ich sie fragte, weshalb sie uns tagelang das unbedarfte Pusselchen vorgespielt hatte, meinte sie nur: ,,Ich wollte erst einmal die Lage peilen."

Immerhin wurde an jenem Nachmittag der Grundstein zu dem gelegt, was man so schön als ,,Freundschaft fürs Leben" bezeichnet. Am nächsten Morgen präsentierte ich Regina den drei anderen. ,,Hier habt ihr sie, getestet und für brauchbar befunden!" Bereits am Nachmittag hockten wir zum erstenmal zu fünft in Irenes Zimmer und brüteten gemeinsam über dem Problem, ob das zu gliedernde Wortgebilde nun ein eingeschobener Nebensatz mit rückbezüglichem Verb oder nur ein ganz gewöhnlicher Hauptsatz mit drei gleichartigen Attributen sein könnte.

,,Man sollte Quasi auf den Mond schießen!" stöhnte Gerda und strich entschlossen ihr Geschreibsel durch.

,,Was habt ihr eigentlich gegen sie?" wollte Gina wissen.

,,Gar nichts, wenn man davon absieht, daß sie keinen Funken Humor besitzt und uns allen mit diesem ewigen ironischen

Lächeln auf den Wecker fällt. Dagegen gibt es einfach keine Waffe."

Gina sah mich erstaunt an. ,,Du spinnst ja. Da haben wir endlich mal jemanden, dem der Kalk nicht schon aus den Ohren rieselt, und gleich jammert ihr. Ich finde sie prima. So was sollte man als Klassenlehrerin haben."

,,Um Himmels willen, bloß nicht! Dann schon lieber unsere rheinische Frohnatur."

Trotzdem debattierten wir diese Möglichkeit auch in der Klasse durch.

,,Ihr könnt nicht abstreiten, daß wir einiges bei ihr gelernt haben", gab Sigrun zu bedenken.

,,Ja, Kommaregeln! Aber hast du schon mal ein einziges privates Wort von ihr gehört?"

,,Hört doch endlich mit dem Unsinn auf. Quasi nimmt uns sowieso nie!" Evchen, ohnehin pessimistisch veranlagt, stellte düstere Zukunftsprognosen. ,,Wenn wir Glück haben, werden wir im neuen Schuljahr endlich den Weigand los. Aber dann kriegen wir entweder die Müller-Meiningen und kommen vom Regen in die Traufe, oder man jubelt uns die Ramburg unter. Dann hänge ich mich auf — oder gehe ins Kloster."

Die letzte Stunde vor den Osterferien hatten wir bei Quasi. Sie betrachtete den Tulpenstrauß auf ihrem Pult etwas mißtrauisch, erkundigte sich, wer ihn vergessen habe, deutete dann unser albernes Grinsen durchaus richtig und fragte ungläubig: ,,Soll der für mich sein?"

Eine Stimme aus dem Hintergrund erläuterte treuherzig: ,,Den haben Sie sich auch redlich verdient!"

Quasi schien sichtlich gerührt. Und als es läutete, verabschiedete sie ich mit den Worten: ,,Also dann tschüß, Kinners, schöne Ferien, und erholt euch gut. Von mir!"

29

Mit dem Begriff Ostern verbindet man als Kind die Vorstellung von Osterhase und Ostereiern. An den Hasen glaubte ich seit Jahren nicht mehr und an die Ostereier noch nicht wieder. Ich bekam aber doch welche! Mami hatte bei Frau Wildenhof zwei Tafeln Schokolade erstanden, die sie in einzelne Stücke zerlegte, jedes extra einwickelte und dann versteckte. Das letzte fanden wir übrigens kurz vor Pfingsten, als Tante Else mal wieder die Lampenschalen saubermachte.

Anläßlich der bevorstehenden Feiertage sollte es auf Abschnitt D der Lebensmittelkarten eine Sonderzuteilung an Eiern geben. Pro Kopf ein Ei. Tante Else überlegte monatelang, ob sie mit den Eiern einen Kuchen backen, ein Festmahl herstellen oder dem unerhörten Luxus frönen sollte, sie Ostersonntag weichgekocht auf den Frühstückstisch zu bringen. Die dritte Möglichkeit schied aber aus, denn als wir unsere Sonderzuteilung schließlich abholen konnten, gab es nur Eipulver, das Herr Guber auf einer Briefwaage auswog. Also aßen wir Rührei, das mit einem Restbestand von Milchpulver gestreckt wurde und bestenfalls in der Konsistenz noch eine gewisse Ähnlichkeit mit normalen Rühreiern aufwies. Dazu gab es — welche Verschwendung! — Corned beef, oder das, was unter dieser Bezeichnung verkauft wurde. Fleisch in handelsüblicher Form hatten wir schon seit Monaten nicht mehr gesehen. Auf Marken gab es lediglich Wurst oder eben Corned beef, eine glibberige Masse, von der sogar behauptet wurde, sie enthalte Pferdefleisch. Das Gerücht hielt sich hartnäckig, obwohl es in ganz Berlin kaum noch Pferde gab.

Aus welchen Ingredienzen die Wurst bestand, ließ sich auch nie ermitteln. Offiziell hieß sie Leberwurst, und davon gab es drei Sorten. Einmal die normale, die mit Ausnahme von Leber alles mögliche enthielt, aber zumindest wurstähnlich schmeckte. Dann gab es die verlängerte Leberwurst, in die man eine Menge Füllstoffe und zur Geschmacksverbesserung haufenweise Majoran gestopft hatte. Aber wenn man die verlängerte Wurst nahm, bekam man die doppelte Portion dessen, was einem normalerweise zustand. Schließlich gab es noch die „dreifache Wurst“, die überwiegend aus Getreide bestand und nach überhaupt nichts mehr schmeckte. Darüber half auch nicht die Tatsache hinweg, daß man diese Wurst dreifach aufgewogen bekam.

Übrigens gab es damals noch ein Produkt, das sich Hefeflocken nannte und in Verbindung mit Wasser zu einer klebrigen Masse gelierte. Diese Substanz sah bräunlich aus, schmeckte leicht bitter und diente Omi als Grundlage ihrer phantasievollen Rezepte. Sie experimentierte unermüdlich mit dem Zeug herum, entdeckte ständig neue

Varianten und pries das fertige Gericht abwechselnd als ,,beinahe wie Gänseschmalz" oder ,,kaum von Mozartkugeln zu unterscheiden" — je nachdem, ob sie nun Grieß oder Kräuter dazwischengemischt oder Zucker mit Kaffee-Ersatz und Rumaroma untergerührt hatte. Da ich weder wußte, wie Gänseschmalz noch wie Mozartkugeln in Wirklichkeit schmeckten, wunderte ich mich nach dem Genuß von Omis Erzeugnissen lediglich darüber, daß man solche Sachen als Delikatessen bezeichnete.

Jedenfalls hatte Omi mit Hilfe der Hefeflocken und unter Verwendung von Maismehl, Sacharin und irgendwelchen Aromen zwei Kuchen gebacken, die sich zwar nicht aus der Form lösen ließen, aber doch beinahe wie Kuchen aussahen. Einen davon — sie bezeichnete ihn als Sandtorte — bekamen wir. Er hat auch tatsächlich beim Essen geknirscht.

Die Ferien verbrachte ich fast ausschließlich bei Gina. Gerda war sowieso nicht da, sie sollte sich von einer mit einem Schwein und Federvieh gesegneten Tante ein bißchen herausfüttern lassen, Irene war ebenfalls bei Verwandten; und Anita lag mit Masern im Bett. Außerdem fühlte ich mich bei Biegerts ausgesprochen wohl. Seit Omi ausgezogen war, herrschten zwar auch bei uns liberale Verhältnisse, und niemand hatte etwas dagegen, wenn alle meine Freundinnen antrabten. Häufige Zusammenkünfte der gesamten Clique scheiterten jedoch an Platzmangel. Mein Zimmer war nicht sehr groß, und mindestens zwei Personen mußten immer auf dem Boden hocken.

Bei Biegerts gab es genügend Platz. Sie bewohnten ein Reihenhaus, waren der zwangsweisen Einquartierung wohnungsloser Mitbürger entgangen und fanden es durchaus natürlich, daß wir ihr Heim regelrecht beschlagnahmten. Meistens saßen wir in Ginas Mansarde, aber wir durften uns auch im Wohnzimmer breitmachen. Und manchmal mußte uns Frau Biegert sogar aus der Küche werfen, wenn sie sich ums Essen kümmern wollte. Sie trug die Invasion kichernder Halbwüchsiger mit bewundernswerter Gelassenheit, ignorierte hingeworfene Jacken, stieg schweigend über herumliegende Schulmappen und heruntergefallene Hefte und erlaubte sich höchstens mal die Bemerkung: ,,Wann zieht ihr eigentlich endgültig hierher?"

Hatten wir sie aber tatsächlich zwei oder drei Tage lang mit unserer Anwesenheit verschont und uns mal wieder bei Irene etabliert, dann beschwerte sie sich prompt. ,,Ich dachte schon, ihr seid alle ausgewandert. Warum läßt sich denn niemand mehr hier blicken?"

Gina hatte noch einen Bruder und eine wesentlich jüngere Schwester. Letztere bekamen wir kaum zu Gesicht; aber den Knaben Axel mochten wir alle. Er zeigte sich der weiblichen Überzahl völlig gewachsen, begegnete gelegentlichen Sticheleien mit einer beneidenswerten Schlagfertigkeit und nahm nie übel. Axel klaute Äpfel in fremden Gärten, wenn wir die Bäume bei Biegerts schon kahlgefuttert hatten. Axel schwang sich bereitwillig auf sein klappriges Fahrrad, um an der nächsten Litfaßsäule die Kinoprogramme abzuschreiben. Axel ergründete, in welchem Bezirk gerade keine Stromsperre herrschte. Und Axel besorgte auch noch die Kino-Karten, vorausgesetzt, wir finanzierten seine eigene.

Kino gehörte damals zu unserem bevorzugten Freizeitvergnügen. Andere Auswahlmöglichkeiten gab es kaum, denn für Tanzdielen interessierten wir uns noch nicht, und in den Zoo konnte man schließlich nicht immerzu gehen, wenn wir auch bei jedem Besuch neue Zeichen des Wiederaufbaus entdeckten. Blieb also das Kino. Davon gab es 'ne Menge, und wenn man bedenkt, daß ein Pfund Zucker auf dem Schwarzen Markt 120 Reichsmark kostete und eine Kinokarate 1.50 Reichsmark, dann war das ein billiges Vergnügen. Wir gingen meistens in die zweite Vorstellung um sechs.

Ich glaube, es hat in den ersten Nachkriegsjahren keinen amerikanischen Film gegeben, den ich nicht gesehen habe, viele davon mehrmals. Ein prominenter Zeitgenosse hat einmal behauptet, die damalige Filmsynchronisation sei die Rache der Deutschen an den Alliierten gewesen; und ich kann ihm nur beipflichten. Dabei waren wir schon froh, wenn die Filme überhaupt in synchronisierter Fassung liefen, denn die meisten wurden uns mit Orginalton und deutschen Untertiteln präsentiert. Aber die dümmlichen Dialoge interessierten uns ohnehin kaum, wir waren vielmehr fasziniert von der heilen Welt, die wir auf der Leinwand sahen. Da gab es keine Ruinen (die deutschen Nachkiegsfilme spielten fast nur im Trümmermilieu), es gab keine Sorgen; es gab nur ständig Liebeskummer oder Leichen. Letztere kamen in Wildwestfilmen vor, und wir bildeten uns eine Zeitlang tatsächlich ein, daß mindestens die Hälfte der männlichen US-Bürger Cowboys wären. Die andere Hälfte bestand offenbar aus Alkoholikern, denn in den meisen Filmen wurde unentwegt Whisky getrunken.

An einen Film kann ich mich noch besonders gut erinnern. Er hieß „Die badende Venus“, spielte vorwiegend in märchenhaften Swimmingpools, und die Heldin trat fast nur im Badeanzug auf. Es war zwar immer wieder ein anderer, aber keiner hatte Träger, und wir haben uns tagelang den Kopf zerbrochen, wie der „da oben“ halten würde. Schließlich einigten wir uns auf die Vermutung, man habe das Textil wohl irgendwie festgeklebt. (Als ich mir Jahre später meinen ersten trägerlosen Badeanzug kaufte, erinnerte ich mich wieder an diesen Film und ignorierte die beiden bleistiftdünnen Stoffstreifen, die der Packung beigelegt waren. Der Anzug hielt ja wirklich von selbst und überstand sogar den Kopfsprung vom Einmeterbrett. Als ich siegesgewiß wieder aus dem Wasser auftauchte, konnte ich mir das unverschämte Grinsen meines Begleiters gar nicht erklären, bis ich merkte, daß der Badeanzug diesmal nicht gehalten hatte!)

Am letzten Ferientag spazierte die nunmehr wieder vollzählige Clique noch einmal in den Zoo. Laut Zeitungsmeldung sollte es bei den Schimpansen Nachwuchs gegeben haben. Am Eingang hatten bereits wieder Fliegende Händler Posten bezogen und priesen Insektenvertilgungsmittel an, neuartige Hosenträger und alte Stahlhelme, die jetzt mit symmetrischen Löchern versehen und als Küchensiebe im Handel waren. Außerdem entdeckten wir eine Holzbude, in der Kaltgetränke und Schlagcreme verkauft wurden. Die Getränke kannten wir schon: Sie bestanden aus Chemie und schmeckten widerlich. Die Schlagcreme war neu auf dem Markt und sah aus wie unser heutiges Softeis, Marken brauchte man auch nicht, also kauften wir uns fünf Portionen. Während wir noch herumrätselten, woraus das Zeug wohl hergestellt sein mochte, zeigte Anita auf ein Schild, das neben dem Elefantengehege stand. Einigermaßen schockiert lasen wir: „Schlagcreme ist nur für den menschlichen Genuß bestimmt, das Verfüttern an Tiere ist streng verboten!“

Irene warf ihren Pappbecher auf den Boden und meinte gleichmütig: „Ist ja auch verständlich. Wenn wir krepieren, fällt das nicht weiter auf. Wenn aber einer von den Elefanten eingeht, gibt es in allen Zeitungen seitenlange Nachrufe!“

Der erste Schultag mit neuerworbener Quartanerreife begann mit einer Überraschung: Die Klasse wurde geteilt. Die Schulbehörde hatte angeordnet, daß es künftig einen mathematisch-naturwissenschaftlichen und einen sprachlich-schöngeistigen Zweig zu geben habe, was immer man darunter verstehen wollte. Die Anti-

Quasis wählten geschlossen die naturwissenschaftliche Sparte und nahmen noch ein paar Wankelmütige mit, die bisher so eine Art Zwitterdasein geführt hatten. Alles in allem zogen 17 Schülerinnen in die Parallelklasse. Dafür bekamen wir von dort 11 Neuzugänge, die sich für das Schöngeistige entschieden hatten und als erstes zu wissen begehrten, ob Quasi denn nun wirklich so furchtbar sei. „Ach was, die ist schon ganz in Ordnung. Wir haben sie inzwischen recht gut erzogen, und wehe euch, wenn ihr jetzt querschießt!" Die Neuen, ohnehin noch nicht integriert, gelobten Zurückhaltung und bedingungslose Anpassung.

Aus wohl niemals zu klärenden Gründen besteht zwischen Parallelklassen seit jeher eine gewisse Rivalität. Man nimmt sich bestenfalls gegenseitig zur Kenntnis, und bei uns förderten nicht einmal die gemeinsamen Turnstunden eine Annäherung. In unserem Fall kam noch als erschwerendes Moment hinzu, daß die „Mathematiker" uns natürlich in einigen Fächern ziemlich schnell überlegen waren. Hatten wir wieder einmal eine total verkorkste Arbeit zurückbekommen, dann erschienen garantiert ein paar Mitglieder der Nachbarklasse, erkundigten sich scheinheilig, um dann herablassend zu erklären, daß wir doch allesamt hoffnungslose Idioten seien, wenn wir diesen leichten Stoff nicht beherrschten. Wir rächten uns allerdings in ähnlicher Weise und bedauerten die armen Ignoranten, die im Englischen offensichtlich auf dem Niveau der ersten Klasse stehengeblieben waren; aber im großen und ganzen blieb dieser Kleinkrieg ziemlich unbefriedigend.

Im übrigen lernten wir jetzt auch Französisch. Bei Herrn Dr. Strack. Natürlich wendeten wir weiterhin die bewährte Methode an, bei Übersetzungen und erst recht bei Klassenarbeiten aufgeschlagene Vokabelhefte und Lexika zu benutzen, und sogar Frau Rothe beglückwünschte uns im Anschluß an die nächste Zeugnisverteilung zu unseren einheitlich guten Leistungen. Das geschah aber erst im Herbst. Im Augenblick schrieben wir Mai, zählten die Tage bis zu den Sommerferien und lasen Wilhelm Tell. Quasi hatte uns für geistig reif genug befunden, den Klassikern näherzutreten. Bisher hatten wir gewissenhaft den „Schimmelreiter" durchgeackert und „Pole Poppenspäler", zwischendurch ein paar noch fehlende Balladen mitgenommen, weil Auswendiglernen die Konzentration fördert, und nun sollten wir uns mit den Werken der großen deutschen Dichter vertraut machen.

Wir waren begeistert! Mit dreizehn, vierzehn Jahren ist man ohnehin ein bißchen schwärmerisch veranlagt, heroische Vorbilder hatten wir nicht mehr, die waren 1945 ruhmlos untergegangen, und so erkoren wir Tell zu unserem Helden. Wir spielten in Reginas Garten mit theatralischem Aufwand die Rütli-Szene nach und trugen uns eine Zeitlang mit dem Gedanken, das hehre Werk in voller Länge zur Aufführung zu bringen. Zum Glück wurde dieser Plan dann doch nicht verwirklicht, denn ich sollte den Walter mimen, dem sein Vater bekanntlich den Apfel vom Kopf schoß. Dieses Problem ließ sich aber nie befriedigend lösen, obwohl wir stundenlang experimentierten. Auf Axels Anregung hin umwickelten wir den Apfelstiel mit einem Zwirnsfaden, mit dem der Boskop von meinem Haupt gezogen werden sollte, während Irene mit ihrer selbstgebastelten Armbrust annähernd in meine Richtung zu schießen hatte. Ich schwebte immer in tausend Ängsten, daß sie mich bei diesen Versuchen doch mal treffen würde, vor lauter Zittern fiel das Obst immer viel zu früh, und schließlich kamen wir auf die Idee, die ganze Sache in die Kulissen zu verlegen und dem Publikum nur den sorgsam mit einem Messer zerteilten Apfel vorzuzeigen. Leider hatte Schiller aber vorgesehen, daß sich das ganze Geschehen *auf* der Bühne abzuspielen habe, und der vorgegebene Text paßte zu unserer geplanten Version nun überhaupt nicht. So ließen wir die ganze Sache wieder fallen und trösteten uns mit der Aussicht, daß wir über kurz oder lang auch die „Jungfrau von Orleans" lesen würden. Die war noch viel heroischer und zudem noch weiblich.

Zwischen Quasi und uns herrschte Burgfrieden. Sie hatte zwar ihre Mucken, aber die hatten andere Lehrer auch. Und ihre gelegentlichen Tadel, meist in ironischer Form vorgebracht und deshalb doppelt wirksam, wurden von den Betroffenen schweigend geschluckt, schwer verdaut und als Ansporn genommen, sich vielleicht doch mal ein bißchen intensiver mit dem Unterrichtsstoff zu beschäftigen. Etwas gab es aber, worüber wir uns zu gern den Kopf zerbrachen: Quasi schwieg sich beharrlich über ihr Privatleben aus, wehrte gelegentliche Fangfragen sehr geschickt ab und ließ uns in völliger Unkenntnis dessen, was sich außerhalb des Schulgebäudes bei ihr abspielte. Diese Geheimnistuerei reizte uns immer wieder, zumal wir von unseren übrigen Lehrern eine weitaus größere Offenheit gewöhnt waren. Besonders Dr. Weigand hatte uns ausführlich über seine Familienverhältnisse informiert. Wir wußten, daß er seine Frau beim Kölner Karneval kennengelernt hatte, eine asthmatische Tante besaß und donnerstags zum Kegeln ging. Auch Frau Dr. Müller-Meiningen hatte bereitwillig über ihre Jugendjahre geplaudert, obwohl wir eigentlich bezweifelten, daß es die jemals gegeben haben könnte. Nach unserer Ansicht war sie schon tweedumwickelt und mit Dutt auf die Welt gekommen. Trotzdem hatte sie uns — auf englisch natürlich — kleine biographische Histörchen erzählt, die sich ausnahmslos im Hochadel abspielten und nie eine Pointe hatten. Fräulein Ramburg reicherte die Geographiestunden hin und wieder mit Anekdoten aus der ärztlichen Praxis ihres Bruders an, mit dem sie zusammenlebte, und eine Zeitlang hatten wir sogar mit einem jungen Zeichenlehrer gelitten, der ein paar Wochen lang bei uns als Vertretung unterrichtet hatte und zum erstenmal Vater werden sollte.

Nur von Quasi wußten wir überhaupt nichts. Wir hatten lediglich herausgebracht, daß sie nicht verheiratet war, aber das schien sowieso das Schicksal unserer weiblichen Lehrkräfte zu sein. „Vielleicht hat sie einen Hausfreund?" mutmaßte Ilse.

„*Den* möcht' ich mal sehen. Zu ihr paßt doch allenfalls ein versponnener Privatgelehrter mit einem halben Dutzend Doktortiteln!"

So stieß Quasi auf uneingeschränkte Aufmerksamkeit, als sie sich eines Tages beiläufig erkundigte, ob jemand von uns in der Nähe der Sundgauer Straße wohne.

„Ja, ich!" erklärte Evchen sofort, obwohl das mitnichten der Wahrheit entsprach.

„Dann sei bitte so nett und bringe mir im Laufe des Nachmittags die Hefte vorbei. Ich muß noch weg und möchte nicht die ganzen Sachen mitschleppen." Evchen nahm diensteifrig Hefte und Adresse in Empfang und machte sich zu angemessener Stunde erwartungsvoll auf den Weg. Leider wurde ihre (und unsere) Neugier nicht im geringsten befriedigt. „Eine ältere Dame nahm mir den Krempel ab, erklärte, ihre Tochter sei noch nicht zu Hause, und damit war ich entlassen." Also wieder Fehlanzeige! Dafür brachte ein Vorstoß bei unserer redseligen Schulsekretärin einen kleinen Erfolg. Sie verriet uns nicht nur bereitwillig Quasis Geburtstag, sie lieferte unaufgefordert auch das Geburtsjahr dazu. Nun wußten wir also, daß sie im Juni ihr vierzigstes Wiegenfest feiern würde. Uns blieb noch genügend Zeit für die Vorbereitungen, und wir stürzten uns mit Feuereifer hinein: Gartenbesitzer wurden angewiesen, heimische Blumenbeete auf ihren Bestand zu überprüfen und bei der späteren Plünderung die Farbenzusammenstellung zu berücksichtige, da sie mit Quasis Lieblingsfarbe Braun zu harmonieren habe. Mariele wurde gebeten, auf ihr nun schon hinlänglich bekanntes Geigensolo zu verzichten und statt dessen ein Ständchen auf dem Akkordeon zu intonieren, das sie ebenfalls gut beherrschte. Außerdem war das lauter. Nach längeren Debatten verzichteten wir auf den geplanten Choral, hingegen wurde der Vorschlag angenommen, ein der Jahreszeit angepaßtes Gedicht des Freiherrn v. Eichendorff zum Vortrag zu bringen. Aber auch der Plan scheiterte, weil sich niemand bereit fand, diesen Teil der Festgestaltung zu übernehmen. Da wir uns auf weitere Programmpunkte nicht einigen konnten, sollte der Rest der beiden Unterrichtsstunden improvisiert werden. Zwei Tage vor dem ereignisreichen Datum überraschte ich Gina, wie sie in ihrem Zimmer über kreuz und quer beschriebenen Zetteln brütete, während um sie herum Lexika, vergilbte Zeitschriften, antiquierte Nachschlagewerke und der große Büchmann aufgetürmt waren.

„Was machst du denn da? Den Hausaufsatz brauchen wir doch erst in zwei Wochen abzugeben."

„Von wegen Hausaufsatz. Weißt du übrigens eine Definition für Zeugnis?"

„???"

Gina klärte mich auf, daß sie an einem Lexikon werkelte mit dem sinnigen Untertitel „Für Kinder und solche, die es werden wollen". Es enthalte kleine Aphorismen über den Schulalltag im allgemeinen und Quasi im besonderen. Ich fand die Idee großartig, obwohl ich mir nicht viel darunter vorstellen konnte, und da die Rohfassung schon vorlag, erbot ich mich, auf Herrn Biegerts altersschwacher Schreibmaschine die Reinschrift zu verfertigen. Nach dem sechsten Versuch und dem 39. Tippfehler gab ich auf.

„Macht nichts. Ich schreibe es schnell mit der Hand", beruhigte mich Gina. „Da drüben liegen irgendwo Reste von Perlgarn. Du kannst inzwischen eine Kordel zusammenwurschteln, wir müssen den Kram ja irgendwie einbinden."

Aber auch dazu war ich zu dämlich!

„Und wehe, wenn du nicht die Klappe hältst. Von dem Lexikon braucht niemand etwas zu wissen!"

Ich gelobte Schweigen bis ins Grab. Zwei Tage später kannte die ganze Klasse das Geheimnis, weil es Gina nicht gelungen war, das Büchlein unbemerkt auf das blumengeschmückte Katheder zu schmuggeln. Ilse entdeckte es und las seinen Inhalt der jubelnden Klasse vor. Gina suchte verzweifelt ein Mauseloch zum Verkriechen, fand keins und bat flehentlich, ihre Urheberschaft nicht zu verraten. Das wurde zugesichert. Allerdings kam niemand auf die Idee, daß ihre schon damals sehr eigenwillige Handschrift sie verraten würde. Als Quasi später zum allgemeinen Gaudium besonders gelungene Passagen des Werkes noch einmal vorlas, weil wir völlige Unkenntnis vorgetäuscht hatten, wanderte ihr amüsierter Blick mehrmals zu Gina, die sich vor Verlegenheit wie ein Regenwurm wand und hartnäckig alles bestritt, einschließlich der Tatsache, überhaupt des Schreibens kundig zu sein.

Das Katheder hatten wir in ein Blumenmeer verwandelt, in dem nahezu alle Gewächse vorhanden waren, die um diese Jahreszeit in eigenen (und fremden) Gärten blühten. Sigruns Großeltern hatten unlängst ihren vierzigsten Hochzeitstag gefeiert, und so hatte ihre Enkelin kurzerhand die silberne 40 aus Preßpapier requiriert, die nun in der Mitte eines riesigen Rosenstraußes prangte. Da ich heute aus eigener Erfahrung weiß, mit welch gemischten Gefühlen man dem *vierzigsten* Geburtstag entgegensieht, kann ich mir ungefähr Quasis seelische Verfassung vorstellen, als sie sich in so taktvoller Weise mit der magischen Zahl konfrontiert sah. Aber sie hielt sich großartig. Man merkte ihr die Überraschung zwar an, als sie den Blumenflor entdeckte; die übrigen Huldigungen ließ sie jedoch in gefaßter Haltung über sich ergehen. Ein vorsichtiger Versuch, nach beendeter Ovation zur Tagesordnung überzugehen, wurde von der Klasse im Keim erstickt. „Können Sie denn nicht einmal die Lehrerin vergessen?“ — „Schule ist doch nicht Lebensinhalt!“ — „Warum erzählen Sie nicht mal etwas über sich?“

Wir waren ja so unheimlich mutig geworden! Quasi stand hilflos vor dem entfesselten Haufen, sah offensichtlich ihre geheiligte Privatsphäre bedroht, zog sich aber ganz geschickt aus der Affäre, indem sie fragte: „Was wollt ihr denn wissen?“

Schweigen. Danach zu fragen, was uns wirklich interessierte, wäre taktlos gewesen. Blieben also nur die unverfänglichen Dinge. „Sind Sie eigentlich ein Einzelkind?“

„Ja. Merkt man mir das nicht an?“

Gedämpfte Heiterkeit. Das Frage- und Antwortspiel ging weiter, und endlich taute sie auf. Sie erzählte Anekdoten aus ihren Studienjahren, amüsierte uns mit anschaulichen Berichten aus dem KLV-Lagerleben und skizzierte mit einigem Sarkasmus ehemalige Parteigrößen, mit denen sie sich damals hatte herumrangeln müssen. Wir kringelten uns vor Vergnügen und entdeckten zu unserer größten Überraschung, daß Quasi nicht nur eine gehörige Portion Humor besaß, sondern darüber hinaus einen ausgeprägten Sinn für Situationskomik. Die beiden Stunden waren viel zu schnell vorüber; und als es zur großen Pause klingelte, hatte sich Quasi endgültig die uneingeschränkte Sympathie der Klasse erworben. Evchen, schon daran gewöhnt, angeblich in unmittelbarer Nachbarschaft zu wohnen, sollte nach Schulschluß die Blumen transportieren und stopfte das Grünzeug zunächst ins Waschbecken, wo es die begreifliche und manchmal etwas neiderfüllte Neugier der Lehrkräfte erweckte, die nach Quasi Stunde gaben. Im Klassenbuch entdeckten wir später in der entsprechenden Rubrik Quasis Eintrag für den heutigen Tag: Tell II. Akt 4. Aufz. Schiller würde sich gewundert haben.

30

Endlich Sommerferien! Viereinhab Wochen lang keine unregelmäßigen Verben mehr und keine gleichschenkligen Dreiecke, keine kommunizierenden Röhren und keine gezeichneten Blumenvasen, die sowieso immer wie Nachttöpfe aussahen. Statt dessen häufigeres Schlangestehen und ständiger Einsatz im Schrebergarten, um Unkraut zu ziehen und die bleichen Schlangengurken zu bewässern. Schließlich hatte ich jetzt ja genügend Zeit!

Allmählich begriff ich, daß Ferien und Ferien zwei verschiedene Schuhe sind! Früher bedeuteten Ferien Reisevorbereitungen, Schlaflosigkeit wegen Reisefieber und dann endlich ein Taxi, das uns zum Bahnhof brachte. Wir fuhren regelmäßig an die Ostsee. Der Kurort hieß jedesmal anders, das Meer war immer dasselbe. Aber ob Ahlbeck, Heringsdorf oder Swinemünde war egal, der Tagesablauf blieb der gleiche. Nach dem Frühstück an den Strand, nach dem Mittagessen ins Bett, danach Spaziergang auf der Strandpromenade mit anschließendem Kurkonzert, dann Abendessen und Schlafengehen. Sicherlich sehr erholsam — aber auch genauso langweilig. Jedenfalls während der ersten vierzehn Tage, wenn ich unter Omis Obhut stand. Sie betrachtete es schon als Gipfel der Ausschweifung, wenn sie sich im Anschluß an das Nachtmahl zusammen mit einer gleichgesinnten alleinstehenden Dame ins Nachtleben stürzte und irgendwo ein Glas Wein trank. Ins Wasser ging sie auch nie, weil sie um keinen Preis einen Badeanzug angezogen hätte und als einzige Konzession an das Seebad sogenannte Strandkleider trug. Das waren legere Hänger mit rundem Ausschnitt und ohne Ärmel. Wenn ich mit Buddeleimer und Segelschiffchen im Wasser spielte, stand Omi daneben, barfuß mit hochgeschürztem Rock, und paßte auf, daß ich nicht zu weit hineinging. An dem kostenlosen Schwimmunterricht durfte ich auch nie teilnehmen, weil sie Angst hatte, ich könnte dabei ertrinken.

Nach zwei Wochen kam dann die Wachablösung. Meine Eltern reisten an, Omi reiste ab. Jetzt gingen wir auch nachmittags an den Strand, unternahmen Dampferfahrten nach Rügen oder Kutschfahrten in die Umgebung, statt zum Kurkonzert gingen wir Eisessen, und wenn ich schreiend vor den Wellen türmte, setzte Vati mich auf einen Gummiring und schob mich mitten in die Brandung. Braungebrannt, bepackt mit Muscheln und kleinen Bernsteinstücken, die wir hin und wieder am Strand gefunden hatten, kamen wir nach Berlin zurück, und noch um Weihnachten rieselte Seesand aus den Bademanteltaschen.

Im Sommer 1946 stand aber niemandem der Sinn nach Ferienreisen. Wer Glück hatte, wurde von bessergestellten Verwandten eingeladen und konnte sich auf dem Bauernhof oder im Obstgarten mal wieder richtig satt essen, aber die meisten Bauern leugneten ohnehin alle verwandtschaftlichen Bindungen und behaupteten auch noch, sie hätten selber nichts. Dabei ging die Mär um, daß in den Kuhställen die Perserteppiche schon übereinanderlägen, von hungernden Großstädtern beigeschleppt und gegen Milch und Eier eingetauscht. Wir hatten leider keine nahrhafte Verwandtschaft, ausgenommen Tante Lotte. Sie trauerte aber immer noch um Tante Brunhilde, und Mami hatte jedesmal ein schlechtes Gewissen, wenn sie an diese Tragödie erinnert wurde. „Vielleicht hätte ich doch noch das Schlimmste verhindern können...“

So hockte ich statt im Strandkorb auf dem heimischen Balkon und schnippelte aus allen Heftdeckeln Kleider für Juttas Anziehpuppe, als wir ihren Vater kommen hörten. Das röhrende Auto machte immer einen Heidenkrach, und wir stürzten erwartungsvoll auf die Straße, wo PW gerade sein Vehikel abschloß. Es handelte sich bei diesem Auto um einen uralten DKW, dessen ramponiertes Aussehen durch den riesigen Ofen am Heck auch nicht gerade verschönt wurde. Benzin gab es nicht, und deshalb wurden die wenigen Autos, die überhaupt schon fuhren, mit Holzgas angetrieben. Man frage mich jetzt nur nicht, wie das funktionierte! Ich weiß nicht mal, weshalb ein ganz normales Auto fährt. Man dreht den Zündschlüssel, tritt aufs Gaspedal, und dann setzt sich das Gefährt in Bewegung. Warum es das tut, habe ich nie begriffen.

Jedenfalls gehörte PW schon seit einiger Zeit zu den glücklichen Besitzern eines fahrbaren Untersatzes, mit dem er ständig zwischen Berlin und Westdeutschland herumkurvte, um das bei Kriegsende lahmgelegte Unternehmen seines Schwiegervaters wieder auf die Beine zu stellen. Das war ein Zweigbetrieb der metallverarbeitenden Industrie, und PW hielt es für besser, die Wiederauferstehung in Westdeutschland, genauer gesagt in Düsseldorf, stattfinden zu lassen. Die politischen Verhältnisse waren in Berlin immer noch reichlich verworren und die wirtschaftlichen nicht viel durchschaubarer. So war er ständig auf der Achse, ausgestattet mit Transitgenehmigungen und Holzgasbeschaffungsscheinen in vier Sprachen, und brachte bei seiner Heimkehr neben organisierten Lebensmitteln auch regelmäßig Neuigkeiten aus der großen weiten Welt mit.

Nun mußte man bei ihm zwar immer auf Überraschungen gefaßt sein — einmal hatte er anderthalb Zentner Holunderbeeren mitgebracht, von denen kein Mensch wußte, was man ohne Zucker damit anfangen könnte —, aber diesmal hatte er etwas ganz Besonderes auf Lager.

,,Koffer packen, Herrschaften! Nächste Woche fahrt ihr für zwei Wochen nach Binz!"

,,Wohin?"

,,Nach Binz. Das liegt auf der Insel Rügen, und Rügen liegt in der Ostsee. Evelyn, das solltest du eigentlich schon wissen!" Ich wußte es aber nicht.

Mami kam erst abends nach Hause. So lange mußten wir uns also gedulden, bis wir Näheres erfuhren. ,,Ich würde Käte nie alleine fahren lassen, die käme überall an, bloß nicht in Binz. Aber mit dir zusammen wird sie schon nicht verlorengehen."

Meine Mutter begriff zwar gar nichts, hörte aber geduldig zu. PW hatte in Düsseldorf von einem Geschäftsfreund erfahren, daß dessen Schwägerin schon wieder Urlaubsgäste aufnahm. Leider habe sich das noch nicht genügend herumgesprochen. Die meisten Deutschen stünden dem wiedererwachenden Tourismus auch noch skeptisch gegenüber, obwohl die Seebäder erstaunlicherweise bereits recht bevölkert seien, und ob PW nicht vielleicht Interessenten wüßte? Natürlich wußte er. Er bestellte sofort zwei Doppelzimmer, eins mit zusätzlichem Kinderbett, und nun strahlte er wie ein Weihnachtsmann. „Am Mittwoch rauscht ihr ab. Erholung könnt ihr beide brauchen, und den Kindern tut ein Klimawechsel auch gut. Ich halte inzwischen hier die Stellung."

Tante Käte sagte überhaupt nichts, und es dauerte auch eine ganze Weile, bis Mami den Mund aufmachte. „Ich glaube, jetzt bist du total verrückt geworden! In diesen Zeiten kann man doch nicht verreisen! Vielleicht darf ich auch noch daran erinnern, daß ich arbeite und nicht von heute auf morgen Urlaub bekomme."

„Deine Porzellanheinis sind doch froh, daß sie dich haben, also werden sie dir auch zwei Wochen Ferien gönnen. Und wenn sie dich wirklich rausschmeißen sollten, findest du doch im Handumdrehen etwas Neues. Nötigenfalls klemme ich mich mal dahinter." Meine Mutter hatte bereits eine wechselvolle Laufbahn hinter sich. Nach ihrem Zwischenspiel als „housemaid" hatte sie sich bei einer Speditionsfirma in Zehlendorf-Mitte verdingt und den Transport von Dachpappe und Sägemehl überwacht. Nach sechs Wochen erschien die Polizei, nahm Geschäftsbücher, 22 Whiskyflaschen und den Firmenchef mit, versiegelte die Büroräume und eröffnete den beiden erstaunten Angestellten, daß man soeben eine lange gesuchte Schwarzmarktzentrale ausgehoben habe. Dann arbeitete sie bei einem Fotografen, der tagsüber im „Wohnzimmer-Atelier" tätig war und nachts in amerikanischen Clubs fotografierte. Er brauchte jemanden, um den zweisprachigen Schriftverkehr zu bewältigen. Leider wurden ihm eines Nachts die beiden Kameras geklaut, worauf das Unternehmen zusammenbrach. Mami war wieder arbeitslos.

„Ich glaube, am besten versuche ich es wieder bei den Amis, die deutschen Firmen sind mir ein bißchen zu kurzlebig", erklärte meine Mutter und machte sich seufzend über den berüchtigten, fünf Seiten langen Fragebogen her, unumgängliche Voraussetzung für ein dauerhaftes Arbeitsverhältnis bei der Besatzungsmacht. Nach zwei Stunden klingelte sie bei Tante Käte und bat um einen Kognak.

,,Mich wundert nur, daß die nicht auch noch Schuhgröße und Handschuhnummer wissen wollen! Sag mal, muß ich den Karl eigentlich als Familienmitglied zählen oder nicht? Da wird nämlich gefragt, ob und welche Familienmitglieder damals in der Partei waren."

Tante Käte vertrat die Ansicht, Herr Jäger sei schließlich nur angeheiratet und somit nicht direkt verwandt. ,,Außerdem war er doch bloß zahlendes Mitglied."

,,Das ist denen doch wurscht. Partei ist Partei, und wenn die etwas von Mitgliedschaft hören, denken sie doch gleich an Hurra-Patriotismus und ähnliche Auswüchse." Mami unterschlug also ihren nicht ganz fleckenlosen Stiefvater und leugnete auch noch meine BDM-Zugehörigkeit. ,,Genaugenommen warst du doch noch viel zu jung für diesen Verein." Nachdem sie noch wahrheitsgemäß erklärt hatte, weder an Tuberkulose zu leiden noch an einer Geisteskrankheit und auch keine Epileptikerin sei, unterschrieb sie das gewichtige Dokument, reichte es ein und wartete. Jetzt mußte es geprüft werden, Rückfragen kamen, Unterlagen wurden angefordert; und in der Zwischenzeit saß Mami zu Hause und bezog die Lebensmittelkarte für ,,Sonstige". Eines Morgens beobachtete Tante Else kopfschüttelnd, wie Mami mit Kaffeetassen jonglierte und dabei versuchte, zwei Gedecke in einer Hand zu transportieren. ,,Willst du jetzt zum Zirkus?"

,,So was Ähnliches! Ab morgen arbeite ich als Serviererin in der Snackbar."

Diese Tätigkeit dauerte genau eine Woche, denn als sich die Unkosten für zerschlagene Kaffeetassen mit den Einnahmen aus Icecream und Milkshakes endlich die Waage hielten, wurde die Fragebogenaktion positiv entschieden. Mami bekam einen Büroposten in der Magazinverwaltung, Abteilung Glas und Porzellan. Als erstes bearbeitete sie die Anforderungsscheine der Snackbar und ergänzte auf ganz legalem Verwaltungsweg den von ihr dezimierten Geschirrbestand. Im übrigen handelte es sich um einen ausgesprochen ruhigen Job, der keine geistigen Ansprüche stellte und im wesentlichen eine leserliche Handschrift erforderte. Zum Büroinventar gehörte eine uralte Schreibmaschine, die meistens kaputt war und zu allem Überfluß auch noch mit englischer Tastatur versehen war. Wenn Mami mit ihrem Zehnfingersystem darauf herumhackte, standen interessante sprachliche Neuschöpfungen auf dem Papier. Zwischendurch hatte sie immer noch Zeit genug, für ihren amerikanischen Vorgesetzten private Übersetzungen zu machen.

Sergeant Shreevs war erst kürzlich nach Berlin versetzt worden und hatte in Frankfurt eine deutsche Freundin zurücklassen müssen. Die schrieb nun regelmäßig lange Briefe, mit denen „mein liebster Teddy" jedoch nichts anzufangen wußte, weil er zwar einigermaßen gut Deutsch sprechen, aber nicht lesen und erst recht nicht schreiben konnte. Mami übersetzte also bereitwillig die Wünsche nach Nylons, Zigaretten und Lippenstift und brachte auch die englischgeschriebene Antwort in eine für „dearest Gudrun" verständliche deutsche Fassung. Nach dem vierten Liebesschwur (zweimal in Deutsch und zweimal in Englisch) streikte sie und forderte angemessene Sondervergütung. Teddy sah das ein und honorierte jeden Brief mit einem Päckchen Chesterfield.

Dieses relativ preiswerte und vor allem diskrete Übersetzungsbüro sprach sich herum, und bald reichten die regulären Dienststunden nicht mehr aus. Mami saß abends zu Hause mit Hindenburglicht und Wörterbuch am Wohnzimmertisch und übersetzte kichernd so bedeutungsvolle Mitteilungen wie „Der Frank hat den Jonny wegen der Rita zusammengeschlagen" oder „Ich bin jetzt im fünften Monat und merke schon was".

Zu Mamis Kunden gehörte auch ein Neger, der nicht nur *zwei* deutsche Freundinnen hatte — eine in Frankfurt und eine in Sachsenhausen —, sondern darüber hinaus zur Bäckerei-Brigade gehörte. Er zahlte in Naturalien, vorzugsweise in Form von Schmalzgebackenem und „Cookies", eine Art Weihnachtsplätzchen mit Anisgeschmack. Dann gab es noch einen baumlangen Schotten, der in einer Küche arbeitete und als Honorar immer Pflanzenfett mitbrachte. Jetzt wartete Mami nur noch auf einen liebeskranken Metzger, aber die hatten ihre festen Freundinnen offenbar vor Ort.

Jedenfalls hatte sie keine große Lust, ihren einträglichen Job so einfach aufs Spiel zu setzen, nicht mal für die Urlaubsreise an der See. Andererseits könnte ein Versuch ja nichts schaden. Sergeant Shreevs zeigte Verständnis. Natürlich sei es für die kränkliche und unterernährte Tochter sehr wichtig, wenn sie zu einer Tante fahren und sich auf dem Bauernhof ein bißchen herausfüttern lassen könne, und es sei auch völlig klar, daß man das Kind unmöglich allein auf die Reise schicken kann. Zwei Wochen lang käme man auch ohne „Ireen" aus, und er, Sergeant Shreevs, würde das sogar auf seine eigene Kappe nehmen. Wenn eine Rückfrage von ‚oben' käme, womit ohnehin kaum zu rechnen sei, dann würde er eben behaupten, Mrs. Helmchen sei krank. Ach ja, wo wohne die Tante eigentlich? „In Binz", erklärte Mami wahrheitsgemäß in der Annahme, Mr. Shreevs Geographiekenntnisse würden sich überwiegend auf die Vereinigten Staaten beschränken.

„O yes, I know!" erklärte der auch prompt, wünschte gute Reise, schloß hinter Mami die Bürotür ab und begab sich in seinen Lagerraum, wo er vermutlich aus der Holzkiste mit der Aufschrift „plates" wieder die Ginflasche holte und sich seiner bevorzugten Tätigkeit widmete, den Alkoholpegel möglichst schnell zu heben.

31

„Ob mir der Badeanzug noch paßt?" Ich betrachtete skeptisch die geblümte Pracht aus Baumwollstoff, die immerhin schon zwei Jahre alt war. Dabei mußte sie noch gar nichts verdecken. Zwar kontrollierte ich regelmäßig vor dem Spiegel meine Figur, ob sich nicht endlich die ersehnten weiblichen Formen herausbilden würden; aber bis jetzt war ich immer noch platt wie ein Bügelbrett, Arme und Beine schienen falsch eingehängt zu sein, die Proportionen stimmten nicht, von den Busenschönheiten Marke Hollywood war ich noch ziemlich weit entfernt.

Immerhin — der Badeanzug drückte. Tante Else nähte längere Träger an, die waren gepünktelt und paßten überhaupt nicht zum Stoff; aber sie meinte, im Wasser würde das sowieso kein Mensch sehen, und sonst könne ich ja mein Strandkleid tragen. Das hatte sie aus dem letzten Rest der Fallschirmseide genäht, nur hatte der Stoff für eine doppelte Lage nicht mehr gereicht; und so kam ich mir vor, als trüge ich ein Eislaufkostüm aus Transparentpapier. Der Bademantel ging mir nicht mal mehr bis ans Knie, und meine Kleider waren auch schon alle angestückelt. Omi schüttelte nur den Kopf, als sie meine Reiseausstattung sah. „Also wenn ich daran denke, wie schmuck wir dich früher herausstaffiert haben..."

Im übrigen war sie grundsätzlich gegen die Reise. Mitten durch die Zone, wo es ja überall Russen gab, und dann auch noch ohne richtigen Fahrplan, sozusagen auf gut Glück — das konnte ja nur schiefgehen! Überhaupt war das ganze Unternehmen eine Schnapsidee und in höchstem Grade unangebracht. „Tausende von Flüchtlingen irren immer noch herum, hausen in Kellerlöchern, hungern und frieren, und ihr habt nichts anderes im Kopf als Sommerfrische!"

„Aber Mutti! Wenn ich hierbleibe und Kaffekannen zähle, wird sich das Flüchtlingsproblem auch nicht von heute auf morgen ändern. Für mich ist das vergangene Jahr ebenfalls nicht ganz einfach gewesen. Daß ihr bisher nicht verhungert seid, habt ihr doch teilweise mir zu verdanken. Jetzt kannst du mir ruhig mal ein paar Ferientage gönnen."

Omi klappte den Mund zu und sagte nichts mehr.

PW hatte anhand von Atlas und Generalstabskarte die Reiseroute ausgearbeitet und Informationen am Fahrkartenschalter eingeholt, die aber sehr vage und außerdem unvollständig waren. „Der Zuch jeht nur bis Neubrandenburg, denn is Feierabend. Wie Se von da weiterkommen, weeß ick nich, dafür sind wa hier nich zuständig."

„Ich nehme an, daß es von Neubrandenburg eine direkte Verbindung nach Greifswald gibt, vielleicht sogar bis Stralsund, von dort geht die Fähre nach Rügen."

„Und wie kommen wir nach Binz? Das liegt doch am entgegengesetzten Ende?"

„Woher soll ich das wissen?" PW faltete die Karte zusammen und drückte sie Mami in die Hand. „Nimm sie lieber mit, Wandern soll ja sehr gesund sein."

„Aber nicht mit drei Kindern und vier Koffern!"

Zwei Tage später karrte PW das Gepäck zum Bahnhof, zusätzliche Personenbeförderung war aus Platzmangel nicht möglich. Der Zug war schon eingelaufen und bereits krachend voll. Männer mit Rucksäcken klebten auf den Trittbrettern, hingen halb aus den Türen und Fenstern heraus, ein paar saßen sogar auf den Dächern. Jemand schob einen zusammengerollten kleinen Teppich unter einen Haltegriff, ein anderer bemühte sich vergeblich, seine prallgefüllte Einkaufstasche durch ein Fenster zu wuchten. Ein dreiarmiger Silberleuchter fiel scheppernd auf die Bahnsteigkante und rollte auf die Schienen.

„Kehren wir lieber um", sagte Tante Käte, nahm Sabine auf den Arm und machte sich auf den Rückzug.

„Kommt überhaupt nicht in Frage. Ich habe schon damit gerechnet, daß der Zug überfüllt ist, schließlich fährt doch alle Welt zum

Hamstern. Laßt mich mal machen!" PW steuerte zielsicher einen Bahnbeamten an, zeigte ihm die russische Ausfertigung seines Treibstoffbeschaffungszertifikats und erklärte rundheraus, er benötige ein leeres Abteil. Der Uniformierte konnte kein Russisch und war beeindruckt. Ein leeres Abteil hatte er trotzdem nicht.

„Dann nehmen wir das Dienstabteil!" erklärte PW, griff sich zwei Koffer und strebte zum ersten Waggon.

Der Zugbegleiter weigerte sich, sein Domizil zu räumen. PW zückte ein weiteres fremdsprachiges Dokument, auf dem sogar sein Paßbild klebte, hielt es dem Bahnbeamten unter die Nase und meinte gönnerhaft: „Sie können natürlich auch hier im Abteil bleiben."

Normalerweise fährt man von Berlin nach Stralsund nur ein paar Stunden, vorausgesetzt, bei dem Transportmittel handelt es sich um einen D-Zug, der ohne nennenswerten Aufenthalt zügig über die Schienen ratterte. Unser Zug bestand jedoch aus klapprigen Personenwagen, die man früher schon längst aufs Altenteil geschickt hätte. Außerdem schlich er in einem Schneckentempo dahin, daß jeder einigermaßen trainierte Marathonläufer mühelos hätte nebenhertraben können. „Schneller könn' wa nich, sonst loofen die Lager heiß. Und uff die Leute müssen wa ooch'n bißchen Rücksicht nehmen, die fliejen ja sonst von die Dächer runter." Der Zugbegleiter war zunehmend freundlicher geworden, seitdem ihm Tante Käte zwei belegte Brote und eine Zigarette angeboten hatte.

„Warum fahren Sie überhaupt mit? Sie kommen doch niemals durch die überfüllten Waggons durch."

„Weeß ick selber, is aber Vorschrift."

Um die Mittagszeit waren wir in Neubrandenburg. Unser uniformierter Begleiter —„Ick heiße Uhland, aber mit Vornamen Justav, mit den Ludwig habe ick nischt zu tun!" — hatte sich bereiterklärt, Näheres über unsere Weiterfahrt zu erkunden.

„Also wenn Sie Jlück haben, denn jeht der Zuch nach Jreifswald pünktlich um vierzehnfuffzehn ab, kann aber ooch später werden, wenn nämlich die Lokomotive noch nich da is, weil die kommt mit den andern Zuch aus Pasewalk."

Der Zug aus Pasewalk hatte achtzig Minuten Verspätung. Dann brauchte die Lokomotive neues Wasser und neue Kohlen; die waren nicht da, weil der Güterzug aus Altentreptow auch noch nicht da war. Dann kam der Zug, dann mußten die Kohlen umgeschaufelt werden, und als wir weiterfahren konnten, was es fünf Uhr nachmittags. Um sieben waren wir in Greifswald, um neun endlich in Stralsund. Die letzte Fähre war weg.

,,Dann müssen wir eben hier übernachten."

Die meisten Hotels waren noch kaputt, die schon wieder betriebsbereiten voll belegt.

,,Wenn Sie nach Rügen wollen, dann fahren Sie doch über den Rügendamm", schlug ein hilfsbereiter Portier vor, der sich schon eine ganze Weile vergeblich bemüht hatte, eine Unterkunft für uns zu finden. ,,Allerdings müssen Sie dann erst mal zurück nach Brandshagen."

,,Und wie kommen wir nach Brandshagen?"

,,Mit der Straßenbahn, wenn noch eine fährt. Oder soll ich Ihnen ein Taxi rufen?"

Mami war für Sparsamkeit, Tante Käte für das Taxi. Es kam. Im Kofferraum stand der Holzgasofen, deshalb mußten wir das Gepäck auf dem Schoß behalten. Der Fahrer war bereit, uns auch noch über den Rügendamm zu bringen. ,,Aber nur bis Bergen, sonst komme ich nicht mehr zurück. Weiter reicht mein Treibstoff nicht."

Kurz nach elf krochen wir in Bergen aus dem Auto und steuerten ein nahegelegenes Café an, das allem Anschein nach noch geöffnet hatte. Der Kellner stellte gerade die Stühle hoch und starrte uns an, als seien wir unmittelbar vor seinen Augen vom Mond gefallen. ,,Wo kommen *Sie* denn jetzt her?"

,,Aus Berlin, und wir möchten nach Binz", erklärte Mami, ,,und nun erzählen Sie mir nur nicht, daß wir ein paar Kilometer vor dem Ziel hier steckenbleiben."

,,Wird wohl so sein", sagte der Ober, ,,aber Sie haben wenigstens Gesellschaft. Die Herrschaften da hinten wollen auch nach Binz." Damit wies er auf einen Ecktisch, wo ein Herr bemüht war, seine zwei jugendlichen Begleiter am Einschlafen zu hindern. Er stellte sich als Dr. Nürnberg aus Erfurt vor, seines Zeichens Arzt, derzeit lediglich Vater und als solcher schon seit zwei Stunden bestrebt, auf eine ihm noch nicht bekannte Weise nach Binz zu gelangen.

Die Cafétür öffnete sich, ein Mann mit Lederjacke und Gummistiefeln stürmte zur Theke und forderte lautstark: ,,Ein Bier, Hannes, aber schnell, ich muß weiter. Bin sowieso schon spät dran!"

,,Ich glaube, Sie haben Glück", sagte der Kellner Hannes und beeilte sich, dem Wunsch seines neuen Gastes nachzukommen. „Das hier ist Herr Petersen, und wenn ich mich nicht irre, ist er auf dem Weg nach Binz."

„Das soll wohl so sein." Herr Petersen wischte sich den Schaum vom Mund und musterte uns von oben bis unten. „Ich müßte schon längst dort sein, aber der Trecker war kaputt. Die haben schon telefoniert, wo das Mehl bleibt."

Den Rest der Strecke legten wir auf Herrn Petersens Anhänger zurück, krampfhaft bemüht, die Koffer festzuhalten, die auf den Mehlsäcken von einer Seite zur anderen rutschten. Der Zufall wollte es, daß auch Herr Nürnberg in derselben Pension Quartier hatte wie wir, und so tuckerte Herr Petersen auch noch bereitwillig über die ausgestorbene Strandpromenade bis zur Villa Frigga. Endlich waren wir da!

Als ich am nächsten Morgen so gegen zehn Uhr noch halb verschlafen in das Frühstückszimmer schlurfte, traute ich meinen Augen nicht. Auf dem Tisch standen frische Brötchen, drei Sorten Marmelade, ein Topf mit richtiger Milch; und was sich Mami gerade in die Tasse goß, roch sogar ein bißchen nach Bohnenkaffee. Die anderen drei Gedecke waren unbenutzt, Zilligs schliefen also noch. Am Nebentisch saßen die Mehlsackreiter aus Erfurt. Das Mädchen mußte ungefähr in meinem Alter sein, ihr Bruder war vielleicht zwei Jahre jünger, und den Vater musterte ich nun ganz unverhohlen, sein Gesicht war von Narben durchzogen, und schließlich hatte mir Omi schon in frühester Kindheit eingetrichtert, daß man die körperlichen Gebrechen anderer Leute tunlichst nicht zur Kenntnis nimmt.

„Das stammt sicher von Kriegsverletzungen", flüsterte ich Mami zu, aber offenbar nicht leise genug.

„Ich muß dich enttäuschen, die Narben habe ich mir ganz freiwillig beim Mensurschlagen eingehandelt", korrigierte der Herr vom Nebentisch und klärte mich über die studentischen Gepflogenheiten früherer Zeiten auf. Dann kam auch endlich die Familie Zillig, und während sich die Erwachsenen um die üblichen Formalitäten wie Anmeldung, Kurtaxe, Lebensmittelkartenabrechnung und Strandkorbmiete kümmerten, stürmten wir Kinder erst einmal ans Meer.

Die Ostsee sah genauso aus wie immer, die Strandkörbe hatten sich nicht verändert, Ruinen waren nirgendwo zu sehen. Und wenn ich auch noch an das reichhaltige Frühstück dachte, so schien es mir, als habe hier oben überhaupt kein Krieg stattgefunden.

Diesen Eindruck wurde ich auch während der ganzen zwei Wochen nicht los. Die Verpflegung war nicht gerade üppig, aber ausreichend. Wir bekamen sehr viel Fisch, den es markenfrei vor der Haustür gab — Frau Teetjens, unsere blonde Wirtin, hatte ein Dauerabonnement bei einem befreundeten Fischer — und noch mehr Gemüse, das im hauseigenen Garten heranwuchs. Ich hatte schon von jeher gern Fisch gegessen, allerdings kannte ich ihn bisher nur in Form von mariniertem Hering oder Kabeljau und Schellfisch, aus dem Omi immer sorgfältig alle Gräten herausgesucht hatte, bevor sie mir meine Portion auf den Teller legte. Hier gab es aber meistens Hecht, und der hat nicht nur die Mittelgräte und ein paar Stacheln am Rand, nein, Hecht besteht nur aus Gräten. Jedenfalls kam mir das so vor, denn während alle anderen Gäste schon ihre Birnen schälten oder den Rhabarber löffelten, kaute ich immer noch auf dem Hecht herum und dekorierte den Tellerrand mit Gräten. Einmal blieb mir auch eine im Hals stecken; ich schluckte trockenes Brot, man machte mir einen kalten Halswickel, beides half nicht! Und so wurde ich erst erlöst, als Herr Dr. Nürnberg von seiner Wanderung zurückkam und fachmännisch Hilfe leistete. Schließlich war er ja auf Hals, Nase und Ohren spezialisiert. Wenn es wieder mal Hecht gab, hatte ich keinen Hunger und schlich mich während der Essenszeit in den Garten. Die Äpfel waren zwar noch nicht ganz reif, aber sie hatten wenigstens keine Gräten.

Mit dem Mädchen aus Erfurt freundete ich mich sehr schnell an, auch wenn es anfangs Verständigungsschwierigkeiten gab. Im Gegensatz zu ihrem Vater sprach sie ein unverfälschtes Sächsisch. Aber mein dialektgeschultes Ohr, das immerhin schon Ostpreußisch und tschechisch eingefärbtes Deutsch in die mir geläufige Sprache transponiert hatte, gewöhnte sich sehr schnell an die neue Variante. Etwas schwieriger wurde es schon, wenn wir Schulprobleme oder Bereiche des täglichen Lebens debattierten. Renate lernte Russisch. Ich lernte Englisch. Renate hatte noch nie etwas vom Repräsentantenhaus gehört. Ich wußte nicht, was eine Kolchose ist. Renate kannte kein Popcorn. Ich kannte keinen Borschtsch. Völlige Übereinstimmung erzielten wir lediglich in der Auffassung, daß Mathematik eine blödsinnige Erfindung und ganz und gar überflüssig sei. Renate wollte Köchin werden, und mir schwebte damals für meine Zukunft so etwas Ähnliches wie Kindergärtnerin vor.

Tagsüber hockten wir Gören ständig zusammen, bauten Sandburgen, sammelten Muscheln und sezierten Quallen, von denen merkwürdigerweise nach unserer pathologischen Arbeit nie etwas übrigblieb. Bei Regenwetter saßen wir auf der verglasten Terrasse und spielten ,,Sechsundsechzig" oder ,,Name, Stadt, Land, Fluß..." Die jüngeren verloren immer, weil sie noch nicht so schnell schreiben konnten. Sabine war sogar noch Analphabetin.

Überhaupt die Kleinen! Sie hingen uns dauernd am Schürzenzipfel beziehungsweise am Bademantelgürtel, wollten den Gummifrosch aufgeblasen oder die Schuhe zugebunden haben, brauchten Taschentücher, Sonnencreme und Klopapier und meuterten, wenn wir Großen bis neun Uhr aufbleiben durften. Nach dem Abendessen fühlten wir uns nämlich erwachsen, weil wir noch ein bißchen ,,bummeln" durften. Bummeln bedeutete die Strandpromenade einmal rauf und wieder runter, dann marschierten Renate und ich ins Bett und unsere Erziehungsberechtigten ins Café ,,Treffpunkt", wo sich das recht bescheidene Nachtleben von Binz abspielte. Die Kurkapelle war inzwischen auf sechs Mann zusammengeschrumpft, weil ein größeres Orchester auf dem Podium keinen Platz gehabt hätte; ein Schmalztenor im Frack sang abwechselnd ,,La Paloma" und die ,,Caprifischer", und um 23 Uhr war Polizeistunde. Eingesessene und Feriengäste, die schon früher in Binz gewesen waren, bedauerten immer wieder, daß man das Kurhaus nicht mehr benutzen durfte. Dort herrschte früher doch noch Atmosphäre.

Das Kurhaus hatten aber die Russen beschlagnahmt — allerdings als einziges Gebäude im ganzen Ort. Dazu gehörten auch 300 Meter Strand, von der Düne bis zum Meer hinunter sorgfältig durch Holzzäune abgegrenzt; und nur dort hielten sich die sowjetischen Badegäste auf. Es schien sich im übrigen um eine militärische Oberschicht zu handeln, die abends in ordenbehangenen Uniformen im Kurhaus saß, eskortiert von fülligen Damen in hautengen großgeblümten Sommerkleidern. Von allen hofiert wurde eine ganz besonders dicke Dame, die nur Weiß trug und an milden Sommerabenden auf dem Mittelbalkon des Kurhauses thronte, wo sie ausdauernd Balalaika spielte. Manchmal sang sie noch dazu und nahm die späteren Ovationen mit einem huldvollen Winken entgegen. ,,Das ist die Generalin", teilte uns Frau Teetjens mit. ,,Sie gehört zum Inventar des Hauses, seitdem sich die Russen hier eingenistet haben. Der General allerdings hat schon dreimal gewechselt."

Die sowjetische Strandmode unterschied sich von der deutschen in wesentlichen Punkten. Die Damen trugen überwiegend hellrosa oder kakaobraune Schlüpfer mit halblangen Beinen, etwa von der Art, wie ich sie früher auf der Wäscheleine meiner Urgroßmutter hatte hängen sehen, und dazu ganz normale Büstenhalter. Die Herren bevorzugten gestreifte Schlafanzüge, in denen sie mitunter auch auf der Straße promenierten und die erstaunten Blicke der deutschen Passanten wohl als Bewunderung auslegten, denn sie reagierten immer mit einem sehr freundlichen Lächeln. „Nu, wer weeß, wie die daheeme schlafen", meinte Renate, „die kenn' so was vielleicht gar nich."

Die zwei Urlaubswochen waren viel zu schnell herum, und mir grauste schon wieder vor der Rückreise. Aber sie war dann gar nicht so schlimm, weil Herr Zillig auftauchte, das Gepäck und seine beiden Töchter abholte und für uns drei Bahnreisenden nach bewährter Methode Sitzplätze besorgte. Wir brauchten auch nur viermal umzusteigen, verbrachten die letzten siebzig Kilometer stehend in der geöffneten Toilettentür und verloren zum Schluß noch die sechs geräucherten Heringe, Mitbringsel für die Daheimgebliebenen. Zum Abendessen waren wir aber immerhin schon wieder zu Hause.

Vor unsere Abreise hatte ich mit Renate noch pflichtschuldigst die Adressen getauscht, umgehende Berichterstattung zugesichert und den Zettel mit der Anschrift dann prompt verbummelt. Sie war offenbar weniger schusselig. Jedenfalls bekam ich bald Post von ihr, antwortete auch, erhielt wieder einen neuen Brief, schrieb zurück, dann besuchte sie mich in Berlin, ich besuchte sie in Erfurt. Wir wurden Freundinnen, sahen uns häufiger, teilten Liebeskummer und Berufserfolge; die Köchin wurde Ärztin, die Kindergärtnerin Journalistin. Dann kam die Mauer, und damit war der Ofen aus! Seit zwanzig Jahren haben wir uns nicht mehr gesehen, halten brieflichen und telefonischen Kontakt, kennen uns nur mehr von Fotos und scheuen allmählich vor einem persönlichen Zusammentreffen zurück. Wie sagte doch schon Vergil ganz richtig? O mihi praeteritos referat si Jupiter annos!*

* Für alle Nicht-Lateiner und solche, die im Zeugnis immer eine Fünf hatten: O gäbe Zeus mir die vergangenen Jahre zurück!

32

Mami gönnte sich noch einen Tag Erholung von der Erholung, bevor sie in ihren Porzellanladen zurückkehrte, sehnlichst erwartet von ihrer Kundschaft und für die kommenden Tage mit Liebesbriefen hinreichend ausgelastet. Auch Tante Else hatte schon auf meine Heimkehr gewartet. Bereits am nächsten Morgen wurde ich wieder zum Schlangestehen eingeteilt, pendelte zwischen Guber und Lehmann, holte Trockenkartoffeln und Leberwurst und dachte wehmütig an Meerwasser, Seesand und dolce far niente. Sogar den Hecht hätte ich jetzt gern in Kauf genommen...

Gina freute sich ebenfalls. ,,Ein Glück, daß du wieder da bist. Die letzten zwei Wochen waren stinklangweilig. Irene und Anita sind verreist. Gerda hatte Mumps, und ich habe schon aus lauter Verzweiflung Vokabeln gelernt!" Dann hatte sie noch eine Neuigkeit für mich. ,,Weißt du, wer hier in unsere Gegend gezogen ist? Nee, kannste ja gar nicht, ich weiß es doch auch erst seit vorgestern. Quasi!"

,,Hierher? Nach Zehlendorf?"

,,Nicht bloß nach Zehlendorf, gleich um die Ecke!"

,,Etwa in die Ruine?"

,,Genau!"

Wir nannten das ausgebrannte Haus im Eschershauser Weg immer noch die Ruine, weil es weit und breit die einzige gewesen war. Inzwischen hatte man es wieder restauriert, und mir war auf dem Weg zu Gina schon aufgefallen, daß an manchen Fenstern bereits Gardinen hingen. Gina meinte gottergeben: ,,So nahe hätte sie uns nun auch nicht gleich auf die Pelle rücken müssen. Jedenfalls gehe ich in Zukunft obenherum zur U-Bahn." Gina wohnte am Hilssteig, und die kürzeste Strecke war die durch den Eschershauser Weg. ,,Außerdem können wir uns in Zukunft eine neue Ausrede suchen, wenn wir mal wieder zu spät kommen. Die ausgefallene U-Bahn zieht dann nicht mehr."

,,Ebensowenig wie die angebliche Stromsperre. Quasi weiß doch jetzt ganz genau, wann hier bei uns die Lichter ausgehen."

Trübe Aussichten!

Die großen Ferien schienen allgemein eine Völkerwanderung en miniature ausgelöst zu haben. Wir hatten bei uns im Haus auch Zuzug bekommen. Als ich am Tag nach unserer Rückkehr eine Ladung Wäsche auf den Trockenboden schleppte, war mir an der Wohnungstür der verwitweten Frau Regierungsrat ein neues Namensschild aufgefallen. Auf blauem Grund prangte da in weißer Schrift: „Constanze Leier, Chiromantin", und etwas kleiner „Sprechstunden nur nach Vereinbarung".

„Was ist eine Chiro... Chiro... dingsda?"

„Ach, du meinst die Neue im zweiten Stock?" Tante Else grinste.

„Das ist so eine Art Wahrsagerin, die statt Kaffeesatz und Karten die Handlinien deutet, angeblich auf streng wissenschaftlicher Grundlage. Behauptet sie wenigstens."

Ich lernte Frau Leier kennen, als sie vergeblich versuchte, mit dem Kellerschlüssel die Haustür zu öffnen, und weil ich gut erzogen und darüber hinaus neugierig war, trug ich ihr auch noch die Einkaufstasche nach oben. „Das war sehr aufmerksam von dir, mein Kind. Du darfst eintreten und dir eine Belohnung abholen." Also trat ich ein, weniger erpicht auf die Belohnung, die erfahrungsgemäß aus einem Fünfzigpfennigstück bestand oder bestenfalls aus zwei Keksen Marke Hundekuchen; mich interessierte vor allem die Wohnung. Wahrsagerinnen gehörten bisher nicht zu unserem Bekanntenkreis. Ich kann nicht sagen, was ich nun eigentlich zu sehen erwartet hatte. Vielleicht magische Zeichen und eine Glaskugel auf dem Tisch; keinesfalls jedoch blaugetünchte Wände und dunkelblaue Samtpolster, die einfach so auf dem ockerfarbenen Teppich herumlagen. An den Wänden standen Glasvitrinen, angefüllt mit seltsam geformten Steinen. Und wo bei uns die schmiedeeiserne Deckenleuchte hing, baumelte hier eine Art Lampion bis fast auf den Fußboden.

„Warte einen Augenblick, mein Kind", tönte es aus dem Hintergrund, „Du darfst dir inzwischen die Steine betrachen. Ich habe sie von meinen verschiedenen Reisen mitgebracht." Also betrachtete ich mir die Steine und war besonders von einem angetan, der wie ein riesiges Schraubengewinde aussah. „Das ist eine Salzrose. Sie stammt aus der Sahara." Frau Leier war unbemerkt ins Zimmer getreten. Ich drehte mich erschrocken um, und dann fielen mir beinahe die Augen aus dem Kopf.

Frau Constanze Leier — „du darfst Frau Constanze zu mir sagen" — trug ein bodenlanges Gewand aus grauen Schleiern und auf dem Kopf eine Art Diadem. Sie ließ sich majestätisch auf einem Polster nieder und forderte mich auf, ebenfalls Platz zu nehmen. Bei mir wird das wohl nicht so majestätisch ausgesehen haben; mir waren meine langen Gliedmaßen im Wege. Außerdem hatten bei uns zu Hause alle Sessel Beine.

„Erzähle mir etwas von dir! Wie alt bist du, in welche Schule gehst du? Wie leben deine Eltern?"

Ich beantwortete bereitwillig die beiden ersten Fragen und überging die dritte, weil mir Mamis profane Tätigkeit angesichts dieser Umgebung zu wenig imponierend schien. So erklärte ich nur, sie sei Dolmetscherin, und außerdem müsse ich jetzt gehen. Frau Constanze geleitete mich zur Tür, vergaß die angekündigte Belohnung und entließ mich gnädig.

„Jeder spinnt eben, so gut er kann", meinte Tante Else, „aber Wahrsagen scheint eine ganz einträgliche Sache zu sein. Jedenfalls kommen neuerdings immer sehr gut angezogene Leute hier ins Haus. Ich habe mir schon ernsthaft überlegt, ob ich es nicht mal mit Kartenlegen versuchen soll." Tante Else übte sich schon seit Jahren in dieser Kunst, allerdings nur für den Hausgebrauch und auch mit sehr kümmerlichen Ergebnissen. So hatte sie Omi mal „das große Geld über den kurzen Weg" prophezeit, auf das diese bis zu ihrem Lebensende vergebens gewartet hat. Und mir hat sie „eine bedeutungsvolle Botschaft durch einen dunklen Herrn, vielleicht ein Rechtsanwalt wegen einer Erbschaft oder so", vorausgesagt. Bis jetzt ist aber noch kein Erbonkel aufgetaucht, und meine einzige Bekanntschaft mit einem Anwalt datiert aus der Zeit, als mir ein angesäuselter Autofahrer den Kotflügel abrasiert und dann auch noch behauptet hatte, ihm seien gleich zwei Wagen entgegengekommen, und deshalb habe er zwischen beiden hindurchfahren wollen. Jedenfalls fand ich Frau Constanze viel interessanter als die verwitwete Frau Regierungsrat, die früher ohnehin nur selten zu Hause war. Außerhalb ihrer Wohnung trug Pythia Zivil, weshalb Gina auch sehr enttäuscht war, als sie uns einmal auf der Straße begegnete. Offenbar handelte es sich bei dem Schleiergewand um eine Art Berufskleidung, die nur zahlenden Klienten vorgeführt wurde.

Auch im Nebenhaus waren neue Mieter eingezogen. Nachdem Heidenreichs die restlichen Möbel abgeholt und die Wohnung ordnungsgemäß gekündigt hatten, waren in die leeren Räume Flüchtlinge eingewiesen worden, die außer dem festinstallierten Gasherd nur kahle Wände vorfanden. Sie mußten wohl bald eine gemütlichere Behausung entdeckt haben, denn nach drei Wochen zogen sie wieder aus. Dann kamen andere Flüchtlinge, die auch nicht viel länger blieben; eine Zeitlang hatten Bekannte von Bennichs dort gewohnt und zwischen geliehenen Möbeln und in der Nachbarschaft zusammengesammeltem Geschirr gehaust. Schließlich hatten sie in Charlottenburg eine neue Bleibe gefunden; die Wohnung wurde notdürftig renoviert, und nun sollten die neuen Mieter kommen. Angeblich handelte es sich um eine Familie mit drei Kindern, von denen bisher erst eins aufgetaucht war, ein dreizehnjähriger Knabe mit Lockenkopf und beginnendem Oberlippenbärtchen. Diese Information stammte von Frau Hülsner, die sich aus naheliegenden Gründen ganz besonders für ihr künftiges Vis-á-vis interessierte.

„Der Mann ist Kunstmaler, die Frau angeblich Österreicherin, und das jüngste Kind ist noch ein Baby und soll von einem Ami stammen."

„Nun hören Sie aber auf! Die Leute sind noch gar nicht richtig eingezogen, und schon wird getratscht. Von wem haben Sie denn den ganzen Unsinn?"

Meine Mutter hatte für Hausklatsch nichts übrig und hielt sich bisher auch aus den Vermutungen heraus, die neuerdings um Herrn Leutze kreisten. Dessen Frau war trotz gegenteiliger Ankündigungen noch immer nicht aus ihrem Thüringer Asyl zurückgekommen; Sohn Harald blieb auch verschwunden, und nun rankten sich die wildesten Grüchte um Herrn Leutzes Strohwitwerleben. Neue Nahrung bekamen sie immer dann, wenn Damen um die Vierzig an seiner Tür klingelten. Herr Leutze behauptete zwar, er suche eine Haushälterin. Aber trotz des Überangebots an weiblichen Arbeitskräften war er bisher noch nicht fündig geworden.

Frau Hülsner bekannte also kleinlaut, daß ihre Informationen von einer Dame stammen würden, deren Freundin im selben Haus wie die Familie Gassen wohnt. „Beziehungsweise gewohnt hat, denn die ziehen ja hier ein. Ein Teil des Mobiliars ist schon da."

Nun war ich schon zu alt, um mich wie in früheren Zeiten neben den Möbelwagen zu stellen und das Ausladen zu überwachen. Andererseits noch nicht alt genug, um die begreifliche Neugierde zu unterdrücken. Also beobachtete ich den Einzug unserer neuen Nachbarn hinter der schützenden Gardine.

Herr Gassen sah überhaupt nicht wie ein Künstler aus, eher wie ein Buchhalter mit gelegentlicher Prokura. Er trug kurzgeschnittene Haare statt der erwarteten Lockenfülle, eine dunkle Hornbrille und ausgeleierte Hosen mit Hosenträgern. Seelenruhig reparierte er mitten auf der Straße das Dreirad seiner Tochter, während die Möbelmänner Tische und Schränke vor der Haustür aufbauten und nach Bier schrien.

,,Hol mal welches!" befahl der Vater dem Sohne.

,,Wo denn?"

,,Weiß ich nicht."

Der Knabe schoß los und kam auch prompt mit dem Bier zurück, das nach Ansicht von Kennern alles mögliche, mit Sicherheit aber keinen Alkohol enthielt.

Als sich nach etwa zwei Stunden das schon lange grollende Gewitter endlich entlud und der Regen eimerweise herunterrauschte, standen die Möbel noch immer vor der Tür, Herr Gassen reinigte Schraubenmuttern, die Möbelpacker suchten im Hausflur Schutz; und der dunkelgelockte Knabe rannte hinter einem Lampenschirm her, der im Rinnstein davonschwamm. Ich kam zu der Erkenntnis, daß es sich bei den neuen Nachbarn um eine höchst bemerkenswerte Familie zu handeln schien. Später lernte ich sie richtig kennen. Mami hatte seit jeher eine Vorliebe für Menschen, die nicht so ganz in den üblichen Rahmen passen; und so marschierte sie ein paar Tage nach dem Einzug mit einem Blumenstrauß ins Nebenhaus, um sich mit den neuen Mietern bekannt zu machen. Erst lange nach der für einen Anstandsbesuch schicklichen Zeit kam sie zurück, wischte sich die Lachtränen aus den Augen und prophezeite: ,,Mit denen werden wir noch einiges erleben!" Ich platzte beinahe vor Neugier. Mami ging ins Bad, drückte mir ein Tablettenröhrchen in die Hand und sagte: ,,Ich habe Frau Gassen ein paar Kopfschmerztabletten versprochen, die kannst du ja rüberbringen."

Ein etwa sechsjähriges Mädchen öffnete die Tür, wurde aber sofort von seinem Bruder zur Seite geschoben. ,,Guten Tag, ich heiße Peter, bitte komm herein."

So viel Höflichkeit war ich von Dreizehnjährigen nicht gewöhnt. Axel Biegert grunzte höchstens, wenn er mich ins Haus ließ, Lothchen sagte allenfalls ,,Tach!", und Klaus war auch nicht viel gesprächiger. Der Knabe Peter führte mich ins Wohnzimmer, einem Mittelding zwischen Jugendstil und Neuzeit, nahm mir die Tabletten ab und bat um einen Moment Geduld. ,,Dann werde ich dich mit meinem Vater bekannt machen.“

Und da behauptete Omi immer, die Jugend von heute besäße überhaupt keine Manieren mehr!

Herr Gassen stand vor der Staffelei und verteilte Ölfarbe auf ein Bild. Es handelte sich um das Kirchlein St. Bartholomä am Königssee, hinreichend bekannt aus Reiseprospekten und Versandhauskatalogen mit Touristik-Teil. An den Wänden lehnten weitere St. Bartholomäs (oder sagt man ..mäen?) in verschiedenen Stadien der Vollendung. ,,Das ist so eine Art Fließbandverfahren und hat mit Kunst nichts zu tun“, erklärte Herr Gassen. ,,Zuerst male ich fünfzehnmal den Himmel, und wenn ich den letzten fertig habe, ist der erste wieder trocken. Dann kommen fünfzehnmal die Berge, schließlich die Kirche und der See. Weil es so langweilig war, habe ich neulich die Kapelle ein paarmal verkehrtherum gemalt; aber obwohl mein Kunsthändler ein Trottel ist, hat er das doch gemerkt.“

,,Nehmen Sie denn immer dasselbe Motiv?“ Meine Vorstellungen von Kunstmalern sahen ganz anders aus! Ich dachte an Rembrandt und van Gogh, die Monate, wenn nicht gar Jahre an einem einzigen Gemälde gesessen hatten. Und nun das hier!

,,Nö, nicht immer. Aber der Königssee in Öl läßt sich ganz gut verkaufen. Nächste Woche muß ich wieder neue Mont Blancs machen. Bestellungen für den Schwarzwald liegen auch vor, aber ich habe im Augenblick nicht mehr so viel Grün. Vielleicht könnte ich in den Vordergrund ein paar Rehe setzen, braune Farbe ist noch genug da... Sag mal, Peter, fällt dir nichts mit Rot ein? Davon habe ich noch achtzehn Tuben.“

Familie Gassen war zweifellos eine Bereicherung für die Riemeisterstraße. Schade, daß übermorgen die Schule wieder anfing, ich hätte meine Bekanntschaft gern noch etwas vertieft.

33

Am ersten Schultag gab es eine Riesenüberraschung: Wir durften in unsere alte Schule zurück. Die Amerikaner hatten tatsächlich im Schnellverfahren ein eigenes Schulgebäude Marke ,,Schuhkarton“

hochgezogen und unsere angestammte Lehranstalt geräumt. Wir konnten sie wieder in Besitz nehmen. Der Schichtunterricht hörte auf, ein paar neue Lehrer kamen; und allmählich pendelten sich wieder normale Schulverhältnisse ein. Neue Lehrbücher erschienen auf dem Markt. Zwar in unzureichender Menge (wir fünf Zehlendorfer teilten uns zwei Mathe-Bücher), aber ,,politisch gereinigt" und auf miserablem Papier gedruckt.

Die schon seit langem sehr wackligen Schulbänke hatten die Amis uns gelassen; aber die Turnhalle war leer. Nur zwei ausgefranste Stricke vom Rundlauf hingen noch an der Decke. Für lange Zeit beschränkte sich also der Sportunterricht auf gymnastische Übungen und gelegentliche Ballspiele. Aber das war uns wurscht, wir hatten unsere Penne wieder und endlich eine Heimat.

Die Klassenräume erschienen uns riesig; aber sie waren ja auch nicht für eine begrenzte Zahl sittsamer Klosterschülerinnen gedacht, sondern trugen dem Bewegungsdrang Heranwachsender Rechnung. Das uns zugewiesene Zimmer lag im ersten Stock, hatte zum Schulhof hin eine ganze Fensterfront mit richtigem Glas, unter den Fenstern die Heizkörper und direkt hinter der ersten Bank und unmittelbar neben einem Fenster eine dicke Säule. Vom architektonischen Gesichtspunkt aus eine glatte Fehlplanung, vom statischen her vermutlich eine Notwendigkeit. Mir wurde aber sofort klar, daß der äußerste rechte Platz strategisch am günstigsten lag, und ich erhob Besitzansprüche. Niemand machte sie mir streitig; Plätze in der ersten Reihe waren sowieso nicht beliebt. Evchen schob sich maulend neben mich. Ich konnte ihren Mißmut verstehen, denn sie saß nun wirklich auf dem Präsentierteller. Andererseits waren wir aufeinander angewiesen und ein recht gut eingespieltes Team. Ich schrieb bei Mathe-Arbeiten alles einigermaßen Lesbare von ihr ab, während sie bei ähnlichen Gelegenheiten in meine Biologie- und Geographiehefte schielte. Meine spontan bekundete Vorliebe für den erwähnten Platz begriff sie nicht. ,,Weshalb willst du denn unbedingt den Prellbock spielen?"

,,Weil wegen der Säule hier niemand mehr vorbei kann. Mir bleibt also die Tuchfühlung mit den Paukern erspart."

Evchen sah das ein. ,,Dafür latschen sie jetzt an mir vorbei!" Vor allen anderen hatte Quasi einen ausgeprägten Wandertrieb und schritt dozierend durch die Bankreihen, während wir uns die Hälse verrenkten, um auch den optischen Untermalungen ihrer

Ausführungen gebührend folgen zu können. Bei schwungvollen Handbewegungen segelte gelegentlich auch ihre Armbanduhr durch die Gegend.

Auch Dr. Weigand liebte es, regelmäßig durchs Klassenzimmer zu wandeln, während er uns zum achten Male die Rechnungen mit zwei Unbekannten erklärte. Außerdem hatte er die Angewohnheit, unsere Tische abzuräumen, jeden größeren Gegenstand aufzunehmen und mehrmals damit durch die Luft zu schlagen. Kam er auf seiner Wanderung wieder am Katheder vorbei, so legte er seine erbeuteten Trophäen ab und sammelte neue ein. Offenbar war er sich dieser Vorstufe der Kleptomanie gar nicht bewußt, denn am Schluß der Stunde starrte er immer wieder verblüfft das Sammelsurium von Bleistiften, Federhaltern und Reißschienen an, um dann resignierend mit der Rückerstattung zu beginnen. „Wem is dat Linneaal?"

Es gab aber auch Lehrer, die keine solchen Ambitionen hatten und das Geschehen lieber gelassen von ihrem erhöhten Podest aus betrachteten. Denen entgingen jedoch alle unlauteren Manipulationen, die Schüler schon seit Jahrzehnten in großem Ausmaß beherrschen. Auch wir konnten alle fließend mit verdrehten Augen lesen und mit nahezu geschlossenem Mund hilflos herumstotternden Mitschülern die benötigten Vokabeln zuflüstern. Außerdem entdeckte ich, daß die Zentralheizung neben mir einen unschätzbaren Wert hatte. Auf die einzelnen Rippen ließen sich bequem Geschichtszahlen, Vokabeln, chemische Formeln und notfalls geometrische Zeichnungen unterbringen, was die üblichen Spickzettel überflüssig machte und die Gefahr der Entdeckung nahezu ausschloß. Sogar Irene profitierte noch von meiner geheimen Buchführung. Sie saß direkt hinter mir, und wenn sie ihren Hals reckte und um die bewußte Säule schielte, konnte sie mühelos alles Nötige abschreiben. Nicht einmal Quasi ist uns auf die Schliche gekommen, obwohl ihr alle gängigen Betrugsmanöver — wie auch die weniger bekannten — geläufig waren. Sie erwischte mich zwar einmal, als ich emsig die Heizung abschrubbte, gab sich aber mit der Erklärung zufrieden, ich hätte in der vorangegangenen Zeichenstunde meinen Farbkasten hinuntergeworfen.

Unsere Rückkehr in die alte Schule und die Vergrößerung des Lehrerkollegiums brachten es auch mit sich, daß der bis dato noch immer etwas eingeschränkte Unterricht erweitert und der Stundenplan laufend geändert wurde. Als neues Fach kam Chemie dazu. Herr Dr. Weigand wurde ausersehen, uns in die Anfangsgründe dieser Wissenschaft einzuführen, und wir sahen ihm mit einiger Spannung entgegen. Schließlich hatte er schon einmal im Laufe einer physikalischen Demonstration die gesamte Stromversorgung lahmgelegt; und folgerichtig erwarteten wir, daß er jetzt den Chemiesaal in die Luft jagen würde. Das verhinderte zunächst aber der Mangel an chemischen Grundsubstanzen. Wir produzierten lediglich in bescheidenem Umfang Knallgas und mußten uns in der Folgezeit leider mit den trokkenen theoretischen Ausführungen unseres Lehrmeisters begnügen.

Einige Wochen nach Schulbeginn rauschte Quasi während einer Zehnminutenpause in die Klasse und verkündete, sie habe jetzt den endgültigen Stundenplan, und wir möchten doch, bitte sehr, mitschreiben. Also malten wir gelangweilt das nun hinlänglich bekannte Schema auf einen Heftdeckel — Schreibpapier war für diesen Zweck zu schade, und gedruckte Stundenpläne gab es nicht — und warteten ergeben.

,,Montag: Erste Stunde Englisch, Müller-Meiningen (die würden wir offenbar bis zu ihrer Pensionierung behalten), zweite Stunde Physik, Dr. Mannhardt (der ist neu), dritte Stunde Mathe, Weigand (wurden wir den denn nie los?), vierte Stunde Geschichte, für mich wenigstens ein Lichtblick, fünfte Stunde Biologie, Griesinger (die kannten wir nun auch schon zur Genüge), sechste Stunde frei. Dienstag: Erste und zweite Stunde Deutsch, keine Vorfreude (ich bleibe euch erhalten), dritte Stunde Französisch, Strack'' usw. ,,Habt ihr alles mitgekriegt?'' Weg war sie. Plötzlich öffnete sich noch einmal die Tür, Quasi steckte ihren Kopf herein und sagte entschuldigend: ,,Ich habe noch etwas vergessen. Ab heute habt ihr eine neue Klassenlehrerin. Sie heißt Cornelius.''

Als Dr. Weigand das Klassenzimmer betrat, hatte sich der Jubel noch immer nicht gelegt. Etwas befremdet erkundigte er sich nach dem Anlaß unserer Begeisterung und meinte dann ein bißchen resignierend: ,,Ach, so ist dat also? Isch hätt' euch ja janz jern behalten, aber die Frau Cornelius wollt euch unbedingt haben, und man ist ja irgendwo noch Kavalier.''

Zu unserer neuen, oder besser gesagt alten Schule gehörte auch ein Schulgarten, in dem früher der Pedell Gemüse gezogen und sein nicht gerade fürstliches Einkommen durch den Verkauf von erntefrischen Kohlrabiknollen und Prinzeßerbsen aufgebessert hatte. Den Pedell gab es nicht mehr; jetzt hatten wir eine „Hausmeisterin", die in ihrer Freizeit viel lieber Sofakissen häkelte.

Nun war der Garten aber da, und irgendwie sollte er auch genutzt werden. Frau Griesinger entschied sich für praktische Biologie, ordnete für die nächste Unterrichtsstunde das Mitbringen von Spaten und Harken an und schickte uns in die Unkrautwüste, auf daß wir sie kultivierten. Die meisten von uns hatten ohnehin schon eine unfreiwillige Gärtnerlehre hinter sich, und so beackerten wir mit erstaunlicher Sachkenntnis das uns zugeteilte Revier. Genauer gesagt, die anderen taten das. Ich habe schon immer einen Horror vor allem gehabt, was kriecht und krabbelt; und nachdem ich beim ersten Spatenstich einen Regenwurm halbiert und beim zweiten eine fette Larve ausgegraben hatte, schmiß ich den Spaten hin und beschwor meine Mitschülerinnen der Reihe nach, meinen Anteil an den Grabungsarbeiten zu übernehmen. Natürlich sei ich zu Gegendiensten gern bereit. „Na schön, ich mach's", sagte Lio, „aber dafür gibst du mir für zwei Tage dein Bioheft."

Meinethalben hätte sie es zwei Wochen lang haben können. So verzog ich mich hinter einen Jasminstrauch und verfolgte von sicherer Warte, wie meine Klassenkameradinnen gruben und harkten und die fertigbearbeitete Fläche endlich in 26 handtuchgroße Beete aufteilten. Jeder bekam ein Handtuch zugewiesen. Die Bepflanzung desselben sollte schnellwachsend, nahrhaft und bei jeder Schülerin anders sein. Schließlich sollten wir ja auch etwas lernen! Weil es läutete, vertagten wir die ganze Planung bis zur nächsten Biologie-Stunde.

Entgegen allen agronomischen Erkenntnissen, wonach Regenwürmer nützlich und deshalb unbedingt im Boden zu belassen sind, hatte Irene jeden ausgebuddelten Wurm eingesammelt und in die Blechbüchse gestopft, in der sie sonst ihr Frühstücksbrot zu transportieren pflegte. „Was glaubst du wohl, wie sich meine Hühner zu Hause freuen werden!"

Als ich in der darauffolgenden Englischstunde meinen Federkasten öffnete (wir benutzten damals keine Mäppchen, sondern größtenteils doppelstöckige schmale Holzkästen mit Schiebedeckel), bekam ich Stielaugen, wurde starr vor Entsetzen und brüllte los. Zwischen Bleistiften und Füllfederhalter wanden und schlängelten sich Regenwürmer, krochen nebeneinander, übereinander und aus dem Kasten heraus... Ich sprang schreiend auf, raste zur Tür und dann hinaus, begleitet von schallendem Gelächter und Frau Müller-Meiningens fassungslosen Blicken. Sie muß mich für hysterisch gehalten haben, und das völlig zu Recht. Drei Tage lang sprach ich mit Irene kein Wort, dann brauchte ich dringend ihr Mathe-Heft und kroch zu Kreuze. Meinen Spitznamen hatte ich allerdings weg. In Zukunft hieß ich nur noch „Helminthe". Streng zoologisch betrachtet handelt es sich bei Helminthen um die Gattung der Spulwürmer, aber nach Evchens Ansicht klang die lateinische Bezeichnung besser als „Würmchen" oder gar „Regenwurm".

34

Mit Peter Gassen freundete ich mich sehr schnell an. Allerdings muß ich zugeben, daß ich seinen Vater viel unterhaltsamer fand. Außerdem hatte er mehr Zeit. Peter oblagen sämtliche Pflichten, die gemeinhin dem Familienoberhaupt zustehen. Und die Aufgaben seiner Mutter mußte er teilweise auch noch übernehmen. Frau Gassen war nämlich leidend und verbrachte den größten Teil des Tages angezogen auf dem Bett, wo sie sich quer durch unsereren Bücherschrank las und nebenbei je nach Witterung und erreichbarem Arzt entweder ihre Migräne pflegte, den Gelenkrheumatismus oder die Angina. Einen Internisten gab es in unserer Gegend nicht, und deshalb wurde Frau Gassen auch nie von derartigen Krankheiten heimgesucht. Allerdings litt sie an einem empfindlichen Magen, der erstaunliche Mengen von Bohnenkaffee vertrug, keinesfalls aber die übliche Durchschnittskost wie Trockenkartoffeln oder Maisgrieß. Wovon sie sich überhaupt ernährte, weiß ich nicht. Auf keinen Fall von dem, was die restliche Familie aß. Kochen konnte sie auch nicht. Ihre angeblichen Kenntnisse stammten noch aus der Pensionatszeit und bewegten sich zwischen „man nehme ein Pfund Butter sowie acht Eier", oder „man werfe zunächst zwei Dutzend Krebse in kochendes Wasser..." Mit Roggenmehl und Hefeflocken wußte sie nichts anzufangen.

Auch Herr Gassen konnte nicht kochen und rührte sich höchstens mal Kuchenteig an, bestehend aus Mehl, Zucker, Milchpulver, Wasser und Rumaroma. Wenn er das Zeug gegessen hatte, wurde ihm regelmäßig schlecht, und Peter mußte von Tante Else Kamillentee holen. Das Mittagessen für sich und seine Schwester bezog er von Frau Wildenhof. Sie hatte tatsächlich wieder ihren Mittagstisch eröffnet; und so lieferte Peter morgens seine Schüsseln und Töpfe bei ihr ab, um sie nach Schulschluß abzuholen und im Laufschritt nach Hause zu transportieren. Trotzdem war das Mittagsmahl meist nur noch lauwarm. Außerdem war er kein gelernter Kellner, und so schwamm das Dessert gelegentlich in der Suppe, oder die Kartoffeln waren in den Himbeersaft gefallen. Peter mußte auch das Baby Barbara versorgen, das übrigens eine frappierende Ähnlichkeit mit Herrn Gassen hatte und schon allein deshalb seine angezweifelte Vaterschaft ad absurdum führte; Peter mußte einkaufen und Fenster putzen; Peter mußte Ölfarbe auf dem schwarzen Markt und Migränetabletten in der Apotheke besorgen, und gelegentlich mußte Peter auch mal Schularbeiten machen.

Seine Mutter nahm er wohl als unabwendbaren Schicksalsschlag hin. Seinen Vater behandelte er mit der gleichen Nachsicht, die man sonst nur Kleinkindern und harmlosen Irren entgegenbringt. Letzteres war gar nicht einmal so abwegig. Herr Gassen war zwar ungemein fleißig, pinselte von morgens bis abends Berge, Almhütten und Schwarzwaldtannen; Verkaufsverhandlungen und Materialbeschaffung jedoch überließ er seinem Sohn. War die Leinwand alle und auch keine Malpappe mehr zu haben, dann zerschnitt er kurzerhand ein Bettlaken. Schließlich hatte die Familie nicht mal mehr welche zum Wechseln.

Dabei waren seine Bilder nicht einmal schlecht. Hätte ich eines davon in einer Galerie gesehen, so hätte es mir bestimmt gefallen; aber als Zeuge dieser Massenproduktion fand ich Herrn Gassens Kunstschaffen doch einigermaßen ernüchternd. Seine vollendeten Werke signierte er mit ,,Nikolaus Lenau" oder ,,Kunibert von Waltherstein", weil er seinen richigen Namen für die Zeit aufbewahren wollte, wenn Kunst wieder vor Kommerz gehen würde. Während er an seiner Staffelei stand, dichtete er Knittelverse, übte sich in der Kunst, lange Sätze rückwärts zu sprechen oder suchte passende Begriffe, mit denen man das Wort ,,Aluminium" verlängern könnte. Schließlich hatte er etwas gefunden. ,,Wenn jemand gegen ein Minimum Aluminium immun ist, besteht eine Aluminium-Minimum-Immunität! Schreib das mal ohne Bindestriche!"

Gina verdächtigte mich schon, ich hätte mich in einen neuen Nachbarn verliebt, aber das war natürlich Unsinn. Peter war für mich nichts anderes als Klaus und Lothchen, mit denen ich aufgewachsen war und die für mich auch nie etwas anderes waren als gute Freunde.

Trotzdem ließ es sich nicht leugnen: Wir wurden allmählich älter. Mariele war 14 geworden und gab ein Backfischfest. Diese geschlechtslosen Wesen, weder Fisch noch Fleisch, die man heute Teenager nennt, hießen damals „Backfische". Und aus der Zeit um die Jahrhundertwende stammt ein Gedicht, das mit den herzigen Worten beginnt:

> Mit vierzehn Jahren, sieben Wochen
> ist der Backfisch ausgekrochen,
> mit fünfzehn Jahren, sieben Tagen
> fängt das Herzchen an zu schlagen...

In diesem Stil geht es weiter, bis das Herz dann mit achtzehn Jahren und sieben Sekunden ein anderes Herz gefunden hat.

So weit waren wir zwar noch nicht; aber den Übergang in die Backfischzeit nahm Mariele als Anlaß, die ganze Klasse einzuladen. Das Fest fand zu abendlicher Stunde im Garten statt, wir tranken chemische Bowle, aßen Kartoffelsalat und Appetithappen mit phantasievollen Brotaufstrichen und tanzten „langsamen Walzer". Mehr konnte Annemarie noch nicht, weil sie erst drei Tanzstunden hinter sich hatte. Sie war die älteste aus unserer Klasse und ging seit kurzem in eine Tanzschule. Einmal war sie sogar schon mit rosalackierten Fingernägeln und einem Hauch von Lippenstift zum Unterricht erschienen, was Dr. Weigand mit sichtbarem Wohlgefallen, Frau Müller-Meiningen mit ebenso sichtbarer Mißbilligung zur Kenntnis genommen hatte. Wir allerdings lachten Annemarie nur aus, worauf sie sich heulend in der Toilette verbarrikadierte und erst wieder zum Vorschein kam, nachdem sie die Kriegsbemalung entfernt hatte.

Immerhin fühlte ich mich jetzt schon einigermaßen erwachsen und forderte eine Dauerwelle. Omi war — wie zu erwarten — strikt dagegen, Tante Else war dafür, und Mami gab schließlich auch nach. Sie erinnerte sich wohl noch an ihre eigene Jugendzeit, als sie vergeblich um Befreiung von den langen Zöpfen und um Bewilligung des modischen Bubikopfes gebeten hatte und auf erbitterten Widerstand gestoßen war. Also meldete ich mich beim Friseur an und bekam einen Termin für nächsten Monat. „Und vergiß nicht, die Kohlen mitzubringen!"

Damit war nun nicht etwa das Salär gemeint, sondern die zwei Briketts, die bei einem Friseurbesuch obligatorisch waren. Für eine Dauerwelle brauchte man sogar drei. Ohne Kohlen kein warmes Wasser und erst recht keine Dauerwelle.

Wer sich heute eine Kalt-, Fön- oder sonstige Welle machen läßt, ahnt ja gar nicht, welchen Prozeduren man damals unterworfen wurde, um nach frühestens dreieinhalb Stunden leicht angesengt und mit Negerkrause den Friseurstuhl wieder zu verlassen. Hatte man Glück und es gab gerade Strom, bekam man eine elektrische Dauerwelle, der ganze Kopf wurde mit Wicklern, Stanniolpapier und pfundschweren Klammern vollgepackt, von denen Strippen zu einem elektrischen Erhitzer führten. Man sah dann immer wie ein Marsmännchen aus und war fest an seinen Platz gefesselt — was besonders Omi als sehr lästig empfand, weil sie schon immer eine schwache Blase hatte. Waren die so behandelten Haare endlich zu steinharten Röllchen gebrannt, dann wurden sie gewaschen, auf Lockenwickler gedreht und unter dem Fön getrocknet. Drei oder vier Tage lang sah die Frisur noch ganz erträglich aus, aber dann standen die Haare wie Drahtborsten vom Kopf ab und erinnerten an schon lange benutzte Besen.

Dann gab es aber auch noch die „stromlose Dauerwelle", die noch länger dauerte, eine Friseuse sowie zwei Lehrmädchen erforderte und deren Ergebnis jedesmal ein Zufallsprodukt war. Der Aufbau war der gleiche wie bei der elektrischen Dauerwelle, nur wurden die Wickler jetzt nicht gleichmäßig beheizt, sondern bekamen Metallklammern übergestülpt, die vorher über einem Feuer erhitzt worden waren. Die Lehrmädchen pendelten zwischen Kundin und Feuerstelle, brachten heiße Klammern und holten die eiskalten ab, die dann wieder angewärmt wurden. Die Friseuse registrierte genau, welcher Wickler wie oft befeuert worden war, aber gelegentliche Rechenfehler ließen sich nicht immer vermeiden.

Bei mir mußte wohl auch etwas schiefgegangen sein, denn als ich endlich entwickelt, gewaschen, neu gewickelt und schließlich getrocknet war, hatte ich mitten auf dem Kopf eine Rolle, die dort gar nicht hingehörte und auch nicht vorgesehen war. Der eilends herbeigerufene Ober-Figaro tröstete mich mit der Aussicht, daß die Haare ja bald nachwachsen und das Röllchen dann automatisch tieferrutschen würde.

Am nächsten Morgen johlte die Klasse bei meinem Anblick auch prompt los, und ich war fürs erste von dem Hang nach gewaltsamer Verschönerung kuriert.

Das muß wohl so um dieselbe Zeit gewesen sein, als wir uns plötzlich berufen fühlten, jene Bretter zu betreten, die bekanntlich die Welt bedeuten. Alles fing ganz harmlos an. Der vor Beginn der allgemeinen Evakuierung ausgelagerte schuleigene Bechstein-Flügel wurde wieder ausgegraben und sollte nun restauriert werden. Ein Fachmann besah sich das reichlich lädierte Prunkstück und lieferte einen Kostenvoranschlag. Dieser basierte allerdings auf der üblichen Zigarettenwährung und bewegte sich in schwindelnden Höhen. Staatliche Hilfe war nicht zu erwarten, also beschloß das Lehrerkollegium Eigeninitiative und gab diesen Beschluß an die Schüler weiter.

Wenn heute eine Schulklasse ins Landschulheim ziehen will und Geld braucht, veranstaltet sie einen Basar und spannt die Eltern ein. Mütter dürfen Kuchen spenden, den sie erst backen und dann für teures Geld zurückkaufen müssen. Väter reparieren Spielzeug, das auf dem Flohmarkt verhökert wird. Großmütter durchforsten ihre Bücherschränke und stiften vergilbte Werke längst vergessener Autoren, oft noch in Frakturschrift gedruckt und deshalb von jüngeren kaum zu entziffern... und wenn alle Vorbereitungen abgeschlossen sind, dürfen sich auch noch sämtliche Familienmitglieder in den Dienst der guten Sache stellen und am Tage des Basars Kaffee ausschenken, Lose verkaufen oder Biergläser spülen.

Wir hatten damals weder Kaffee noch Kuchen; Flohmärkte waren noch nicht „in“, und Diskotheken — heute Mittelpunkt eines jeden Schulfestes — gab es auch noch nicht. Wir besaßen lediglich Phantasie und Begeisterung.

Ich weiß nicht mehr, wer damals die Idee mit dem Theaterstück geboren hat. Aber wir waren fast alle Mitglieder des Jugend-Kulturrings, wanderten einmal im Monat nachmittags und zu verbilligten Preisen in eines der zahlreichen Berliner Theater, wo wir Hilde Körber als „Maria Stuart“ oder Heidemarie Hatheyer im

,,Wintermärchen" bewundern konnten; und außerdem lasen wir uns im Deutschunterricht schon seit geraumer Zeit durch die Klassiker. So war es eigentlich naheliegend, daß wir unsere theoretischen Kenntnisse der Theaterliteratur auch einmal in die Praxis umsetzen wollten. Aber welches Stück wäre denn bitte sehr geeignet?

,,Wie wär's mit der ,Minna von Barnhelm'? Da spielen nicht so viele Personen mit." — ,,Nee, da kommt so viel Liebe drin vor, die kauft uns doch noch keiner ab." — ,,Nehmen wir den ,Zerbrochenen Krug'." — ,,Der hat zu wenig Mitwirkende."

Evchen plädierte für ,,Die deutschen Kleinstädter". Sie war auf der Suche nach einem geeigneten Stück über den väterlichen Bücherschrank hergefallen und auf Kotzebue gestoßen. Den kannten wir aber nicht und setzten deshalb voraus, daß auch kein anderer ihn kenne. Schließlich half uns Fräulein Ramburg aus der Klemme. Sie erzählte, daß es ein wenig bekanntes Theaterstück gäbe, das im Biedermeier spielt, nicht allzuviel Aufwand erfordere und recht eingängig sei. Darüber hinaus würde sie auch gern bereit sein, die Inszenierung zu übernehmen. Quasi hatte sich ohnehin geweigert, unsere künstlerischen Gehversuche zu überwachen, und so nahmen wir Fräulein Ramburgs Vorschlag dankbar an.

Das unbekannte Werk trug den Titel ,,Das Perlentäschchen" und war ein sentimentales Rührstück ohne nennenswerten Tiefgang. Durch einen Zufall brachten wir heraus, daß Fräulein Ramburg selber in frühen Jugendjahren diese Schnulze verbrochen und bisher der Öffentlichkeit vorenthalten hatte. In Erwartung eines zwar späten, aber nunmehr mit Sicherheit zu erntenden Ruhmes stürzte sie sich mit Feuereifer in die Arbeit, besorgte aus einem Theaterfundus die erforderlichen Kostüme und trommelte uns jeden zweiten Tag in ihrer Wohnung zusammen, wo wir zwischen Teewagen, Schreibtisch und Vogelbauer Stellproben veranstalteten und uns redlich Mühe gaben, Leben in das ,Perlentäschchen' zu bringen.

Leider entsprachen unsere schauspielerischen Talente keineswegs den hochgespannten Erwartungen der Regisseurin. Manchmal mißachteten wir aber auch bewußt die Regieanweisungen, weil dann unweigerlich Fräulein Ramburg eingriff und uns die jeweilige Szene selbst vorspielte. Diesen Genuß wollten wir uns auf keinen Fall entgehen lassen! Aber es gab auch Augenblicke, in denen aller guter Wille nichts half. So gab es zum Beispiel eine Szene, in der

Irene in einem wallenden weißen Gewand und mit einer Kerze in der Hand in ein abgedunkeltes Zimmer zu schleichen hatte (sie sah dann immer aus wie die bekannte Darmol-Reklame!) und sich einem Diwan nähern mußte. Dabei sollte sie mit träumerisch-verklärter Stimme flüstern: „Der Geliebte schläft." Der Geliebte schlief aber ganz und gar nicht, sondern zuckte vor verhaltenem Lachen, worauf Irene jedesmal losprustete und damit den Auftritt schmiß. Erst als wir den vorgegebenen Text mit Einwilligung der Dichterin in „er schläft" änderten, klappte die Sache.

Eine wichtige Rolle spielte auch ein Hund, der eigentlich ein Mops sein sollte. In Ermangelung eines solchen wurde er durch einen Langhaardackel ersetzt. Helgas Waldi war ein bildhübsches, sehr temperamentvolles Tier, das dauernd hinter den Kulissen herumkläffte und nur bei seinem Auftritt die Schnauze hielt. Wenn man ihm auf den Schwanz trat, weil er endlich bellen sollte, jaulte er höchstens und biß zu. Fräulein Ramburg sah sich gezwungen, den lebenden Hund zu streichen. Künftig erschien Karla mit einem Stoffpudel auf dem Arm, und das Bellen besorgte Helga aus dem Hintergrund.

Trotzdem wurde die Premiere ein voller Erfolg, und auch bei den nachfolgenden zwei Aufführungen war die Aula bis zum letzten Platz besetzt. Aber soviel ich weiß, zeigte dennoch kein Berliner Theaterintendant Interesse.

Der Erlös aus den Eintrittsgeldern deckte allenfalls die Kosten für das fehlende dritte Bein des Flügels und vielleicht noch für ein paar Saiten. Der Deckel war aber auch beschädigt, einige Tasten mußten ersetzt werden; und darüber hinaus war das Instrument verstimmt. Wir brauchten also noch mehr Geld.

„Sollen doch die anderen auch mal was tun!" maulte Gerda.

Eine durchaus berechtigte Forderung, denn die übrigen Klassen hatten zwar bereitwillig Eintritt gezahlt und sich zwei Stunden lang auf unsere Kosten amüsiert, aber nun konnten sie gefälligst mal selbst etwas auf die Beine stellen. Zunächst wurde eine Tagung sämtlicher Klassensprecher einberufen. Sie fand während des normalen Unterrichts in der Turnhalle statt, deshalb waren auch alle Geladenen vollzählig erschienen. Irene gab uns später einen anschaulichen Bericht dieser Zusammenkunft, die im wesentlichen darin gipfelte, daß niemandem etwas einfiel. Schließlich wurde die Idee geboren, einen Bunten Nachmittag zu veranstalten, wobei es jeder Klasse überlassen bleiben sollte, wie sie auf eine ihr geeignet erscheinende Weise Geld einnehmen könnte. Die Abiturienten planten eine Verlosung und setzten sich selber als Preise aus. Hauptgewinn waren zehn Nachhilfestunden in Französisch.

,,Und was machen wir?"

,,Auf jeden Fall etwas, womit wir auch Erwachsene ködern können. Welcher Buchhalter interessiert sich schon für kostenlosen Fremdsprachen-Unterricht?"

Gina hatte den rettenden Einfall. ,,Machen wir doch so eine Art Varieté mit humoristischen Einlagen. Keine akrobatischen Kunststücke oder so was, lieber ein richtiges Blödelprogramm."

Die Großveranstaltung sollte auf dem Schulhof stattfinden, also brauchten wir als wichtigstes Requisit ein Zelt. Das wollte Annemarie besorgen. Ihr Vater arbeitete als Hilfspfleger bei der amerikanischen Sanitätseinheit und würde mit einiger Wahrscheinlichkeit ein kleines Rote-Kreuz-Zelt organisieren können. Die Amerikaner zeigten sich in solchen Fällen immer sehr entgegenkommend. Wir bekamen auch tatsächlich eins und verdeckten später die für unseren Zweck etwas unpassenden rot-weißen Embleme mit handgemalten Schildern, die ,,das Haus der 1000 Überraschungen" anpriesen. Als die Dinger endlich klebten, stellte Quasi fest, daß wir ,,Überraschungen" nur mit einem r geschrieben hatten!

Das Programm eröffnete Evchen als Moritatensängerin. Sie erschien in einem bodenlangen Rüschenkleid aus großmütterlilchen Beständen, trug einen einmalig schönen, zerbeulten Kapotthut und ein Lorgnon. Der Fransenschirm diente als Zeigestock, mit dem sie auf die einzelnen Bildchen wies, auf denen wir die fürchterliche Mordgeschichte mit sehr viel rotem Blut illustriert hatten.

Dann erschien Irene als indische Schlangentänzerin. Ihr Kostüm hatten wir aus Überbleibseln längst vergangener Faschingsfeiern zusammengestellt. Zu einer rosa Satinhose, die den Nabel freiließ, trug sie ein giftgrünes Bolerojäckchen, ein halbes Dutzend Glasperlenketten und auf dem Kopf etwas Schleierartiges. Die Schlangen bestanden aus fünf aneinandergenähten Strümpfen, die wir mit Holzwolle ausgestopft hatten. Zu Sigruns quäkender Blockflötenmusik schlängelte sich Irene um die Zeltpfosten herum, vollführte krampfartige Windungen, die einen Bauchtanz darstellen sollten und an eine Nierenkolik erinnerten, und dabei mußte sie auch noch ihre unelastische Schlange festhalten. Trotzdem gab es einen Riesenapplaus.

Sowie sie ihren Auftritt beendet hatte, stand schon jemand mit einem Eimer bereit, um ihr die kohlenschwarzen Augenränder und die braune Wasserfarbe aus dem Gesicht zu waschen, denn in der übernächsten Nummer mußte sie noch einmal als Minnesänger vor das Publikum, um die gar traurige Geschichte von Ritter Ewald und seiner Ida vorzutragen. Während einer Vorstellung war plötzlich die selbstgebastelte Leier verschwunden, Irene griff sich aus lauter Verzweiflung eine stilwidrige Gitarre und untermalte ihren Minnesang mit nicht ganz klangreinen Akkorden.

Vorher kam aber noch unsere Zaubernummer dran. Gerda hatte sich als mittelalterlicher Hexenmeister mit Mamis seidenem Morgenmantel herausstaffiert (den späteren Krach, als sie den zentimeterlangen Riß im Ärmel entdeckte, hatte ich vorher allerdings nicht einkalkuliert) und einem langen spitzen Hut, der früher eine Schultüte gewesen war. Ich mimte den Gehilfen, trug ein zusammengestoppeltes Phantasiekostüm und einen Turban, der zu groß war und mir dauernd über die Augen rutschte. Unsere Requisiten waren bescheiden; unsere magischen Fähigkeiten ebenfalls. So hatten wir in eine leere Weinflasche einen Zweig gestopft, der unter Einwirkung von geheimnisvollen Beschwörungen aus dem Flaschenhals wachsen sollte. Bewerkstelligt wurde dieses Naturwunder durch einen schwarzen Faden, den wir an den Zweig gebunden und aus der Flasche herausgeführt hatten. Gerda sollte nun im Laufe ihrer Beschwörung die Flasche reiben und dabei an dem Faden ziehen. Bei den Proben hatte das jedesmal hingehauen, während der Vorstellung klappte es nie. Entweder riß der Faden ab und der Zweig fiel auf den Flaschenboden oder der Faden rutschte gleich in die Flasche hinein. Dann wieder verklemmte sich der Zweig, oder der Faden war außen an der Flasche festgeklebt. Wir ernteten jedesmal Heiterkeitserfolge, weil unsere dankbaren Zuschauer glaubten, das alles müsse so sein.

Die nächste Nummer bestritt Lilo. Sie imitierte eine Seiltänzerin und balancierte mit todernster Miene und violettem Regenschirm über einen Kreidestrich. Dann gab es noch eine Tierdressur mit nicht vorhandenen Flöhen und eine Pantomime.

Die Hauptattraktion kam zum Schluß des Programmes, und das war Axel Biegert. Der Knabe besaß das seltene Talent, jede beliebige Person parodieren zu können; und so hatten wir ihn gebeten, seine Begabung in den Dienst der guten Sache zu stellen. Zunächst lehnte er energisch ab („Ich mische doch in diesem Weiberzirkus nicht mit!“). Nach drei Tagen hatten wir ihn weichgekocht. Er legte eine so umwerfende Chaplin-Parodie hin, die allein schon das Eintrittsgeld gerechtfertigt hätte.

Ursprünglich hatten wir zwei, höchstens drei Auftritte vorgesehen, keinesfalls neun! Der zehnte mußte wegen beginnender Dunkelheit abgebrochen werden. Die dreißig Stühle warfen wir schon nach der zweiten Vorstellung hinaus, auf diese Weise bekamen wir Platz für doppelt so viele Zuschauer — das Stehen waren sie ja sowieso gewöhnt. Im Vorzelt, Garderobe und Requisite in einem, traten sich die Helfer gegenseitig auf die Füße, fuchtelten mit Sicherheitsnadeln und Farbkästen herum, und alle zehn Minuten schoß Quasi durch das Getümmel und verkündete den jeweiligen Stand der Einnahmen. Zwischendurch versorgte sie die erschöpften Künstler mit Apfelsaft, den sie Gott weiß wo aufgetrieben und vermutlich aus eigener Tasche bezahlt hatte. Uns blieb kaum Zeit zum Luftschnappen, und von den übrigen Attraktionen des Schulfestes haben wir überhaupt nichts mitgekriegt. Dafür war der Reinerlös aus unserem „Haus der 1000 Überraschungen“ höher als der aller anderen Klassen zusammen, was Frau Rothe bei der feierlichen Entgegennahme des wiederauferstandenen Bechstein-Flügels auch gebührend würdigte.

Bereits vier Tage später bekam ich wegen dieses verflixten Flügels die einzige und amtlicherseits schon längst verbotene Ohrfeige in meiner Pennälerlaufbahn. Wir hatten uns vor Beginn der Musikstunde ehrfuchtsvoll um das Instrument geschart, vorsichtig ein paar Tasten angeschlagen und schließlich nicht widerstehen können. Mariele versuchte sich an der Glenn-Miller-Serenade, aber sie mißlang kläglich, also machte sie Irene Platz, die dann Variationen über den Flohwalzer spielte. Ha, den konnte ich nun auch noch! Zuletzt hämmerten wir vierhändig auf den Tasten herum, verhotteten die Melodie nach bestem Können, überhörten Klingelzeichen und Türenschlagen und schreckten erst auf, als Frau Fuchs wie ein Racheengel durch die Phalanx der Schüler brach und losbrüllte: „Wollt ihr wohl mit euren Schmalzfingern von dem Flügel runter!“ Irene ging geistesgegenwärtig in Deckung, und so blieb die Ohrfeige an mir kleben!

Wir tobten unsere schauspielerischen Ambitionen jedoch nicht nur in der Schule aus. Inzwischen pilgerten wir einmal wöchentlich zum Konfirmandenunterricht; und im November eröffnete uns Pfarrer Hoffmann, daß er mit seinen Schäfchen jedes Jahr ein Krippenspiel einzustudieren pflegte. Es sei vorwiegend für seine jüngsten Gemeindemitglieder gedacht, die er auf diese Weise für den regelmäßigen Besuch des Kindergottesdienstes belohnen wollte.

Bitte sehr, warum nicht?

Zu einem Krippenspiel gehören Engel, auch wenn sie in der biblischen Urfassung nicht so zahlreich und ganz bestimmt nicht in weißen Nachthemdchen und mit Pappflügelchen auftreten. Alle, die nicht gerade eine tragende Rolle spielten, wurden Engel oder Hirten. Am Tag der Aufführung war es lausig kalt, und wenn auch der Gemeindesaal etwas geheizt war, so bekamen die hinteren Umkleideräume nichts von dem Hauch Wärme ab. Die Hirten hatten es gut: Sie trugen dicke Jacken und Hüte und sahen ihrem Auftritt gelassen entgegen. Die Engel froren ganz erbärmlich, mußten wegen der vermaledeiten Flügel auf wärmende Mäntel verzichten und steckten die nackten Füße in vorsorglich mitgebrachte Hausschuhe. Frau Hoffmann spendete Trost und heißen Tee.

Endlich kam unser Auftritt. Wir drängten auf die Bühne, weil es da warm war, und während sich die Heiligen Drei Könige gemessenen Schrittes zur Krippe begaben, tönte plötzlich eine Stimme aus dem Zuschauerraum: „Kiek man den zweeten Engel da vorne! Im Himmel is wohl ooch nich jeheizt?"

Der zweite Engel war ich; und unter meinem knöchellangen Nachthemd lugten unübersehbar weinrote Plüschpantoffeln hervor!

Oder die Sache mit Rumpelstilzchen. Das war allerdings schon eine Weile her und hatte sich im deutschamerikanischen Jugendklub abgespielt. Die Amis hatten ihn gegründet, um den Kontakt zwischen deutschen und amerikanischen Kindern zu fördern. Allerdings kam dieser Kontakt niemals zustande, weil sich kein amerikanisches Kind in den Klubräumen sehen ließ. Also waren sie ausschließlich von Deutschen bevölkert, vorwiegend 15-17jährigen, und ich war eigentlich nur wegen der reichhaltigen Bibliothek Mitglied geworden. Dann entdeckte ich am Schwarzen Brett die Mitteilung, daß eine Theatergruppe gegründet werden sollte, und Interessenten mögen sich bitte melden. Prompt fühlte ich mich von der Muse Thalia geküßt. Der erwartete Andrang blieb aber aus, und so waren wir nur ein knappes Dutzend, die nicht so recht wußten, was sie machen sollten. Eine noch sehr jugendliche Theater-Elevin hatte die Leitung der Gruppe übernommen, und unter ihrer Regie probten wir das Märchen „Rumpelstilzchen". Ursprünglich hatten wir „Hänsel und Gretel" aufführen wollen, aber der viele Wald und dann noch das Pfefferkuchenhaus... der Aufwand wäre zu groß und die Kulissenmalerei zu schwierig geworden. Beim „Rumpelstilzchen" konnte man aber die Müllerstube ohne schwierige Änderung in die königliche Strohkammer verwandeln.

Lediglich eine einzige Szene bereitete uns etwas Kopfzerbrechen. Gegen Ende des Märchens hüpfte Rumpelstilzchen im nächtlichen Wald über ein Feuer und plärrte seinen Namen durch die Gegend. Die nächtliche Stunde war schon mal vorteilhaft. Nachts ist es dunkel, man braucht keine Kulissen, und der Wald wurde lediglich durch eine kümmerliche Fichte angedeutet und den klubeigenen Oleanderbaum, der sonst in der Eingangshalle stand. Für das Feuer türmten wir ein paar Holzscheite übereinander und deckten sie mit rotem Seidenpapier ab. Zwischen das Holz kam eine Glühbirne, deren Zuleitungsschnur im Hintergrund in einer Steckdose endete.

Weshalb ausgerechnet ich das Rumpelstilzchen spielte, weiß ich nicht mehr. An die Müllerstochter kann ich mich nicht mehr erinnern, die übrigen Mitspieler habe ich auch vergessen. An die Aufführung werde ich zeit meines Lebens denken! Dabei lief anfangs alles glatt. Niemand blieb stecken, jeder konnte seinen Text, und auch das Publikum ging bereitwillig mit. Dann kam die Szene mit dem Feuer. Ich hüpfte wie ein Frosch mit Gleichgewichtsstörungen über meine Holzscheite, krähte triumphierend „Ach, wie gut, daß niemand weiß, daß ich..." Weiter kam ich nicht mehr. Irgendwie hatte ich mich in der Strippe verfangen, flog hin, riß den Stecker heraus — jetzt war es stockdunkel —, stand wieder auf, verlor die Richtung, knallte in den Oleander, der kippte auch noch um und nahm Fichte sowie die linke Wand des Königsschlosses mit. Ende der Vorstellung! Ich war wohl doch nicht dazu berufen, dermaleinst mit dem Thespiskarren durch die Lande zu ziehen!

35

Es muß kurz nach dem Krippenspiel gewesen sein, als Quasi eines Tages völlig unerwartet ins Klassenzimmer rauschte, ihre Mappe auf das Pult feuerte und in das Getümmel starrte. Wir hatten Dr. Strack erwartet, der unsere albernen Pausenspiele immer mit milder Nachsicht betrachtete, und deshalb stand auch nicht der sonst übliche Warnposten vor der Tür. Unserer Klassenlehrerin bot sich also ein ihr ungewohnter Anblick.

Ein paar Mädchen übten Jitterbug oder das, was sie dafür hielten, musikalisch untermalt von einem vierstimmigen Kamm- (nicht Kammer-!) Orchester. In einer Ecke wurden Filmbilder getauscht, in einer anderen neue Frisuren ausprobiert. Irene trug zum zwanzigsten Male die Geschichte von Oberförster Hugo vor, der immer von Kronleuchter zu Kronleuchter springt, um die Teppiche zu schonen und seinem Bruder dadurch das Studium zu ermöglichen. Und Karla stand auf einem Tisch und hielt in Frau Griesingers täuschend nachgeahmtem Tonfall einen Vortrag über Zellteilung bei Bandwürmern. Der Rest hockte herum und schrieb irgend etwas von irgendwem ab.

Wir verzogen uns reichlich verlegen auf unsere Plätze und harrten der Dinge, die da vermutlich kommen würden.

„Dès maintenant c'est moi qui vais donner le cours de Français dans votre classe."

Wie bitte? Quasi wiederholte das soeben Gesagte, betont langsam und sehr pronoçiert.

„Ist das Französisch, was sie da spricht?" flüsterte Evchen.

„Scheint so, aber beim Strack klingt das ganz anders!"

„Vous avez l'air de ne pas avoir compris un seul mot."

Hinter uns wisperte Irene: „Habt ihr irgendwas verstanden?"

„Nicht das geringste!"

„Karla, repète ce que je viens de dire, s'il vous plâit!"

Karla erhob sich zögernd, blickte hilfesuchend in die Runde, stotterte schließlich los: „Tu as... vous avez dit..." Dann holte sie tief Luft und erklärte kurz und bündig: „Es tut mit leid, aber außer ‚wiederholen' habe ich nichts verstanden!" Wir anderen nickten bestätigend.

Quasi sank auf ihren Stuhl und starrte uns entgeistert an. „Kinners, das ist doch nicht möglich! Ihr habt lange genug Französischunterricht, und eure Zeugnisnoten sind eigentlich alle recht gut. Deshalb habe ich mich sogar gefreut, als ich erfuhr, daß ich euch jetzt übernehmen soll."

Evchen stöhnte entsetzt: ,,Jetzt nehmen Sie aber langsam überhand!"

Wir gönnten es Dr. Strack zwar von Herzen, daß er nun in seinen wohlverdienten und hoffentlich endgültigen Ruhestand zurückversetzt werden sollte. Aber wir ahnten auch, daß seine Nachfolgerin entschieden unbequemer werden würde.

Quasi wurde energisch: ,,Also nun heraus mit der Sprache! Spielt ihr mir Theater vor, oder was ist los mit euch?" Es half nichts, wir mußten beichten. Sie hörte sich mit immer länger werdendem Gesicht unser Geständis an, und wenn es auch manchmal verräterisch um ihre Mundwinkel zuckte, so blieb sie doch ungewohnt ernst. ,,Ihr habt tatsächlich jede Klassenarbeit mit aufgeschlagenen Heften und Büchern geschrieben?" vergewisserte sie sich noch einmal.

Wir nickten beschämt.

,,Tja, Herrschaften, da hilft wohl alles nichts, wir müssen ganz von vorn anfangen. Holt mal eure Stundenpläne heraus!"

Kategorisch strich sie den Geschichtsunterricht zusammen, setzte dafür Französisch an, annullierte zwei Drittel der Deutschstunden, fügte an deren Stelle französische Grammatik ein, und schließlich beschlagnahmte sie noch zwei sechste Stunden, die wir normalerweise frei gehabt hätten.

Und nun begriffen wir endlich, was Lernen eigentlich bedeutete. Wir paukten bis zum Schwarzwerden! Unsere Clique verzichtete gezwungenermaßen auf die üblichen Kinobesuche; statt dessen marschierten wir nachmittags einmal um die Krumme Lanke und deklinierten unregelmäßige Verben. Das war zweifellos gesünder, aber weniger amüsant. Wir memorierten stundenlang grammatikalische Regeln und haßten Quasi mal wieder aus tiefster Seele. Meine Mutter behauptete sogar, ich hätte noch im Schlaf vor mich hingemurmelt: ,,Die mit avoir verbundenen Partizipien richten sich in Geschlecht und Zahl..."

Gelegentlich kam es auch vor, daß wir Frau Müller-Meiningens Fragen nach dem Perfekt von ,,wollen" mit ,,je voulais" beantworteten und ein mißbilligendes ,,Ich bitte mir Konzentration aus!" ernteten.

Als ich eines Morgens mal wieder zu spät kam und mit hängender Zunge meine unterwegs präparierte Entschuldigung vom Stapel lassen wollte, bekam ich ein abwinkendes „En français s'il vous plâit" zu hören. Keineswegs darauf vorbereitet und in seliger Unkenntnis aller einschlägigen Vokabeln fing ich an zu stottern, faselte etwas von „métro très tard" und hatte nach fünf Minuten noch immer keine verständliche Begründung für mein Zuspätkommen herausgebracht. Die Klasse wieherte vor Vergnügen, und während ich mit einem „c'était terrible, mademoiselle!" auf meinen Platz geschickt wurde, überlegte ich mir im stillen, daß der von Karl May so oft geschilderte und von uns als sadistisch abgelehnte Marterpfahl vielleicht doch keine so schlechte Einrichtung gewesen war.

Im übrigen war mir schon alles egal. Ich freute mich nicht einmal mehr auf die Osterferien, weil ich fest damit rechnete, bis über die Ohren mit Lehrstoff eingedeckt zu werden. Den anderen ging es ebenso. Um so größer war unsere Überraschung, als Quasi am letzten Schultag verkündete: „Ich glaube, wir haben es geschafft! Nach den Ferien können wir wieder zum normalen Lehrplan zurückkehren. Und glaubt nur nicht, daß mir die letzten Monate etwa Spaß gemacht haben. Manchmal habt ihr mir sogar leidgetan."

Abschließend bliebe noch zu bemerken, daß bei mir trotz aller Anstrengungen Hopfen und Malz verloren waren. Mir sind die Feinheiten der französischen Sprache bis heute verschlossen geblieben, obwohl sich Quasi redliche Mühe gegeben hat, meine Leistungen dem allgemeinen Niveau der Klasse anzugleichen. Ihre Schuld war es also ganz bestimmt nicht, wenn ich bei dem ersten Versuch kläglich scheiterte, meine bis dahin theoretischen Kenntnisse in die Praxis umzusetzen.

Es war in einem Restaurant in Brüssel, wo ich mich vergeblich bemühte, dem Kellner meine Wünsche begreiflich zu machen. Schließlich rutschte mir auch noch ein „Zum Kuckuck, was heißt denn nun wieder ‚trinken' auf französisch?" heraus, worauf der Schwarzbefrackte hilfsbereit meinte: „Vielleicht sprechen Mademoiselle lieber Deutsch mit mir, denn ich verstehe es ein wenig."

36

Silvester 1947. Zum erstenmal prosteten wir uns wieder mit Sekt zu — Spende von Sergeant Shreevs und eigentlich als Weihnachtsgeschenk für „dear Ireen" gedacht —, ein paar Unverbesserliche, die von der Knallerei noch immer nicht genug hatten, jagten ein halbes Dutzend Feuerwerkskörper in die Luft; und wir hofften mal wieder, daß nun alles besser werden würde. Mami gelobte zum soundsovielten Male, sich endlich das Rauchen abzugewöhnen und vergaß ihr Gelöbnis diesmal erst nach drei Tagen; Omi beschloß, sich nun endgültig von ein paar Exemplaren ihrer Kristallsammlung zu trennen, für die es schon seit längerem amerikanische Interessenten gab, und ich nahm mir vor, in Zukunft regelmäßig Schularbeiten zu machen. Mein letztes Zeugnis hatte mir von Opa lediglich zwei Mark und von Omi eine Ohrfeige eingetragen. Die einstige Musterschülerin war zum unteren Durchschnitt abgesackt.

Zilligs bereiteten ihren Umzug nach Düsseldorf vor. PW hatte den Betrieb wieder auf die Beine gestellt, eine Wohnung sowie Zuzugsgenehmigung, Umzugsgenehmigung, Transportgenehmigung und die übrigen unerläßlichen Papiere besorgt und meiner Mutter den Vorschlag gemacht, nachzukommen. „Soweit ich das übersehen kann, gibt es über kurz oder lang eine Währungsreform, und danach geht auch der Export wieder los. Dann kann ich dich gut gebrauchen. Wenn du in Berlin bleibst, sitzt du ohnehin ewig auf einem Pulverfaß."

Von einer Währungsreform wurde jetzt immer häufiger gemunkelt, ich konnte mir nur nichts darunter vorstellen. Opi erklärte mir die Sache sehr gründlich, sprach von Geldaufwertung, eingefrorenen Bankguthaben und Kapitalrendite, aber nach Beendigung seines halbstündigen Vortrags war ich genauso schlau wie vorher. Mami machte es kürzer. „Du mußt dir vorstellen, daß es von Ölsardinen bis zu Abendkleidern wieder alles zu kaufen gibt, nur wirst du dann nicht das Geld haben, um dir auch wirklich alles kaufen zu können!" Aha! Leider überstieg die Vorstellung von gefüllten Schaufenstern und einem reichhaltigen Warenangebot meine Phantasie, und folglich blieben mir die prophezeiten Folgen der Währungsreform so lange schleierhaft, bis sie dann tatsächlich kam.

Noch freuten wir uns über jeden kleinen Fortschritt, der uns einem normalen Leben näherbrachte. Wir bekamen Fensterscheiben und mußten uns erst an die ungewohnte Helligkeit in den Zimmern gewöhnen. Es gab endlich wieder Bücher zu kaufen und jede Menge Tageszeitungen. Die Elefanten im Zoo waren jetzt ständig zu besichtigen und nicht nur stundenweise, weil sie keine Trümmer mehr wegräumen mußten; Züge, Straßenbahnen und Omnibusse fuhren regelmäßig, es gab wieder eine Straßenreinigung und eine Müllabfuhr.

Zwar gab es auch weiterhin Lebensmittelkarten, die immer kleiner wurden, weil man nur noch selten das bekam, was aufgedruckt war, sondern meistens das nehmen mußte, was anderes zur Verfügung stand — Fisch statt Fleisch oder Kartoffelpulver statt Nudeln —, und es gab immer noch die Gas-Kontingentierung und die Stromsperren. Letztere wirkte sich besonders bei uns als erwerbsmindernd aus, denn ohne Strom kann man nicht bügeln, und Tante Else tat das beinahe täglich. Mami hatte im Laufe der Zeit die ganze Familie in ihr Arbeitsbeschaffungsprogramm einbezogen, und das war so gekommen:

An einem Sonntagmorgen hatte Tante Else bei geöffnetem Küchenfenster Wäsche gebügelt, was zwar dem dritten Gebot widersprach, andererseits aufgrund der sonntäglichen Stromzufuhr unerläßlich war. Zwei Amerikaner schlenderten auf der Straße entlang und riefen Tante Else irgend etwas zu, was sie mit einem freundlichen Winken des Bügeleisens quittierte. Die Amis blieben stehen und sagten wieder etwas. Tante Else verstand kein Wort, antwortete in Ermangelung einschlägiger Sprachkenntnisse mit einem „Yes, okay" und bügelte weiter. Die Soldaten kämpften sich durch die Hagebutten und bauten sich vor dem Küchenfenster auf. Beide redeten gleichzeitig.

„Reni, komm mal her! Die wollen was von mir, ich habe bloß keinen blassen Schimmer, was sie wollen."

Mami kam ans Fenster, palaverte eine Zeitlang mit den Zaungästen und sagte dann lachend: „Die wollen wissen, ob du für sie Hemden waschen und bügeln würdest. Aus der Wäscherei kämen die Dinger immer brettsteif gestärkt zurück, außerdem fehlten die meisten Knöpfe, und nun suchen sie eine private Waschfrau."

„Meinst du, ich soll das machen?"

„Warum denn nicht? Das Waschpulver müssen sie natürlich mitbringen. Vielleicht kriegen wir dann unsere Sachen auch mal wieder richtig sauber!"

Der Handel wurde also abgeschlossen. Die Amerikaner trabten samstags mit ihren Wäschesäcken an, kippten sie aus und holten sich den Inhalt im Laufe der kommenden Woche gewaschen, gebügelt und repariert wieder ab. Die Zahlung erfolgte in Naturalien, wobei auch gelegentlich Sonderwünsche nach Nylons oder Bohnenkaffee anstandslos erfüllt wurden. Dann fragten die äußerst zufriedenen Kunden, ob Tante Else vielleicht noch für einen Kameraden... Tante Else sagte ja. Aus einem Kameraden wurden zwei, dann drei — Omi mußte jetzt bügeln, weil Tante Else mit dem Waschen ausgelastet war —, und schließlich trat sie noch einen Teil der Kundschaft an Frau Bennich ab.

Als die ersten olivgrünen Hemden für alle deutlich sichtbar auf dem Trockenboden hingen, war sofort das Gerücht in Umlauf gesetzt worden: „Frau Helmchen geht mit einem Ami!", eine Behauptung, der Omi mit allem Nachdruck entgegentreten mußte, aber bald hatte sich die Nachbarschaft davon überzeugen lassen, daß es sich lediglich um einen neuen und für die Bewohner der Riemeisterstraße noch recht ungewohnten Erwerbszweig handelte. Übrigens mußte auch Onkel Paul mithelfen. Er spülte die Hemden und hängte sie auf. Allerdings konnte er sich nie bereitfinden, eine von Tante Elses rüschenverzierten Küchenschürzen vorzubinden. Lieber lief er mit einem nassen Bauch herum.

Nun stand aber der erhöhte Anfall von Bügelwäsche in krassem Gegensatz zu unserem Stromkontigent, und der Zeitpunkt war vorauszusehen, wann man uns von Amts wegen den Hahn zudrehen würde. In diesem Fall würden uns auch die sonst sehr hilfreichen Amerikaner nicht helfen können.

„Da müßte doch irgend etwas zu drehen sein", überlegte Onkel Paul und nahm Rücksprache mit einem früheren Kollegen, der ebenfalls Bahnbeamter und als solcher Elektriker gewesen war.

Was dann geschah, war verboten, eigennützig, gesetzwidrig, unmoralisch und strafbar. Man kann es nicht einmal mit der Ausrede entschuldigen, daß andere es ja auch taten. Wie sie es taten, weiß ich nicht, Onkel Paul benutzte dazu einen einfachen Nagel. Die weiteren Manipulationen sind mir auch unbekannt, über das Ergebnis hatte ich striktes Stillschweigen zu bewahren. Jedenfalls konnte die Stromzufuhr künftig so reguliert werden, daß nur die zulässige Menge über den Zähler lief.

Als Onkel Paul eine ähnliche Konstruktion bei der Gasuhr versuchte, setzte er die gesamte Gasversorgung für die umliegenden Häuser außer Betrieb und hatte ziemlich viel Mühe, dem anrückenden städtischen Suchtrupp diese Panne einigermaßen glaubhaft zu erklären!

37

Wer diesmal die Läuse eingeschleppt hatte, ließ sich hinterher nicht mehr feststellen, aber wenigstens kannten wir jetzt die Anzeichen und wußten die niedlichen Tierchen auch sofort zu klassifizieren. Deshalb blieben sie auch innerhalb der Familie! Allerdings konnte man sie nicht mehr als unabwendbare Kriegsfolge ansehen, denn diese Zeiten waren eigentlich vorbei. Trotzdem gab es in Zehlendorf-Mitte eine Entlausungsstation, was darauf schließen ließ, daß diese Haustierchen immer noch nicht ausgerottet waren.

Mami versuchte es erst mal in der Apotheke. Der frühere Inhaber war gestorben, der neue kannte uns noch nicht als Dauerkunden für Läusevernichtungsmittel und händigte Mami ohne weiteren Kommentar ein entsprechendes Präparat aus. Das Zeug brannte fürchterlich, durfte aber erst nach drei Stunden herausgewaschen werden. Bereits nach dreißig Minuten erklärte ich heulend, lieber mit den Läusen leben als bei lebendigem Leib verbrennen zu wollen.

,,Vielleicht hat es schon geholfen'', sagte Mami hoffnungsvoll, als sie mir das Zeug herunterwusch. Es hatte nicht.

Am nächsten Tag stiefelten wir vollzählig nach Zehlendorf-Mitte zum Entlausen. Ein Mann wollte wissen: ,,Kopf oder Kleider?'' und bequemte sich ob unserer verständnislosen Mienen zu einer klareren Formulierung. ,,Ha'm Se Kopfläuse oder Kleiderläuse?''

,,Nur auf dem Kopf!"

,,Is ooch besser. Die anderen Biester kriecht man jar nich uff eenmal weg." Dann griff er zu einer Art Luftpumpe und nebelte unsere Köpfe mit einem weißen Pulver ein. ,,Det lassen Se jetzt zwee Stunden druff, denn könn' Se det Zeuch wieda rauswaschen!" Er händigte uns einen datierten und abgestempelten Entlausungsschein aus und schickte uns nach Hause.

,,Reni, du bist völlig ergraut", feixte Onkel Paul, ,,man kann sich direkt vorstellen, wie du in dreißig Jahren aussiehst."

Mami zückte einen Taschenspiegel und war entsetzt. ,,So gehe ich keinen Schritt weiter, jeder sieht doch sofort, was mit uns los ist. Verschwinden wir erst mal in der Friedhofstoilette." Die zweihundert Meter dorthin legten wir im Laufschritt zurück.

,,Und was jetzt?" wollte Tante Else wissen. ,,Ich habe kein Kopftuch mit. Nicht mal einen Schal."

,,Ich auch nicht. Dann müssen wir eben die Hemden nehmen."

Vor dem fleckigen Spiegel versuchten wir, die nun nicht gerade für die Öffentlichkeit bestimmten Kleidungsstücke so um den Kopf zu drapieren, daß man ihren eigentlichen Zweck nicht gleich erkennen konnte. Bei mir war das ziemlich einfach. Ich trug ein Turnhemd und mußte nur die Armlöcher verbergen. Mami bemühte sich, den Spitzeneinsatz zu verstekken, und wenn ihr das endlich gelungen war, hing irgendwo wieder ein Träger herunter. Schließlich band sie sich das Hemd als Kopftuch um und knotete alle verräterischen Details unter dem Kinn zusammen.

Bei Tante Else waren alle Tarnungsversuche umsonst. Sie trug auch gar kein Hemd, sondern einen Unterrock aus rosa Charmeuse, und was sie damit auch anstellte, war egal, der Unterrock blieb ein Unterrock. Kurzentschlossen zerrte sie sich den zusammengewickelten Turban wieder vom Kopf. ,,Ich bin sowieso eine alte Frau, warum soll ich keine grauen Haare haben?"

Onkel Paul unterbrach das Studium der Grabsteine und musterte uns grinsend. ,,Sieht aus wie ein Mittelding zwischen Nachtmütze und Badekappe, aber bis nach Hause wird's schon gehen."

Trotzdem mußte ich vorausssprinten und Kopftücher holen, weil Mami sich geweigert hatte, in diesem Aufzug durch die Riemeisterstraße zu laufen. Kurz vor der Haustür kam uns

Frau Brüning entgegen. ,,Na, wart ihr zum Entlausen? Das Zeug hilft übrigens sofort, ich bin meine auch gleich beim erstenmal losgeworden!“

38

Wieder einmal saß ich in meinem Zimmer und versuchte, in den vor mir liegenden französischen Text irgendeinen Sinn zu kriegen. Tante Else hatte mich gerade bei Guber abgelöst, weil wir mal wieder nach einer Sonderzuteilung Gemüse anstehen mußten und ich wenigstens einen Teil meiner Hausaufgaben noch bei Tageslicht erledigen sollte.

Es klingelte. Ich erwartete Gina und öffnete die Tür mit den Worten: ,,Wird auch Zeit, daß du endlich kommst, ich hänge...“ Vor mir stand ein Herr, den ich bestimmt schon mal gesehen hatte, im Augenblick aber nicht unterzubringen vermochte. Er war gut gekleidet — immerhin eine Seltenheit —, gut ernährt, eine noch viel größere Seltenheit, und er zwinkerte mir zu, was ich von Herren in gesetztem Alter überhaupt nicht gewöhnt war.

,,Ja, bitte?“

,,Es fehlte gerade noch, daß mich jetzt nicht einmal mehr meine eigene Tocher erkennt!“

,,Vati??“

Nein, damit hatte ich nun wirklich nicht gerechnet. Mein Vater hatte uns zwar seine baldige Rückkehr in Aussicht gestellt; aber das war schon vor Weihnachten gewesen, und Näheres wußte er damals wohl selbst noch nicht. Ich jedenfalls hatte einen verhärmten, abgerissenen Kriegsgefangenen erwartet, der in seiner verschlissenen Uniform müde die Straße entlangtrottete, ein Anblick, mit dem man beinahe täglich konfrontiert wurde. Keinesfalls hatte ich mit dem braungebrannten Zivilisten gerechnet, den ich jetzt etwas zögernd in die Wohnung bat. Mir war oft genug eingebleut worden, keinen Fremden hereinzulassen, schon gar nicht, wenn ich ganz allein zu Hause war.

Der Herr lächelte ein bißchen wehmütig. ,,Du traust mir wohl noch immer nicht über den Weg?“ Bereitwillig zückte er seine

Brieftasche und hielt mir ein Foto unter die Nase. ,,Kennst du das?“

Das Bild war zwei Jahre alt und zeigte mich mit dem Kaninchen Kasimir. Jetzt war ich endlich überzeugt.

,,Aber wieso bist du so anständig angezogen? Die anderen Heimkehrer kommen doch immer in ihren ollen Uniformen zurück.“

,,Bin ich ja auch, aber ich war zuerst in Schmargendorf und habe mich ein bißchen restauriert.“

Deshalb also! Bei Omimi und Opa hing ja Vatis gesamte Garderobe; und es war verständlich, daß er erst einmal dorthin gefahren war. Jetzt saß ich also vor einem fremden Mann, den ich vor fünf Jahren zum letztenmal und damals auch nur für wenige Stunden gesehen hatte. Ich fühlte mich ziemlich unbehaglich. Wir unterhielten uns über Belanglosigkeiten, und ich war heilfroh, als Tante Else endlich mit ihren Kohlköpfen zurückkam. Sie erkannte Vati sofort. ,,Du liebe Zeit, Heinz, bist du aber groß geworden! Ich will natürlich sagen, du hast dich ziemlich verändert.“

Meine Mutter begegnete ihrem heimgekehrten Ehemann mit ähnlich zwiespältigen Gefühlen wie ich. Da gab es plötzlich wieder jemanden, den es neun Jahre lang nicht gegeben hatte, der nicht wußte, was alles hinter uns lag, der keine Ahnung von den derzeitigen Verhältnissen hatte und nicht im geringsten ahnte, wie es weitergehen sollte. Schließlich waren ihm jahrelang alle Entscheidungen abgenommen und in Befehle umgemünzt worden.

Aus der unselbständigen jungen Ehefrau, die er seinerzeit zurückgelassen hatte, war dagegen eine selbstsichere, emanzipierte Mittdreißigerin geworden, von der die ganze Familie mehr oder weniger abhängig war. Es hatte also ein völliger Rollenwechsel stattgefunden — ein Problem, vor das sich damals viele Heimkehrer gestellt sahen.

Vati beschloß, zunächst einmal bei seinen Eltern Quartier zu nehmen, denn dort gab es mehr Platz. Man hatte ihnen zwar auch ein Flüchtlings-Ehepaar zugewiesen, außerdem wohnte jetzt noch Omimis Schwester dort, die aus Posen geflohen war; aber dafür war die Wohnung meiner Großeltern auch doppelt so groß wie unsere. Opa setzte seinen Einfluß zum ersten (und einzigen) Male in völlig eigennütziger Weise ein und verschaffte seinem Sohn eine Anstellung beim Berliner Senat, insgeheim befriedigt, daß nun doch ein Beamter aus ihm werden würde. Vati besuchte uns regelmäßig, dann weniger regelmäßig; und eines Tages rief mich Mami in ihr Zimmer, weil sie einmal ernsthaft mit mir sprechen wollte.

Derartigen Unterredungen sah ich immer mit reichlich gemischten Gefühlen entgegen, weil ich meist ein schlechtes Gewissen hatte. Obwohl inzwischen fast vierzehn und gelegentlich schon einigermaßen vernünftig, benahm ich mich absolut nicht immer so, wie man es gemeinhin in diesem fortgeschrittenen Alter erwarten kann. So hatte ich erst vor einigen Tagen zusammen mit Klaus und Mümmchen abgebrannte Streichhölzer in die Klingelknöpfe gesteckt und dann vom Fenster aus beobachtet, was sich in der Nachbarschaft abspielte, als um neunzehn Uhr der Strom wieder eingeschaltet wurde!

Dieses Thema brachte Mami jedoch nicht zur Sprache. Sie eröffnete mir vielmehr, daß sie und Vati übereingekommen wären, sich zu trennen. „Du wirst das vermutlich noch nicht verstehen; aber wir haben uns ganz einfach auseinandergelebt. Man kann vielleicht den Krieg dafür verantwortlich machen oder diese ganze blödsinnige Zeit. Aber der wahre Grund ist wohl, daß wir damals einfach zu jung geheiratet haben."

Das leuchtete mir alles ein. Und weil ich mehr oder weniger ohne Vater aufgewachsen war, empfand ich die Scheidung meiner Eltern auch nicht als Schock, sondern eher als Wiederherstellung der mir vertrauten Verhältnisse. Außerdem erlebte ich beinahe täglich, wie überall Ehen in die Brüche gingen, manche sogar nach über zwanzig Jahren. Meine Eltern blieben jedoch immer freundschaftlich verbunden; und deshalb gab es auch nie irgendwelche Streitigkeiten, die eine Ehescheidung für Kinder so problematisch macht.

Außerdem hatte Mami beschlossen, einen generellen Schlußstrich zu ziehen und ganz neu anzufangen. „Würde es dir sehr schwerfallen, von Berlin wegzuziehen?"

„Wohin denn?"

„Nach Düsseldorf. PW hat mir doch angeboten, daß ich jederzeit bei ihm in der Firma arbeiten kann. Eine Wohnung hat er auch schon an der Hand, sie wird in Kürze fertig. Tante Käte schreibt dauernd, wir sollen kommen, und wenn ich ganz ehrlich bin, so hängt mir dieser Porzellanladen schon lange zum Halse heraus. Ich möchte nicht für den Rest meines Lebens Kaffeetassen verwalten."

Das war verständlich. Ich sah ein, daß ich wohl langsam von meiner Kindheit Abschied nehmen mußte, und da war es sicher am besten, wenn das möglichst gründlich geschah. Ohnehin war nichts mehr so, wie es früher einmal gewesen war. Es wurde gemunkelt, daß der Wald gegenüber parallel zum Hegewinkel abgeholzt und bebaut werden sollte. Es wurde behauptet, daß das Baden in der Krummen Lanke und im Grunewaldsee verboten werden sollte. In Zilligs Wohnung waren Mieter eingezogen, die ich nicht leiden konnte. Außerdem hieß es, Moldens würden nun auch weggehen. Es blieb ja kaum noch jemand übrig, den ich kannte. Maugi hatte schon eine feste Freundin, Lothchen würde in wenigen Monaten aus der Schule kommen und seine Ausbildung als Werbegrafiker beginnen — allmählich würden sich unsere Wege sowieso trennen.

Der Abschied von meiner Klasse fiel mir allerdings schwer. Irene begriff das nicht. ,,Mensch, ich wäre froh, wenn ich auch hier herauskönnte. Denen im Westen geht es doch viel besser." PW behauptete das gleiche. Jedesmal, wenn er in Berlin zu tun hatte, kam er bei uns vorbei und sang Loblieder. ,,Natürlich gibt es auch noch Lebensmittelkarten, aber man kommt leichter an alles andere heran, weil man dort nicht so eingeigelt ist wie hier. In Kürze sieht sowieso alles ganz anders aus, die Währungsreform steht unmittelbar vor der Tür (woher wußte dieser Mensch das überhaupt?). Wenn ihr also nach Düsseldorf kommen wollt, dann beeilt euch. Später könnt ihr die Umzugskosten gar nicht mehr bezahlen!"

39

Nun ging alles ziemlich schnell. PW organisierte noch einmal einen Umzug — die Beziehungen stammten noch vom letztenmal, und Übung hatte er inzwischen auch schon —, und dann schaffte er es auch noch, den zuständigen Wohnungsbeamten davon zu überzeugen, daß Onkel Paul und Tante Else die geeigneten Nachmieter wären. Aus der provisorischen Bleibe würde für sie nun eine feste Heimat werden.

„Die zwei Flaschen Schnaps hole ich mir aber bei Gelegenheit von euch zurück!" versprach PW, als der neue Mietvertrag unterschrieben war.

Bis zum Ende des Schuljahres sollte ich noch in Berlin bleiben, womit ich völlig einverstanden war. Weniger erfreulich fand ich die Aussicht, diese Zeit bei Omi verbringen zu müssen. Ich wäre lieber bei Tante Else geblieben; aber Omi sah jetzt die letzte Gelegenheit, meine „direkt skandalösen" Leistungen in der Schule noch etwas zu verbessern. Von Mathematik hatte sie allerdings noch weniger Ahnung als ich; und so wurde Opi beauftragt, meine Hausaufgaben in diesem Fach zu überwachen. Geometrie konnte er aber auch nicht, und Algebra hatten wir zur Zeit gar nicht. Ich bekam also wieder eine Vier ins Zeugnis.

Im Englischen stand ich ganz gut, Deutsch war auch kein Problem, also stürzte sich Omi mit Feuereifer auf die Nebenfächer. Am Küchenschrank hing mein Stundenplan, und anhand dessen wurde jeden Abend kontrolliert, ob ich auch alles Notwendige gelernt hatte. Bald war Omi über den Reisanbau in Indien und über die Monsunwinde besser informiert als ich, ganz zu schweigen von den Nebenflüssen des Brahmaputra, die ich nie so schnell herunterrasseln konnte wie sie. Chemische Formeln waren ihr weniger geläufig, deshalb mußte ich sie immer aufschreiben, damit Omi sie mit dem Lehrbuch vergleichen konnte. Letzten Endes hat sich diese Prozedur aber doch als nützlich erwiesen, denn allmählich begriff ich diese Formeln tatsächlich. Früher hatte ich immer hilflos an der Tafel gestanden und mit den zugeflüsterten Informationen nichts anfangen können, weil ich nie wußte, ob die zu den Buchstaben gehörigen Zahlen nun oben oder unten hingeschrieben werden mußten.

Etwa sechs Wochen vor Beginn der Sommerferien kündigte Quasi eine Klassenarbeit an. Dauer: fünf Stunden. Thema: unbekannt. Da es sich um eine Arbeit handelte, die maßgebend für die Versetzungszeugnisse sein würde, klemmten wir uns hinter die Bücher und paukten die „Jungfrau" durch. Wir befaßten uns schon seit geraumer Zeit mit Schillers heroischer Amazone und konnten mit einiger Berechtigung annehmen, daß wir sie noch einmal gründlich würden ausschlachten müssen, bevor sie zu den Akten gelegt werden konnte. An dem entscheidenden Morgen wachte ich mit Kopfschmerzen auf, und als ich ins Bad wankte, grinste mich im Flurspiegel ein Gesicht an, das offensichtlich in nähere Berührung mit einem angriffslustigen Bienenschwarm gekommen war. Die medizinisch vorgebildete Omi diagnostizierte der Reihe nach Masern, Scharlach und Röteln, ließ sich aber von der kinderreichen und daher kompetenteren Frau Hülsner überzeugen, daß es sich lediglich um Windpocken handelte. Egal, das Kind war krank und gehörte ins Bett! Das Kind wollte nicht und verwünschte Omi in allen Tonarten, weil sie durch ihre übertriebene Besorgnis in früheren Jahren verhindert hatte, daß es die unumgänglichen Kinderkrankheiten in einem angemessenen Alter bekommen konnte. Mit 14 Jahren kriegt man keine Windpocken mehr!

Nachmittags tauchte Gina auf, um zu ergründen, welches schuleschwänzende Leiden mich denn befallen hätte. Sie hatte die Windpocken natürlich schon längst hinter sich, fürchtete keine Ansteckung und gab mir einen anschaulichen Bericht des ereignisreichen Vormittags.

,,Sei froh, daß du nicht mitzuschreiben brauchtest. Wir sollten die Charaktere von Johanna und dem Dauphin zerpflücken und in Relation zu ihren späteren Handlungen setzen. Nach meiner Ansicht war der Knabe sowieso völlig charakterlos, aber vielleicht reicht es doch noch zu einer Drei.''

Vier Tage später marschierte ich wieder zur Schule. Quasi beäugte mißtrauisch mein Streuselgesicht, erkundigte sich besorgt, ob ,,das noch ansteckend'' sei und erklärte mir dann, daß ich den versäumten Aufsatz selbstverständlich nachschreiben müsse. Damit hatte ich gerechnet und mich auf meinem Krankenlager ausgiebig mit den anderen Personen beschäftigt, denn die Johanna würde ich ja bestimmt nicht charakterisieren müssen.

,,Allerdings sehe ich im Augenblick keine Möglichkeit, wie du die Arbeit hier in der Klasse schreiben könntest'', überlegte Quasi weiter. ,,Ich glaube, am besten wird es sein, wenn du zu mir nach Hause kommst.''

Ich starrte sie entsetzt an. ,,Das ist unfair!''

,,Wieso? Du wirst völlig ungestört sein.''

Irene, die sich als Klassensprecherin für das Allgemeinwohl verantwortlich fühlte, protestierte gegen die vorgesehene Einzelhaft und prophezeite meinen psychischen Zusammenbruch.

,,Jetzt stellt euch nicht so an, ich werde sie schon nicht auffressen!"

Dann erkundigte sie sich nach meinen außerschulischen Verpflichtungen, und weil ich den geplanten Kinobesuch kaum als Entschuldigungsgrund vorschieben konnte und bedauerlicherweise auch gerade keine neue Dekade anfing, wurde ich für den Nachmittag desselben Tages zur Klausur befohlen.

Auf dem Nachhauseweg war ich der absolute Mittelpunkt. Sogar Evchen und Sigrun, die normalerweise einen ganz anderen Schulweg hatten, änderten ihre Route und schlossen sich der Prozession an. Ich wurde mit guten Ratschlägen eingedeckt, die von ,,Am besten gibst du einen leeren Zettel ab" bis zu ,,Täusch doch einfach einen Rückfall (gemeint waren die Windpocken) vor" reichten und in dem Vorschlag gipfelten, notfalls vom Balkon zu springen. Allmählich kam ich mir vor wie ein Delinquent, der kurz vor seiner Hinrichtung steht. Um zwei Uhr kam Gina, um mich auf dem Weg zum Schafott zu begleiten. Ich hatte Gummiknie und wünschte Quasi ins Pfefferland!

Die nächsten Stunden waren ein Alptraum! Ich wurde zwar sehr freundlich empfangen, auf den Balkon geführt (eine flüchtige Prüfung der Höhe ließ immerhin hoffen, daß ich selbst im ungünstigsten Fall mit einem einfachen Beinbruch davonkommen würde) und unter einem Sonnenschirm geparkt. Aber dann kam das dicke Ende! Quasi eröffnete mir seelenruhig, sie könne mir natürlich nicht dasselbe Aufsatzthema geben wie meinen Mitschülerinnen, die mich zweifellos informiert hätten, und was ich denn von Luftballons und Seifenblasen hielte?

Wie bitte???

,,Du beklagst dich doch immer, daß dir die Aufsatzthemen keinen Spielraum geben. Jetzt kannst du deiner Phantasie die Zügel schießen lassen!"

Im allgemeinen bin ich nicht gerade auf den Mund gefallen; aber jetzt verschlug es mir doch die Sprache! Da kannte ich nun meine Jungfrau in- und auswendig, konnte auf Wunsch jedes einigermaßen bekannte Zitat herunterleiern einschließlich des endlosen Monologs, und nun das...

Quasi brachte mein Aufsatzheft, rückte den Sonnenschirm gerade, erkundigte sich besorgt, ob mich eventuell die Hitze störe (mir war sowieso schon heiß genug, auf ein paar Grad mehr oder weniger kam es nun auch nicht mehr an), und nachdem sie alles ihr notwendig Erscheinende für mein Wohlergehen getan hatte, verschwand sie.

Da hockte ich nun, kaute am Bleistift herum und malte Männchen auf das Konzeptpapier. Später entdeckte ich, daß die meisten an einer Art Galgen hingen, was Sigmund Freud sicherlich zu tiefsinnigen Rückschlüssen veranlaßt haben würde...

Nach ungefähr einer Stunde hatte ich außer der Überschrift und ein paar durchgestrichenen Worten nichts Nennenswertes zu Papier gebracht. Quasi erschien, ignorierte meinen weidwunden Blick, stellte etwas kühles Trinkbares auf den Tisch, enteilte.

Langsam hatte ich das Gefühl, nun wohl doch mal anfangen zu müssen, aber was schreibt man bloß über Luftballons und Seifenblasen? Beide zerplatzen über kurz oder lang, und genauso würde mein Traum zerplatzen, im nächsten Zeugnis den traditionellen Mathe-Vierer durch die bisher übliche Zwei in Deutsch ausbügeln zu können. Moment mal, damit ließ sich ja sogar etwas anfangen! Träume zerplatzen auch, manchmal schillern sie sogar wie Seifenblasen, bevor sie sich in Luft auflösen. Und plötzlich fiel mir eine ganze Menge ein. Rückblickend vermute ich zwar, daß ich eine ganze Reihe schwülstiger Phrasen gedroschen habe, aber anscheinend waren auch vernünftige Gedanken darunter.

Jedenfalls behielt ich meine Zwei.

Nach dreieinhalb Stunden wurde ich in Gnaden und mit einem versöhnlichen „War es denn nun wirklich so schlimm?" entlassen. An der nächsten Straßenecke empfing mich die ganze Clique. Sie interessierte sich weniger für meinen Aufsatz, obwohl Gina behauptete, das Thema sei „eine Gemeinheit und allenfalls etwas für Chemiestudenten" gewesen. Die Mädchen verlangten von mir Auskunft über Wohnungseinrichtung, bibliothekarische Bestände und mögliche bisher noch nicht bekannte „Attitüden meiner Kerkermeisterin".

Nun hatte ich zwar beim Durchqueren des Zimmers im Unterbewußtsein einen riesigen Bücherschrank wahrgenommen, aber sonst wußte ich nur zu berichten, daß die Tischdecke blau gewesen war. Immerhin hatte ich lange genug draufgestarrt! Aber bereits bei der Beschreibung des Sonnenschirms ließ mich mein Gedächtnis im Stich, und mit Auskünften über Art und Beschaffenheit von Polstermöbeln konnte ich nun wirklich nicht dienen.

„Du bist vielleicht eine trübe Tasse!" stellte Gerda schließlich fest.

Zu dieser Ansicht kamen dann auch die anderen, deren massiven Fragen ich mich am nächsten Morgen stellen mußte. Meine Beteuerungen, ich hätte auf dem Balkon ohnedies strategisch sehr ungünstig gesessen, weil mir durch Sonneneinstrahlung und überhaupt der Blick ins Innere der Wohnung verwehrt gewesen sei, wischte Evchen beiseite: „Du hättest ja wenigstens mal aufs Klo gehen können!"

Das war allerdings eine nicht zu verzeihende Unterlassungssünde.

Von Mami kamen begeisterte Briefe. Düsseldorf sei eine Stadt, in der man durchaus leben könnte, und wenn es auch mindestens ebenso viele Ruinen gäbe wie intakte Gebäude, so könne man trotzdem feststellen, daß es mal eine sehr schöne Stadt gewesen war — beziehungsweise in ferner Zukunft wieder sein würde. Unsere neue Wohnung habe zwar nur anderthalb Zimmer — „aber mehr hatten wir in den letzten Jahren ja auch nicht zur Verfügung" —, läge aber etwas außerhalb und direkt am Grafenberger Forst. „Das ist so eine Art Ersatz-Grunewald, Kiefern gibt es zwar nicht, aber dafür liegen Tannenzapfen herum, die kein Mensch aufsammelt. Ich ertappe mich jedesmal dabei, wie ich welche in die Manteltasche stecke!"

Dann teilte sie mir noch mit, daß PW in 2 — 3 Wochen wieder nach Berlin käme und mich dann mitnehmen würde. Die Ferien würden leider erst etwas später beginnen, aber die Tage seien ja wohl nicht mehr ausschlaggebend.

Als ich mich an meinem letzten Schultag von Quasi verabschiedete, wollte sie wissen, ob ich schon irgendwelche Zukunftspläne hätte. Nun hatte ich eben „Vom Winde verweht" ausgelesen, war maßlos beeindruckt von dem Buch und trug mich mit der Absicht, ein ähnlich umfangreiches Werk zu verfassen. Den Titel hatte ich schon: Das Schicksal der Corinna Caroly. Über die Handlung war ich mir noch nicht ganz im klaren, hauptsächlich, weil es mir an einem geeigneten Hintergrund mangelte. Wie kann sich eine Plantage in den Südstaaten Amerikas mit einer Mietwohnung in Berlin-Zehlendorf messen? Aber vielleicht würde ich in Düsseldorf das nötige Lokalkolorit finden. Außerdem hatte mich der Wind — oder das Schicksal — inzwischen schon in alle Richtungen geweht...

MOEWIG

... weitere Romane vom Autor Winston Graham erschienen im MOEWIG Verlag ...

2109 DM 6,80

2119 DM 6,80

2129 DM 6,80

2146 DM 6,80

Die Reihe Roman im MOEWIG Taschenbuchprogramm besticht durch eine Spitzenauswahl großer Titel von großen Autoren. Sie bringt Bestseller großer deutscher Verlage erstmals als Taschenbuch, Originalausgaben und deutsche Erstveröffentlichungen.

2161 DM 6,80

MOEWIG TASCHENBUCHER

MOEWIG

...weitere Titel aus der Reihe ROMAN erschienen im MOEWIG Verlag...

2176 DM 7,80

2191 DM 7,80

2189 DM 7,80

2188 DM 7,80

Die Reihe Roman im MOEWIG Taschenbuchprogramm besticht durch eine Spitzenauswahl großer Titel von großen Autoren. Sie bringt Bestseller großer deutscher Verlage erstmals als Taschenbuch, Originalausgaben und deutsche Erstveröffentlichungen.

2170 DM 7,80

MOEWIG TASCHENBÜCHER

MOEWIG

...weitere Titel aus der Reihe ROMAN erschienen im MOEWIG Verlag...

2197 DM 7,80

2173 DM 7,80

2182 DM 8,80

2192 DM 6,80

Die Reihe Roman im MOEWIG Taschenbuchprogramm besticht durch eine Spitzenauswahl großer Titel von großen Autoren. Sie bringt Bestseller großer deutscher Verlage erstmals als Taschenbuch, Originalausgaben und deutsche Erstveröffentlichungen.

MOEWIG TASCHENBÜCHER

2167 DM 8,80

MOEWIG

...weitere Titel aus der Reihe ROMAN erschienen im MOEWIG Verlag...

2151 DM 6,80

2152 DM 7,80

2141 DM 6,80

2123 DM 7,80

Die Reihe Roman im MOEWIG Taschenbuchprogramm besticht durch eine Spitzenauswahl großer Titel von großen Autoren. Sie bringt Bestseller großer deutscher Verlage erstmals als Taschenbuch, Originalausgaben und deutsche Erstveröffentlichungen.

2136 DM 7,80

MOEWIG TASCHENBÜCHER